評伝

コナン ドイルの
真実

河村幹夫
Mikio Kawamura

かまくら春秋社

評伝

コナンドイルの
真実

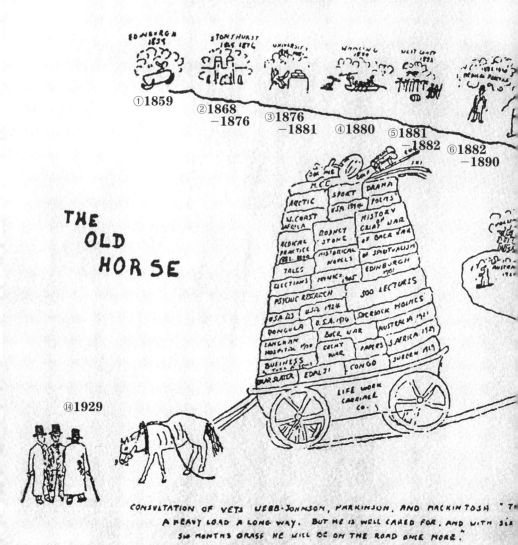

　「次の世界」に旅立つ前年（1929）に、ドイルが自分自身を「人生の重荷を引いて歩んできた老馬」に見立てて描いた自筆のスケッチ。この頃のドイルは、70歳という高齢を顧みずに心霊主義の啓発のため国内外で講演旅行を続けていたが、ついに無理がたたって心臓発作を起こし、自宅静養せざるを得なくなった（⑬）。このスケッチは、その時に描かれたもの。

　左下の隅で3人の獣医が相談をしている（⑭）。「この老馬は重い荷物を引き、長い旅を続けてきた。しかしよくケアされているので、6週間、馬小屋

①1859　コナン ドイル 誕生
②1868-1876
　　　　イエズス会系学校での学寮生活
③1876-1881
　　　　エジンバラ大学医学部在学
④1880　アルバイトで捕鯨船乗り組み
⑤1881-1882
　　　　卒業後、アフリカ西海岸向の
　　　　貨客船で船医として勤務
⑥1882-1890
　　　　ポーツマス郊外のサウスシーで
　　　　医院を開業
⑦1894-1896
　　　　結核に冒された妻の保養もあり、
　　　　スイス・エジプトに滞在
⑧1900　ボーア戦争勃発。ドイルも現地で
　　　　民間野戦病院で勤務
⑨1900　帰国後、総選挙に出馬。落選
⑩1912　「失われた世界」刊行
⑪1914-1918
　　　　第一次大戦勃発。自らも志願兵
　　　　を志し、また政府の要請で連合
　　　　軍の前線を視察
⑫1921-1929
　　　　心霊主義啓発のため、海外諸国
　　　　を歴訪

で疲れをとり、6週間、外で牧草を食めば、やがてまた荷物を引いて旅を続けることになるだろうよ」。

　荷台に積まれた重荷 ── ドイルが病床の中で思いつくままに、これまでの人生の諸事件、執筆した作品、正義のために取り上げた冤罪事件、シャーロック・ホームズのことなどを振り返り列記したもの。本書の中でも取り上げる。

装丁／中村　聡

本書を読んでいただく前に ——

1. コナン ドイルはアーサー・コナン ドイルの姓の部分で、やや珍しいのですが、「複合姓」になっています。彼自身は通常 A. Conan Doyle と表記しています。本書では通例に従い、単に「ドイル」と記します。

2. その他の氏名と地名・場所名・事件名・書名などは、通例の記し方に従っておりますが、著者の判断による場合もあります。必要に応じ、英語も併記しています。

3. 国名については、慣用に従って「イギリス」を基本とし、適宜、「英」「英国」「大英帝国」「植民地帝国」「植民地宗主国」と使い分けています。同様に「米国」を基本として、「英・米」のように使いますが、語感によっては「アメリカ」も使用しています。

4. 本書は専門論文ではないため、参照した文献、資料、情報などについては巻末に「主要参考文献」として一括掲載していますが、引用が長文にわたる場合はその都度、原書名（訳者名）を明記しています。

5. ポンドの通貨価値については、百数十年前と現在では比較不可能ですが、著者の判断で１ポンド＝１万円と設定し読者の便宜に供しています。

はじめに ──

　1989（平成元）年に講談社現代新書の一冊として上梓していただいた『シャーロック・ホームズの履歴書』が幸運にも同年度の日本エッセイスト・クラブ賞の栄に浴したことで、私もいわゆるシャーロッキアン（ホームズ物語の熱烈研究家・好事家）の一人として世間で認めていただけるようになった。この小書は受賞の効果もあって版を重ねることができ、私は勿論たいへん嬉しかったのだが、実はもう一つ強い望みがあった。それは、ホームズの生みの親（クリエーター＝作者）といわれているコナン ドイルについて書くことだった。ホームズは誰でも知っているが、ドイルのことは一部の人を除いてはまだほとんど知られていない。実はそのことが、80年代にロンドンでホームズとドイルに強い関心を持つようになってからの私の心の内にうっせきしていた気持ちであった。

　幸いにも講談社の快諾を得て、私は２年後の1991年に同じ現代新書から『コナン・ドイル ── ホームズ・SF・心霊主義』と題した一書を上梓することができた。「ロンドン・ハーレー街の眼科医にして名探偵ホームズの生みの親。大英帝国の愛国主義者にして霊魂不滅を説く心霊主義者（スピリチュアリスト）。アイルランドの血を引くヴィクトリア人、コナン ドイルは、生涯に二人の妻と十にものぼる顔を持つ。物語ることによって時代の激動を生きた『偉大な好奇心に迫る』」と、華々しいキャッチ・コピーまでつけたのだが、結果は残念ながら再版にも届かなかった。

　小著だが「コナン ドイル」と、正面切ったテーマを取り上げて200頁余の著

はじめに

作としたことだけで私は納得はしたものの、実はその短所にもすぐ気がついた。それは、「履歴書」がまず書名からして読者を多少惑わすような（著者としてはイギリス的ウィットないしユーモアのつもりだったのだが）リラックスした雰囲気があったのだが、「コナン　ドイル」の方は、あれもこれも書きたい、という一心で取り組んだので、どうしても肩に力が入ってしまい、総花的で、内容を深く掘り下げない紹介書になってしまっていたのだった。

　それから30年が経過した。仕事のかたわらのアマチュア研究なので、当然オン・オフの状態が続いたが、結果としてはドイル研究もそれなりの満足すべきレベルに達したか、と思うようになってきた。と同時に、私の年齢もそこまで進んできているのだから、まだ心身ともに健常であるうちに、30年前に果たせなかった私の夢を実現したいと思うようになった。これが、本書刊行の背景である。

　本書『コナン　ドイルの真実』は前著と異なり、単なるドイルの紹介書ではなく「評伝」のつもりである。私はこの30年間にわたり、コナン　ドイルという一人の人間の生き様を通して彼の本質に迫り、彼を正確に理解し、その中から人生の先達としての教訓や知恵を得たいと願ってきた。彼がそれに値する人間であることを、私は知っていたからだ。私がそのことをどれほど的確にお伝えできているかは読者の御判断を待つ以外ないのだが、私が直近の3年間、本書の執筆に打ち込んできたという事実を認め、最後まで読み通していただければまことに幸いである。

2018年4月

河村　幹夫

目　　次

はじめに …………………………………………………………… 6

コナン ドイルの系譜 …………………………………………… 12

第1部　コナン ドイルの軌跡 ……………………………… 19

第1章　夜明け前 ………………………………………… 21

Conan Doyle Photos Chronology　chapter 1 …………… 22

1837　大英帝国 黄金期の幕開け …………………………… 28

　　　1850年代のエジンバラ ── 腐敗と貧困の町 ………… 30

1859　アーサー・コナン ドイルの誕生 …………………… 32

　　　厳格なカトリック教育 ……………………………… 34

　　◆ ドイルの終世の友人となったバートン …………… 40

1876　ドイル一家の家庭崩壊 ……………………………… 42

　　　19世紀イギリスの階級制度とドイルの「騎士道精神」…… 53

　　　エジンバラ大学医学部での新生活と処女作執筆 ………… 59

　　◆ イギリスのパブにみる階級社会の名残り ……………… 62

1880　「死がすべての終わりか？」 ………………………… 64

　　　「パラノーマル（超常現象）」の支配する北極海での捕鯨航海 … 65

　　◆ 夜霧とガス灯と辻馬車 …………………………………… 69

1881　うたかたの初恋 ……………………………………… 70

　　◆ 駆け出し医師ドイルの奮闘記 ………………………… 75

1882　カトリック信仰の放棄 ……………………………… 76

　　　「スターク・マンロの手紙」にみる開業医へのチャレンジ … 79

1885　結婚 ── 初めて知る温かい家庭生活 …………… 86

　　　探偵小説への挑戦 …………………………………… 90

1890　作家ドイルの「夜明け前」 ………………………… 92

　　　教育法の制定による「新しい出版時代」の到来 ……… 95

　　◆ 「The Times」紙の「悩みごと欄」(the agony column)……100

第2章　ホームズの登場と消滅 ……………………………… 103

Conan Doyle Photos Chronology　　chapter 2 ……………………… 104
1891　「書き魔」ドイル …………………………………………… 108
　　　　長編歴史小説「白衣団」の成功 ……………………… 110
　　　　眼科医への転身 ── 作家と医師の両立を目指して ……… 116
　　　　「ホームズ物語」の大成功とドイルの悩み ……………… 120
　　　　◆ インフルエンザの恐怖 ……………………………… 124
1893　妻の結核と念願のアメリカ訪問………………………… 126
　　　　若い恋人の出現とドイルの「二重生活」 ……………… 133
　　　　露見した禁断の恋とドイルの苦悩 …………………… 140
　　　　◆ 英・米合体論者ドイル ……………………………… 146
1900　ドイルが見たボーア戦争 ……………………………… 148
　　　　総選挙での落選………………………………………… 153

第3章　ついにその時は来た ……………………………… 157

Conan Doyle Photos Chronology　　chapter 3 ……………………… 158
1901　8年振りのホームズ登場 ──「バスカヴィル家の犬」……… 160
　　　　◆ ホームズのイメージをつくったシドニー・パジェット ……… 163
1902　サー・アーサーの誕生 ………………………………… 164
1903　ホームズの復活………………………………………… 168
　　　　長編歴史小説「サー・ナイジェル」の文学的評価 ……… 169
　　　　◆ 幕末の横浜を描いたドイル ──「ジェランドの航海」…… 173

1906　ついにその時は来た ── ルイーズの死とジーンとの再婚…… 176
　　　　ドイルと離婚法改正同盟 ─ ヴィクトリア時代の結婚・離婚事情…… 180
　　　　「エダルジ事件」にみるドイルの正義感 ……………… 187
1908　ドイルとオリンピック ………………………………… 190
　　　　◆ 世紀の捏造事件 ── 容疑者はドイル !? ……………… 196

第4章　ドイルが到達した心霊主義……………………199

Conan Doyle Photos Chronology　chapter 4 ……………200
1912　本格作家か物語作家か ── ドイルの決断 ……………208
　　　「失われた世界」── 100年前の元祖SF小説 …………212
　　　◆ 投資家ドイルの成果は？……………………………221
1914　第一次大戦とドイル ── 不確実性の時代の始まり ……224
　　　第一次大戦中の心霊主義の広がり ……………………231
　　　◆ ドイルと演劇………………………………………232
1916　心霊主義者ドイルの「確信」表明 ……………………234
　　　「心霊」を世に広めた「ハイズヴィル事件」……………240
　　　「次の世界」は存在する ── ドイルの心霊主義 …………244
　　　◆ ドイルと会った日本人 ……………………………248
1918　啓発者ドイル ── 心霊主義にすべてを捧げて …………250
　　　霊界からのガイド『フェネアスは語る』……………256
　　　『新しい啓示』と『重大なメッセージ』にみるドイルの心霊主義 … 257
　　　◆ 抜け業師フーディニとドイル ……………………269
1920　妖精写真の真贋論争「コッティングリーの妖精事件」……272
1924　自伝『回想と冒険』── そして「次の世界」へ …………278
　　　◆ 和製シャーロッキアン　ロンドン奮闘記………………285

第2部　小論　………………………………289

コナン ドイルはどんな人間だったのか ………………………290

小論〈1〉　ドイル流ヒューマニズム ………………………292
小論〈2〉　ドイルの作品の文学性 …………………………298
小論〈3〉　大英帝国主義者ドイルの論理 …………………303
小論〈4〉　ドイルの深層心理………………………………307

第3部　コナン ドイル作品紹介 ……………………… 315

怪奇小説作家ドイル ── 心霊主義への道程 ……………………316

〈1〉 北極星号の船長 （1883年 / 短編）………………………… 318
〈2〉 J.ハバクック・ジェフスンの陳述 （1884 / 短編）…………… 321
〈3〉 ジョン・バリントン・カウルズ （1884 / 短編）…………… 324
〈4〉 体外遊離実験 （1885 / 短編）………………………………… 328
〈5〉 クルンバー館の謎 （1888 / 長編）………………………… 331
〈6〉 ガードルストーン商会 （1889 / 長編）…………………… 333
〈7〉 生理学者の妻 （1890 / 短編）……………………………… 336
〈8〉 ガスターフェルの外科医 （1890 / 短編）………………… 340
〈9〉 白衣団 （1891 / 長編）………………………………………… 343
〈10〉 ラッフルズ・ホーの奇蹟 （1891 / 短編）………………… 347
〈11〉 都市郊外で （1891 / 短編）………………………………… 351
〈12〉 深き淵より （1892 / 短編）………………………………… 354
〈13〉 寄生体 （1894 / 短編）……………………………………… 357
〈14〉 火あそび （1900 / 短編）…………………………………… 361
〈15〉 ヴェールの向こう （1910 / 短編）………………………… 364
〈16〉 霧の国 （1925 / 長編）……………………………………… 367
〈17〉 マラコット深海 （1927 / 長編）…………………………… 369

コナン ドイル 解説付年譜 …………………………………… 372

おわりに………………………………………………………………384
河村幹夫 著作目録 …………………………………………………… 386
主要参考文献………………………………………………………… 390

本書に掲載した写真の多くは、ドイル研究家の笹野史隆氏から
提供を受けたものです。ここに記して厚く御礼申し上げます。

コナン ドイルの系譜

基本構図

ドイル家 —— ドイルの語源は北方のヴァイキングに由来する言葉で「ゲール人」の意味。8-10世紀、スカンディナヴィア半島から南下して欧州各地に定着したヴァイキングにつけられた。ドイル家の先祖はフランスのノルマンディ地方に侵入、定着した古いノルマン人の子孫で、14世紀前半にアイルランドに領地を与えられ、幾世代にもわたって続いた敬虔なカトリック教徒であり、広大な土地を所有する郷士（gentry）の家柄であった。

コナン家 —— 1066年のノルマン征服時にイギリスに持ち込まれた名前で、その時の戦勝者の貴族たちが国王から得た封土（fief）の借地人の中にConanという姓があった。

フォーレイ家 —— フランスのノルマンディ地方にあるPont d'Oillyの出自で、先祖は1333年のエドワードⅢ世のアイルランド征服に参加し、その功によりウェックスフォード（Wexford）郡に所領を与えられた。その後は、エリザベスⅠ世の治政時に同郡のリズモア（Lismore）に移住し、堅信カトリック教徒として留まった。

パック家 —— プロテスタントの家系で、先祖はピューリタン革命戦争時には、オリバー・クロムウェル側の軍人であった。家系的な誇りとして

は、聖職者であったリチャード・パックがノーサンバーランドのパーシー（Percy）一族の娘と結婚したことで、プランタジネット（Plantagenet）家と縁戚関係になったということと、1815年のワーテルローの戦いの時、一族の将軍デニス・パック卿がスコットランド連隊を率いて活躍した事蹟があった。

ドイル家（父方）、フォーレイ家（母方）とも由緒正しいアイリッシュ系の一族であったが、ドイルが生まれた当時の一家は貧困の中にあり、階級的にいえば「中の下」くらいであったと思われる。ただ貧困といっても、一世代前のディッケンズの描いた状態よりはましだったはずである。父のチャールズ、母のメアリとも由緒ある家系の出であるということで気位だけは高かったので、「思いは高く、暮らしは低い」環境の中でドイルは育てられた。

メアリの母親キャサリン・パックは、アイルランドの首都ダブリンにあるトリニティ・カレッジの卒業生で博士の称号を持つウィリアム・フォーレイと結婚した。フォーレイ家はアイルランド南部のウエックスフォード郡リズモアの旧家で堅信カトリック教徒だったため、キャサリンもカトリックに改宗した。不運なことにウィリアムが1841年に33歳で急逝したため、キャサリンは二人の娘と共に1847年にエジンバラに移住し、ガバネス紹介業、兼、素人下宿屋を開業した。暮らし向きは困難だったが、キャサリンはパック、フォーレイ両家の由緒ある血筋を誇りとし娘のメアリに植えつけた。それを今度は、母親になったメアリが息子のドイルにたたきこみ、彼の中世騎士道に対する憧れにつながっていった。

ドイル一族

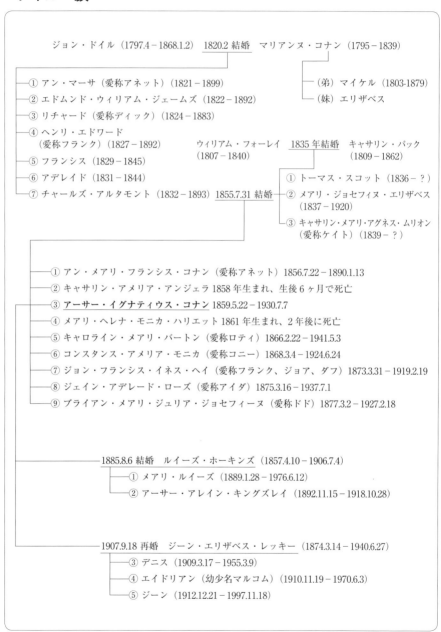

コナンドイルの系譜

●ジョン・ドイル（John Doyle）〈祖父〉　1797-1868

　ドイルが8歳の時に亡くなったので、彼に対する直接的影響はない。イングランドによるカトリック教徒弾圧の影響を受け、ジョンの一家は没落を続けた。1820年にダブリンでマリアンヌ・コナン（Marianne Conan）と結婚、その2年後にロンドンに移住した。洞察力が深く画才もあったので、それまでと異なった新しいタイプの上品な政治漫画を描くようになり、人気を集めた。最盛期は1825－1850年の間で、彼は“Sir John”という愛称までつけられ、当時の政治家たちを含む多くの人から親しまれた。ただ、当初は彼の漫画で傷つけられた人たちからの攻撃をかわす意味もあり、H.B.（J.D.のイニシャルを2字ずつ繰り上げただけ）というペンネームを使った。有名人になり、雰囲気的には華やかな生活を送ったが、金銭感覚にうとく、経済的には決して裕福ではなかった。末子のチャールズ（ドイルの父）が結婚した1855年当時はほぼ引退状態にあり、てんかん（epilepsy）と精神不安定（emotional disturbances）に悩まされていた。これらの症状はチャールズに遺伝していたのでは、という指摘もある。ジョンとマリアンヌは7人の子供をもうけたが、うち2人は夭折したため一生を全うしたのは5人であった。

　長女　Ann Martha（愛称 アネット：Annette）〈伯母〉　1821－1899
　生涯独身。若い時に在宅のまま修道女となった。弟たちに対する影響力は強く、ドイルの洗礼式で教母（Godmother）となり、終生彼の面倒をみた。

　長男　Edmund William James〈伯父〉　1822－1892
　紋章学者として有名になり、「英国年代記」を執筆した。

　二男　Richard（愛称 ディック：Dick）〈伯父〉　1824－1883
　生涯独身。長年、姉と同居していた。ボヘミアン的雰囲気のある画家で、1844年「パンチ誌」（“Punch”）創刊時から父子で寄稿していた。また1849年には、Mr. Punchと彼の犬 Tobyをあしらった表紙絵で有名になった。妖精の絵も数多く描いた。

　三男　Henry Edward（愛称 フランク：Frank）〈伯父〉　1827－1892
　絵画の鑑定家として有名になり、後にダブリン国立美術館長（Director of

15

The National Gallery of Ireland）となった。

　続いたFrancis（四男）とAdelaide（二女）は、成人になる前にこの世を去った。

五男　Charles Altamont　〈ドイルの父〉　1832 - 1893

　末子のチャールズは、姉、兄たちがそれぞれに社会的に存在感のある生き方を確立していったのに対し、年齢的に離れていたこともあり、一家の中では「出遅れ」的な存在であった。特に、3人の兄たちが早くから才能を開花させ両親の寵愛を受けていたことに対するコンプレックスもあり、子供の頃から飲酒癖があったといわれている。孤独感と酒が、彼の生涯を大きくゆがめてしまった。父親のジョンは既に晩年に入っており、家計もさほど裕福ではなかったため、末子チャールズの持つ潜在的能力や将来の可能性を早く発見したかったのだろうが、当のチャールズが人生に対する強い意欲をみせなかったらしく、とうとう最後には、恐らくはジョンの口利きで、ロンドンから遠く離れたスコットランドのエジンバラで職に就くことになった。王立土木局（Her Majesty's Clerk of Works）の主任技師マセソンのアシスタントとして採用され、初任給は年180ポンド。独身なら、きちんと暮らしていける水準だった。

　1849年、17歳でエジンバラ入りをしたチャールズは、2、3回下宿を変えた後、素人下宿屋を経営していた未亡人キャサリン・フォーレイの家に移り住み、そこで娘のメアリと出会い、二人は1855年に結婚することになる。

●メアリ・ドイル（Mary Doyle）〈ドイルの母〉　1837 - 1920

　メアリの父親、ウィリアム・フォーレイ（William Foley）は1807年生まれ。代々カトリック教徒だったが、ダブリンのトリニティ・カレッジ（Trinity College）（エリザベスⅠ世創設のプロテスタント用の教育機関だったが、カトリック教徒もその信仰を強調しない限り入学を許されていた）を卒業し、「博士」の称号を取得した。1835年にウィリアムはキャサリン・パック（Catherine Pack：1809 - 1862）と結婚し一男二女を設けたが、そのうちの姉の方が、後にドイルの母親となるメアリ・ジョセフィヌ・エリザベス（Mary Josephine Elizabeth）だった。キャサリンは若い頃から教育活動に熱心で、妹と共同で

ダブリン南部のキルケニーで女子用の寄宿学校を運営していたが、結婚時に閉鎖。しかし、1841年に夫のウィリアムが33歳の若さで思いがけなく早く他界したため、学校を再開したが失敗。その頃からアイルランドでのカトリックに対する締めつけが一段と厳しくなり、アイルランド人の大規模な国外移住が始まった。その一部がスコットランドのエジンバラを目指していたのに着目したキャサリンは、1847年に二人の娘を連れて自分もエジンバラに移住し、ガバネスあっせん業と素人下宿屋を開業した。

このようなインテリの血筋を引いていたメアリは、母親の指示で12歳の時に教養を積むためにフランスに送られ、紋章学などを身につけて帰国した。小柄で、きれいな顔立ちと激しい気性を持った女性で、母親から植えつけられた自分たちの家柄に対する絶大なる誇りと、現実の貧乏生活に対する克己心に満ちていた。これはそのまま、息子のドイルにマインドセットされることになる。

◉マイケル・エドワード・コナン（Michael Edward Conan）
〈祖母方の大伯父〉1803－1879

ドイルの祖父 ジョン・ドイルの妻、マリアンヌ・コナンの8歳下の弟。弁護士、後に美術評論家としても有名になった彼も、ウィリアム・フォーレイと同じトリニティ・カレッジで法学を学び、1826年にロンドンに出て法律家を養成するMiddle Temple（法学院の一つ）に入り、後に法廷弁護士（Barrister - in - Practice）の資格を取得した。彼の関心分野は広く、1854年にはパリに移り住んでジャーナリスト、音楽、演劇、美術の批評家として活躍した。1846年にスーザン・フランシス・フィールドと結婚したが子宝に恵まれず、マイケルは家名の存続を計るため、チャールズの長女（ドイルの姉）のアン・メアリ・フランシスと、後に生まれた長男のドイルに「コナン」の姓を与えた。かくしてこの二人だけが「コナン ドイル」という複合姓を持つようになった。マイケルは熱烈なカトリック教徒で、ドイルのゴッドファーザー（教父）も務め、自分が神に対して行った誓いに基づいてドイルの精神的成長を促し、カトリック教育を受けさせることに力を尽くしたが、結果は逆となり、大学生時代にドイルはカトリック教義を拒否し、自らを唯物論者として規定するようになった。

第1部

コナン ドイルの軌跡

1

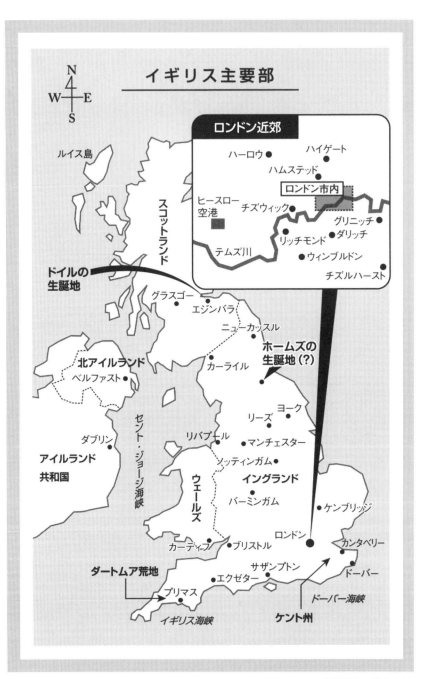

地図制作：諫山圭子

第1部 コナンドイルの軌跡

1837 → 1890

第1章

夜明け前
1837〜1890

「思いは高く、暮らしは低い」家庭環境の中でドイルは生まれ育った。熱心なカトリック教徒の両親と一族の期待を担って9歳でイエズス会の運営する有名な寄宿学校に入学したが、ドグマで固められた教育になじめず、カトリックの教義に不信の念と反発を強くするようになった。しかしドイルは挫けず、エジンバラ大学医学部を卒業し、いくつかの困難を克服して自分の人生を切り拓いていく――

1 幼児のドイルを描いた絵。描き手は不明だが、おそらく父のチャールズ・アルタモント・ドイル

2 2歳のドイル（左）。姉のアネット（1856年生まれ）と

3 4歳のドイル

4 6歳のドイル。父チャールズ・アルタモント・ドイルと。1865年に撮影

Conan Doyle・Photos Chronology — chapter 1

5　6歳頃のドイル（右）。姉のアネットと

6　5～6歳頃のドイルを描いたスケッチ。描いたのはドイルの伯父（父チャールズの兄）で有名な画家リチャード・ドイル

7　9歳のドイルの肖像画（描いたのは伯父リチャード・ドイル）

8　1873年（13歳か14歳）、在学していたイエズス会の学校ストーニーハースト学院にて。ドイルは後列右から5人目（窓の前）。1868年の秋から1875年の夏まで在学した

23

10 1875年頃、ストーニーハースト学院に在学中のドイル(後列向かって右端)。クリケット・チームの一員として

9 ストーニーハースト学院に在学中の14歳のドイル。クリケットの服装をしている

11 フェルトキルヒ留学時代のドイル(フェルトキルヒ・マーチング・バンドの一員。後列で巨大な楽器ボンバルドンを持っている)

Conan Doyle・Photos Chronology — chapter 1

12 1880年、捕鯨船航海中のドイル。後列にいる21歳の青年

13 1881年、エジンバラ大学医学部を卒業した時の記念写真

14 1884年頃、サウスシー時代のドイル。サウスシーには1882年に医院を開設し、1890年末まで開業していた

15 1886年頃、サウスシー時代のドイル。この頃最初のホームズ物語「緋色の研究」を執筆

16 1890年、ポーツマス、サウスシーで弟イネスと。サウスシーで開業すると、ただ一人の弟イネス (1873〜1919) を引き取り、同居した。弟との同居は自伝『回想と冒険』や母宛ての手紙にほほえましく書かれている

17 1892年のドイル。最初のホームズ・シリーズ『シャーロック・ホームズの冒険』が大ヒットし、作家として確立した

Conan Doyle・Photos Chronology — chapter 1

18
1892年、サウス・ノーウッドで三輪自転車に乗るドイルと妻ルイーズ。ドイルは1891年に開いたばかりの眼科医院をたたんで、サウス・ノーウッド、テニスン通りにある家に引っ越し、プロの作家になった。彼は新しい機械が好きで、自転車、オートバイ、自動車に次々と飛びついた

19
1894年のドイル。サウス・ノーウッドの自宅の書斎で。眼科医院をたたんだ後1891年6月にサウス・ノーウッドに引っ越した

【写真出典】

1：Georgina Doyle "Out of the Shadows" 2004年／**2**：Andrew Lycett "Conan Doyle" 2007年／**3**：Andrew Lycett "Conan Doyle" 2007年／**4**：Russell Miller "The Adventures of Arthur Conan Doyle" 2008年／**5**：Georgina Doyle "Out of the Shadows" 2004年／**6**：Charles Higham "The Adventures of Conan Doyle" 1976年／**7**：Owen Dudley Edwards "The Quest for Sherlock Holmes" 1983年／**8**：ヘスキス・ピアソン著、植村昌夫訳『コナン・ドイル』、平凡社、2012年／**9**：Edited by Jon Lellenberg他"Arthur Conan Doyle A Life in Letters" 2007年／**10**：Edited by Jon L. Lellenberg "The Quest for Sir Arthur Conan Doyle" 1987年／**11**：Edited by Jon Lellenberg他"Arthur Conan Doyle A Life in Letters"2007年／**12**：Edited by Jon Lellenberg他"Arthur Conan Doyle A Life in Letters" 2007年／**13**：Edited by Alvin E. Rodin and Jack D. Key "Conan Doyle's Tales of Medical Humanism and Values：Round the Red Lamp" 1992年／**14**：Peter Costello "The Real World of Sherlock Holmes" 1991年／**15**：Daniel Stashower "Teller of Tales The Life of Arthur Conan Doyle" 1999年／**16**：Andrew Lycett "Conan Doyle" 2007年／**17**：Ronald Pearsall "Conan Doyle A Biographical Solution" 1977年／**18**：Charles Higham "The Adventures of Conan Doyle" 1976年／**19**：Edited by Alvin E. Rodin and Jack D. Key "Conan Doyle's Tales of Medical Humanism and Values：Round the Red Lamp" 1992年

27

1837

大英帝国　黄金期の幕開け

　ヴィクトリア女王の即位で始まった大英帝国の黄金期は、実は決して多くの人たちに予見されたものではなかった。それどころか、歴代の英国王室に対する不満はうっ積しており、新女王の登場に大きな期待を示す人は多くなかった。その主たる原因は、女王に先立つ歴代王室の無能振りにあった。

　ジョージⅢ世（在位1760-1820）、ジョージⅣ世（1820-1830）、ウィリアムⅣ世（1830-1837）と、いずれも名君といわれるには程遠く、国民の王室離れは着実に進んでいった。1830年、ジョージⅣ世が没した時、代表的日刊紙の「ザ・タイムズ」はこんな書き方をした。

　「この君主ほど、世間の人たちに悲しまれずに死んだ人は他になかった。彼のために涙を流した目は一つもなかった」。

　したがって、1837年にヴィクトリア女王がわずか18歳で即位した時も、同誌は辛辣にこう書いた。

　「ロンドンの市民が女王を熱意を込めて寛容な気持ちでお迎えしたのは、女王個人のことに思いを致したためではなく、女王自身を一つの『機関』と見なしたからである。彼らはヴィクトリア女王の中に『君主制』を見届け、そして君主制を維持することが彼ら自身の利益とも合致すると確信し、その君主がたとえ英明ではなかろうとも、君主の力を借りて君主制を守りたいと願ったからなのである」。

　ヴィクトリア女王が、しかし、このような「期待」を良い意味で裏切ったことは、その後の歴史の示す通りである。彼女は親戚縁者を含む側近たちの意のままにならず、強く自分の意志を押し通そうと努めた。女王自身の人格や個性が魅力的であったことと、後に女王と結婚したアルバート公の折々の助言が、女王の施政に大きく影響したのである。

　女王の即位当時、既に明らかであったことは、君主の個性というものが大きな意味を持つという点と、他方、君主がどうであろうと君主制は生き残っ

第 1 部　コナン ドイルの軌跡　第 1 章　夜明け前 —— 1837

ている、という事実であった。ヴィクトリア女王の時代に、それは逆転した。
「君主が名君であるからこそ、君主制は生き残る」のであった。

　ヴィクトリア時代、英国内における富の蓄積は急速に進んだが、それはや
はり一握りの階級のものであった。貧富の差はますます拡大したが、それで
も社会的不均衡による不満が暴発しなかったのは、一つには伝統的な階級制
度が厳しく守られていたことと、ヴィクトリア時代の人たちがキリスト教的
道徳感情をしっかりと身につけていたためである。

　宗教については、国教徒の他に非国教徒、旧教徒に分かれ、互いに確執は
あったものの、キリスト教的道徳感情は少なくとも中堅階級以上の一人一人
の中に深く浸透し、敬虔なクリスチャンであると自他ともに認められること
を誇りにしていた。教会に通い、家庭内でも聖書を読むような習慣が定着し
ていた。

　ヴィクトリア時代の特徴である「未だかつてない富の蓄積 —— 物質的繁
栄」がイギリス人を経済動物化しなかったのは、このようなキリスト教的道
徳感情がカウンター・バランスとして彼らの精神面を支配していたこと、そ
してその根底には伝統的な階級制度が維持され、また悪徳や犯罪は苛酷なま
でに厳しく処罰されたという背景があった。

　勤勉、寛容、自助、敬虔な心、誓いの言葉を守ること、人間関係において
善なること、精神的自由、金持ちであれば慈善活動をすること —— こういっ
たキーワードが彼らの日常生活を支配していた。

　1851年に開催された、ロンドンのハイドパークにおけるクリスタルパレス
（水晶宮）の大博覧会は、英国の卓抜した政治力、経済力、社会力といった
諸要素を具現した象徴的なイベントであった。その後も英国は、さらに発展
する。ヴィクトリア女王即位50周年記念の1887年の大行事は、まさに大英帝
国の繁栄の頂点を誇示した。しかし他方では、新興国の米国、ドイツ、そし
てフランスも、英国との距離を少しずつ縮めつつあった。「満つれば欠ける」
の例え通り、19世紀最後の四半世紀は、多くの人は気がつかなかったが、ま
さに大英帝国の地位に影が差しかけようとしていた時期であった。

29

1850年代のエジンバラ ── 腐敗と貧困の町

　現代の旅人の目に映る夏のエジンバラは、明るく美しい。深い緑に裾を包みこまれた巨大な岩盤の上にそそり立つエジンバラ城。青く抜けるような高い空、乾いた空気、さわやかな緑のそよ風。それにのって流れる、バグパイプのくぐもった音色。

　しかし、北国特有の短い夏が過ぎ去り、旅人たちの姿が消えてしまうと、この街は一転して荒涼とした北風が支配するようになり、やがて湿気と、続いて降り積もる雪が街の様相を一変させてしまう。陰鬱な夜の帳が早々と下り、人通りは絶える。現在でもそうなのだから、百数十年前はもっと淋しく暗い街だったにちがいない。それに抵抗するかのように、労働者たちは安酒をあおり、謹厳実直な人々はせっせと子づくりに励んでいた。

　ドイルが生まれ育った頃のエジンバラは、イングランドの首都ロンドンと対峙するスコットランドの首都としての誇りは高かったが、現実には、当時のロンドンの栄華には及ぶべくもなかった。チャールズとメアリが結婚し、やがてドイルが生まれた頃の1850年代のエジンバラは、ある意味でどん底の状態にあった。イングランド人に対する虚栄を象徴するいくつかの壮大な古典様式の構築物を建設した後に、市当局の腐敗と貧困な財政状態が重なり、エジンバラ市は破産した。スコットランド人の美徳と考えられていた倹約精神も影をひそめ、貧しい人たちへの救いの手は差し伸べられていなかった。市井の生活では、狭い部屋に大家族が住んでいたが、水道施設は不充分か、存在すらしていなかった。部屋の中にトイレの設備はなく、汚物は夜間に路上に捨てられていた。その道路は他の廃棄物もまじって不潔で汚く、街灯も少なく、娼婦たちは安ローソクで足下を照らしながらスカートをつまみ上げて道路を横切っていたといわれている。死亡者は1週間に住民1,000人中37人という高率で、原因は、犯罪と、不衛生な環境が生み出す伝染病によるものだった。市内の施療院（Infirmary）は救いを求める人たちでごった返していた。町中は騒々しく、工場の煤煙で空気はひどく汚染されていた。1866年には、少なくとも3度コレラが発生した。

第1部　コナンドイルの軌跡　第1章　夜明け前──1837

　このようなエジンバラの状況は、花の都ロンドンからやってきた若き
チャールズの目にはどう映ったのだろうか。1849年、彼はわずかばかりの身
のまわりの品をかついでエジンバラ入りした。確かにエジンバラはスコット
ランドの首都ではあったが、それまで育ったロンドンの華やかさとは比較す
べくもなかった。

　北国的な荒々しい風土、その中で寄りそうように生きている人たちのつく
る人間関係のねばっこさ、それはしばしば大酒を仲間でくらうことで確認さ
れ、高揚され、その後で人々は反吐をはく。大都会ロンドンのど真ん中で、洗
練された芸術家的雰囲気の中で生まれ育った若者にとって、これは全く異質
の世界だった。彼は当時のスコットランド人を、粗野（rough）で、大酒飲
み（hard drinking）で、しかし、親切な（kindly）人たちだと観察していた
が、所詮、都会育ちの自分とは異質で反りの合わない人たちだと感じていた。

　チャールズ自身はしかし、現実の生活では、そういう人たちともなるべく
うまくつき合うように努めていたし、自分は小役人としてそれなりの収入の
保証を得ていたこともあり、どこか漠とした夢想的な雰囲気も手伝って、周
囲の評判は悪くなかったようだ。下宿屋の娘メアリは、ロンドン育ちの都会
人で、教養もあり、物腰もやわらかい、ボヘミアン的なチャールズにだんだ
ん惹かれていった。しかし、母親のキャサリンは娘の選択にあまり感心しな
かった。長い間、世の中を見てきた彼女の目には、チャールズはwastrel（ウ
エイストレル＝金や時間を浪費している人間）であると映っていた。この不
幸な予感は、遠からず現実のものとなる。

31

1859
（0歳）

アーサー・コナン ドイルの誕生

　1859年5月22日、エジンバラで一人の男子が誕生した。名前はアーサー・ド
イル。父親チャールズ27歳、母親メアリは22歳、二人共カトリック教徒だっ
た。2日後に近くの教会で洗礼を受けた時、ゴッドファーザー（Godfather ＝
教父）を引き受けた祖父方の大伯父のマイケル・エドワード・コナンは子供
がいなかったこともあり、何とかコナン家の名前を絶やさないようにしたい
との思いもこめて、コナンの姓をこの幼児に与えたので、珍しいことではあ
るが「コナン ドイル」という複合姓となった。そして聖人イグナチウスを洗
礼名として、このドイル家の長男はArthur Ignatius Conan Doyleとしてこの
世の中に出ることになった（なお、本書では通例に従い、単に「ドイル」と
記す）。また、ゴッドマザーには祖父方の伯母、アン・マーサ・ドイル（通称
アネット）がなった。教父・教母は、洗礼式に立ち合って、洗礼を受ける者
の神に対する約束の証人になり、またはそれに代わって神に約束を立て、そ
の父母に代わって宗教教育を保証する者となる。その熱烈な一族あげての精
神的支援を背景に、家運と家名の再興のすべてを託して両親はドイルの教育
に注力した。特に母親メアリは一家の期待の星、ドイルだけは手元から離さ
ず、物心ついた頃から中世騎士の英雄譚や紋章のきまり、親の家系の由緒な
どを徹底的にたたきこんだ。かくして「騎士道精神」は、ドイルの生涯を支
える精神的支柱の一つになった。

　まだ字の読めない頃から騎士道物語を繰り返し聞かされていたドイルは、
いつしか自分自身が「上手な語り手」となり、字が読めるようになると、近
所にあった小規模な図書館から手当たり次第に本を借りてはむさぼるように
読む、読書好きな子供に育った。幼少期からの読書の習慣が、ドイルの文章
力の基礎を培うこととなった。

　一方で、メアリは、ドイルが近所の子供と喧嘩して負けて泣いて帰ると、叱
りとばしてまた喧嘩に行かせた。そして勝って帰ってきた時には、どんなに
服が泥んこになっていても一言も叱らず、逆によくやったとほめるのだった。

第1部　コナン・ドイルの軌跡　第1章　夜明け前——1859

大伯父マイケル・コナン（1803頃〜1879）。父チャールズの母マリアンヌの弟。ドイルの名付け親。

伯母アネット・ドイル（1821〜1899）

　騎士は強くあらねばならない。ドイルの負けず嫌いな性格、誤りをなかなか認めようとしないで頑張り通そうとする頑固な態度は、既にこの頃に形成されていた。
　こんなメアリだから隣近所の母親たちとうまくいくはずがなかったが、彼女は全く意に介さなかった。そこらの家は皆、名もない平凡な庶民の群れだが、自分たちは今でこそ不如意な、それも相当貧しい生活を余儀なくされているが、血筋は高貴であり、それ故に息子のドイルは近所の子供たちとは異なった運命づけをさせられているのだと確信していたので、ドイルに対する近所の苦情をメアリは一切受けつけなかった。

　またメアリは、1866-68年にかけての2年間、ドイルが7－9歳の時に、自宅から2キロほど離れたところに住んでいる比較的裕福で親交のあったバートン家にドイルを寄留させ、彼をその近くにあるニューイントン・アカデミー

33

（Newington Academy）という塾のような学校に通わせた。そこでは、一昔前のディッケンズの時代のような厳しい教育が行われていた。

　幼い子供のドイルにとって、母親は絶対の存在であった。家の中では表面的には父親が権威的にふるまってはいたが、一家を切り盛りしているのは母親であることを、子供の目は見抜いていた。

厳格なカトリック教育

　敬虔なカトリック教徒である教父のマイケル・エドワード・コナンと教母のアン・マーサ・ドイルは、その責務を果たすべくドイルの教育に注力し、1868年9月、ドイルが9歳の時にイングランド北部のランカシャー州プレストン近郊にあるストーニーハースト（Stoneyhurst）学院の予備門であるホッダー（Hodder）校に入学させた。そこで2年間の教育を受けた後に、有名なストーニーハースト学院で5年間、計7年間の厳格なカトリック教育を全期間、学寮制度の中で受けさせた。

　1794年に創立されたイエズス会系のストーニーハースト学院は、ベネディクト派系のダウンサイド学院と並び称されるカトリックの名門教育機関でヴィクトリア時代の典型的な厳格教育が行われていた。教育熱心なアイルランド人のカトリック教徒の子弟がほとんどで、全学生数は、当時は300名程度。海外布教に特に熱心だったイエズス会は、未知の世界でのあらゆる困難に堪え、不撓不屈の精神で布教活動に生涯を捧げる強烈な意志を持つ若者の育成を目指していたため、生徒たちには粗衣、粗食の中で徹底した宗教教育を施した。カトリック教義に対して疑問をはさむ余地は全く与えられず、一方的な詰め込み教育が行われた。ドイルはその中で、決して優秀な生徒ではなかったようだ。ラテン語、ギリシャ語は好きになれなかった。ユークリッド幾何学、代数もきらい。後年、彼自身が語ったところでは ── 「ラテン語やギリシャ語は、自分の人生においてほとんど何の役にも立たなかった。数学に到っては、全く用がなかった」ということだった。

　ドイルの母親宛の手紙によると、食事も授業同様「無味乾燥」だった。

第1部　コナン ドイルの軌跡　第1章　夜明け前 ── 1859

ホッダー校。ドイルはエディンバラのニューイントン・アカデミーに通学した後、ランカシャー州プレストン近郊の同校で2年間学んだ。

ホッダー校で学んだ後、ドイルが5年間（6年間説あり）学んだストーニーハースト学院。ここでドイルはカトリック嫌いになった

　　朝食 ── パンと湯で薄めた牛乳
　　お茶 ── パンと（名ばかりの）薄いビール（清涼飲料水の役割）
　　夕食 ── 肉（金曜は魚）、1週に2回プディング付き
　　夜食 ── パンと湯で薄めた牛乳、バター、ポテト

　いかなる時と場合でも教師（神父）がついており、プライバシーは全くなかった。
　体罰は厳しく、靴の裏底のような形のゴムで手のひらを最低9回打つ、または教室の中央に本を持って正座させるなどで、ドイルは反抗精神旺盛であっ

35

たらしく、しばしば体罰を受けた。成績は当然良くなかった。しかし、勉学は冴えなかったが、友人相手に話をつくって聞かせたりするのは好きだった。最終学年では、校友会誌の編集者になった。ある日マッコーリー（MacCaulay）のエッセイを読んで開眼し、歴史が好きになった。また同郷の先達、サー・ウォルター・スコット（Sir Walter Scott）の作品、とくに「アイヴァンホー」（"Ivanhoe"）に魅せられた ―― ドイルが後年、中世歴史小説の執筆を天分と心得た萌芽は、この頃（彼の精神形成期）にあった。また、ドイルは母親に、口ぐせのように言っていた。「ママが歳をとったら、ヴェルベットの洋服と金ぶちの眼鏡を買ってあげる。そして、暖炉のそばにゆっくり座って暮らせるようにしてあげる」。当時は、息子を聖職の道に入れることは、それほど珍しいことではなかったが、母親としては何としてでも手元に置いて育て上げ、立身出世の道を歩むことを求めていた。

　1874年、15歳になっていたドイルは最終学年の授業を受けるかたわら、そろそろ将来の進路を考える年齢になっていたが、家庭の困窮状態をみると、とても大学に進学するなど考えられないのだった。世間常識的にみれば、卒業したらすぐに就職する。彼の場合は体格が良いから、石炭運搬人や家具配達員、鉱山労働者が向くのでは、などというドイル一族からのつぶやきもあったようだ。しかし、大学に進学させて立派な一人前の男にし、家運の再興を託すという母親メアリの断固とした決意は変わらなかった。この点については、自分の由緒ある姓をドイルに託していた大伯父で教父のマイケル・コナンも同じだった。ドイルが貧乏生徒であることをみてとった学校側は、かなり早い段階で、母親に対し、もしドイルがこれからの生涯をカトリック信仰に捧げると約束するなら、年間50ポンド（50万円）の学費を免除する、と伝えたが、メアリはきっぱりと断わった。

　一方、ドイルの学業の成果はその頃にはまあまあのレベルになっていたらしいが、教師たちは、彼は強情な性格であり、特に見込みのある将来はないと決めてかかっていたようだ。ある時、ドイルは将来の進路を聞かれて、父の職業を思い浮かべたのか、「僕は将来、土木技師（civil engineer）になることを考えています」と答えたところ、その教師は「さて、ドイル、君はエンジニアにはなれるかもしれないが、私がこれまでの君をみてきたところで

は、君は決してシビル（立派な、礼儀正しい）なエンジニアにはなれないと思うよ」"You may be an engineer, Doyle, but from what I have seen at you, I should think it very unlikely you will be a <u>Civil</u> one." と言った。また別の教師は、ドイルに向かって、決してこの世の中で役に立つ人間にはならないだろう、と請け合ったという。また、卒業間近に会ったストーニーハースト学院の学院長は、このような最後のメッセージを告げた。「ドイル、君を知るようになってもう7年たった。今や、君のすべてを私は知っている。君がこれからの人生で忘れてはならないような言葉を一つあげよう。ドイル、君は決して一角の人物にはなれないよ」。

　これらの教師たちは全員、カトリックの神父たちであったことを思うと、彼らの目指していた教育、彼らの求めていた生徒像がいかなるものであったか推測できる。

　ドイルにとっては不幸な少年時代だった。彼は後になって、在学中に得た唯一、心を許した友人であったジミー・ライアンの母親にこう語った。「もし僕に息子がいたとしても、あの学校には送りません。あまりにも恐怖で支配しようとし、あまりにも愛情や理性が欠けていたからです」。

　ドイルはそれほど、いじけた、暗い生徒だったのだろうか。彼が母親に送った手紙などを読むと、彼は確かに仲間の中では貧乏な生徒ではあったが、特に成績が悪いわけでもなく、生徒間でも活動的で人気もあったようだ。1871年4月11日の母親宛の手紙では、「お母さん、洋服をもう一着買うようにお母さんにお願いしなさい、と言われています。校長先生のお抱えの仕立屋がいるので、非常に安く良質のものが手に入るのです。……でもお母さんの許可がないと、買うことはできません。多くの生徒は聖体祝日（corpus christi）の行列用に新しい洋服を手に入れています。僕の成績は上っており、37人の生徒中、19番から13番になりました」。

　同年11月付父親宛の手紙では、このように記している。「知っておいて欲しいのですが、この学校は2部に分かれています。上級部は大きな子供たちのためで、下級部は小さい子供たちのためです。下級部は5クラスあります。小さいというのは年齢のことではありません。下級部にも6フィートを越える身長の子供が数多くいますが、授業では下級部にいます。上級部は8クラ

スあります。僕は今、下級部の5クラスのうちの一番上にいますが、(体つきという点では) クラスの中でたぶん最も小さい子供です。そこで来年は、上級部でもいっぱしの人間になることでしょう。僕の学校では、夕食時に誰かが神父さんたちに何かを読んであげるのですが、胸を張って言えるのは、たいてい僕が選ばれるということです」。察するに、年級分けは必ずしも自然年齢ではなく、入学時の能力、それまでに身につけた教育内容に基づいて行われていた。

　家族に心配かけまいとする健気な姿が浮かぶのだが、恐らくドイルは気性として、理屈に合わないと自分が判断したこと、たとえば聖書の中の奇蹟などについて、神父たちに問いかけたりしたのだろう。そして、納得しないとなかなか引き下がらない。しかし、その部分は予め与えられたこと (a priori) として生徒たちは受け入れるべきだ、と考える神父たちにとっては、うるさい、強情な生徒として嫌がられることになる。かくして、ストーニーハースト学院を卒業する頃には、ドイル一族の期待を裏切って、彼は「カトリック嫌い」になっていた。この心の動きを教父のマイケルはまだ知らなかっただろうが、母親のメアリは明らかに察知していた。

　最終学年であった1875年6月に、ロンドン大学の主催する大学入学資格検定試験 (Matriculation in the University of London) が行われ、ドイルも受験した。この大学は、ロンドン地域に住むカトリック教徒の子弟のための高等教育機関であったから、カトリック系のストーニーハースト学院から十数名の受験者があっても不思議ではなかった。この試験に合格すれば、ロンドン大学入学だけでなく、他大学での入学許可を得る際にも重要な意味を持っていたので、受験者は皆、真剣だった。その結果は、本人も驚いたらしいが、神父たちの予想も裏切ってドイルは優秀な成績で (with honours) 合格した。これでドイルの将来は大きく開けた。

　しかし、まだ問題があった。ドイルはやっと16歳になったばかりで、その年の大学入学資格を満たしていないこと、また、本人の将来の進路がまだはっきりしていない、という理由で、ストーニーハースト学院は次の1年間を、オーストリアのフェルトキルヒにある、主として上流のドイツ人子弟が学ぶ、イエズス会系の姉妹校に留学するように指導された。更に1年間とい

第 1 部　コナン ドイルの軌跡　第 1 章　夜明け前 —— 1859

大伯父マイケル・コナンとその妻のスーザン・コナン。1876 年 6 月、ドイルはフェルトキルヒから帰国の途中パリのマイケル・コナン夫妻の家で楽しく数週間を過ごした

うのは家庭の事情を考えれば避けたいところだったが、母親のメアリの後押しもあって、ドイルは勉学を続けることになった。フェルトキルヒでは、ストーニーハースト学院に比べれば自由な雰囲気にあふれていたようで、ドイルは詩集を出したり、学校新聞の編集長をしたり、ブラスバンドのメンバーになったりと、活動的な 1 年間を送ることができた。ドイルは後年こう言っている。「ここでの状態はストーニーハースト学院よりははるかに人間的で、はるかに多くの親切心に触れることができた。その効果はすぐに現れ、私は反抗的で怒りやすい若者から、法と秩序の信奉者に生まれ変わった」。

　フェルトキルヒでの 1 年間を終え、帰国途中に教父であり、大伯父であるマイケル・コナン夫妻の家に数週間滞在し、パリの雰囲気を満喫した後、ドイルがエジンバラに帰ったのが1876年6月だった。この間に、ドイルがマイ

39

ケル・コナンとカトリック信仰について話したという記録はない。既に信仰を捨てていたドイルだったが、教父の前でそれに触れる勇気はなかったのだろう。それにしても、カトリックの何にドイルは嫌悪感（apathy）を抱くようになったのだろう。それはカトリック信仰そのものだったのか、教義だったのか、教会のあり方だったのか、またはストーニーハースト学院における教育だったのか。ドイルはストーニーハースト学院で何を失い、何を得たのか。

　—— 彼は明らかに、その後の人生のさまざまな局面でみられるように、困難に堪える強い意志と、頑固なまでの自説に対する執着心、そして勇敢な行動力を身につけた。そして失ったものは、宗教、特にカトリックに対する信仰心だった。この点についての、ドイル一族と彼との間の決定的な対立は、数年後に起こった。

Episode 1	ドイルの終世の友人となったバートン

　1862年、ドイルが3歳の時に母親メアリは彼をエジンバラ郊外にあるバートン家に寄偶させることにした。彼女と親しくしていたメアリ・バートンは、高名な法律家であり歴史家でもあった兄のジョン・ヒル・バートン（John Hill Burton）一家と同居していたが、心よくドイルを受け入れてくれた。当時、ドイル一家の住んでいたエジンバラ市内では不衛生な環境からコレラが時折発生していたのと、もっと深刻な問題は父親のチャールズの酒乱が当時既にに相当進行していたことだった。

　メアリ・バートンの配慮で家族の一員として育てられたドイルは、バートン家の長男で3歳年長のウィリアム・バートン（William Burton）と親しく交わるようになり彼から色々な事を教わったが、その一つに当時はまだ珍しかった写真術の手ほどきがあった。察するにバートン家は、エジンバラ郊外に一軒家を構え裕福な生活を営んでいたようで、ドイル家とは社会階層的にもかなり格差があったようだが、なにかのきっかけで二人のメアリは親しい関係になっ

ていたのだろう。

　ウィリアム・バートンは長じて水力工学・機械工学の技師となり、1884年ロンドンで開催された万国衛生博覧会視察のため訪英した内務省衛生局長永井久一郎（永井荷風の父）と知り合い、彼の招きで東京帝国大学教授（衛生学）として来日した。
　彼は、政府の期待に応えて、横浜、東京、名古屋、広島などの諸都市の水道工事を担当。また写真が得意だったので、1891年の濃尾大地震の際には現地を視察して写真をとり、「日本の大地震」として出版して地震対策の重要性を訴えた。1899年に台湾で水道を建設中にマラリアにかかり、東京に帰って治療に努めたが、その効なく42歳の若さで、松子夫人と娘たちを残してこの世を去った。

　二人の間には、長く続いた親しい交友関係があった。バートンが日本にいた期間、英国にあるバートンの貯金通帳をドイルが預かっていたり、写真関係の注文があるとそれをまとめて報告したりもしていたし、手紙の往復も頻繁だった。ドイルが、彼との文通から日本の知識、情報を仕入れていたことは容易に想像できる。
　ドイルは1890年に刊行した初期の長編「ガードルストーン商会」の冒頭で、「この小著を旧友の東京帝国大学教授、ウィリアム・K・バートン氏に捧ぐ」と書いている。

ウィリアム・キニモンド・バートン（1856〜1899）。ドイルのエジンバラ時代の幼なじみ。1887年に来日し、東京帝国大学の教授となった。ドイルに日本に関する知識を伝え、ドイルはそれをホームズ物語などに生かした。「ガードルストーン商会」は彼に献呈されている。東京で没し、墓は東京の青山墓地にある

1876
（17歳）

ドイル一家の家庭崩壊

　ドイルの父親チャールズが、ロンドンからエジンバラに到着し、２、３の下宿を転々とした後にメアリの母親キャサリンの下宿のゲストになったのは、1849年のことだった。チャールズはやがて、フランスでの勉学を終えて帰国し、母親と一緒に住んでいたメアリを気に入り、求婚した。その頃から、既に酒に溺れる傾向のあったチャールズと自分の娘が結婚することにキャサリンは必ずしも賛成ではなかったが、メアリは洗練されたロンドン子で教養も兼ね備えていたチャールズと一緒になりたかった。

　1855年7月に二人は結婚。１年後に長女アネットが誕生。1859年には、長男ドイルが生まれた。チャールズは王立土木局勤務で収入も安定しており、傍目にも若夫婦は恵まれた生活を続けていたが、ほどなくしてキャサリンの不吉な予感が的中してしまった。チャールズの酒乱がだんだん顕著になっていったのである。土木局での設計技師としての腕前はまあまあだったようだが、過度のアルコール依存症が進行した結果、次第に仕事上の能力も劣化し、彼の肉体も精神も蝕まれていったが、彼をかばう親切な上司のおかげで、何とか仕事を継続できていた。

　1875年7月、ドイルがロンドン大学の大学入学資格検定試験に合格して意気揚々とエジンバラの自宅に戻った時、夫の失職を見越して新規に素人下宿を開業していた母親メアリが「ゲスト」として紹介したのが、ブライアン・チャールズ・ウァーラー（Brian Charles Waller）という名の、都会的で洗練された青年だった。彼はドイルより６歳年上で、イングランドの北部、ヨークシャー州の西端にあるメイソンギル（Masongill）という山あいの小村の大地主の家で生まれ育ち、オックスフォード大学で学んだ後、医学で有名なエジンバラ大学で病理学の研究を続けていた。頭脳明晰で身だしなみも良く、エジンバラでも目立つ存在だったらしい。独身で、裕福で、病理学研究のかたわら詩も書く、というこの男が、なぜ場末に近いところで素人下宿を営んで

42

第1部　コナン ドイルの軌跡　第1章　夜明け前──1876

ドイルの伯父リチャード・ドイル（父チャールズの兄）が描いた、母メアリ。結婚直前の1854年7月、17歳の頃

いたドイル家のゲストとして転がりこんできたのか、後になってみればいささか不自然と感じられることであった。当時は専門の下宿屋に滞在している「下宿人」と区別して、メアリがやっていたような素人の営む間貸しの場合は、利用者の気持ちをくすぐる意味もこめて「ゲスト」という言い方をしていた。メアリにとって素人下宿は母親ゆずりの仕事であり、違和感はなかった。

　翌1876年6月、ドイルはエジンバラ大学での新しい生活に夢をふくらませながらオーストリアから帰郷したのだが、しかし、青天のへきれきのような事態が彼を待ち受けていた。父親のチャールズが失職したまま自宅に寄りつかず、居所もはっきりしない状態だった。チャールズはまだ44歳という若さで、2年間の年金付きの退職を申し渡されていた。それだけでない。母親メアリも不在だった。それも子供たちを残したまま、長旅に出ていたのだ。しかも目的地は、下宿人ウァーラーの故郷である山間のメイソンギルに住んでいるウァーラーの母親宅だった。メイソンギルはスコットランドの首都エジンバラのはるか南部、イングランドのランカシャーと北ヨークシャーの境目に位置する小村で、大きな地図でもなかなか探し出せないような場所である。鉄道が発達していた当時でも、最寄りの駅に着くまでには何回かの乗り換えをしながら半日以上かかったはずである。そこからまた馬車で2、3時間は

43

かかるだろう。標高数百メートルの山々と、谷間の湖水が連なるその不毛の地帯で、唯一可能な生業は牧畜だった。ウァーラー一家はその地域の大地主だった。そこにエジンバラからはるばるメアリがウァーラーの母親を訪れたのには、よほどのわけがあってのことにちがいない。そして単身で行ったのか、ウァーラーが同行したのか、何も記録が残っていない。

　しかし、いくつかの推測は可能である。それはウァーラー ─ メアリ ─ チャールズに関係することである。まず第一に、当時の常識として、よほどのことがない限り、女性のそんな長い一人旅はあり得ない。目的の場所も会う相手も初めてというのであれば、なおのことだ。したがって、ウァーラーが同行したのは間違いない。しかし、目的は何だったのだろう。メアリはウァーラーの母親と、何を話すことがあったのだろう。また失職後、家に寄りつかなくなっていたチャールズはその頃、どこで、何をしていたのだろう。メアリは9月になっても戻ってこなかった。その月の某日、ドイルは母親に皮肉たっぷりにこう書いた。「不在のお母さんに私が自宅から手紙を出すというのは、いつもとは立場が逆なので不思議な気持ちになります。こちらにいる私たちは皆、快適に暮らしていますので、淋しいだろうと心配されるに及びません。私は学習のため、ほとんど終日、自分の部屋に閉じこもっていますので、お母さんがいてもいなくても結局は同じことなのです」。そして続いて、妹たちや弟の状態などをあれこれと綴った。メアリはどんな気持ちでこの手紙を読んだのだろうか。

　約3ヶ月後にメアリは帰宅したが、「家庭崩壊」は明らかだった。既に大学生になっていたドイルは大学の近くに小さな部屋を借り、そこを学習の場所と決めていた。実は、彼が6月に帰った時、一家はウァーラーと共に、それまでのエジンバラの場末からニュータウンと呼ばれる新興住宅街の一角にあるこざっぱりしたアパートメントに移転していた。明らかに、メアリのウァーラーに対する依存度は高くなっていた。父親のチャールズは居所不明。姉のアネットは、ドイルも事前に知っていたことではあるが、一家の困窮を助けるために、1875年5月に19歳で既にガバネス（若い、独身の、住み込み女家庭教師）としてポルトガルのリスボンに出立していた。家に残っていたのは、幼い妹たち、ロティ（1866年生まれ）とコニー（1868年生まれ）とアイ

第1部　コナンドイルの軌跡　第1章　夜明け前――1876

ダ（1875年生まれ）、そして弟のイネス（1873年生まれ）の4人だった。

　やがて、一つの事実が明らかになった。

　翌1877年3月に、40歳のメアリは女児を出産した。名前はBrian Mary Julia Josephine Doyle。Brianは明らかにウァーラーの名前、Juliaはウァーラーの母親の名前、Josephineは母親のミドル・ネームだった。この可愛い女の子には、Dodoという愛称がつけられた。父親（？）のチャールズが不在ということで、届け出はメアリ自身が行った。また、教父には他ならぬブライアン・ウァーラー、教母には彼の母親のJuliaがなった。そして、翌1878年に、一家はウァーラーが新しく借りた市内随一の高級住宅地George Squareに再度移転した。そこで彼は病理コンサルタントとしてオフィスを構え、一家はその二階を住居として与えられた。既に状況は明々白々だった。子供たちは何も言えなかったが、ドイルの彼に対する反感はつのっていった。今やウァーラーは自分たちの母親メアリを支配するだけでなく、父親チャールズの座も奪ってしまっている。本来ならば父親に代わって長男の自分が家長となるべきであるし、また一生懸命にそうなろうと努力しているのに、たった6歳しか年齢の違わないウァーラーが家長然として振舞っている、というのは許し難い状況だった。しかし、ウァーラーの資金的な支援と、有形・無形の庇護がなかったら、一家は間違いなく路頭に迷っていただろう。それもドイルはよくわかっていた。

　一方、チャールズについては、1876年に失職して以来の当初の足どりについては判明していない点が多い。エジンバラ大学生になっていたドイルが翌1877年に、夏季休暇を過ごしていたアラン島に父親を呼び寄せた手紙が残っている。その後、1879年に看護施設（nursing home）に入れられ、さらに1881年にスコットランド東岸の中心都市アバディーンの南部に位置する山間部の小村ドラムリシー（Drumlithie）にあるブレイナーノ・ハウス（Blainerno House）という名の施療院に入れられた記録が残っているが、その間（1877－1879）の彼の去就についてははっきりしていない。ただ一つだけ、手掛りになりそうなのが、1890年末にドイルが書いた「ガスターフェルの外科医」という短編である。ヨークシャーの荒涼の地ガスターフェルで展開される異常な事件では、粗末な鉄格子のはめられた山奥の小屋の中に隔離されている

45

狂人と、彼の世話をしている息子（ガスターフェルの外科医）が住んでいる。そして、そこを訪ねる彼の妹。彼女は「運命の女」を思い起こさせるような奇矯な行動をする。—— 勿論推測の域を出ないが、この作品はチャールズの空白期（1877 – 1879）の姿を描いたものではないだろうか。そうとすれば、メアリの現地長逗留の理由も、ウァーラーとの当時の関係にも、一つの説明ができるのかもしれない。

その一方で、1881年以降のチャールズの足どりについては、記録がはっきりしている。

1881年3月、ドイルが大学卒業試験の準備で忙しい時に、チャールズはブレイナーノ・ハウス施療院に送りこまれた。ドイルは1881年4月9日付の妹ロティへの手紙の中で「私たちはアバデインシャーにある施療院にパパを送り込みました（packed Papa off）」。ロティはまだ年がいっていなかった（15歳）がガバネスとして、ポルトガルにいる姉のアネットに合流していた。

ドイルの手紙の末尾の "packed Papa off" というのは気になる表現で、当時は狂人とか手に負えない人間を移送するのに、シーツ2枚を縫い合わせたぐらいの大きな布袋を頭からすっぽりかぶせ、全身を包み込んで開口部を紐でしばって身動きできないようにして移送していたらしい。チャールズもそんな目にあったのだろうか。

ドラムリシー近郊にある農場を改造したブレイナーノ・ハウスは、近隣の噂では、育ちの良いアルコール依存症の患者たちからアルコールを絞り出す施設だった。しかし、チャールズの場合には有効でなかったようだ。そして彼は近在の、アルコール依存症の患者の治療を専門とするフォンドウン・ハウス（Fondoun House）に1885年に転院させられたが、そこでも秘かに飲酒した上で乱暴を働き、逃亡しようとしてつかまった。また、てんかん（epilopsy）症状もでるようになった。実はチャールズの父親、ジョン・ドイルも晩年はてんかんと情緒不安定に悩んでいた、というから、あるいは遺伝的要因もあったのかもしれない。そして遂にチャールズは「狂人」の証明付きで、近くのスコットランド北部の海辺の町にあるモンローズ王立精神病院（Montrose Royal Mental Hospital）——（通称サニーサイド）に移送された。1885年5月のことだった。チャールズはそこで、小康を得ることができたらしい。公権

第1部 コナン ドイルの軌跡 第1章 夜明け前──1876

父チャールズは1876年に退職し（ドイルが17歳の時）、1893年に死去するまで療養所、精神病院を転々とした。その一つブレイナーノ・ハウス施療院。最初に入所した施設

モンローズ王立精神病院（通称サニーサイド）。チャールズはここでスケッチをするなど自由な時間を過ごすことができた

力による収監ではなく、費用を自己負担する（長男のドイルが支払っていた）個人患者（private patient）としての取扱いだったので、一般の病院での生活と同じく自由度の多い日々を過ごすことができるようになり、久し振りに絵筆をとることもできるようになった。

チャールズはサニーサイドで数年過ごした後、症状の悪化が進むにつれ1891年からあちこちの施設に移送されるようになり、最後は1893年10月10日にThe Crighton Royal Institute、通称モーニングサイド治療院（Morningside Asylum）で息を引きとった。

チャールズの人生は、自分でも予想だにしなかったような不幸で悲惨な結

果で終わってしまった。しかし、彼にとって不幸中の幸いとでもいえたのは、移送された病院（サニーサイド）は主として民間資金の拠出によって建設された、当時としては最先端の啓蒙的医療思想と最も近代的な施設と治療システムを持った、スコットランド内の8病院の一つだったことだった。当時のイギリスの狂人の扱いは悲惨なもので、"ロンドンのベドラム（Bedlam）"と聞いただけで人々は震え上がったという。イギリス最古の精神病院で、正式名は「ベツレヘムの聖メアリ病院（The Hospital of St. Mary of Bethlehem）」だったが"名は体を表わさず"で、収容者に対する扱いは過酷をきわめた、といわれている。

　チャールズはサニーサイドで専ら水彩画を描いたり、スケッチをしたりする、かなり自由な日々を送ることができたらしい。彼はそこで息子ドイルの要請で『緋色の研究』単行本初版の挿絵も描いたが、稚拙な出来栄えだった。チャールズの死後、スケッチ帖などはドイルに戻され、彼はそれをニューフォレストにある別荘で保管していたが、死の前年1929年に火災が発生した際、それらをすべて取り出すことができなかったらしい。はるか後年になってこの屋敷が売却された際、スケッチ帖の一部が残っていることが発見され、1977年に『ドイルの日記』（"The Doyle's Diary"）として刊行された。それぞれのスケッチにつけられた彼の文章を読むと、彼は本当に、真正の狂人だったのかという疑問が頭をよぎる。

　確かに彼がスケッチした対象物はバランスが不揃いであり、テーマ的にも一貫性がなく正常な感覚で描かれたものにはみえないが、そこに添えられた彼の手書きの文では「このスケッチ帖が本当にMADMAN（狂人）の筆になるものか、とくとご覧いただきたい。どこに知的欠陥や異常感覚があるというのか。このスケッチ帖全体のどこかにその証拠があるというなら、それを指摘して、私の不利になる記録にしたらよい」（1889年3月8日付）。

　彼はまた、スケッチ帖を気の毒な彼の妻メアリに送って欲しい、と書いた。

　「神の御加護が妻と残された人たちにありますように。妻は今や私のことを忘れているだろうが ── （彼は悲しそうにつけ加えた）私は忘れていない」。

　チャールズの死の前年、メアリはクリヒトン王立精神病院（Chrichton Royal Lunatie Assylum）── チャールズはそこに再移送されていた ──の所長であったジェイムズ・ラザフォード博士に、ドイルがまだ3歳だった

第1部　コナン・ドイルの軌跡　第1章　夜明け前 —— 1876

精神病院の中で父チャールズ・ドイルが描いたスケッチ

1862年当時の状況について、手紙でこう伝えている。
　「私の生活の資はきわめて限られており、家賃年間8ポンドの小さな家に住み、召使いも置いていません。私の可哀想な夫の症状は飲酒に起因するもので、慢性アルコール中毒に伴う衰えや精神障害（delirium tremens）を数回起こしています。ちょうど30年前の1862年にはひどい症状を引き起こし、ほぼ1年間というもの休職扱いになり、給料は半額に減らされました。何ヶ月間も這うことしかできず、完全に痴呆状態になり自分の名前すら言えませんでした。
　夫は、知っている人からは愛されていました。私は夫をドラムリシーにある施設に留め置いていたのですが、夫はしょっちゅう、抜け出しては酒を飲んでいました。そしてついに乱暴になったので、二人の医師が証明してモンローズ治療院に入れてしまいました。それ以来、私の夫は完全に禁酒状態にあります」。

49

エジンバラの地元紙「スコットマン」（"Scottman"）は、1893年10月23日号でこのような追悼記事を掲載した。「由緒ある家系の出自。画家としての作品／仕事 —— 荒削りだが（本質的な才能は持っていた）『素質』は認められていた。人に好かれるタイプで話し振りは楽しく、聞く人を喜ばせた。想像力豊かで、彼の語る逸話に耳を傾けることはいつも楽しいことだった。たいへんな読書家であり、その結果として、知見が豊かだった。彼の能力と紳士的な態度は、どこにいっても心から歓迎された」。

　一方、ドイルは後年、自伝『回想と冒険』の中で当時の状況をこのように記している。

　「私たち一家は貧乏がしみついた厳しい環境の中で生活していたが、その中で、それぞれが一所懸命に幼い弟妹たちの面倒をみていた。私が尊敬していた姉のアネットは早々にガバネスの口をみつけてポルトガルに渡り、給料をすべて実家に送金していた。妹たち、ロティとコニーも同じ道を追った。私もできるだけの手伝いをした。しかし、何と言っても一番、そして長い間劣悪な状態の中で苦労を続けていたのは、私の愛する母だった。……私が思うに、父の方は彼女の手助けにはならなかった。父の頭の中は何か雲をつかむような、とりとめもない考えで支配されており、生活の実情については関心を持っていなかった。彼の持っていた才能の果実を得ていたのは世間であり、家庭ではなかった」。

　「この時期を通して、私たち一家の状況はますます悪化していた。エジンバラから離れた町での私の住み込みバイトと、妹たちの仕送りがなかったら、一家は持ちこたえられなかっただろう。父は完全に健康を失い、施療院に送られ、そこで残りの人生を過ごすことになったので、当時20歳の私は家族の多い、困窮状態にある一家の長になってしまっていた。父の人生は満たされない能力と、開花できなかった才能、という悲劇に彩られていた。父は我々と同じように弱点を持っていたが、同時に、ある種の素晴らしい、特筆すべき徳性を合わせ持っていた。背が高く、長いひげを生やし、物腰は丁重だったので、他人にはみられないような魅力的な風姿の持ち主になっていた。父は気転がきき、冗談もうまかった。また非常に繊細な神経の持ち主だったので、

もし粗野な態度で話しかけられたりすると、立ち上がって席を離れるだけの勇気ある気性をそなえていた。父が数年後にこの世を去った時、父は一人の敵も持っていなかったし、父を最もよく知っていた人たちは、父の身にふりかかった過酷な運命に限りない同情の念を持った。父のような豊かな感受性の持ち主にとって、このような環境は父の年齢および父の性格からして立ち向かうには全くそぐわなかった。父は世俗的ではなかったし、実際的な男でもなかったので、家族は苦労したのだが、それとてもある見方をすれば、これらの欠点は父の高い精神性に基づくものであった。父は、熱烈なカトリック教徒として人生を全うした。しかし、母は父と比べれば信仰心はそれほど深くなかったし、時間とともに精神的な疲れを増し、ついには国教会に心の慰めの道を求めるようになった」。

　ちなみに、『回想と冒険』の中では、「ウァーラー」の存在には全く触れられていない。ドイルは、完全に彼を黙殺したのだった。
　ウァーラーが下宿人となったのは、チャールズが失職する１年前の1875年初めだった。夫があてにならなくなっていた状況の下で、メアリがいろいろと相談事をウァーラーに持ちかけていたのは想像に難くない。ドイルが帰省した頃には、ウァーラーは下宿人ではあるが、既に一家に対し強い影響力を持つようになっており、チャールズに代わって家長的存在となり、経済面でも必要な支援をメアリに対して提供するようになっていた。やがて一家はウァーラーと共に、彼が借りた、より立派な家に住むことになり、最終的には1881年に、ウァーラーが借りて家賃を全額支払っていた市内の一等地（23 George Square）にメアリ一家が寄宿するという、逆転した状態になっていった。チャールズは既に入院加療中だった。
　そして遂に、メアリは幼い二人の娘、８歳のジェーン（愛称、アイダ）と６歳のブライアン（ドド）を連れて、かつて訪れたことのあるウァーラーの故郷メイソンギルの彼の所有地の中にある小さな家（cottage）に移住することになった。10歳になっていたイネスは、サウスシーで開業していたドイルのもとに送られていた。1883年のことだった。結局メアリは、そこで30年間余り生活することになった。

　1853年生まれでまだ30歳だったウァーラーは、独身を続けていたが、やっ

メイソンギルの家での母メアリ

と13年後の1896年に結婚したものの子供にも恵まれず、愛情に欠けた淋しい生活を続け、1932年にこの世を去った。不幸な人が多い中で、ウァーラーの母、ジュリアだけは例外だったかもしれない。彼女は自分の傍らで孫娘（？）のドドの成長を見守ることができたのだから ──

　振り返ってみれば、少年時代、自宅から2キロほど離れたバートン家に寄留して、ニューイントン・アカデミーに通うことになったのも、この夫の悲惨な状態をみたメアリが息子を父親から隔離しようとしたのが主な理由だった。その後は親元を離れて、ホッダーからストーニーハースト学院で計7年間寄宿学校の生活を過ごしたのだから、結局、ドイルは温かい家庭の雰囲気も知らないままに17歳になっていたのだった。その頃までには、彼の基本的な性格 ── 他人に依存しない、強情なまでの独立心。逆境に耐える忍耐心。貧乏にめげない金銭感覚。カトリックに対する嫌悪感など、その後のドイルの人生の諸相にみられる基本的な資質 ── が形成されていた。その彼が無限定に、むさぼるように受け入れていたのが、母親メアリの愛だった。彼女のなすことすべて、そして彼に言うことすべて、それが叱責であろうと、厳しい躾であろうと、彼は無条件に受け入れ決して反抗しなかった。ドイルにとって、父親のチャールズは明らかに反面教師であったが、母親のメアリに対しては絶対の存在として、後年になっていくつかの例外ケースはあったが、終生にわたり彼女の言うことすべてを受け入れていた。

19世紀イギリスの階級制度とドイルの「騎士道精神」

　19世紀後半、最盛期のヴィクトリア時代後期のイギリスでは、厳格な階級制度が確立していた。しかも各階層内での競争は激しく、優勝劣敗の原則が貫徹する社会でもあった。大英帝国は膨張を続け、世界の各地に触手を伸ばしていったが、それを可能とするためには、国内では強い緊張感を維持することが不可欠だった。

　「資本と労働」を中核として、その回りを産業革命の成果である工業力、軍事力、国際政治（外交）力などで固めた英国型植民地資本主義を維持、拡大させるための最も重要な資源が「人財」であることを、この小さな島国の支配者たちは勿論見抜いていた。健全な家庭を基礎とし、その中から次々と健全な新しい世代が誕生し、好循環を繰り返すことで「日の沈むことのない大帝国」は永遠に不滅の存在となる —— そのためには、障害となることは徹底的に排除して、社会全体を効率的にしておく必要があった。

　人間についていえば、「財」にならない人間、社会の荷物（負担）になるものは、摘発して隔離することで残りの社会全体を健全な状態に維持することが重要と考えられた。浮浪者や働く意欲のない者、また働く意欲はあっても働く状態にない者、社会秩序上好ましくない売春婦などは、ワークハウス（workhouse）（半強制的に労働をさせる公営の収容施設）に送りこむ。酒乱の者、精神異常者などは、簡単な手続きで精神病院や施療院に収容する。チャールズの場合がそうだった。勿論、犯罪者や暴力などで危害を与える可能性のある者は即刻、刑務所行きとなる —— 現代の我々からみれば、寛容度のきわめて低い、厳しい社会秩序が保たれていた。それを支えていた主張の一つが、サミュエル・スマイルズの『自助論』（"Self Help"）だった。ドイルが生まれる1年前の1858年に出版されたこの本は、当時の向上心の強い人々（特に、勃興しつつあった勤勉なミドルクラス層）に熱烈に受入れられ、たちまち彼らの座右の銘になっていった。具体的にどんなことが書かれていたのか、少し拾ってみよう。

（三笠書房「知的生きかた文庫」竹内均 訳より）

「天は自ら助くる者を助く」

この格言は、幾多の試練を経て現代にまで語り継がれてきた。……自助の精神は、人間が真の成長を遂げるための礎である。自助の精神が多くの人々の生活に根づくなら、それは活力にあふれた強い国家を築く原動力ともなるだろう。

外部からの援助は人間を弱くする。自分で自分を助けようとする精神こそ、その人間をいつまでも励まし元気づける。……

いかにすぐれた制度をこしらえても、それで人間を救えるわけではない。

……われわれ一人一人がよりすぐれた生活態度を身につけない限り、どんなに正しい法律を制定したところで人間の変革などできはしないだろう。

政治とは、国民の考えや行動の反映にすぎない。……つまり、国民全体の質がその国の政治の質を決定するのだ。……

われわれ一人一人が勤勉に働き、活力と正直な心を失わない限り、社会は進歩する。反対に、怠惰とエゴイズム、悪徳が国民の間にはびこれば社会は荒廃する。われわれが「社会悪」と呼びならわしているものの大部分は、実はわれわれ自身の堕落した生活から生じる。

……すべては人間が自らをどう支配するかにかかっている。……

……国民一人一人の人格の向上こそが、社会の安全と国の確たる保証となるのだ。

大切なのは一生懸命働いて節制に努め、人生の目的をまじめに追求していくことだ。……

エネルギッシュに活動する人間は、他人の生活や行動に強い影響を与えずにはおかない。そこにこそ最も実践的な教育の姿がある。学校などは、それに比べれば教育のほんの初歩を教えてくれるに過ぎない。……

……立派な人間性を持った人物は、自助の精神や目的へ邁進する忍耐力、めざす仕事をやり抜こうとする気力、そして終生変わらぬ誠実さを兼ね備えている。

……貧苦は決して不幸ではない。強い自助の精神さえあれば、貧しさ

はかえって人間にとっての恵みに変わる。貧苦は人間を立ち上がらせ、社会との戦いに駆り立てる。人生に暇な時間はない。

……自分の幸福や成功については、あくまでも自分自身が責任を持たねばならない……。

最大限の努力を払ってでも勤勉の習慣を身につけなければならない。

……快活さを失わず努力することは、成功と幸福への土台となる。

……どんな逆境にあっても希望を失ってはならない。……希望を捨てた人間は人間性まで堕落してしまう。

……われわれを助けるのは偶然の力ではなく、確固とした目標に向かってねばり強く勤勉に歩んでいこうとする姿勢なのだ。

……わずかな時間もムダにせず、こつこつと努力を続ければ、積もり積もって大きな成果に結びつく。毎日一時間でいいから、無為に過ごしている時間を何か有益な目的のために向けてみるがいい。そうすれば、平凡な能力しかない人間でも必ず学問の一つくらいはマスターできるようになる。

……永遠なるこの世の真理の中で、わずかに時間だけはわれわれの自由裁量にまかされている。そして人生と同じように時間も、ひとたび過ぎてしまえば二度と呼び戻せはしない。

信念は力なり

苦労の果てに勝ち得たものこそ本物

働け！　働け！　もっと働け！

どんな分野であれ、成功に必要なのは秀でた才能ではなく決意だ。あくまで精一杯努力しようとする意志の力だ。この意味で、活力とは人間の性格の中心をなす力であり、つまるところ人間それ自身であるともいえよう。

……意志こそが人間の完全に所有できる唯一の財産だ。そして意志を正しい方向へ向けるか誤った方向へ向けるかは、われわれ一人一人に負わされた課題だ。

……時間を正しく活用すれば、自己を啓発し、人格を向上させ、個性をのばしていける。……

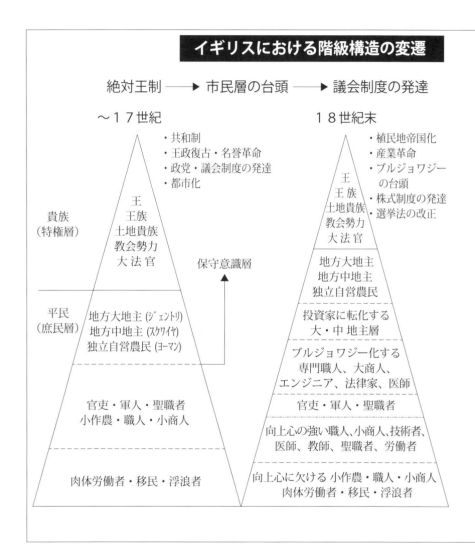

　ヴィクトリア時代後期は大英帝国の絶頂期であり、国は富み版図は拡大した。その中で、当時の人々の生活が非常にテンションの高いものであったことを、このスマイルズの『自助論』は雄弁に語っている。ちなみに訳者、竹内均氏によれば、明治4年には中村正直によるその日本語訳が『西国立志編』

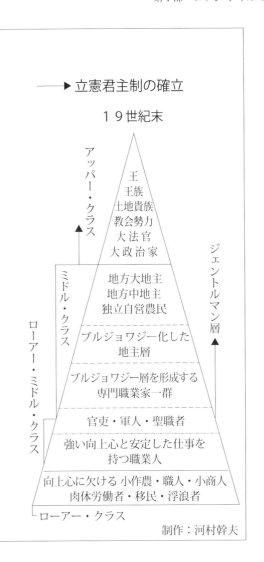

と題して出版され、福沢諭吉の『学問のすゝめ』と並んで明治の青年たちによって広く読まれ、当時の日本で総計100万部ほど売れたということである。

ヴィクトリア時代に大英帝国内における富の蓄積は急速に進んだが、それ

はやはりひと握りの階級のものであった。その前の18世紀に比べれば、どんな貧乏人でもその着ている物、食べている物は格段に良くなったといわれたが、格差はますます拡大し、富める者はますます富み、貧乏人は依然貧乏人のままであった。それでも社会的不均衡による不満が暴発しなかったのは、一つには過酷な刑罰制度が厳として存在し、しかも法と秩序の維持にあたる警察が次第に社会の認知を得て発達してきたこと、伝統的な階級制度が厳しく守られていたこと、そして市民階級といわれる中間層に、特にキリスト教的道徳感情がしっかりと根を下ろしていたことによる。

　王室や大地主貴族をピラミッドの頂点とし、新興産業家層と市民階級層がそれに続き、農民、都市労働者を底辺とする階級社会が厳として存在し、それは人が生まれる前から「与えられた条件である」と認識されていた。したがって、人は生まれながらにして貴族であり、労働者であり、それは所与ののものであるから個人の力でくつがえすことはできない。社会の構成員は自分の所属する階級を自覚し、その枠組みの中で刻苦勉励し、「自助」の精神で立身出世するのである。キリスト教的道徳感情と自助の精神は、実にヴィクトリア時代の生活律として表裏一体をなしていたといえる。

　現代でもイギリス人の人生観の根底には、ヴィクトリア女王時代の「自助」の精神がしっかりと根を生やしており、例えば他人に対する親切心というものは、相手が持っているはずの自助の精神を逆なでするものであってはならない、そういった意味では「限定的」であるし、またそれが相手に対するエチケットでもある、というわけである。子供が石につまずき転んで泣いても、親もまわりの大人もすぐに走って行って抱き起こし、手やひざについた泥をはらってやったりはしない。その子供が持っているはずの「自助の精神」を認めないことになるからだ。所詮、人生というものは、生まれついた時から「平等」にはできていないし ―― 特に階級社会にあっては ―― それをとやかく言っても始まらない。大切なのは、誇りを持って人生を生きていくことであり、そのためには他人に頼らない「自助の精神」が不可欠のものである。そして「自助」の物質的基礎はなんといってもカネ。したがってイギリス人は、老いも若きも金もうけの話が大好きだ、ということになる。

第1部　コナン ドイルの軌跡　第1章　夜明け前──1876

エジンバラ大学医学部での新生活と処女作執筆

　1876年10月、ドイルは地元のエジンバラ大学医学部に入学した。一族の中では、ドイル一家の貧乏状態と家庭崩壊の状況をみると、たとえ能力や意欲はあっても大学進学は無理で、ストーニーハースト学院を卒業したらただちに就職し、チャールズに代わって一家の長として家族を守るべきである、という議論もあった。しかし、当時の停滞的な経済社会状況の中では、なれるとしても精々が家具運搬人や鉱山労働者のような、頭よりは手と足を使う仕事しか見当たらなかった。また、メアリは自分の夫を失職させたり、家計をうまく切り盛りできず貧乏に追いこんだりと、妻として、また家政の責任者としての資質を一族から問われてもいたらしいが、彼女には爪に火をともす生活苦の中でも何とかして、長男であり一族の期待の星でもあるドイルをここまで育て上げたという自負があった。彼女は息子を大学に進ませるということだけは、譲ろうとしなかった。

　ドイル一族はそれではと、代案として、ドイルの中には一族が誇りにしている芸術家の血は流れていないようだからということで、聖職者、法律家、医師のいずれかの進路を選ぶよう指示した。当時は、ブルジョワジーと呼ばれた新しいプロフェッショナル（専門家）たちが、イギリスのバックボーンとなる中堅階級（ミドル・クラス）として台頭しつつある時期だった。特に医師はその中でも花形で、中堅階級であることの目安とされる最低年収300ポンド（300万円）をはるかに越える1,000ポンド（1,000万円）以上稼ぐ"お医者さま"も大勢いるといわれ、しかもそれが典型的な知的職業とみなされていたので、多くの人の羨望と尊敬の対象となっていた。ドイルが医師の道を選んだのはごく当然ではあったが、しかし、彼が心の底から医業に強い関心を持っていたか、また彼自身の資質が厳しい学習と実践を必要とするこの種の仕事に向いていたかについては、疑問の余地がある。彼のそれまでの関心はむしろ、歴史・文学・思想といった人文的分野に注がれていたからだ。

　1583年に創立されたエジンバラ大学は、イングランドのオックスフォード／ケンブリッジと比肩されるスコットランドの名門大学であり、特にその医

59

学部は評判が高かった。ここでは教養教育が中心でなく、いきなり講座制の専門教育を行う専門学校的色彩が強く、学寮生活はなく、カレッジを基礎とした大学構成でもなかった。講義方法はビジネスライクで、学生たちは出席の都度、直接その教授に対し受講料を払う仕組みだったので、教授たちも勢い、学生たちを引きつける個性的な講義をする傾向があった。その中には将来のドイルの作品のモデルにもなる、ラザフォード、ベルのような名物教授たちもいた。他方で、一方的な講義が終わると教授たちはさっさと姿を消すので、教室外での師弟の交流は原則としてなかった。

このような時代背景と独特な教育システムで、エジンバラ大学医学部の人気は急上昇していた。学生数も1861年には543人だったのが、76－77年度には1,070人、10年後の87－88年度には1,898人と、急激に増加していた。また特筆すべきは、ドイルが入学した1876年には、イングランドの大学システムと一致させるため、従来の学位制度に代わり資格制度を導入したことで、順調に学業をこなせば卒業後ただちに開業できることになった。ドイルにとっては幸運なスタートだった。

大学生となったドイルが、経済的な命綱として何が何でも獲得しなければならなかったのは、奨学金だった。所定の手続きを終え、年40ポンド（40万円）の給付を期待し安心していたドイルだったが、支給日に大学事務局に出向いたところ、実は事務局側の手続きミスで、その奨学金は他の学生に振り当てられ支払いも済んでいたことが判明した。驚いたドイルは強く抗議し、大学事務局は平謝りに謝ったがどうしようもない。大学を訴えると息巻いてみたものの、これから世話になる大学にそんなことができるはずがない。最後には、事務局が寄せ集めた小額の奨学金の塊りで決着をつけざるを得なかった。出だしの大きな躓きだった。彼は1876－1881の5年間、苦学生として大学生活を送ることを運命づけられた。今のように簡単に学生バイトをする機会もなかったので（そういう経済と社会の仕組みではなかった）、ドイルにできることは、とにかく支出を切り詰めることだった。3ペンス（250円）でサンドイッチ＋ビール（飲み水のかわり）の昼食をとるか、書店の安売り棚の本を買うか、切ないドイルの選択が続いた。

60

第1部　コナンドイルの軌跡　第1章　夜明け前——1876

　入学当時のドイルは、肩幅広く胸板も厚く、体力に恵まれた力強い若者で、精神的には血の気の多い、少し無謀なところのある粗野な青年だったようだ。当時の医学生のアルバイトとしては、一定期間を限って開業医のところで食事付住込みの助手か、研修生になるということぐらいだった。助手だと月に2－3ポンドの当てがい扶持が出るが、研修生の場合は、自分が医師の仕事を学ぶのだから、という理由で、金銭的報酬は何もなかった。それでも貧困のどん底にあるドイル一家としては「口減らし」も大切なことだというので、ドイルはあちこちの医者の門をたたいた。記録に残っているものとしては、1878年にはシェフィールド市のリチャードソン医師のところで、次いでシュルーズベリ市の郊外の小村で開業していたエリオット医師のところで、それぞれ「研修」した後、翌1879年からはバーミンガムで開業中のホア医師の「助手」として採用された。月給は2ポンド。ホア医師は、主として工業都市バーミンガムの貧民街で精力的に活動しており、往診用に5頭の馬を所有していた。年収は3,000ポンド（3,000万円）で、大成功している医師とみられていた。ドイルにとって幸運だったのは、ホア夫妻に気に入られ、助手というよりもむしろ家族の一員に近い精神的待遇を受けるようになったことだった。彼にとっては初めて知った「温かい家庭の味」だったのかもしれない。その後、ドイルは何度もここで「助手」をしたり居候するようになり、ウァーラーとメアリのいる「実家」には寄りつかなくなった。このホア夫妻との親しい関係はドイルが有名になってからも長く続き、ホア医師の死後も未亡人と娘との交際が続いた。

　それ以上にドイルの生涯に大きな転機を与えたのは、ホア医師の甥であるルパート・ホー・ハンター医師が、彼の手紙の文章が生き生きしているのをみて、文才があるのだからと小説を書くことを勧めてくれたことだった。ドイルが心の中に秘めていた文学に対する憧れに火がついた。子供の頃からの読書好きは続いていたが、今度は「読む」ではなく、「読ませる」側に位置をかえる。これはともすれば、自分の人生のあり方に懐疑的になりがちだったドイルに、一つの明確な目標を与えることにもなった。

　ドイルの処女作「ササッサ谷の秘密」（"The Mystery of Sasassa Valley"）は、医学専門誌「チェンバーズ・ジャーナル」（"The Chambers' Journal"）

1879年10月号に掲載された短編の冒険小説だった。原稿料は３ギニー（3.15万円）で、短編としては高い評価だった。ちなみに１ポンドは20シリングだが、南米ギニア産の金鉱石を使った金貨は純分が高く、５％のプレミアム付き、すなわち１ギニーは21シリングの価値のある金貨として通用し、主として謝礼やチップ込み、の感覚で使用されていた。彼の心は躍った。

それだけでなかった。翌1880年にはバーミンガムという都会が、ドイルに生涯につながる精神的衝撃を与えることになる。それは、同地で開催された一つの講演会だった。

Episode 2　　イギリスのパブにみる階級社会の名残り

最近では日本でも、パブはその看板をあちこちで見かけ、決して珍しい存在ではないが、本家本元は勿論イギリスである。

食べること、飲むこととなると、話題は尽きない。イギリス人というとすぐにウイスキーを連想するが、本場のスコットランドやアイルランドではいざ知らず、ロンドンの人たちがウイスキーになじみ始めたのは、せいぜい1880年代である。ホームズは自分でもウイスキーのソーダ割りを飲んでいたし、部屋を訪れてくるスコットランド・ヤードの刑事たちにも勧めていたが、この当時としてはハイカラな飲み物であったはずだ。何といってもビールとジンがヴィクトリア時代の大衆の飲物であり、飲む場所はパブであった。

イギリス人にとっては、パブは自分の家庭の次になじみ深い場所となっている。行きずりの旅行者でも、ちょっと覗いてみたくなるような、由緒ありげな看板がぶら下がり、店構えもそれぞれ特徴があって、とにかくパブは店の個性が売り物である。それに店の主人の性格が加わって、何ともいえない独特のにぎやかな雰囲気ができあがり、それが客寄せにつながる。

ホームズの時代でも、100年以上後の今日でも、パブの機能は変わらない。情報を集めたり交換したりする場所、デートをする場所、同好会やスポーツ仲

第1部　コナン ドイルの軌跡　第1章　夜明け前——1876

間の集合場所、勤め帰りに仲間同士で上司をこきおろして溜飲を下げる場所、大いに豪快に飲む場所、夫婦で問わず語りの会話を楽しむ場所。イギリス人は、ビールはパブで飲むもので、それ以外の場所で飲むものではないと思い込んでいるようだ。

　そんな庶民的なパブにも、実は、この国の階級社会の歴史がいまだに刻みこまれているものがある。それは、入口の扉である。
　多くの古いパブでは2カ所に扉があるが、それはもともとは、入口と出口というわけではない。注意してみると、一つの扉には「サルーン」あるいは「プライベート・バー」と書いてあり、もう一つの扉には「パブリック・バー」と記されている。「パブリック・バー」の方は、労働者階級用であった。扉を押して入れば、床は板敷のままで、その上にはおがくずがうすく敷いてある。これはジョッキから床にこぼれたビールを吸いとり、店が閉まったら掃き出してしまうためのものである。立ち飲みが原則であるが、ちょっと軽食でもつつきたいとか、じっくりと座って飲みたい輩のために、四、五脚の粗末な木製のテーブルと椅子が置いてある。
　一方、「サルーン」の方は、労働者階級より上の、女性も入って飲める、すなわち紳士淑女用であり、床にはじゅうたんを敷き、上質のテーブルと椅子、それにゆっくり座れるようにソファも置いてある。同じ物を注文しても労働者諸君よりは高くつくが、カウンターの部分を除いて、仕切り壁で完全に区別されているので、紳士淑女と労働者がまざりあうことは絶対にない。パブの前に着いてどちらの扉を押すかは本人の自由な選択に任されていたではあろうが、身分不相応（どちらの側であっても）な選択をしたら、楽しくないどころか、あるいはパブの主人につまみ出される危険があったかもしれない。

　パブは「自分たちの階級」の溜まり場だからこそ楽しく過ごせるわけで、背伸びした気持ちで労働者諸君が「サルーン」の扉を押しても楽しくないし、反対に、好奇心から紳士・淑女が「パブリック・バー」の扉を押して入っても、それはいらぬおせっかいとでも言うべきものである。このあたりが、英国の階級制度の言うに言われぬ微妙な点である。

63

1880
(21歳)

「死がすべての終わりか？」

　「死がすべての終わりか？」というのは、1880年1月に当時21歳のドイル
が出席した巡回説教グループの会合で、ジョセフ・クックという男が行った
講演のタイトルだった。当時は新聞、雑誌以外のメディアがまだ発達してい
なかったので、有名人による一般人相手の講演会や読書会が人気を集めて
いた。クックは有名な米国人の予知能力者で、特に宗教と科学の調和につい
て多く語っていたらしい。そのテーマこそが、物質主義に染まっている一方
で、幼少時から受けた厳格なカトリック教育に反発しつつもそこからまだ完
全に抜け出していなかった当時のドイルに強くアピールしたのだろう。彼は
直後に、母親に対し「素晴らしい講演でした。たいへん考えさせられる内容
でしたが、ただ、私にとっては確信できることではありませんでした」と書
き送っている。

　ドイルの家系は父方、母方とも純粋なアイリッシュ系なので、そのルーツを
さかのぼればドルイド教の影響を受けているかもしれない。これは辞書によ
ると「ガリア・ブリタニアに定着した古代ケルト人の宗教。ドルイドとよばれ
る神官を中心に、占いや天文の知識、聖樹崇拝を重視し、霊魂不滅、輪廻の
教義を説いた」とある。ついでにケルトもみておくと「インド・ヨーロッパ
語系のヨーロッパ先住民族。前五世紀頃からヨーロッパ中・西部で栄えたが、
前一世紀までにローマの支配下に入った。現在はフランスのブルターニュ地
方、アイルランド、英国のウェールズやスコットランドに残る」となってい
る。我々になじみのあるところでは、イングランド南部にあるストーンヘン
ジ、アーサー王伝説、妖精伝説などで、ドイル一族の中には有名な妖精画家
（リチャード・ドイル）もいた。

　ドイルは敬虔にして熱烈なカトリック教徒の一族の中で生まれ育ったので、
既に9歳にしてイングランド北部のランカシャー州にある、厳格な教育で有
名なイエズス会系の寄宿学校に入れられ、7年間を過ごした。しかし、彼は

第1部　コナン ドイルの軌跡　第1章　夜明け前——1880

そこでのカトリック教義の、批判を許さぬ洗脳教育と厳しい体罰制度に反発を感じ、不本意な少年時代を送らざるを得なかった。彼が心から自由な精神の躍動を感じたのは、17歳でエジンバラ大学医学部に入学してからで、在学中に、産業革命の成果に裏付けられた当時の支配的な思想である物質主義に染まる一方で、既成宗教の持つ神秘性や、当時一種の流行にもなりかけていた「パラノーマル（超常現象）」にも関心を深めるようになっていた。クックの講演は、ちょうどその時期に行われた。その場で彼が受けた衝撃の程度はわからないが、その後に書いた作品群を時系列的に読み直してみると、世間で言うところのオカルト物が多いことにあらためて気がつく。そしてこの流れは、ホームズが1887年に登場し、1891年からの読み切り連載短編のいわゆる「ホームズ物語」が大成功していた2年半（その最後にホームズは滝壺に落下し一旦消滅する）が終わった後も、細い流れではあるが絶えることなく続いていた。このことは、彼の超常現象（心霊主義を含む）に対する関心が、ホームズ物語の影で生き続けていたことを示唆している。

「パラノーマル（超常現象）」の支配する北極海での捕鯨航海

　ジョセフ・クックの講演「死がすべての終わりか？」に刺激されてバーミンガムからエジンバラに帰ったドイルに、思いがけない長期アルバイトの話が友人から持ち込まれた。それは、捕鯨船の船医となって約6ヶ月間、北極海で仕事をするというもので、この場合、特に医師の資格がなくても船医になれるし、報酬は鯨の捕獲高にもよるが数十ポンドにはなるだろう、ということだった。自分自身のためにも家族のためにも、金が喉から手が出るほど欲しかったドイルは、この話にとびついた。

　照明用の油は鯨油が主だったが、ちょうどドイルの生まれた1859年に米国のペンシルバニアで石油が発見されたことから、それ以降、捕鯨は衰退しつつあった。一方、太平洋での活動はまだ活発だったことは、捕鯨船の補給基地を求める米国からの日本に対する開港要求でもわかる。

　1880年2月28日、有能な船長のジョン・グレイの指揮の下、（ドイルの自伝に

65

ドイルが船医として乗船した捕鯨船ホープ号

捕鯨船ホープ号の船長ジョン・グレイ（1830〜1892）

よれば）200トンの捕鯨船「ホープ号」はスコットランド北部の母港ピーターヘッドから出航した。乗組員は25人がスコットランド人、25人がシェトランド人で構成されていたが、シェトランド人たちは全員が長老派教会（プレスビテリアン）の信者で、酒を全く飲まない状態で陸地や海上での超自然的な体験を語りドイルを驚かせただけでなく、彼に深い影響を与えた。ホープ号は北極海に向かって進み、途上でまずアザラシ狩りをし、次に鯨を追うという計画だった。4月に入ると、白い氷の上でアザラシ狩りが始まった。抜けるような青空。物音一つしない静寂。真白な氷原。その上に点々とした黒い模様をつけたようなアザラシの群れ。すべては平和な光景だが、一旦人間が棍棒を持って近づくと、またたく間にそこはアザラシの断末魔の叫びと赤い血の海に変わる。ドイルの目には、アザラシ狩りは野蛮な行為として映ったが、他方で人間の側からみれば、その行為で生活が豊かになるという面も理解していた。

　1880年5月22日、ドイルはホープ号の船上で21歳の誕生日を迎えた。この時期のドイルは、身長は180センチを超え、体重は107キロ、茶色の髪、灰色の目、肩幅広く、胸板厚く、力強い、スポーツ好きな青年に成長していた。特にボクシングが大好きで、船員たちと試合して人気を集めていた。一方で、読書

第1部　コナンドイルの軌跡　第1章　夜明け前──1880

に熱心で何事にも好奇心を持つ、やや粗野だが感じの良い、前向きな、明る
い青年になっていた。

　６月に入り、グリーンランド近海の北極圏に到達したホープ号は、捕鯨を
開始した。アザラシ狩りとちがって男性的な戦いだとドイルの目には映った。
ドイルは北極の神秘の虜となっていた。眼を射るような氷の輝き、胸にしみ
こむような冷たい乾いた空気、紺碧の海原、沈まない太陽、つんざくような
海鳥の鳴き声、そして、時折水しぶきを上げて巨体を見せる灰色の鯨。それ
を執念深く追う人間。その光景は、ドイルの目にはこれまでの人生では全く
感じたことのない、「男性的な」という表現を超えた、人間がその力を振りし
ぼって自然と相対していく格闘技の極致と映った。
　それは、彼の胸の中に妖しいまでの興奮を呼び起こした。これは、神々が
しつらえた北極海という大舞台の上で展開される、人間と自然のドラマとい
える。そこには何か、人間の心を引きつけて離さない超自然的な魅力さえあ
る。自然の中に神を見、妖精の存在を信じるケルト的な魂が、彼の中で目を
覚ましたのかもしれない。あるいはかたくななカトリック教義に悩みを抱い
ていた彼の精神が、自然の神秘に触れて強く反応したのかもしれない。いず
れにせよ、この６ヶ月の北極海での体験は、その後の彼の精神形成に計りし
れない影響を与えることになった。
　ホープ号は、8月10日に母港に帰着した。

　ドイルは２年後に、この捕鯨船での体験を基にして、「北極星号の船長」
（"The Captain of the Polestar"）⇒p.318と題した原稿を月刊「テンプル・バー
誌」に送り、採用された。同誌1883年1月号に掲載され、彼は10ギニー（10万
5,000円）の原稿料を受け取った。

　帰郷したドイルを待ち受けていたのは、翌年６月に迫っていた卒業試験の
準備だった。実は、捕鯨船に乗り込む前には、一家を極度の貧乏状態から救
い出すために通常５年間の学業期間を４年間に圧縮して卒業し、開業するな
り、勤務医にでもなってとにかく安定した収入を得る状態を実現したいと考
えていたドイルだったが、今やそれどころか、正規の卒業試験までに残され
た時間も決して充分とは言えなかった。ところが彼の場合は、まずその前に

67

何としてでも「卒業試験受験料」を稼ぎ出す必要があった。捕鯨船で稼いだ
50ポンド（50万円）は全額を母親メアリに渡し、すぐに家計のやりくりの中
に消えてしまっていた。

　そのためドイルは、1881年3月頃まで再びバーミンガムのホア医師のところ
に転がりこんで、助手をしながら受験勉強を始めていた。入学当時から彼は
好き嫌いが激しく、たとえば必須科目の中の、植物学、化学、解剖学、生理
学のような基本科目は、本来彼が目指していた実学（治療）にはなじまない、
などと強弁していたほどだった。ところが、１年生の時に初めて出席した外
科手術の実技では、患者の悲鳴を聞いて彼自身が先に失神して友人に助けら
れるという失態を演じてしまった。

　とにかく、何が何でも今やドイルにとって喫緊の課題は、必要な全単位を
取得した上で、MB CM（Bachelor of Medicine & Master of Surgery）資格
試験に合格して「開業資格」を手に入れることだった。この「医学士・外科
修士号」は専門論文を提出して得られる医学博士号（MD）ではなかったが、
ドイルにとっては絶対に取得しなければならない開業資格を伴うものだった。

　不運なことに、この時期は父親チャールズが精神病院に送りこまれる時期
と重なっていた。ドイルは退路を断たれた気持ちで、最終試験に臨んだ。

第 1 部　コナン ドイルの軌跡　第 1 章　夜明け前 ―― 1880

| Episode 3 | 夜霧とガス灯と辻馬車 |

　ホームズとワトソンが活躍したヴィクトリア時代のロンドンといえば、夜霧とガス灯と辻馬車が想い出される。もっとも当時のロンドン子にとって、霧は決してロマンチックなものでなかった。暖房用、燃料用として使用されていたスコットランド産、ウエールズ産の石炭は、大量の亜硫酸ガスを発生させ、人々はのどをやられてしまうのだった。

　第二次大戦後の1952年の冬、ことのほかひどいスモッグが長期間にわたりロンドンで発生し、気管支炎、ぜんそく、気管支肺炎などが原因で、実に4,000人に達する死亡者を出した。このため政府主導で熱源の転換が計画され、1956年以降は電気、ガス、コークス以外の熱源の使用が禁止された。ロンドンの霧は白くなった。

　ガス灯は、19世紀に入ってから実用化された比較的新しい光源であり、それまでは牛や羊、鯨の脂を溶かして作ったタロー・キャンドル（獣脂ロウソク）と、ワックスやパラフィンなどを原料としたワックス・キャンドル（ロウソク）が主たる光源だった。初期のガス灯はバーナーの火をそのまま照明として用いる、いわゆる「裸火」だったが、その後の改良の積み重ねにより、1887年には白熱ガスマントルが発明され、従来の裸火の約5倍の光力が得られるようになった。

　一頭立二輪馬車は、その発明者ジョセフ・ハンソム（1803-1882）の名前から「ハンソム」または「キャブ」と呼ばれ、ロンドン子たちに愛用された。ホームズもこの二輪馬車を、（現代風に言えば）タクシーとして頻繁に利用した。当時は既に地下鉄も相当に発達していたが、ワトソンの記録では、ホームズが地下鉄を利用したのはたった1回（「赤毛連盟事件」）だけだった。

　霧の立ちこめる夜のロンドン。オレンジ色のガス灯が石畳の街路を照らす中、辻馬車がガラガラと音をたてて走り抜ける。その中には緊張した表情のホームズとワトソンが……。

　一方、夏目漱石は1901年2月に友人にあてた手紙で「倫敦は烟と霧と馬糞で埋って居る」と書いた。もしホームズがこれを聞いたら、「ネバー・マインド！　ソーセキ」とかん高い声でさけんだことだろう。

1881
(22歳)

うたかたの初恋

　1881年6月、5年間のエジンバラ大学医学部の課程を修了した22歳のドイル
は、MB CMの資格試験を受け、無事合格した。これは医学博士（MD）の資
格ではないが、少なくとも開業することはできる資格だったので、これで長
年の極貧状態から脱出できるとドイルも母親のメアリも大喜びした。

　メアリは早速、この知らせを親戚中に送った。実際、彼女は夫のチャール
ズが酒乱のため職を失ってからは、子沢山の一家を女の細腕一つで切り盛り
していたし、ドイルも大学の勉強を続けながらバイトに精を出して家計を助
けていたのだから、彼女が息子の成功を親戚や周囲の人たちに伝えたい気持
ちは大いに理解できるのだった。ドイルにしてみても、1868年9月、9歳の時
に、たった一人で故郷のエジンバラからイングランド北部ランカシャー州に
あるイエズス会運営の全寮制学院に旅立って以来、1876年、17歳になるまで
閉ざされた環境の中で厳しいカトリック教育を受け、またエジンバラに帰っ
て大学生になってからも学習とバイトに明け暮れる日々が続いていたのだか
ら、若い男女の織り成す華やかな外の世界とは全く無縁のまま成人していた。
彼は母親仕込みの質実剛健な青年となったが、母親は秘かに、このままにし
ておくと、大きな人生上の過ちを犯すことになるかもしれないと気をもんで
いたらしく、早く結婚させたいと思っていた。

　ドイルは、翌7月に、母親の勧めもあって意気揚々、友人を伴ってアイル
ランドの南部、ガラス加工で有名なウォーターフォードの近郊に住む母方の
親戚フォーレイ家を訪問した。彼はそこで大歓迎された。同じアイルランド
人の血を引く青年ドイルは、男らしい風貌と雰囲気を持つ「学士」様であり、
今や一族の希望の星になっていた。見物や社交にまじって、早速に適齢期の
娘たちとのお見合いもアレンジされた。母親のメアリとしては、どうせ嫁に
もらうなら同じ血の流れている「アイルランドの村娘」という秘かな期待も
あったのだろう。フォーレイ家との入念な下打合せがあったにちがいない。

第1部　コナンドイルの軌跡　第1章　夜明け前──1881

　若い娘たちの出現に、ドイルは有頂天になった。その中の一人に、エルモア・ウエルドン（Elmore Weldon）という娘がいた。彼はエルモアに一目惚れしてしまった。（彼のそそっかしい「一目惚れ」は、その後も繰り返される）。彼は早速、エジンバラの母親メアリにこう書き送った。

　「まったく！何という美しい人なのでしょう、このエルモア・ウエルドンというお嬢さんは。私たちはもうかれこれ1週間ほど親しくおつき合いしましたので、そろそろ機は熟しているようです。もっとも他にも2、3人、私が結婚したいと望むお嬢さんたちもいますので、私は今どうしたらよいのか悩んでいる状態です ── 頭の中は完全に混乱しています」。

　この悩ましいアイルランドでの夏休みも終わりに近づくにつれ、ドイルは否が応でもこれからの人生について考えざるを得なかった。医者として生きることは確かとしても、開業医なのか病院勤務医なのか、軍医なのか、または彼が大学時代にバイトで経験した船医なのか。

　突然、彼の頭の中で、収入も悪くはないし、航海中は自由時間が充分あるので、念願の執筆活動もできそうな「船医」がひらめいた。「決断、即実行」のドイルは早速に船医の口を見つけて、1881年10月、西アフリカ航路の貨客船マユンバ号の船医となって出航した。当時は暗黒大陸といわれていたアフリカの西岸を寄航してまわり、貨物の積み降ろし、積み込みが中心で、旅客は付け足しのような1,500トン程度の老朽船だったようで、気候の悪さも手伝って、ドイルにとっては予想や目論見とは全くかけ離れた散々の旅になってしまった。彼は航海中に自分の目でみたアフリカが、全く好きになれなかった。この暗黒の地で金持ちになるよりは、イギリスで乞食でいた方がましだ、とまで確信するようになった。

　ドイルはそういう状態の中でも、エルモアのことを考え続けていた。第二の母親と彼が慕っていたエジンバラのシャーロット・ドラモンド夫人に、彼が寄港したナイジェリアのラゴスから差し出した手紙にはこういうくだりがある。「彼女は1,300ポンド（1,300万円）持っていますが、私は自分の頭脳の他には何も持っていませんから、この話をどう前に進めていけるのか私にはわかりません。一旦将来を契り合ってから長い時間がたつのは好ましいことではないでしょうが、でも何かが起こるのを待つ以外ないようにも思います」。

71

この頃、彼は蚊にさされてマラリアを発病し、数日間生死の境をさまよった。また帰国途上では、洋上で船が火災を起こし、一時は沈没の危険にさらされた。マユンバ号も彼自身もほうほうのていで、翌1882年1月、イギリスのリヴァプールに戻った。

エルモアとのロマンスが始まって数ヶ月間たち、二人の関係はだんだんぎくしゃくしてきた。ドイルの彼女に対する気持ちは変わっていなかったが、彼女の方は感情が不安定で、恋の炎も大きく燃え上がったり、急に消えかかったりして、ドイルをやきもきさせた。そうしてついに「彼女はまるで当たり前のことでもしているように、冷淡に私を遠ざけてしまった。もう一度以前のようになるには相当な時間がかかりそうだ」と、彼は妹のロティに打ちあけた。

このエルモア・ウエルドンはどんな女性だったのか？　ドイルの人生における彼女の存在は、ドイルの伝記作家たちの中でもごく一部の人たちにしか関心を持たれていないので、資料も乏しく写真もない。もっぱら、ドイルが母親や一部の親しい人たちに送った手紙の中での断片的な記述から推測する以外ないのだが、どうやら、アイルランドの地方都市の裕福な家庭でかなり自由な雰囲気の中で育った娘で、当時の守旧的なヴィクトリア時代の厳しい規範にはあまり制約されず、伸び伸びと生きていたようだ。可愛らしく、発言も行動も活発で明るい社交的な性格だったのだろう。修道院的な厳しく冷たい環境の中で精神形成を強いられたドイルにとって、彼女はまさに明るい陽光の中で突然に咲きだした大輪の美しい花と映ったにちがいない。しかし、その花にも影はあった。明るく活発な性格の裏に躁うつ症の気があったのと、健康に恵まれていないことだった。この二つは、後になるまで尾を引くことになる。

ドイルにとっては、自分の人生を確立させるためにも、またそれを通じてエルモアとの恋を実らせるためにも、しっかりとした職業をみつける必要があった。その目的もあってその後、プリマスで友人の開業医ジョージ・バッド（George Budd）の手伝いをしていたドイルは、そこから母親のメアリにこう書いた。「お母さん、私はエルモアと一緒になることを決心しました。彼

第1部　コナンドイルの軌跡　第1章　夜明け前——1881

女は素晴らしく良くなっており、今ではほとんど申し分ありません。彼女に
どうしているか手紙を書いたところ、返事がきて、彼女は私にかつて言った
ことを今は非常に後悔している、と書いてきました。可哀そうな娘です。彼
女は私を本当に好きなのだと思います。彼女は、もし私が受け取るなら100ポ
ンド（100万円）を私に前貸しすると言っていますが、私は応じないつもりで
す。これから、自分で独立して開業しようとするポーツマスで成功してから、
彼女と結婚します」。

　この1882年5月の手紙に続いて、翌7月には母親にこう書いた。「エルモ（エ
ルモアの愛称）は1,500ポンド（1,500万円）の財産の遺贈を受けることになっ
ていますが、それは一緒に住んで面倒をみている老齢の伯母が死ぬまで手が
つけられません。仲直りしてから調子も良くなっているようで、ほがらかな
手紙を書いてきます。可愛い娘です」。

　けれども、この頃には母親のメアリは二人の将来について疑念を抱き始め
たようだ。彼の手紙からだけでなく、親戚筋のフォーレイ家を通じて彼女に
関する情報を集めていたにちがいない。彼女の願いはただ一つ。手塩にかけ
て苦労して育て上げた息子が良き伴侶を得て、「身を立て、名を上げ、やよ励
む」ことだった。

　エルモアのドイルに対する気持ちも、ますます高まっていった。ポーツマス
郊外のサウスシーで開業した後も収入がはかばかしくなかったドイルは、つ
いに焦りのあまり、ネパールのテライという紅茶の生産地で、茶園で働く労
働者たちの健康を管理する医者募集の広告を見て、応募の手紙を書いた。
　これを知ったエルモアは、自分も一緒に行くつもりで地元の医者の「徹底
した検査」を受け、過去において結核にかかったことは一度もない、全くの
健康体だというお墨付きをもらったとドイルに報告してきた。彼は早速、母
親にそのことを告げた。もっとも、医者ドイルはこう付け足している。「勿論
これはナンセンスですが、その症状は今では相当程度にひっこんでいるとい
うことを少なくとも示しています。」
　ついに母親は、重い腰を上げた。息子の生活ぶりを見るためというのは表
向きの口実で、エルモアと会うのが本当の目的だった。ドイルは母親に対し、

73

最後のアピールを試みた。「お母さん、あなたはエルモに対しいわれのない悪感情をお持ちです。彼女と会っていただければ、私と同じように彼女を好きになるのはまちがいありません。エルモは手紙の中で決して自分をひけらかすようなことはしませんが、逆に時として、衝動的に、まるで自分がすねているかのような印象を与えてしまう表現をすることがあるのです —— でも他の女性と比べても、彼女は決して不機嫌でもなければ、すねているわけでもないのです。

　彼女をよく知っていただければ、今度はあなた自身が最も温かい保護者になっていただけるでしょう。彼女は私たちの周りの人たちとは明らかに異なった種類の思考や行動スタイルを持っていますが、心は純真な人なのです」。

　母親とエルモアは、明らかに打ち解けることができなかった。ヴィクトリア時代の伝統的な考え方に従えば、それがファイナルだった。エルモアは、彼の視界から姿を消した。

第1部　コナンドイルの軌跡　第1章　夜明け前── 1881

| Episode 4 | 駆け出し医師ドイルの奮闘記 |

　開業資金も客（患者）もなく、まだ医療実績も殆ど無かったドイルが、見知らぬ土地で一旗上げるというのは、当時の彼の追いつめられた心境や、失うものは何もなし、の開き直った勇気は理解、賞讃されるとはいえ、現実には非常に厳しいチャレンジだった。彼は収入がないなかで、とにかく生活コストを極力切り詰めることにしていたが、それにも限度があった。

　しかし、時には幸運も自分の前をチラリと通りすぎることもあるものだ。ある日、求めに応じて患者の往診に行く途中で、近くの街角の八百屋の主人がてんかん症状を発生させ自分の店の床にひっくり返ったのを偶然目撃したドイルは、（チャンスとばかりに？）その店に駆けこみ、主人の手当をし、女房を落ち着かせ、子供たちを上手に扱ったので、八百屋一家の信頼を得ることに成功した。さらに（ありがたいことには？）この八百屋の主人のてんかんは時折起こるので、ドイルはその度毎に駆けつける、という繰り返しの中から一つの取引関係が成立し、手当をした時にはバターとベーコンがお礼に渡されるということになった。……しかし、この友好的関係は長続きしなかった。残念なことに、この八百屋の主人はほどなくして他界してしまった。

　悪戦苦闘の最初の1年間の収入は、それでも154ポンド（154万円）に達したが、まだ免税点以下だった。ドイルはその旨を税務申告書に記入し提出したのだが、ほどなくして収入金額の部分に、"most unsatisfactory"（全く不充分）と書き込まれて返送されてきた。いやしくも開業医たるものそんなに収入が少ないはずはない、もっと多いだろうと疑って突き返してきたのだ。これを見たドイルは多少皮肉を込めたユーモア精神で、（収入が少なかったことについては自分も全く同感という意味で）"I entirely agree"（自分も全く同感）とその下段に書いて、即刻送り返した。── しかしいくらイギリスでも、税務署にユーモアは通じない。後日、ドイルは帳簿をかかえて税務署に出頭する破目になった。

1882
（23歳）

カトリック信仰の放棄

　1882年1月、西アフリカから心身ともに消耗してリバプールに帰着したドイルを待ち受けていたのは、ロンドンにいるドイル一族からの話し合いの要請だった。教母のアネット伯母（教父のマイケル・エドワード・コナンは1879年12月にパリで逝去していた）をはじめとした一族の伯父たちが彼を待ち受けていた。皆、ドイルを愛しており、非常に期待しているだけに、現在の彼の状態にある種の不安を感じていた。折角、大学を卒業して開業資格を得たというのに、その方向に進む努力をするようにはみえず、定職になりそうにもない船医となってアフリカに行ってしまった。また、直接の話題にはならないだろうが、卒業旅行で知り合ったエルモアという名の若い娘との恋愛問題で悩んでいるらしい ── いったい、彼は今、何を考えているのだろう。ドイル一族の人たちは、彼の心の中が読めなかった。そこで直接、話をしたいということになった。

　ドイル一族は、確固としたカトリック精神で結ばれた人たちだった。彼らの祖先たちは、アイルランドにおけるカトリック迫害に堪え抜いて、自分たちの信仰を守り抜いた。そのために財産も没収され、着のみ着のままでロンドンに着いて、一からやり直した。物質の所有などはこの世の一時的なことであり、カトリック信仰こそが真実である、と彼らは固く信じていた。だからドイル一族は、彼らの期待の星であるドイルがカトリック世界の外で生きていこうと考えていることなどは、夢にも思っていなかったし、またそんなことはあってはならないことだった。特に、カトリック教徒であるはずの彼の家庭が実質的に崩壊している状況も、彼らは察知していた。いわば信仰のブレーキが利かない状態になっているのでは、という危惧もあった。

　ロンドンに集まったドイル一族は、彼の将来について事前に協議した上で、全面的に彼を支援することで合意していた。彼らは特に、文学・芸術の分野でその名を知られていた有力者たちだった。彼らはドイルが「堅気に医業を

続ける」という前提で、あらゆる影響力を使って彼に患者の紹介をすることで一致していた。信仰心の薄い現代では考えられないことだが、当時は、患者は自分と信仰を同じくする医者に診てもらうのが安心だとされていた。その点では、人口的には少数派のカトリックのドイル（と彼らがまだ信じていた）は開業しても不利だろうから、そこを一族で大いに患者集めをするということだった。要するに、ドイルが、堅気な医者を続けること、そして信仰に篤いカトリック教徒であり続けることを条件として、彼らは全面的にバックアップする気持ちを固めていたのである。

　しかし、彼らの前に現れたドイルはそんな期待を裏切った。第一に、彼は精神的に荒れていた。確かに、少なくとも大学生だった最近の数年間だけをみても、彼に同情すべき点は多かった ── 出口の見えない貧乏生活がもたらした家庭の崩壊。父親の失職、精神病院送り。残された母親は貧乏に疲れ果てた末に、下宿人のウァーラーに異常なまでに依存するようになっていた。両親は敬虔なカトリック教徒のはずだった。神はこういう人たちを精神的に救ってやれないのか。カトリックについては、つい２、３ヶ月前に西アフリカの寄港地で見た哀れな現地人たちと、魂の救済という与えられた神聖な義務も放棄したまま、彼らを見下し、無頼と無為の日々を過ごしている白人のイエズス会神父 ── 自分ももし母親が授業料免除と引き換えに、ストーニーハースト学院に自分の身と心を差し出していたら、自分は一体どうなっていたのだろう。まだある。愛する、そして苦労を共にしてきた姉のアネットがまだやっと19歳になったばかりなのに、遠いポルトガルのリスボンにガバネスとして働きに出ていた。弟や妹たちもいるので自分が実質的には家長として面倒をみる立場のはずだが、母親は少なくとも経済的には下宿人のウァーラーに依存している。それを横目で見ながら何もできない自分 ── 。

　さらに、今回の最大のテーマである信仰の問題。ドイルは、明確に自分の考え方を一族に伝えようと決めていた。それは、自分は既にカトリック信仰を放棄しており、自らを物質主義者（materialist）として規定している、ということだった。ドイルは一族を前に、こう語った。「私たちに与えられた最大の贈り物は理性（reason）であり、私たちはそれを活用すべきです。証明できない事物を受け入れる（信ずる）という誤ちを犯しているが故に、いくつかの宗教は互いに争い、殺し合っている。皆さんの信じているこのキリス

ト教という宗教には、多くの素晴らしい、崇高な要素と、とてつもない全く馬鹿げた要素が混在しているのです」。

一族と彼の話し合いは、数日間続いた。その間ドイルは彼らの家に寝起きしながら、話し合いのない時間には、特に目的もなくロンドン中を歩き回った。時々はロンドンの下町の波止場で船の往来を眺めながら、そこで働く労働者たちととりとめのない話をして、自分を紛らわしていた。彼は自分自身を見失いそうだった。カトリック信仰を放棄したとは言ったものの、それに代わる何かを見つけたということなのか。科学の時代の流れに沿っているかの如く、自分を物質主義者と規定したところで、それは失った信仰がぽっかりと開けた心の空虚（void）を埋めるに充分なほど大きいのか？

確かに彼の育った19世紀は、「科学」の時代であった。大航海時代から始まった数々の地理的発見は、その後の博物学的展開を可能とし、18世紀後半からの産業革命は新しい科学技術の発達をもたらした。それらの要素が見事に結合したのが19世紀だったとすれば、まさにドイルはその只中で精神形成を行っていたことになる。

特に彼の場合には、少年時代の７年間を閉鎖的で修道院的な環境の中で過ごしたが、その間に不運なことにかえってカトリックの教義やカトリック教育のあり方に不信感を抱くようになってしまっていた。エジンバラ大学の医学部に入り、初めて全く自由な自分の目をもったドイルには、当時のカトリック教会は昔からのドグマに執着して、科学的な発展に対していたずらに背を向けていると映った。カトリック教会のあり方にドイルはますます反感を持つようになり、それを公言するようになった。

ドイルは1895年に「スターク・マンロの手紙」という一書を著したが、その中で、彼は主人公のマンロに託して、繰り返し彼自身の大学生時代の宗教観を語らせている。マンロは若き学生時代に、自分がどこから来たか、どこに行こうとしているのか、そして自分は何のために存在しているのかという問題で悩んだ。

マンロはその過程でいくつかの宗教に触れ、その教義を学んだが、そこに

あるドグマに彼はついていけないものを感じた。それぞれの宗教倫理は素晴らしいものに映ったが、その倫理の基礎となる「諸条件」は現実の「諸事実」に照らしてみると、とても受け入れることのできないものだった。有能な紳士、哲学者、敏腕の法律家、明智の士がそういう宗教倫理を疑問を持たずに受け入れていることが、マンロには不思議だった。最高の神の存在を自分は否定しない。しかし、現実の宗教はどうだ。多くの宗教戦争 —— キリスト教とイスラム教、カトリックとプロテスタント —— に伴って繰り広げられる迫害、拷問、憎悪。すべての宗教が、等しくその手を血で汚している。人類をみじめな状況に追い込んだという点について言えば、天然痘の災厄の方が宗教よりもまだましなくらいだ。自分は敬虔なキリスト教信者を尊敬しないというのではない。宗教を信じる人をとやかくいうのでなく、理由あってそれを信じていない人にもその余地を与えることが最も現実的なあり方だと、マンロは主張するのだった。

22歳の誕生日を迎えて、マンロはついに生まれた時からその雰囲気の中で育ってきた教義を放棄した。その瞬間に、彼は自分の生命の絆が断ち切られたようなみじめな思いを抱く。人生の支えを失ったような感じ、精神が暗闇に閉じ込められたような不安感、空虚さ —— 。この作品でのマンロは、ドイル自身であった。

—— ドイルは結局、その心に開いたままの空虚を引きずりながら30余年間の精神彷徨を続けた末に、確信を持って心霊主義に安着することになる。

「スターク・マンロの手紙」にみる開業医へのチャレンジ

1882年から1890年に至る足掛け8年のサウスシー時代は、その後のドイルの生涯において決定的な重要さを持つものだった。この期間の最初の部分については、「スターク・マンロの手紙」に自伝風に要約されているので、そのストーリーの展開を追いながら、若き日のドイルの苦闘の時期を辿ることとしたい。

「1881年から1884年にかけて 医学士 J.スターク・マンロが 友人にしてかつての学友であるマサチューセッツ州ローエル在のハーバード・スワンバラ

に宛てた16通の手紙」は、「アイドラー誌」に連載された後、1895年に一巻本として刊行された。スターク・マンロはドイルのことで、彼は友人に宛てた手紙という形式で、この期間の出来事や自分の思想、さらには妻となるルイーズとのめぐり合いなどを率直に語っており、若き日のドイルを研究する上での重要な資料にもなっている。カリングワースという名前で登場する、破天荒な性格の持ち主で、ドイルが憧れにも似た気持ちを抱き続けた友人のバッドの診察ぶりと、彼との仲たがいから、この物語は始まる。

　1882年1月に西アフリカ航路の貨客船「マユンバ号」から下船したドイルを待ち受けていたのは、信仰問題についての一族との話し合いであったが、議論はかみ合わず、ドイルはカトリック信仰の破棄を宣言して彼らと袂を分かつことになった。その後、彼は既に家庭崩壊状態になっていたエジンバラの実家に帰ることなく、親しくなっていたバーミンガムのホア医師のところに身を寄せていた。

　そこに、バッドから一通の電報が届いた。彼はドイルの大学時代の友人だった。しかも、あらゆる意味で異常な友人だった。

　彼はドイルと同じく180センチ近い巨漢で肩幅広く、胸板厚く、角ばった頑丈な顔をしていた。大きな赤鼻がつき出し、あごも前に突き出て、口をあけると獰猛な感じすらする黄色い歯がのぞいた。声は大きく、笑い声も牛がうなっているように聞こえる。顔から首にかけて毛むくじゃらで、服装には無頓着、いつもネクタイもせず帽子もあみだにかぶっていた。しかし、運動神経は抜群で足も速く、ラグビーでは決断力に富んだ名フォワードだったが、その行為はしばしば粗暴であったため、5カ国対抗のような大試合には出してもらえなかった。

　要するに、バッドは同期生の中では、最も醜男で、最も常軌を逸した男だった。そういう男にありがちなことだが、天才肌のところもあり、たいした勉強をしているように見えないが、いつも成績は良かった。突拍子もないことを考え出すアイディアマンでもあり、一旦アイディアが湧くと、その虜になり、夢中になってしまう傾向があった。学生時代から女と同棲していたが、そのことを隠すわけでもなかった。

　ドイルは、このバッドとはラグビーの試合を通じて知り合ったのだが、互いに何か引かれ合うところがあったのか、あるいは相手のうちに自分にない

第 1 部　コナン・ドイルの軌跡　第 1 章　夜明け前── 1882

ジョージ・ターナヴィン・バッド（1855〜1889）。「スターク・マンロの手紙」および自伝『回想と冒険』では、「カリングワース」として描かれている

ものを見つけたのか、二人は親しい関係を結ぶようになっていた。しかしドイルの母親メアリはこの性格破綻的なバッドを決して評価せず、ドイルにもあからさまにそう言っていた。

　実はドイルは、ちょうど 1 年前にも彼から電報を受け取ったことがあった。「君を是非必要とする。バッド」その電報を受け取ったドイルは、急いで発信地のイギリス西部の都会ブリストルに向かったが、そこでわかったことは、バッドは亡くなった父親の後を継いでブリストルで医院を派手に開業したが、患者が寄りつかず、借金で首がまわらなくなっていたことだった。ドイルはあきれたが、何とか彼に知恵をつけた結果、バッドは破産という最悪の事態から逃れることができた。

　今度の発信地は、西南部のプリマスからだった。「昨年 6 月からプリマスで開業せり。大成功。我がやり方は開業医の世界を革命的に変えるべし。面白いほど儲かっている。次の列車にてすぐ来たれ。君にも大いにチャンスある」。バッドの大言壮語癖を一寸気にしたドイルだったが、彼の近況を知りたいの

81

と、自分にも仕事の場が見つかるかもしれないという期待で、早速プリマス
に向かった。駅のホームでドイルを迎えたバッドは、大声でわめき、彼の背
中を大きな手でどやしつけた。

　「よく来てくれた。早速だが、我々はこの町から医者という医者を残らず追
い出してやるのだ。彼らはもはやパンにバターを塗るのがせいぜいといった
状態だよ。とにかくよく見てくれ、そうすれば、俺がどうして大成功してい
るかわかるというものさ」。

　そしてドイルが見たのは、開業医の常識を超えたバッドの診療スタイルと、
想像を絶する金儲けと、常軌を逸した彼の日常行動だった。

　バッドがブリストルでの失敗から学んだ教訓は、既成の秩序の傘の下に
入ったのでは、ただ順番の一番後につくだけで何も大を成し得ないというこ
とだった。それぞれの土地には既に開業医が数多くいて、先着順位を尊重
し互いに患者の奪い合いをしない、という暗黙の「紳士協定」が同業者間の
「エチケット」の名のもとに存在していた。そこに新参者がとびこんできても、
その傘の下に入ったら、前の人の空きができるまで何もできない。空きとは
同業者が死ぬか、引退するか、他の土地に移るか、という時に草刈り場が現
れるだけで、それ以外の時は落穂拾いがせいぜいか、偶然の女神の祝福を待
つ以外ない。そう結論づけたバッドがこのプリマスで起死回生を図って打っ
た手は、そういった既成秩序に対する挑戦だった。

　彼は開業に際して、「診察無料」の看板をかかげた。貧乏人たちはこの餌
にとびついた。待合室はたちまち患者で一杯になり、あふれた人たちは廊下
や階段でも押しあっていた。そういう患者たちにバッドはこれも逆手に出て、
決して客扱いせず虫けらのように乱暴に扱った。彼は、待合室の患者がうる
さい、と言ってはどなりつけ、もたもたした患者を突きとばし、つべこべ言
う患者は即刻追い出し、居丈高に患者に療法を指図した。

　可哀想な老婦人を、彼はこうどなりつける。「紅茶の飲みすぎだ。紅茶の毒
に当てられている！」。そして、驚いて放心状態になっているその老婦人の袖
を引っ張って、テーブルに載せてあった医学書（聖書ではなかった）の上に
彼女の手をおさえつけ、「さあ、誓うんだ。これから２週間はココア以外には
何も飲みませんと！」。

　次に、でっぷりと太った男が診療室に入ってきた。症状を訴えようとした

82

第1部　コナンドイルの軌跡　第1章　夜明け前——1882

途端、この患者は元ラグビー選手のバッドに突きとばされ、部屋から追い出されたうえに階段から転げ落ち、哀れにもとうとう表通りにまでとび出してしまった。まわりに群がった患者たちの大爆笑の背後から、階段の上で仁王立ちになったバッドの割れるような声が落ちてきた。「お前は食いすぎだ。飲みすぎだ。お巡りでもぶんなぐってブタ箱に入るんだ。そうすれば身体は良くなる。出所したらまたここに来い！」。

　別の患者が落ち込んだ表情で入ってきた。バッドはこう言った。「君は薬を飲みなさい。薬が効かなかったらコルクを飲むんだ。そうすれば、沈んだ気持ちも軽く浮くようになるよ」。

　こんな話は枚挙にいとまがなかった。そして、人の口から口へと伝えられていき、一つの伝説が生まれた。そしてもっと多くの患者が集まり、バッドはもっと金を儲けた。その秘訣は「診察無料」の裏にある「有料投薬」、それも過剰投薬にあった。

　診察がすむと、患者は処方箋を渡され、彼の妻と助手が切り盛りする調剤室で薬を受け取ることになっていた。これは勿論有料だった。しかも、バッドの処方の特徴は「思い切って」過剰投薬することにあった。一か八か。過剰投薬の結果、残念ながら容態悪化して最悪の事態になるか、あるいは薬効奏して奇跡的に回復するか。当時の施療水準は相当低かったので、病におかされることは死をも予見させるものだった。だから、万一、不幸な結果に終わっても、家族も関係者もあきらめる心の用意ができていた。反対にもし回復すれば——。

　「過剰投薬派」に対し「自然治癒派」もあった。うそのような本当の話として残っているのは、ロンドンの有名な法律家エドモンド・クラーク卿が体の不調を感じ、これも高名な医者であったウィリアム・ジェンナー卿の診察を受けにいったところ、彼はいとも明快な指示を与えた。「すぐに自宅にお帰りになり、仕度をして一番早い列車でブライトン（保養地——往時の鎌倉、逗子のような所）にお出なさい。そこで静かな宿をとりなさい。本と新聞は絶対に読んではいけません。疲れきるまで海岸を歩きなさい。そしてゆっくり寝るのです。入手できる最上のシャンペンを1日に2杯ずつ飲むのも結構ですな」。

何はともあれ、バッドの過激な診療は、毎日多額の収入をもたらした。夕方、その日の仕事を終えると、バッドは妻と二人で当日の売上代金を数えた上で、それを布袋に入れ「既成秩序」に対するチャレンジに出かけるのだった。彼は妻と夕方の散歩に出るのだが、これみよがしにその布袋をぶらさげながら、特に開業医の集まっている地域をわざとゆっくり歩くのである。そうすると格子窓越しに、客を奪われた医者たちの歯ぎしりした顔が浮かぶのだった。

　バッドはそれを楽しんでいたが、そんなバッドのやり方を当然ドイルは批判した。批判はしながらも、心の片隅では「既成秩序」にチャレンジを敢行する彼の姿を、男らしく勇敢だと思わないでもなかった。それはドイル自身、当時からカトリックという「既成秩序」に対して精神的な戦いを挑んでいたからである。

　少しずつバッドの仕事を手伝うようになっていったドイルの状態を、しかし、母親のメアリは喜ばなかった。彼女はバッドを悪徳漢と決めつけ、彼と別れるように何度も手紙を息子に書き送った。メアリは、バッドのような男は決して息子のためにならない、と以前から決めてかかっていたので、バッドは今非常に繁盛しています、と息子が報告すると、母親は、それでは一体あの人は、昔迷惑をかけたブリストルの債権者たちに支払いを済ませたのかね、と問いただした。いやそれはまだです、と息子が説明すると、母親は、そらごらん、あの人は無節操な、破産したサギ師じゃないですか、と息子をやりこめるのだった。二人はバッドのことでひんぱんに手紙のやりとりをしていたが、ドイルの不注意でその内容がバッドの知るところとなり、二人の仲はまずくなり結局ドイルはバッドのもとを去り、新しい土地で全く独力で開業を志すことになった。

　1882年7月、ドイルは連絡船でプリマスからイングランド南部の軍港都市ポーツマスに着いた。まだ23歳になったばかりだった。誰一人知っている人もおらず、彼の所持品といえば、ドイル医師の名を刻んだ真鍮の看板と、帽子、聴診器の入ったトランクには替え靴1足、洋服2着、下着類。それに現金6ポンドだけだった。ほとんど無一文の状態で、しかも見知らぬ土地で開業することがいかに無謀なことであるか、ドイルにもわかっていたが、しかし「やるしかない」の心境だった。

第1部　コナンドイルの軌跡　第1章　夜明け前── 1882

　無一文で開業というのは、無謀というより不可能だと思いたくなるのだが、実際にドイルのやったことと、当時の庶民相手の医療行為の程度の低さは、今日の常識では計り知れない部分もあった。

　例えば現在でもロンドンのシティの一角には、The Barber-Surgeons' Hall（理髪師・外科医会館）の標識が残っている。伝統的に、簡単な外科手術は剃刀を持つ床屋さんの専管領域だった。病気は体内の血液量が多すぎるのが原因だから、血を抜くことが治療になると一般に信じられていた。そうみると、現代の床屋さんの赤青白の三色ポールは意味深長である。それ以上の複雑な手術ができる専門家は、近代医学が確立するまではほとんどいなかった。この時代は、病に冒されたら運命と思い、座して死を待つか、薬を大量に飲むか、思いきって転地療法で奇跡的回復を期待するかくらいしか、選択肢はなかった。

　さて、ドイルはポーツマスで船を降り、郊外のサウスシーに向かった。彼は安下宿に転がりこみ、地図を頼りに町中を歩きまわって、やっとブッシュヴィラという場所でころあいの貸家を見つけ、開業を決めた。周旋屋をうまく言いくるめて、格安の家賃で、しかも権利金なしでこの家を手に入れ、次に薬種商からツケで薬を届けさせ、古道具の競売で、わずかばかりの家具と商売用の設備を手に入れ、自分で掃除した部屋に運びこんだ。

　「ドイル医師」の看板をかけて、さて開業はしたものの、患者は誰も現れなかった。召使いもいないので、夜になると闇にまぎれて、通常は召使いのする看板みがきも、自分でやらねばならなかった。収入は一文もなかったので経費を切りつめる他なく、まず食べる物を極力きりつめ、燃料代を節約するためにガスランプの上にやかんを吊るすことを思いついた。食卓もないので、トランクの上に布切れを広げてパンとバターと缶詰の肉を置いた。煙草もやめた。それでも、呼び鈴一つ鳴らなかった。

　彼は肉体的にも精神的にも飢えてゆき、籠城者の心境になりつつあった。自分のやろうとしていること、考えていることは正しいのだろうか。カトリック教義を大学生時代に破棄したものの自分の精神の空白は何で埋まるのだろうかと、ドイルの不安はつのった。しかし経済生活の方は、時間が少しずつ解決していった。バッドの言う落穂拾いだったかもしれないが、貧乏人の患者が一人、二人と増えていったのだ。

85

1885
（26歳）

結婚 ── 初めて知る温かい家庭生活

　1885年はドイルにとって、実り多い年になった。

　その年の３月、ホーキンズ夫人という未亡人が、息子を連れてドイルの診療を受けに訪れた。その少年は明らかに、脳膜炎を患っていた。問いただすと、彼らの住んでいる環境が治療には不向きだったので、医は仁術と心得ていたドイルは、後先も考えず、それではと、医院兼自宅の二階に彼を「入院」させてしまった。

　このドイルの一見奇妙な処置については、少し説明が必要になる。現代の常識では、病院に入って治療を受けるという判断になるはずなのだが、イギリスでは伝統的には、病院（hospital）は治療中心の施設ではなく、教会や慈善団体が運営するキリスト教的精神に基づく、病人・貧乏人・身寄りのない老人や、体調を崩した旅行者などを受け入れる慈善的な収容施設の意味合いが強かった。したがって多くの場合、施設そのものが貧弱で院内の衛生状態も悪く、医師も常駐していなかったので、むしろ入院することが死期を早めるとすら思われていた。現在では信じがたいことだが、当時の上・中流階級の人たちは治療を必要とする病状になっても決して入院しようとはせず、もっぱら医者に往診させる自宅療養を続けていたといわれる。

　もっとも18世紀に入ってからは、現在でいうホスピス感覚から脱却して民間資金による治療専門の篤志病院（voluntary hospital）も出現するようになっていたが、それはロンドンのような大都会に限られていたようである。

　だから未亡人はこの処置に深く感謝して、少年の姉であったルイーズ（Louise）という名の若い娘と交代で、枕元で看病にあたったが、不幸なことにこの少年は２、３日後に容態が急変し、死んでしまった。

　ドイルはここで、はたと当惑した。新入りの医者の家から葬式を出す、しかも病院でもないのだから、患者を自宅に留め置いたことだけでも不自然なことといえる。警察も何か事件の臭いを嗅ぎつけるかもしれない。しかし、ホーキンズ夫人と娘のルイーズの、ドイルに対する信頼と感謝の気持ちは変

第1部　コナンドイルの軌跡　第1章　夜明け前──1885

わらなかった。そして、ドイルが深く考えずに死の1日前に近所の医者にこの患者を診させて、意見を求めておいたことが、役に立った。その医師の証言が得られたからである。葬式の柩はドイル医師の家から出たが、変な噂は流れなかった。

　悲しむホーキンズ夫人と娘のルイーズ。首をうなだれるドイル。ドイルとルイーズがお互いに感じた同情は、ごく自然な形で愛情へと変化していった。まさに、「同情は愛に似たり」であった。

　ルイーズはドイルより2歳年上で、愛称は「トゥーイ」。4月末に二人は婚約した。7月には、待望の医学博士の学位がとれた。そして8月6日に結婚。ルイーズは、気持ちのやさしい家庭的な女性だった。ドイルは、それまでの殺伐とした精神生活に終止符を打つことができた。考えてみれば彼は子供時代から、ヴィクトリア時代の徳目とされていた「温かい家庭生活」を体験していなかったのだ。収入も、少しずつではあるが増加しつつあった。ルイーズは、これといった才能や知識の持ち主ではなかったし、読書にもなじんでいなかったが、女性らしく、優しく温かい心を持ち、むずかしいことは常識をベースに判断し、縫い物、つぎ当て、洗濯などの身のまわりのことに精を出す、男性側から見れば、好ましいヴィクトリア時代の妻、親しみをこめて言えば、ホーム・ガール（家庭的な女）だった。

　一方、バッドの影響が残っていたのだろうか。ドイルは2、3年前から一つの考えに執着していた。それは、「商売は待っていては駄目だ。患者を待つだけでは自分が先に滅びてしまう。外に出て患者を取ることが肝心だ」ということだった。

　この客引精神に目覚めたドイルは暇にまかせ、積極的に町の社交に首を突っ込み始めた。お手のもののスポーツは、クリケット・クラブ、ローンボウリング・クラブ、フットボール・クラブ、そして政治クラブに、文学クラブと、なるべく多くの会合に出て、できる限り多くの人と交わろうとした。意見の違いから爆発しそうになる自分の気持ちを抑えて、友好的にふるまうよう努力した。特に、酒には注意した。自分の命を預けることになるかもしれない医者が酔いつぶれている姿を見て、安心する人はいないだろうと思ったからだ。

ドイルは特に、クリケットとサッカー（アソシエーション・フットボール
の短縮・変形）には熱を入れていた。サッカーの歴史は古いが、イギリスで
は、仲間が集まってやるスポーツとして始まり、面白いからそれを見る人が
増え、だんだんと自分たちの村や町の生活の一部として普及していった。だ
から歴史的には、アマチュア精神に基づいた地域の「クラブ・サッカー」が
草の根的な基本であり、それを精神面、財政面で支えるのが「サポーターズ」
である、という構図ができ上がっていった。やがて、村や町の対抗試合も行
われるようになり、クラブチームはその村や町の誇りとなり、不可欠の存在
となっていった。

　しかし、自生的なスポーツだっただけに、ルールの不統一がだんだん問題に
なっていった。サッカーは上流階級の子弟が集まるパブリックスクールでも
プレイされるようになったが、各校独自のルールでやっていたので、オック
スフォードやケンブリッジに入学すると一緒にプレイできなくなるという現
象が発生した。そこで1863年、「フットボール・アソシエーション」が設立さ
れ、統一ルールが決定されたという経緯がある。だからドイルは、統一ルー
ルによる「近代サッカー」の比較的初期のプレーヤーとして、クラブチーム
の雰囲気を楽しんでいたのだろう。ちなみにサッカーは、後に1908年のロン
ドン・オリンピックで初めて公式競技として認定された。

　ドイルは患者が欲しかったが、それでも、ディック伯父の書いてくれたカ
トリックの地区司教宛の紹介状には手をつけようとしなかった。カトリック
信者である医者はこの町には一人もいなかったので、この紹介状が患者を増
やすために役立つことはわかっていた。当時は、患者は自分と同じ宗派の医
者に通うのが安心とされていたからだ。ドイルは、しかし、こだわっていた。
彼は「スターク・マンロの手紙」の中で告白したように、もはやカトリック
を信仰していなかったのだから、とうとうこの紹介状を破り捨ててしまった。

　一方、執筆の方では大きな収穫があった。「継続は力なり」と言うべきか、
少しずつ希望の持てそうな状況が発生しつつあった。前作「北極星号の船
長」に引き続き、1881年の西アフリカ航路のマユンバ号乗船体験を基にした海
洋ミステリー・タッチの「J. ハバクック・ジェフスンの陳述」（"J. Habakuk
Jephson's Statement"）⇒**p.321**が「コーンヒル誌」に採用され、1884年1月号に
掲載された。ドイルにとっては最初のクリーンヒットだった。無署名が条件

第1部　コナンドイルの軌跡　第1章　夜明け前──1885

ジェームズ・ペイン（1830～1898）。コーンヒル誌の編集長。ドイルは自伝『回想と冒険』の第8章に「わたしを大喜びさせ、三文文士の域を抜けて一人前になりつつあると初めて実感させたのは、ジェームズ・ペインがコーンヒル誌用にわたしの短編小説『J・ハバクック・ジェフスンの陳述』を受け入れた時だった」と書いた

だったが、原稿料は破格ともいえる29ギニー（30万4,500円）だった。
　収穫はそれだけではなかった。同誌の高名な編集者であり、ドイルが尊敬していたジェームズ・ペインの知遇を得ることができた。ドイルはこの作品について、掲載前に主として編集面からのガイダンスを彼から受けることができた。
　「コーンヒル誌」掲載後の評判も上々だった。この作品はあるいは、かのロバート・ルイス・スティブンスン（「宝島」「ジキル博士とハイド氏」などの作者として有名）が、短編であるが故に無署名で書いたのではないか、という推測を、多くの読者だけでなく一部の批評家も抱いたことが、ドイルを狂喜させた。同郷でエジンバラ大学の先輩でもあるスティブンスンは、彼の尊敬の的だったからである。

　「J.ハバクック・ジェフスンの陳述」は、1873年12月に実際に発生した「マリー・セレスト号」事件を下敷きにして書かれていた。同年10月16日に米国のボストンを出港して、目的地のポルトガルのリスボンに向っていたこの2本マストの帆船が大西洋上を漂流しているのが発見された時、航海日誌が極めて不完全だったため正確なことはわからなかったが、数日前、または出航の数週間後に遺棄されたらしく、船上には人一人残ってはいなかった。発見した船の乗組員の話では、船の状態そのものには問題なく、船内での暴力行為の跡もなく、備え付けのボートもそのままだった。積荷は牛脂とアメリカ

産の時計だったが、手付かずの状態だった。航海中の天候が平穏だった証拠としては、たぶん、船長夫人と思われる女性の同乗者が使用したらしいミシンがあったが、その上には絹糸のボビンが立ったままであった。つまり、船に乗っていた全員が消失したことを説明できるものは、何一つとしてなかった。

　この事件は大きなセンセーションを捲きおこし、いろいろな解釈や推測が行われたが、現在に至るも謎のままである。ドイルが執筆を始めたのは事件発生からわずか10年後ぐらいだったので、世間ではまだ折にふれ話題になっていた。

探偵小説への挑戦

　ルイーズという素晴らしい人生の伴侶を得て、ドイルは心身ともに安定し、充実した生活を送るようになった。母親のメアリも、彼女には満足していた。経済生活の面でも、結婚後の年間収入は、医者としてのドイルの稼ぎが300ポンド、ルイーズが相続した財産からの収入が100ポンド、そしてドイルの文筆活動で50ポンド、合計450ポンド（450万円）というのは、夫婦二人の田舎町での快適且つ安心した生活には十分な金額だった。

　こういう新しい環境の中で、ドイルはいよいよ、医者を続けながら文学作品を書くという念願の実現にチャレンジしようとしていた。時間と気力を集中して、文学作品として認められるような長編小説を書く。しかし、彼が敬愛していた同郷の偉大なる作家ウォルター・スコットの「アイヴァンホー」「湖上の美人」のような長編歴史小説にいきなり挑戦しなかったのは、実は彼のほうにそれだけの歴史研究・考証などの実績がまだなかったので、いくら幼少の頃から母親に中世騎士道物語を頭の中にたたき込まれていたとはいえ、自分の能力の不十分さを彼自身が承知していたからだった。

　それに代わるものとしてドイルが選んだのは、探偵小説という比較的新しいジャンルだった。これが文学に値する分野かどうか、まだはっきりしていなかった時期だったが、ドイルは、もしルコックやデュパンに匹敵するような、新しい、しかももっと「科学的」な探偵キャラクターを創造できたらきっと成功すると思った。その時に浮かんだのが、後にホームズの原型として知ら

第 1 部　コナンドイルの軌跡　第 1 章　夜明け前 —— 1885

ジョセフ・ベル博士（1837～1911）。エジンバラ大学医学部時代のドイルの恩師。外見や徴候から患者の病気や経歴を推理する鮮やかな能力はシャーロック・ホームズの創造の源となった

れるようになる、恩師ジョセフ・ベル博士（Dr. Joseph Bell）だった。

　正確な診断を下すことが医師にとって重要な使命であることは今も昔も変わらないが、現代のように諸種の科学的検査の結果をもとにして総合的所見を患者に知らせるのではなく、当時の医者にとっては「診立て」が判断の重要な基準になっていた。ドイルの自伝によると、ベル博士は、学生たちの目の前で患者を問診し、的確な診立てをするのが非常に得意で、そのパフォーマンスは人気が高かった。また何らかの理由で、ベル博士はドイルを気に入り、生活費の足しにでもさせようと思ったのか、彼を自分が勤務する病院の外来診療の受付の助手に任命した。

　これは、ドイルにとって大きな幸運だった。彼の仕事は、外来患者から容態を聞き出してカルテに書いてベル博士に届け、実際の診療の場に立ち会うのだから、数多くの知識を身につけることができた。

　それだけではなく、ドイルは、ベル博士が秘かに同地の警察の「コンサルタント」をしていることも知るようになった。この事実はあまり知られていないが、ホームズが世界で最初の「コンサルティング・ディテクティブ」（諮問探偵）として「緋色の研究」でデビューしたのには、このような背景があった。彼は、それまでにはなかった新しい探偵像を創り上げるのに成功したのだった。

1890
（31歳）

作家ドイルの「夜明け前」

　徒手空拳で、失うもの何も無し、の追いつめられた心境でサウスシーで開業したドイルも、少しずつは落ち着きを取り戻したようだった。相変わらず患者は少なく、頼りとする原稿料収入も当てにならなかったが、ドイルはひたすら客を待ちながら短編原稿を書いては、出版社に送りつけていた。当時の社会環境は、こういう無名の作家たちの登場にはフォローの風が吹いていた。その理由は、教育の普及と識字率の向上に伴う新しい読者層の出現と、大量印刷と出版を可能とした技術進歩の二つだった。雨後の筍のごとく各種各様の雑誌が登場したので執筆者探しは激しくなった一方で、生活費を稼ぐため、または自らの文才を試す目的で投稿する無名人も著増した。ドイルは、その二つを同時に実現しようと欲張っていた。ただ彼の場合に残念だったのは、当時の出版界・文学界の常識では、短編物については無署名で（作者の名前はあえて伏せて）掲載することになっていたことだった。これは当時の伝統として、長編作品のみが本格著作（serious writing）としての評価の対象となるべきであり、短編を含むそれ以外の作品は、基本的には一読性のものだから娯楽性の強い読物（storytelling）であり、そのような作品に作者名を明示する必要はないという考え方だった。勿論、そうすることで出版社／文学者の既成勢力はいくつかの便宜を受けていた。出版社は署名のない作品だから原稿料を低く設定できる上に、見ず知らずの作者の身元まで調べて、まっとうな人間なのか確かめる必要もない。要は、内容が、想定する読者の関心、興味を満たすものであればそれで充分なのだ。また、本格作家の世界にいる、いわゆる一流文士が小遣銭稼ぎに短編を書く場合、無署名の方が気楽に書けるし、自分の名声や評価を損なうこともない。また、さらに言えば、もし読者に強くアピールする短編が出た場合、読者による「作者探し」が始まり、出版社にとって有望作家発掘のヒントにもなる。

　このような条件のもとで、ドイルはせっせと短編を書いては出版社に送りつけていた。原稿を書き上げると手書きでコピーをとり、円筒（mailing tube

第 1 部　コナンドイルの軌跡　第 1 章　夜明け前 —— 1890

ドイルの心霊主義の指導者アルフレッド・ドレイスン将軍（1827 〜 1901）

＝雑誌、カレンダーなどをまるめて郵送する厚紙製の筒）に入れて発送するのだが、多くの場合返却され、またそのまま次の出版社に送るのだが同じ運命をたどる。この繰り返しが続いた。ドイルは後年になって、このように述懐している。「私は1877 - 1887の10年間、短編だけを書いていた。絶えることなく書き続けていたが、その間執筆で得た年間収入は50ポンド（50万円）にも達していなかったと思う」。

ドイルは苦闘を続けていたが、学生時代の友人で、開業時代につき合ったことのあるバッドの言葉を忘れていなかった。既成の秩序の中に入って、ただじっと患者を待つのでは駄目だと思ったドイルは、積極的に地元の社会に溶けこみ、仲間、知人をふやし、知名度を上げることで患者の獲得につなげようとしていたが、彼のその後の人生にとって最も重要であったのは、「ポーツマス文学・科学協会（The Portsmouth Literary and Scientific Society）のメンバーになったことだった。特に、当時の会長であった退役将軍アルフレッド・W・ドレイスン（Alfred W. Drayson）の知遇を得たことが、心霊主義への開眼という点で彼の将来に大きな影響を与えることになった。ドレイスンはアマチュア占星学者として有名であり、また心霊現象の探究者でもあった。彼の影響でドイルは心霊学の本を漁って読むようになり、彼に連れられて「交霊会（seance）」にも顔を出すようになった。いくつかの会合に出席し

93

た後、1887年にはその時の体験、印象などをロンドン心霊主義者同盟の機関誌「Light（光）」に投稿するなど、いかにもドイルらしい積極的な行動をとるようになった。この頃のドイルは、しかし、心霊主義を無批判に受け入れていたわけではない。科学の時代（19世紀）の精神である物質主義を信奉していた彼の目には、いくつかの交霊会は明らかにペテンであったり、霊媒の過剰な演出があったりで信用がおけなかったが、しかし、中にはドイルの科学的知見では納得する説明ができない現象もあった。また、この時期は心霊現象が社交の場でも一つのブームになり、上・中流家庭では午後のお茶の時間に有能な職業霊媒を招いて心霊現象を実演させる、という趣向も珍しくなかったようである。

　後年になってドイルは、このサウスシー時代には、心霊主義を客観的に、懐疑的にみていたと語っている。恐らくそうだったろうが、しかし、心霊主義に関してドイルのメンターになっていたドレイスンは、1887年初めにこう語っていた。「死後の生があるというのは単に事実であるに留まらず、死者との交信が可能である、ということによって『証明』もされているのです」。—— その2年後、ドイルはこう記した。「彼が心霊主義についての彼の見方と体験を語ってくれた時、私は深い感銘を受けたが、私自身の考え方はそれで簡単に打ちこわされるほど、もろくはなかった」。
　ドイルの心霊主義探究の旅は続いていた。

　一方で、科学技術の進歩がもたらした、物質的繁栄のテンポも速くなっていた。1830年代に鉄道が出現したおかげで、遠隔地への旅行が簡単になっていた。例えば、リヴァプール・アンド・マンチェスター鉄道は、当初は貨物主体の営業を計画していたが、いざ走ってみるとまたたく間に人間が優先することになってしまい、会社はあわてて客用の車輌を追加発注しなければならなかった。めざとい実業家たちがこの機会を見逃すはずもなく、わずか20年ほどの間に全国中に鉄道網が張りめぐらされ、人々は「動き出していた」。
　ヴィクトリア時代を通じて乗客の数は飛躍的に増加し続けたが、鉄道運賃は決して安くなかったので、仕事や余暇のために鉄道を利用して遠くまで行けるのは、まだ依然として一部の富裕階級に限られていた。貧乏人は割引切符を利用するか、朝夕の労働者用通勤列車を利用するのがせいぜいであった。

そしてここでも「階級制度」が問題であった。金持ちが快適に旅行し、貧乏人が不便を味わうのは当然のことと考えられた。鉄道会社も社会支配層の所有物であったので、一等車のサービス改善には努力したが、普通車の客は長い間放ったらかしの状態だった。初期の普通車には屋根もなく、暖房もなく、雨の日には車内で傘をさし、寒い時には毛布にくるまって汽車の旅をしたという。

　夜霧とガス灯。馬車と汽車。都市のスラム街と静かな田園地帯。流行のドレスに身をつつんだ紳士淑女と、汗にまみれ油に汚れた労働者。フロックコートを着たパブリックスクールの学生たちと街の浮浪児たち。手を汚さずに富を蓄積する大土地貴族と、食べるのに精一杯の小作人。そこにはまさに、「二つの国民」があった。

　それでも英国に革命が起こらなかったのは、厳しい階級制度と、その頂点にたつヴィクトリア女王の個人的魅力、過酷な刑罰制度、キリスト教的信仰心があったからだという。それに前世紀に比べれば進歩した生活環境、金持ちの慈善行為、全体としての国富の増大、世界第一級国家である誇り、そういった諸要素が、コントラストの強い社会であったにもかかわらず「大平和」を実現し、ヴィクトリア時代をして「大英帝国の繁栄の時代」といわしめていた。

教育法の制定による「新しい出版時代」の到来

　そういう社会環境の中で、イギリスで普通教育法が制定されたのは1870年だった。そのわずか２年後には日本でも普通教育が開始されたのだから、当時の世界最先進国であったイギリスがいかに教育不熱心であったかがわかるという見方もあるが、単純に比較できないのは、イギリスの場合には既に存在していた各種の教育機関（主力は国教会の運営するNational Schoolと外国での教育機会の提供を主目的としたBritish School）を制度的に統合するが、あくまで民間主導で教育の近代化を計ろうとしていた、という事情があった。

　また一方で、厳しい階級社会の中で支配者たちの考えていたことは、教育は自分たち（支配階級）には必要であるが（だからオックスフォード、ケンブリッジの２大学をはじめいくつかのパブリックスクールが存在していた）、

下層階級には必要ない。彼らのために自分たちの税金を注ぎ込むのは無駄遣いというものだ。なぜなら社会が必要とするのは彼らの肉体であり頭ではないからだ、というものだった。しかし18世紀後半からの産業革命が継続し工業化社会が拡大するにつれ、労働者階級にも、肉体だけでなく頭脳も必要だという認識が、支配階級の間にも広がってきた。やがて労働者階級は二分化し、向上心の強い中堅階級と相変わらずの肉体労働者たちに分かれ、前者がますます必要とされる時代環境になってきた。

　1870年の普通教育法は、識字率を向上させた。そして、それをビジネスチャンスとする新聞、雑誌の数も種類も激増した。「新しい読者に新しい記事を」。細かい活字が羅列された16頁建の日刊新聞「ザ・タイムズ」にはついていけない新しい読者層は、もっと身近な話題を読みやすく提供してくれる新しいタイプの新聞、雑誌を求めていた。「需要のあるところ供給あり」。雨後の筍のごとく、新聞、雑誌の種類も発行部数も急増した。1875－85年の10年間に、イギリス国内の新聞の発行部数は3倍に増加した。新しい趣向の月刊誌も続々と登場した。こういう環境をつくり上げた識字率の向上以外の要因としては、生産面ではウッドパルプの生産開始による大量・均質の紙の供給が可能になったこと、また新型印刷機械の導入で印刷物の大量製作が可能になったこと、および1855年の新聞税の廃止などが挙げられる。

　しかし、これらの新しい新聞、雑誌が激しい競争を勝ち抜くためには、いくつかの条件をクリアする必要があった。

- 比較的年齢の若い新読者層の好奇心に応える記事 ―― ニュース性の強いもの。それをサポートする写真、図版、時の人へのインタヴューなど
- 歯切れの良い、生き生きとした描写 ―― 文章のリズム感がありながら、適度に抑制されている表現力
- トピック的には、冒険（大英帝国の表の面）、犯罪（裏の面）、そして支配階級やセレブたちのゴシップ
- 当時は鉄道旅行が普及し車内で新聞、雑誌を読む人が増えていたので、掲載される物語、紀行文、論評などは短編で内容が複雑でないもの
- 差別化をはかるための、口コミも含む宣伝、広告

第1部　コナン・ドイルの軌跡　第1章　夜明け前 —— 1890

「ストランド紙」創刊号の表紙。
1891年1月刊行

　この新しい出版時代に必要な諸条件をクリアして大成功した一人に、後年、ドイルと長い絆を結ぶことになる「ストランド誌」の創刊者ジョージ・ニューンズがいた。マンチェスター近郊で小間物のセールスマンをしていたニューンズは、ある時ちょっとしたヒントから、当時の一般庶民がいかに雑多なニュースを知りたがっているかを察知して、「ティット・ビッツ」("Tit-Bits"：豆記事）という名の、いろいろな内外のニュースを丹念に寄せ集めた週刊誌を1881年10月に発刊した。「世界中の、最も面白い本、雑誌、新聞から集めた豆記事」というキャッチフレーズは彼の独創的な販売方法 —— 売子たちの帽子に「豆記事軍団」と書いた鉢巻きをさせて街の中を行ったり来たりさせた —— と相まって、創刊号から爆発的な売れ行きをみせた。
　そしてこの成功は、年を経ずして彼をジャーナリズムの寵児に仕立て上げた。
　時代を読む目に長けていたニューンズは、やがて、知的欲求の強い新興中堅階級がいずれはそれまでの黄表紙の類の低級な雑誌類に満足しなくなると見抜いて、家族全員が楽しく読める「健全な家庭雑誌」を志向した絵入り月刊誌「ストランド誌」を、1891年1月に発刊した。いま、この第一号をみると、のちに有名になった淡青色の表紙には、誌名となった当時の繁華街ストラン

97

ドの風景が描かれている。乗合馬車、二人乗りのハンソムと呼ばれた辻馬車（現在のタクシーの前身）、着飾った紳士・淑女、警官に新聞売子、それにガス灯が細密に描き込まれた楽しいものである。最初に20数頁にわたって広告欄があり、その後に目次が続く。なかでもプーシキンの「スペードの女王」などを含む外国の翻訳物が多いのが目につく。創刊号の本文は112頁。その見開きの刊行の辞に曰く、

　「ストランド誌の編集長は、この第一号を謹んで公衆の手にお渡しする。ストランド誌は、毎月初めにきちんと発行されるものである。本誌は、最も著名な英国の作家たちによる物語や記事を掲載するのは勿論、外国作家の翻訳も併せ掲載されるし、著名な画家による挿絵がそれにつけられる。これまでの雑誌の世界ではところを得なかった特別な新企画も、随時紹介されることとなろう。既に数多くの月刊誌が氾濫する状況の下、新しき企画にその必要はなからんとの議論もあろう。しかしながらこのストランド誌は、その存在にふさわしい地位を、時を経ずして確保するであろうと信ずるものである。編集者がこれまで、安価にして健全なる雑誌を刊行する努力を重ね、公衆の寛大なる愛顧を受けることができた事実に鑑みるに、この新しい試みも成功を見出すであろうと敢えて願うものである。この第一号には欠ける点も多々ありとは思うも、今後の是正に力を尽くすことと致したし。もし読者にして本号を好ましきものと思われたる節は、その旨を友人諸氏に伝え、もって助力の手を差し伸べられんことを切に願うものである。」

　ちなみに文中の「安価にして健全なる雑誌」とは、ニューンズ自身が発刊していた「ティット・ビッツ」であった。この「ストランド誌」は、ヴィクトリア時代の「健全な中堅階級」にアピールし、創刊号から大人気となった。これに着目したのがドイルだった。彼はこう考えた。一人の主人公による長編連載物は、当たればよいが、どこかで一号読み落すと読者は続けて読まなくなってしまう。しかし、主人公が毎回代わる読み切り短編の連続では、当たりはずれが大きい。とすれば、この妥協点は、一人の主人公による連続ものではあるが、毎号読み切り形式とする以外ない。さて、自分がそういう新しい構想で書くとなると、これまで「緋色の研究」「四つの署名」で世に出したが、未だ不遇な私立探偵ホームズを再び起用して短編の形式で活躍させた

第 1 部　コナンドイルの軌跡　第 1 章　夜明け前 —— 1890

ハーバート・グリーンハウ・スミス（1855 〜 1935）。「ストランド誌」の編集者。ドイルを叱咤激励・懇願してホームズ物語を書き続けさせた。彼がいなければ、ホームズ物語の短編は最初の 6 編で終わった可能性は大きい。ホームズ物語の陰の恩人

らどうであろうか。

　こう思い立ったドイルは早速、「ボヘミアの醜聞」「赤毛連盟」の短編 2 つを書き上げて（彼は一たび構想をまとめると、筆は早かった）、有名な著作権代理人（Literary Agent）であるワッツ（A. P. Watts）を通じて「ストランド誌」の編集者、グリーンハウ・スミスに送り届けた。「ボヘミアの醜聞」は第 7 号（1891 年 7 月号）に掲載され、爆発的な人気を得ることに成功した。そして引き続き連載された、いわゆるホームズの物語シリーズの大当たりで「ストランド誌」の発行部数は飛躍的に増加し、毎号 50 万部にも達したという。

　この時期、英国の鉄道網は国内くまなく広がっていたが、アイディアに富むニューンズはこの「ストランド誌」を主要駅の売店に置くことに成功し、長旅の乗客が先を争って買い求めたという。このホームズ物語を契機に「ストランド誌」とドイルは長く続く関係を持つことになるのだが、同誌に対する彼の信頼は、終生変わらなかったという。

　ドイルは 1930 年 7 月にその生を終えたが、全くの偶然とはいえ、この時期から「ストランド誌」も利益性を次第に失い、凋落の途をたどることになった。ホームズ物がもはや紙面を飾ることができなくなった、というよりは（シャーロッキアンとしては実はそう思いたくもなるのであるが）、その時期以降、新

しいマス・メディアのラジオが普及し、日刊紙も紙面を充実させ大衆への接近を計ったこともあったが、何よりも、世の中のテンポが当時流行のダンスのリズムのように「速く、そしてますます速く」なり、それに対して「ストランド誌」のようなゆったりとしたスタイルの月刊誌がついていけなくなったのだ、と『ザ・ストランド・マガジン、1891〜1950』の著者のレジナルド・パウンドは説明している。1950年3月号をもって、59歳の「ストランド誌」もこの世を去った。

| *Episode 5* | 「The Times」紙の「悩みごと欄」(the agony column) |

　日刊新聞「ザ・タイムズ」は、1785年の創刊。ロンドン地域の読者層を対象としたいわば地方紙だったのだが、そのロンドンは当時は群を抜いた大都会であるだけでなく、イギリスの政治・経済・社会の一大中心地であり、世界に冠たる大帝国の首都だったので、イギリス＝ロンドンという認識が内外に広がり、「ザ・タイムズ」はイギリスの代表紙としての評価を受けるようになった。

　ホームズが活躍した19世紀後半頃の「ザ・タイムズ」は、16頁の細かい活字の羅列だったが、いかにもローカル紙らしく、第1面の左側はロンドンにおける「人生の三大行事」—— 出生通知、結婚通知、死亡通知で埋まっている。名前が出ているのはロンドン在住のセレブたち、読者も支配階級層だから、この新聞の性格も一目瞭然である。

　しかし最も人気のあったのは、中央の「個人欄」(personal)、通称「悩みごと欄」(agony column)で、個人、団体の三行広告欄なのだが、内容は千差万別で、特に個人の悩みごとに関する広告が多かったため、こんな通称がつけられた。ホームズは特にこの欄にしっかり目を通し、事件の臭いをかぎとろうとしていた。——「ぼくは新聞は犯罪記事と悩みごと欄しか読まないんだよ。特に悩みごと欄の方は、いつもいろいろな示唆に富んでいてね」(「花嫁失踪事件」)。

　例えば、同紙の1889年7月27日号の悩みごと欄にはこんな三行広告があった。「OO-CRE —— 後生だから帰ってくるか、または住所を直ちに、悩んで

第1部　コナンドイルの軌跡　第1章　夜明け前──1890

いるMOOCREに送るように」── 親子間の問題のようにみえるが、ホームズならば、これは悪の帝王モリアティ一味の暗号連絡文なのでは、と深読みしたかもしれない。

　一方、ロマンチックな広告もあった。1800年12月18日付の悩みごと欄、──「一枚の名刺── 今週水曜日、コベントガーデン劇場よりの帰路の御婦人の馬車に一人の紳士が一枚の名刺を投げこみましたが、その御婦人は既婚、未婚の別を添えてこの広告主に是非御一報ください。その御婦人を空しく探し求めている若い貴族の心を落ち着かせることになります」。

　夜霧とガス灯と辻馬車のロンドンをほうふつとさせるシーンである。

　創刊200年を記念し同紙は1985年10月に特集記事を組んだが、その中にこの通称「悩みごと欄」に対する読者の反応を調査したものがあった。その結果は、回答者が例外なくこの欄のことを記憶していたことで、まさに「悩みごと欄は人生に不可欠な鍵穴」の役割を果していたことが証明された。母親の持つさまざまな悩み、迸り出る愛の口説き、さらに犯罪の匂いのする暗号文まで、さまざまな人生の諸相が、鍵穴を通して覗きみるように、小さな三行広告として羅列されていたのである。

【写真出典】────────────────────
p.33左：John Dickson Carr "The Life of Sir Arthur Conan Doyle" 1949年／**p.33右**：Edited by Jon Lellenberg 他 "Arthur Conan Doyle　A Life in Letters" 2007年／**p.35上**：ACD The Journal of The Arthur Conan Doyle Society Volume 6：1995年／**p.35下**：ACD The Journal of The Arthur Conan Doyle Society Volume 6：1995年／**p.39**：Andrew Lycett "Conan Doyle" 2007年／**p.41**：Andrew Lycett "Conan Doyle" 2007年／**p.43**：Owen Dudley Edwards "The Quest for Sherlock Holmes" 1983年／**p.47上**：Andrew Norman "Arthur Conan Doyle　Beyond Sherlock Holmes" 2007年／**p.47下**：The Doyle Diary　The Last Great Conan Doyle Mystery 1978／**p.49**："The Doyle's Diary" 1977年／**p.52**：Georgina Doyle "Out of the Shadows" 2004年／**p.66左**：Arthur Conan Doyle "Dangerous Work　Diary of an Arctic Adventure" 2012年／**p.66右**：Julian Symons　"Conan Doyle　Portrait of an Artist" 1979年／**p.81**：Andrew Lycett "Conan Doyle" 2007年／**p.89**：Ronald Pearsall "Conan Doyle　A Biographical Solution" 1977年／**p.91**：Russell Miller "The Adventures of Arthur Conan Doyle" 2008年／**p.93**：Arthur Conan Doyle　"Dangerous Work Diary of an Arctic Adventure" 2012年／**p.99**：Edited by Jon Lellenberg 他 "Arthur Conan Doyle　A Life in Letters" 2007年

第1部 コナン・ドイルの軌跡

第 **2** 章

ホームズの
登場と消滅

1891〜1900

ついに長い夜が明けた。

ホームズ物語は大当たりをとり、ドイルは一躍、時代の寵児となった。

しかしドイルは、自分が創り上げたホームズを滝壺に落として抹殺を計り、ひたすらに我が道を進もうとする。

ドイルの信念とは一体何だったのだろうか――

1 1891年のドイル（11月18日にデイヴィッド・トムスンが撮影。ドイルはこの写真撮影について同日付の手紙で母メアリに報告している）

2 1894年9月、弟イネスとアメリカに講演旅行に行くエルベ号の船上で（妻ルイーズはスイスのダヴォスで結核療養中）

3 1894年のドイル。講演先のアメリカで

4 1894年、スイスでブランゲル兄弟と。ブランゲル兄弟はドイルにノルウェー式スキーを教えた

Conan Doyle • Photos Chronology — chapter 2

5
1894年、スイスのダヴォスで妹ロティとスキーをする。妻ルイーズが結核にかかったため、1893年10月に夫妻は療養のため、スイスのダヴォスに行った。ここでドイルはノルウェー式スキーを覚え、1894年3月23日、ブランゲル兄弟とともにスキーでダヴォスからフルカ峠を越えてアロザまで行き、同年12月号の「ストランド誌」に"An Alpine Pass on Ski"を書いて、ノルウェーのスキーの普及に貢献した。1968年にダヴォス市民はこれに感謝する記念碑を設置した

6
1896年の春、エジプトのカイロにて。この年、妻ルイーズの結核の療養のためエジプトに行った。この時の経験が「コロスコ号の悲劇」の材料になった。自伝『回想と冒険』の第13章に詳しく書かれている

7
1897年、「コーンヒル誌」の編集長ジェームズ・ペイン(1830~1898)と。ドイルがまだアマチュア作家だった時、ペインは「J・ハバクック・ジェフスンの陳述」を採用し、彼に自信を持たせた

8
1897年、シドニー・パジェットが描いた肖像画。パジェットはホームズ物語の多くの挿絵を描いて、ホームズのイメージを作り上げた画家である

9 1898年、作家仲間とローマで。向かって左からジョージ・ギッシング(『ヘンリー・ライクロフトの私記』)、E・W・ホーナング(1893年にドイルの妹コニーと結婚した。1899年から義賊ラッフルズ・シリーズを書き始める)、アーサー、H・G・ウェルズ(『宇宙戦争』)

10 1900年、ボーア戦争時に南アフリカにて。1899年に南アフリカで(第二次)ボーア戦争が勃発すると、ドイルは志願兵になることを望んだが、40歳という年齢のためにそれが叶わず、その代わり友人ジョン・ラングマンの計画した野戦病院の医師として、1900年に現地に赴いて治療にあたるとともに観戦した

Conan Doyle・Photos Chronology — chapter 2

11
1900 年、ボーア戦争の戦場で

12
1900 年のドイル。
ボーア戦争中ブルーム
フォンテーンで執筆中

13 1900 年、自転車とともに

【写真出典】
1：Edited by Jon Lellenberg 他 "Arthur Conan Doyle A Life in Letters" 2007年／**2**：Edited by Jon Lellenberg他"Arthur Conan Doyle A Life in Letters" 2007年／**3**：ACD The Journal of The Arthur Conan Doyle Society Volume 9：1999年／**4**：Michael Coren "Conan Doyle" 1996年／**5**：Andrew Lycett "Conan Doyle" 2007年／**6**：Georgina Doyle "Out of the Shadows" 2004年／**7**：Andrew Lycett "Conan Doyle" 2007年／**8**：John Dickson Carr "The Life of Sir Arthur Conan Doyle" 1949年／**9**：John Dickson Carr "The Life of Sir Arthur Conan Doyle" 1949年／**10**：Michael Coren "Conan Doyle" 1996年／**11**：Martin Booth "The Doctor, the Detective and Arthur Conan Doyle" 1997年／**12**：Medical Casebook of Doctor Arthur Conan Doyle 1984年／**13**：Hesketh Pearson "Conan Doyle His Life and Art" 1943年

1891
(32歳)

「書き魔」ドイル

ドイルは「書き魔」だった。何でも彼は題材にした。そして一旦、着想を得ると、筆は速かった。細部や整合性にあまりこだわらず大きな流れをつかまえて、ぐいぐい押していくタイプなので、読者は一旦読み始めると大筋の展開に引きずりこまれて一気に最後まで読み通してしまう。特に活劇場面での描写はテンポが早く、臨場感にあふれているので、読者も急いで次の頁をめくらなければならない。また、人物・自然描写になると、きわめて仔細に観察してから文章にするので、読者の想像力は満たされる。彼の作品の日本語訳については訳者それぞれの個性が出るので一概にどうこう言えるわけではないが、原文（英語）で読むと、文章のリズム感と短文型の区切り方がうまくかみ合って、特に会話体の部分でそれが生きてくる。ドイルはその意味で名文家だった。

そのようなドイルの文章力は、どのようにして得られたものだろうか。天性のもの、と言いたいところだが、実は家系的にみれば彼の一族は文章力よりは画才に優れていた。彼の父方の祖父ジョンは有名な風刺政治漫画家だったし、伯父のリチャード・ドイルは若い頃から画才を発揮し、有名雑誌「パンチ誌」の表紙絵を描いたり、妖精の画集を出版したりして世間に広く知られていた。また父親のチャールズも、セミプロ級の画才を持っていた。一方、母方の家系には特に目立った文才の持ち主は見当たらないので、ドイルの文章力はやはり自分自身で創り上げたものということができよう。

ドイルの文章力の基礎となったのは、幼年期からの読書量の多さに求めることができる。まだ字の読めない頃は、母親メアリから騎士道物語を繰り返しかんで含めるように聞かされ頭の中にたたきこまれたので、知らず知らずのうちに自分自身が「上手な語り手」になっていた。そして、字が読めるようになると、手当り次第に本を見つけてはむさぼるように読んだ。エピソードとして残っているのは、近所にあった小規模な図書館から本を借出しては早読みし、読み終わるとすぐ返却して、また次の本を借りるので、音を上げ

第1部　コナン・ドイルの軌跡　第2章　ホームズの登場と消滅——1891

祖父ジョン・ドイル（1797〜1868）

伯父リチャード・ドイル（1824〜1883）

た図書館側が母親のメアリに、1日に3冊以上は貸出し禁止と通告したとのことである。

　しかしドイルは、仲間をさけて読書にはまりこむような孤独な子供ではなかった。彼は1866-68年（7-9歳）にかけての2年間、ニューイントン・アカデミーという名の塾のような学校に通学したが、そこでは半世紀も前のディッケンズ時代のような感覚の校長の下で厳しいスパルタ的な教育と躾を受けた。体罰が繰り返し加えられることの反動で、ドイルも性格が強くなり、校外では進んでケンカを買って出ることもあったらしい。こういうドイルの、勝負事を好む好戦的な性格に気づいた父親のチャールズは、ドイル一族にはない性格だと首をひねっていた。しかし、母親メアリは心の中でほくそ笑んでいただろう。彼女の願いはただ一つ、長男であるドイルが強く、たくましく育って、ドイル／フォーレイ両家の家運の再興を実現することだった。

　読書とケンカを結ぶものに、冒険物語があった。未知の世界への好奇心。駆りたてられる想像力。争い闘うことを避けない尚武の精神。これらの要素は、その後のドイルの文筆力の涵養に大きく役立った。それが徐々に発揮されたのは、後年彼が田舎町サウスシーで徒手空拳で開業した1882年頃からである。無一文のドイルはとにかく稼ぐことが必要だったが、患者が一人も来ない状態の中で、彼にできそうなただ一つのことは、「売文」だったのである。

109

長編歴史小説「白衣団」の成功

　1882年、単身でサウスシーに移住し、医師の看板だけを頼りにして徒手空拳、チャレンジに次ぐチャレンジを重ねて努力していたドイルだったが、その効果が少しずつ出て、収入は増加の傾向にあった。

　　　1882年（初年度）　　154ポンド（免税点以下）
　　　1883年（2年後）　　　250ポンド
　　　1884年（3年後）　　　300ポンド（300万円 ── 職人の4倍）

　友人だったバッドが豪語していた4,000ポンドはおろか、彼自身が秘かに目標としていた1,000ポンド（1,000万円）にも遠く及ばなかったが、1885年にルイーズと結婚した頃の夫婦の収入は450ポンド（450万円）となり、田舎町での夫婦二人の生活水準としては充分快適に暮らしていける状態になっていた。

　ルイーズという良き伴侶を得てドイルは精神の安定を得て、執筆にも弾みがついてきた。作家として大成するためには本格的な長編小説を書く必要があると痛感していた彼は、最初の長編小説「ガードルストーン商会」（"The Firm of Girdlestone"）→p.333を1886年に書き上げたが、ドイル自身も何か物足りないものを感じていたらしく、推敲を重ねたため刊行されたのは1889年になってしまった。その間ドイルは得意の早書きで、1886年3月から、最終的には「緋色の研究」（"A Study in Scarlet"）という書名になった長編探偵小説を、わずか6週間で書き上げた。早速にまずウォード・アンド・ロック社（Ward & Lock）に送ったが、不採用となった。それではと他社にも発送したが、例によって「伝書鳩」の運命をたどり、ドイルの気持ちはひどく傷つけられた。それでも気持ちを切り替え、再度ウォード・アンド・ロック社に送ったところ、1886年10月30日付で次のような手紙が届いた。
　「拝啓　貴著作を拝読し高く評価させていただいております。御高承の通り、最近は巷間に安易な読み物の類が溢れている状況であり、貴殿の御著作は本年中の出版は困難と存じますが、もし来年まで持ち越すことに御異議なければ25ポンド（25万円）で著作権を買取らせていただきます。　敬具

第1部　コナンドイルの軌跡　第2章　ホームズの登場と消滅 ―― 1891

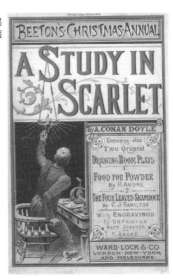

「緋色の研究」(ホームズ初登場)が掲載された「ビートンのクリスマス年報 1887年」表紙

ウォード・アンド・ロック社」

　ドイルの心は、ひどく傷つけられた。もし原稿料や著作権料がその作品に対する評価の貨幣的表現だとすれば、25ポンドというのはこれまで彼が受け取っていた短編物の原稿料とほぼ同じ水準であり、あまりに低すぎるのではないか。同社はサー・ウォルター・スコット、ジュール・ヴェルヌ、ブレット・ハートなど著名作家の作品を刊行する有名出版社であったが、同時に安価な扇情的雑誌(巷間ではシリング・ショッカー〈shilling shocker〉と呼ばれていた)の出版も手がけていた。そうでもしないと経営が成り立たないという出版社事情は、既にこの頃からあったようだ。ドイルの作品も実のところは、シリング・ショッカー並みの値付けをされていたということになる。しかし、ドイルの気持ちは複雑だった。この作品の出版が翌年まで持ち越しされるということは、それだけ自分の文学界へのデヴューが遅れることを意味する。だから、もうこれ以上、この作品がたらい回しにされることには自分のプライドとしても堪えられない。また、実は収入も欲しい。結局、最後には、何はともあれ、まず、この作品を世に問うことが先決だと彼は覚悟を決めた。

　「緋色の研究」は予定通り、「ビートンのクリスマス年報　1887年」(発売は11月)に掲載され、ホームズとワトソンは初めて読者の前に登場したのだ

111

が、クリスマス休暇前の出版ということもあり、批評家たちの関心をあまりひかなかったらしい。結局その時は、たいして世間の評判にはならなかったが、幸運なことに直後の1888年にロンドン市民を恐怖のどん底に落としこんだ「切り裂きジャック（Jack the Ripper）」事件が発生したので、目ざとい出版社は、この作品を単行本化することを思いついた。

　この事件は、ロンドンの下町で娼婦たちを繰り返し襲い殺害するという猟奇的な性格のものだった。必死に犯人を捜す警察（スコットランド・ヤード）をあざ笑うような犯人の捨てぜりふ。事件の迷宮入りの気配が濃厚になるにつれ、ロンドン市民の不安といらだちは募り、警察の無能ぶりを非難する声が高まっていった。世間は有能な探偵の出現を待望していた。切り裂きジャックのおかげで、ホームズは命長らえたのかもしれない（なお、ドイルは後年、「緋色の研究」の版権を5,000ポンド〈5,000万円〉で買い戻した）。

　うつうつとした気持ちをはねのけるように、ドイルはいよいよ念願の長編歴史小説にいどむことを決心した。第1作は「マイカ・クラーク」（"Micah Clarke"）で、1888年3月脱稿。ラングマンズ社から1889年2月に出版され、好評を博した。

　これに勇気づけられた彼は、高揚した気持ちの中でいよいよ白眉となるべき作品に取りかかった。書名は「白衣団」（"The White Company"）⇒**p.343**。1889年8月19日に書き出したが、ここで予想しなかった中断が入った。わずか11日後の8月30日に、彼は米国の「リッピンコッツ誌」（"Lippincott's Magazine"）の編集長であるストダート（T. M. Stoddart）主催の夕食会に招かれた。招待されたのは、同誌の前編集長で現在は国会議員のジル（J. P. Gill）と、もう一人は驚いたことに、文壇の若き旗手として活躍しているオスカー・ワイルド（Oscar Wilde）だった。4人の共通点は、アイルランド人であることだった。そのせいもあって、この夕食会は大いに盛り上ったらしい。特に同郷の先輩ワイルドから巧みな話術で持ち上げられたドイルは、彼とすっかり意気投合した。ワイルドは1854年の生まれ。ドイルより5歳年上で、既にイギリスの世紀末文学の旗手として脚光を浴びていた。その彼から、持ち前の社交術で「マイカ・クラーク」を読んで感激したなどと言われたので、田舎医者でアマチュア作家に過ぎないドイルはすっかり舞い上がってしまった。ストダートの目論見通り、二人は一作ずつ新作を同誌に寄稿することになった。スト

第1部　コナンドイルの軌跡　第2章　ホームズの登場と消滅── 1891

ダートは既に「緋色の研究」を読んでいて、もう一作、読み切りのホームズ
物の長編を書くよう勧めた。喜んだドイルは、「白衣団」の執筆を中断して
「四つの署名」に取りかかり、早くも10月に脱稿。翌1890年2月号の同誌に掲
載された。一方、ワイルドが同誌7月号に掲載したのは、「ドリアン・グレイ
の画像」だった。ドイルが支払いを受けた100ポンド（100万円）の原稿料は
彼にとって大満足なものだったが、ワイルドは倍の200ポンドを受け取ってい
たことは知らなかった。

　二作を並び比べると、どうみても軍配はワイルドの方に上がってしまった。
彼の作品は絶賛されたのに対し、「四つの署名」の方の評判は、前作と同様に
今一つ、だったらしい。片や文壇の花形作家、ドイルの方はまだ名もない田
舎のアマチュア作家という批評家たちの先入観念もあったのだろう。しかし、
ドイルはくじけなかった。彼は狂ったように再び「白衣団」に取り組んだ。狙
いは前作「マイカ・クラーク」よりももっと大胆で、もっと野心的な作品を
書き上げ、自分自身を本格歴史小説作家として確立することだった。そして
1890年7月、ついに「白衣団」は完成した。感極まったドイルは最後の頁を書
き上げると、「やった！」と叫んでペンを壁に投げつけた、というエピソード
が残っている。「コーンヒル誌」の編集者のジェームズ・ペインは、即座に同
誌に連載すると約束し、破格の200ポンド（200万円）を連載料として支払っ
た。そしてこの作品はスコットの「アイヴァンホー」（"Ivanhoe"）以来の最
高の歴史小説であると絶賛した。憧れの郷土の文学上の大先輩と比較される
ことで、ドイルの気持ちは高揚した。

　練達の編集者であったペインは、性格的に歴史小説には関心がなかったら
しく、ドイルの前作「マイカ・クラーク」も断り、ライバル社にさらわれて
しまったという苦い体験が残っていたので、今回は何としてでもドイルの新
作をおさえたかったのだろう。また、1820年に刊行された「アイヴァンホー」
以後、碌な歴史小説が登場していないという認識を持っていたようで、自分
が手がける「白衣団」を大いに持ち上げたのだろう。「白衣団」は、完成から
半年後の1891年1月号から、12回に分けて「コーンヒル誌」で連載され、成功
を収めることとなる。

113

しかし、「白衣団」の完成直後から、ドイルは深い虚脱感に襲われた。執筆中に彼の周辺ではいろいろなことが起こっていた。その最大のものは、彼の姉アネットがその年（1890年）の１月にガバネスとして住みこんでいたポルトガルのリスボンで、インフルエンザ（当時は「旧アジア風邪」と呼ばれていた）のため現地で亡くなってしまったことだった。ドイル一家は子沢山だったが、長姉のアネットと長男のドイルが気持ちをわかち合って、弟妹たちの世話を長い間みていただけに、彼の嘆きは大きかった。「私たちの生活状態がやっと改善するという陽光が差し込んできたちょうどその時に、姉は亡くなった」「まだ非常に早い年齢で姉はガバネスとしてポルトガルに行き、給料を全部、家に送金していた」「私はついに成功し、姉を長い勤めから呼び戻すことができるようになるだろう、その瞬間に彼女はインフルエンザでこの世を去った」── 彼は後年、自伝の中でこう記して姉の死を悼んだ。

　ドイルが「白衣団」を完成させた翌月の1890年8月、彼の虚脱感をゆり動かすような大事件が、ドイツのベルリンで発生していた。コッホ博士が、同地で開催された「国際医療学会（International Medical Conference）」で、画期的な結核の治療法を開発したことと、それを11月に共同研究者のベルグマン博士が公開すると発表したのだった。コッホ博士は既に1882年に結核の病原菌をつきとめていたのだが、今回はその治療法を開発したというのだから、世界は湧きたった。不治の病とされていた結核を克服するというニュースに、関係者は争って情報を求めようとしていた。実は、正確にはコッホは結核の治療法を発見したと言ったのではなく、結核治療に有効な物質を発見したと述べたのだが、世界は結核特効薬の出現と受け止め狂喜した。
　もっともこれを伝えたドイツ語の記事が英訳されたのは３ヶ月後の11月15日付のBritish Medical Journalだったらしく、田舎町の開業医ドイルが知った時は、ベルグマン博士の公開講義と実験の直前になっており、現地では既に予約が殺到していた。出遅れを知ったドイルは、それでもとにかくベルリンに行きたいと思った。早速にロンドンに出て、友人経由でベルリン駐在の英国大使とタイムズ紙特派員宛の紹介状を得ると共に、（ここからドイルらしいところだが）ステッド（W.T. Stead）の編集する「レヴュー・オブ・レヴュー誌」（"Review of Review Magazine"）に、見聞記（pen-portrait）、すなわちコッホの主張する結核治療法を見届け、さらにコッホ博士の人物評を

第1部　コナン ドイルの軌跡　第2章　ホームズの登場と消滅── 1891

ドイルの姉妹のうちドイルと最も縁が深かった3人。下向かって右が姉のアネット（1856 〜 1890）、その左で座っているのが妹のコニー（1868 〜 1924）、後ろで立っているのが妹ロティ（1866 〜 1941）。ポルトガルのリスボンにて。3人ともポルトガルでガバネスとなり、実家にせっせと仕送りをした。ドイルがホームズ物語で大ブレークするまでドイル家は貧窮の家だった

添えて送るという約束をした。その上で当日の夜行列車に乗り翌朝ベルリンに着いたものの、全くの出遅れであったことを自覚させられた。現地はコッホ熱（Koch Fever）に浮かされていた。

　ドイルは必死の努力をしてベルグマン博士の自宅を訪れたが面会はできず、会場の近くで彼を見つけて入場許可を直訴したが、これも無視された。万事休すと思われたが、運よく一人の親切なアメリカ人から講演会でとった彼のノートを見せてもらうことができた。ドイルはこのノートの内容を詳細に検討し、他の情報も集めて総合的に判断した結果、「このコッホ博士の治療法はまだ実験段階にあり、内容的にも詰まっていない状態で、確立したわけではない」と判断した。彼はこの記事をベルリンのセントラル・ホテルから11月17日付で「デイリー・テレグラフ紙」に送り、同紙20日号で掲載された。（pen-portraitの件がどうなったかは不明）。この指摘が的確であったことは、後に確認された。

　ドイルのベルリン奮闘記はここまでだったが、彼は自分の将来を決定づけるたいへん重要な機会をこの旅行中に得た。ベルリン行きの夜行列車の中で

115

偶然同室となったマルコム・モリス（Malcolm Morris）医師は、ロンドンの高級医師街であるハーレー街で皮膚専門医（dermatologist）として成功していた人物だった。

　ドイルは言った。「田舎医者を続けているのは人生の空費だといわれるが、私はまだ自分の文学上の成功について確信を得ているわけでもないし、また、母親が多くの犠牲を払って自分を今日のような医者に仕立て上げてくれたことを思うと、今すぐこの仕事を棄てることなどできないし ──」。これに対し、モリスはこう答えた。「あなたは一般診療以外に眼科に関心があると言った。（実際、ドイルは「これからは眼医者だ」というバッドの言葉を忘れず、地元の眼科医について技術の修得に努めていた）。それなら現在の町医者をたたんで、ウィーンに行って6ヶ月間、眼科の勉強をしなさい。帰国したら、ロンドンのハーレー街で眼科専門医として開業するのです。きっと成功しますし、文学にあてる時間も充分できますよ」。実際、モリス医師の言葉は来るべき時代を予見していた。田舎医師のドイルには医学の世界の全体像が見えていなかっただろうが、19世紀に入ると、前世紀に登場した民間資金による篤志「総合」病院が漸次分化する形で、小児科、産科、眼科、耳鼻科、胸部疾患科のような「専門」病院が発達し、それぞれに専門医がはりつく仕組みになっていった。記録によれば、1800-1860年の期間に、既に70の専門病院がロンドン中心に開設されていた。ドイルは間もなくベルリンからサウスシーに戻ったが、既に全くの別人になっていた。モリスとの運命的な出会いが、彼の人生航路に新しい火をともしたのだった。ドイルは心の中で決心していた ──「彼の言った通りにする」と。

眼科医への転身 ── 作家と医師の両立を目指して

　「決断、即実行」がモットーのドイルは、帰宅後早速に行動を開始した。まず妻のルイーズに計画を説明し（従順な彼女が反対するはずもなかった）、医院を閉鎖し、家賃の残額を支払い、家財を倉庫に預け、まだ2歳にもなっていない娘のメアリを、近くのワイト島に住んでいる義母のホーキンズ夫人に預ける手配をし、12月12日には彼が会員であるポーツマス文学・科学協会による送別会に出席した。そして、18日にはサウスシーに別れを告げ、母親メ

第1部　コナン ドイルの軌跡　第2章　ホームズの登場と消滅 —— 1891

アリの住むヨークシャーのメイソンギルに着き、一緒にクリスマスを祝った。
そして、モリスの言う通り「6ヶ月間」の予定で、翌1891年1月5日にルイーズ
と二人でウィーン着。ここでもドイルは、早速に原稿料稼ぎのための一作
「ラッフルズ・ホーの奇蹟」("The Doings of Raffles How")⇒**p.347**を書き上げ、
2月3日には150ポンド（150万円）を受領するという早業を演じた。ところが、
肝心の眼科の講義の方は目算が狂ってしまった。ドイルはエジンバラ大学入
学前の1年間を、ウィーン近郊のフェルトキルヒにあるドイツ人子弟用のイ
エズス会系の寄宿学校で学んだ経験があったので、ドイツ語はいささか自信
があったらしい。しかし、専門用語が連発される早口の眼科講義には、始めか
ら歯がたたず早々にギブアップ。もし英語の講義だったら10倍も能率が上っ
ただろうに、とうそぶきながら、あとはルイーズや、英語のできる仲間をみ
つけては、飲んだり遊んだりして過ごした。ロンドンで眼科の勉強をやり直
すつもりだったのか、当初の「6ヶ月間」の予定を早々に切り上げて1891年
3月9日ウィーン発、ベニス — ミラノ — パリを経由して3月24日にはロンド
ンに帰着。ただちに開業を目指して準備に着手したというのだから、超楽観
的と言うべきか、無定見と言うべきか、とにかくモリスに聞いた通り「ロン
ドンのハーレー街」で眼科専門医として開業するつもりだった。

　ロンドンに帰着時のドイルの気持ちを高揚させる「快挙」があったのも事
実だった。渾身の力をこめて書き上げた「白衣団」の原稿を出版社に手渡し
たまま、ドイルはウィーンに向かったのだが、3月にロンドンに帰ってきた
ドイルが受けた第一報は、この作品の「成功」だった。彼はついに、人生の
宿願が達成される、という予感に震えた。実はドイルは、前作「マイカ・ク
ラーク」を書き上げた時に、妹のロティに自分の将来計画をこう打ち明けて
いた。「この作品を引き受けてくれる出版社が現れた時には、自分がいよい
よ筆一本で生きていけるのだ、と考えてよいだろう。まず、新しい人生の門
出を祝う200-300ポンド（200-300万円）が手に入る。次は、このポーツマ
スの医院をそっと売りに出す。これも200-300ポンドになるだろう。そして、
ロンドンに出て眼科の勉強をする。それが終わったら、ウィーンに行ってさ
らに学ぶ。その次はパリだ。その間は、執筆だけで生計を立てるようにする。
かくして、眼に関する『すべてのこと』を習得したら、いよいよロンドンで開
業するが、勿論『金の卵を生む仕掛け』となる執筆はずっと続ける。わかっ

117

てくれていると思うが、この小さなサウスシーの町では目標とするものもないし、大きな成功の場もない。もし専門医としてなら、成功しても執筆のための時間的余裕はある。なぜなら専門医の仕事は往診の必要もなく、自分の部屋だけでできるし、料金も高く取れるからだ。しかし、これはうまくいくかもしれないが、今のところは夢物語だ。すべては『マイカ・クラーク』にかかっている」。

　ドイルの気持ちはその後も変わっていなかった。眼科専門医としてハーレー街近くのアッパー・ウィンポール街2番で4月6日に開業したが、患者は待てども一向に現れなかった。当時の心境を、後にドイルは自伝でこう記している。「毎朝、私はモンタギュー・プレイスの自宅から歩いて10分ほどのところにある自分の診療室に着く。午後3時か4時頃まで待機すれど、呼び鈴一つ鳴らず。よって、心の清澄さを乱されることなし。思索と仕事にこれ以上ふさわしい状態があろうか。まさに理想的であり、医師としての職業生活に全く不成功だったが故に、自分の文学についての期待を充分にふくらませる機会ができた。そして午後のお茶の時間になると、それまでの収穫物である大量の原稿用紙の束を小脇に抱えて、自宅に戻るのだった」。

　しかし、人生何が幸いするかわからない。ドイルは暇にまかせて短編物を書き続けていた。彼は性格的には、時間をかけた調べ物も必要な長編物よりは、手軽な気持ちで、着想を得たら一気呵成に書き上げて完結する短編物の方が得意だった。さらに今度は一工夫して、毎回完結するけれども物語の主人公は変わらない、という「読み切り連載形式」を考え出したのだった。現代では決して珍しいことではないが、19世紀末の、長編か短編か、という択一的なくくりが当り前だった時代では、これは新鮮な感覚だった。もっともこれもドイルの独創ではなく、同じエジンバラで生まれ、同じ大学で学んだ大先輩の作家スティーブンスンが既に彼の「新アラビアン・ナイト」で実験済のものだった。それにドイルは、近年の鉄道旅行の普及と、車内で本や雑誌を読む人たちが増加していることに着目していた。特にこの年、1891年1月に創刊された総合家庭雑誌「ストランド誌」は創刊号がいきなり30万部も売れるという好調振りを示していた。ほとんどの頁に写真や挿絵をつけて、読者がどの頁をめくっても興味をそそられるような工夫をこらし、取り上げる

第1部　コナン・ドイルの軌跡　第2章　ホームズの登場と消滅 —— 1891

テーマも世間の関心が高かった冒険物・犯罪物に加え、一般大衆の羨望の的であったセレブたち（上流階級の人たち、芸能人、時の人などの有名人）の紹介記事をふんだんに盛りこむなどして、文字通り、画期的な新しいスタイルの雑誌だった。それを見ながらドイルが考えたのは、リピーターを増やすためには「読み切り連載」が最適である、ということだった。

　確かに、ドイルの筆致がこういうテンポの早い探偵物に向いていたのは事実だった。アイデアがある程度固まると、細部にこだわらず一気呵成に書き上げてしまうドイルの才能は、短編物でおおいに発揮されるものだった。むずかしい言葉を避け、会話体を得意とする書き方は、ホームズとワトソンのやりとりの中に読者を引き込んでいくだろう。生き生きとした会話を楽しみながら、事件の謎解きをテンポよく進めていくスタイルは、新鮮な印象を読者に与えるだろう、と彼は確信した。

　「決断、即実行」のドイルは、まず2作を短期間で書き上げ、著作権代理人のワッツ経由で「ストランド誌」の編集者に送付したところ、即、快諾。さらに4作を追加し、計6作の読み切り連載とするよう依頼を受けた。そして同誌の1891年7月号に登場したのが「ボヘミアの醜聞」で、これが大好評を博し、同月号の販売部数は未曽有の50万部に達したといわれる。さらに翌8月号の「赤毛連盟」も大成功となり、「ホームズ物語」の作者としてのドイルは一躍、大きな脚光を浴びることになった。一方、「白衣団」の方も引き続き「コーンヒル誌」で大好評で連載中だったので、ドイルは1891年の後半6ヶ月間は、2本の人気作品を持つ「時の人」になった。また「ホームズ物語」に刺激されてか、単行本化された『白衣団』の方の売り上げも増加するという相乗効果もみられるようになった。

　ついにドイルは、積年の貧乏の軛から解き放たれただけでなく、純文学の読者を対象とする本格作家（serious writer）と、大衆を相手とする物語作家（storyteller）の二つの顔を併せ持つようになる、と少なくともドイル自身は確信したに違いない。この大ブレークの直前の心境を、ドイルは自伝にこう記している。その時彼はインフルエンザにかかり、病床にあった。
　「今度は私の番だった。あやうく姉のアネットの後を追いそうだった。痛みや極端な不快感はなかったし、悪霊にとりつかれたような体験もなかったが、

119

この1週間というもの私は非常に危険な状態にあり、その結果、子供のように体力が衰え、また情緒不安定にもなっていた。しかし、私の心の中はクリスタルのようにはっきりしてきた。今から思うと、その時、私はおろかにもアッパー・ウィンポール街で眼科を開業しているために、自分が執筆に打ち込む機会を失っていたことを悟った。そのことに気がついた時、私は雄たけびをあげて、もうこれ以上、人生の上っ面をなめるような仕事を金輪際やめて、著述に自分の力のすべてを注ぎ込むことを決心した。私は喜びのあまり、ベッドカバーの上にあったハンカチを衰弱した手でつかみ、天井に放り投げた。ついに私は、自分自身の主人になるのだ。もはや職業的に決められている、白衣というお仕着せに身をつつむ必要もない。私はこれから自分の好きなように、好きな所で自由に生きていけるのだ。私の最高の歓喜の瞬間だった。1891年6月のことだった」。

「ホームズ物語」の大成功とドイルの悩み

　まさに順風満帆だった。貧乏の克服という点では、「白衣団」が連載料200ポンド＋単行本化権料350ポンドで計550ポンド（550万円）であったのに対し、「ホームズ物語」の方は最初の6作が1作当たり35ポンド（計210ポンド）、さらに「ストランド誌」の要請に応じ追加した6作が1作当たり50ポンド（計300ポンド）だったので、合計510ポンド（510万円）だった。ホームズ物語の評判を長続きさせたい出版社側は、さらに1892－3年用に12作を書くようにドイルにせっついていた。

　1892年2月4日付の母親メアリ宛の手紙で、彼は誇らしげにこう書いた。「出版社は私に、もっとホームズ物語を書くよう執拗に要請しています。その圧力に対し、私は12作を1,000ポンドならば引き受けると申し出ました。本音を言えば、断ってくれるとよいのですが」。ドイルの秘かな期待（？）は裏切られた。「ストランド誌」は喜んで、当時としては破格の原稿料を受諾した。

　やがて、しかし、ドイルの有頂天さは影をひそめるようになった。彼は収入面の比較は別として、本格作家の自分と、物語作家の自分をはっきり区別していた。そして読者の方も、ドイルが「二つの顔」を持つ作家であることを

第1部　コナンドイルの軌跡　第2章　ホームズの登場と消滅 ── 1891

理解してくれていると期待していた。つまり、それぞれの読者層が存在しているだろうということである。長編歴史小説の方は、彼自身の思いとしては「イギリスの国民的伝統を栄光あるものとする」大義があり、長く読みつがれる価値のある国民叙事詩的作品であると自負していたが、短編物はその時々の気分で軽い気持ちで書いて読者を楽しませるものだった。ところが「ホームズ物語」を求める大衆読者の方の声がはるかに大きく、ますます高まっていることをドイルも認めざるを得なくなってきた。「人気レース」というとらえ方をすると、ドイルの執筆街道を先発した「白衣団」に、6ヶ月遅れてスタートした「ホームズ」が急速に追いつき、さらに一気呵成に追い抜こうとしているのだ。そうなると本格作家の影は薄くなり、大衆相手の物語作家としてのドイルのイメージが確立してしまう。それは、しかし、決して彼の望むところではなかった。ホームズ物語は、考えてみれば、文学者として身を立て、名を上げようと決心していたドイルにとっては、本来はサイドライン、つまり副業に属するはずの部分であり、自分の本来の文学的才能は長編歴史小説の分野で実現されるべきであった。

　収入は減るだろうが、疾駆するホームズにストップをかけなければならない。加えてドイルには、一つの予感があった。それはホームズ・ブームが長続きしないのでは、ということだった。当時はまだ探偵小説というジャンルは確立していなかったし、読者は気紛れだから何か他に面白い発想が出るとそちらに向かってしまうだろう。そして、もう一つ彼自身のかかえる難題は、読み切り短編の構想はよいとしても、毎回新しいプロットを案出するのはたいへんテンションのかかることだった。確かにドイルは、年齢の割には既にさまざまな人生の経験を持っていたが、頭の回転がひどく早いというわけでもなかったので、毎回締め切りに追われながら短編連載を続けることが、だんだん苦痛になってきていたのだ。彼はこの弱音を既に母親メアリに打明けていた。しかし、彼女にとってみれば、長年の貧乏から一家を救い出してくれたのは他ならぬホームズだったのだから、ここで「金の卵」を殺すことは絶対にできない。プロットに困っているのなら、私の考えた「金髪」のアイデアを提供する、とまで言い出してドイルを困らせた。

　1891年11月11日付の母親宛の手紙で、彼はこう書いた。「第6話でホームズを殺害し、これで終わりにしたいと思っています。ホームズのために心を

121

奪われ、他のもっと良いことができないのです。私の考えでは、お母さんの『金髪』のアイデアは一つの物語にはなるでしょうが、探偵小説というよりは、他の形式の方が望ましいでしょう」。これに対し母親は、全く納得しなかった。「止めたりしないでしょうね。そんなことはできないでしょう。絶対にしてはいけません！」── 母に逆らえない息子は渋々翻意し、ホームズは命拾いをした。「金髪」のアイデアは、「ストランド誌」1892年6月号に掲載された「ぶな屋敷の冒険」（"Adventure of the Copper Beeches"）で生かされた。

　ホームズの人気はますます高まっていった。今やドイルといえば「ホームズ物語」の作者というイメージが定着しつつあり、1891年12月に完結した「白衣団」は、一部の愛読者を除けば忘れ去られてしまっていた。あせったドイルは、一方では破格の原稿料に目がくらんで、『シャーロック・ホームズの冒険』という単行本にまとめ上げられた最初の12作に続く次の12作を、1,000ポンド（1,000万円）で引き受けてはいたが、他方では、これを本当に最後としてホームズと別れたい、いや別れるべきだと思いつめていた。ホームズ抹殺計画は、彼の頭の中では決して消えていなかった。

　5ヶ月間でプロットの充電を終えたドイルは、約束通り1892年12月から「ホームズ物語」の連載を再開した。読者の評判は引き続き上々で、出版社も気を良くしていたが、ドイルはホームズにふさわしい死に場所を秘かに探していた。そして最後に見つけたのが、スイスのライヘンバッハの滝だった。
　1893年4月初めに、ドイルは妻のルイーズを伴って講演会のあとスイス旅行を楽しんだが、その途中で、ライヘンバッハという小さな町のはずれにある大滝を見物した。春先の雪どけの水を集めて轟音を発し、滝壺に落ちる豪快な滝を眼前にして、ドイルは結論づけた。「この場所はホームズの最後にふさわしい」。
　ドイルは4月6日付で、母親にこう書き送った。「私は今、最後のホームズ物語の執筆最中です。これでホームズは消えます。決して戻ってくることはありません」。
　実は、この旅行には他に、もっと重要で本質的な悲劇の予兆が隠されていたが、ドイルは気がつかなかった。それは、ルイーズの体調のことだった。この旅行でもドイルはいつものように、昼間は活発に行動し、夜は妻のルイー

1891年の母メアリ

ズのかたわらで執筆に専念するというルーティンを崩していなかった。彼女はまだ寒い季節での旅行で明らかに体調を崩していたが、ドイルは充分な注意を払っていなかった。自分の執筆に追われていたドイルは、妻の不調の訴えにも（医者でありながら）、あまり耳をかそうとしなかったが、これは半年後に、ドイルが深く悔やむところとなった。

Episode 6	インフルエンザの恐怖

インフルエンザは昔から星や寒気が「影響する」ものと考えられており、英語では "influenza" と呼ばれ、伝染力（影響力）が強いことから非常に恐れられていた。

1899～1900年には「旧アジア風邪」（西洋人たちは原因不明の伝染病などが発生すると、衛生状態の悪い東洋から発生したと自分たちに都合の良い解釈をして、頭に東洋の場所を冠していた。現在でも香港風邪などという）がヨーロッパで大流行し、ドイルの姉でポルトガルのリスボンでガバネス（女家庭教師）をしていたアネットが1890年1月13日に現地で亡くなった。

彼女と年齢も近かったドイルは彼女と二人三脚で、幼い弟妹たちの面倒をみながら父親が職を失った後の家庭の崩壊を防ごうと努力していたので、ドイルの落胆は大きかった。彼女は家計を助けるために給金のすべてを母親のメアリに送ったとされていたが、死後に判明したのは420ポンド（420万円）を入院中の父親の費用の補助として遺言で残していた。

一方、ドイルはその翌年、1891年5月にインフルエンザにかかり、「シャーロック・ホームズの冒険」4作目を書いたところで中断し、病床に伏せたが、あやうく一命を落としかねない重症になり、回復までに数週間を要した。姉のアネットの二の舞になるのでは、と恐れた。しかし、何が幸いするか分らない。病床で苦しむ中でドイルには一つの閃きが走った。――「自分の天職は作家にあり」。やっと自分の生きるべき道が見えてきた、という解脱に近い心境になった。彼は後年、自伝にこう記している。

「今度は私の番だった。あやうく彼女の後を追うほどだった。痛みや極端な不快さはなかったし、悪霊的な体験もなかったが、1週間というもの私は非常に危険な状態にあり、その結果、子供のように体力が弱くなり、また情緒不安定にもなっていた。

しかし、私の心の中はクリスタルのようにはっきりしてきた。その時、今か

第1部　コナン ドイルの軌跡　第2章　ホームズの登場と消滅——1891

ら思うと私はおろかにも、ウィンポール通りで眼科を開業しているために、自分が文筆で稼ぐ機会を失っていたことを悟った。そのことに気がついた私は雄たけびを上げて、もう人生の上っ面を塗るような仕事を金輪際やめて、著述に自分の力のすべてを注ぎこむことを決心したのだった。私は喜びのあまり、ベッドカバーの上にあったハンカチを衰弱した手でつかみ天井に放り投げた。

　ついに私は自分の主人になるのだ。もはや職業的に決められている白衣というお仕着せに身を包む必要はない。私はこれから自分の好きなように、好きなところで、自由に生きていけるのだ。私の偉大なる歓喜の瞬間だった。1891年8月のことだった」（注：この8月は6月が正確で、ドイルの記憶ちがい）。

　——また、インフルエンザは周期的に発生するらしい。第一次大戦末期の1918年には、新型のインフルエンザ「スペイン風邪」が、欧州で大流行した。戦争当事諸国は厳重な情報管制をしいて、感染者の増加による戦闘能力の低下が敵方に察知されないように努力していた。

　実際に世界中で4,000万人、日本だけでも39万人がインフルエンザで死亡したと記録されている。戦死した兵士の数よりも、スペイン風邪で死んだ兵士の数の方は実は多かったともいわれており、第一次大戦早期終結の引き金になったとの説もある。

　ドイルの長男、キングズレイもスペイン風邪に感染し、対戦終了直前に若い命を失った。

　これが「スペイン風邪」といわれたのは、参戦各国が自国に不利な情報を流すまいと情報管制を厳しくしていたなかで、中立国であったスペインからは「国民がバタバタ死んでいる」との情報が流出したため、このありがたくない命名につながったようである。

125

1893
(34歳)

妻の結核と念願のアメリカ訪問

　1893年10月、父親チャールズが精神病院でこの世に終わりを告げた直後に、妻ルイーズが結核にかかっており余命数ヶ月という過酷な診断が下された。当時の医学の水準では、消耗病（consumption）という常用語が示すように、特効薬は無く、病人はひたすら身体の消耗を防ぐことで生命を長らえることしかできなかった。ドイルは深く落胆しながらも、愛する妻のために最善の努力を計りたいと、翌11月には彼女を、当時、結核保養地として有名であったスイスのダボスに転地させた。ドイル自身も既に決まっていた国内の講演旅行を終え、ルイーズの後を追った。子供二人はルイーズの母、ホーキンズ夫人が引き取った。

　ちょうどこの頃、ロンドンでは、「ストランド誌」1893年12月号でホームズが滝壺に落ちて消滅したことを知った愛読者たちが騒いでいた。ロンドンの金融街シティで働くある青年は帽子に喪章の黒リボンを着用し、またある婦人はドイル宛に「なんてひどい人でしょう！」と書いた抗議の手紙を出版社に送りつけた。「ストランド誌」の解約申し込みは、2万部に達した。しかし、現在のドイルにとっては遠く離れた地から風の便りに届く小さなつぶやきに過ぎなかった。彼は今、作り話ではない、現実の悲劇と向き合っているのだった。

　彼はダボスに滞在中も、病床の妻の傍らでせっせと執筆を続けていたが、ルイーズの病状が安定的になったのを見届け、翌1894年9月に弟のイネスを伴って、念願の米国講演旅行に出発した。

　「モールトンさん、アメリカの人とお会いするのは、私にとっていつも喜びなのです。私は、君主の愚かさと、彼の閣僚たちのへまが遠い過去にあったとしても、いつの日か私たちの子孫が一つの世界的な国家の市民として、ユニオンジャックと星条旗を四つ切りにして組み合わせた一つの旗の下で暮ら

最初の妻ルイーズと長女メアリ(1889年生まれ)、長男キングズレイ(1892年生まれ)。1894年夏

すことになるのを信じている一人なのです」。

「ストランド誌」1892年4月号に掲載された「花嫁失踪事件」("The Adventure of the Noble Bachelor")の中でホームズにこう言わせたドイルだったが、実は、まだ自分で米国を訪れたことはなかった。植民地帝国として絶頂期にあった当時の大英帝国の大義を疑うことがなかったドイルも、過去においてその時々の君主や彼の大臣たちが行った判断、施策に関しては、彼らは大きな誤ちを繰り返していたと感じていた。ドイルの理解ではその最たるものが、血を分けた同胞であるはずのアメリカ人を独立に追いやってしまったことだった。まずピューリタンたちに圧迫を加えて米国に追い出してしまい、彼らと米国独立戦争、第二次英米戦争と二度にわたって骨肉の争いをすることになり、結果として反英意識の強い米国の完全な独立を許してしまった。また、アイルランドで1840年代後半にポテト飢饉が発生した時には不適切な政策で状況を一層悪化させ、非常に数多くのアイルランド人を餓死させたり、米国への脱出を余儀なくさせたりした。特にアイルランド人の血を引くドイルにとって、これは許し難い君主と彼の側近たちの愚行であった。

しかし、と彼は信じていた。現在英・米は国としては時には強く反発しあうような関係にあるが、同じ血を分けた同胞としての連帯感はあるはずだ。また両国は他の列強諸国と対抗していくためにも協力し合う立場を継続しなければならない。ドイルの目には、大英帝国が、世界に広がる植民地の宗主国としての力を維持していくためにも、米国との連携が不可欠だと映っていた。そのような思いが、ホームズの口を通してほとばしり出たのだった。

　「花嫁失踪事件」のような出来事は、当時のイギリスの貴族階級の世界では決して珍しい話ではなかった。伝統国イギリスの貧乏貴族一家の息子と新興国アメリカの大金持ち一家の娘との結婚、つまり、プライドは高いが金銭的には苦しいイギリス貴族の男と、金はうなるほど持っているが簡単に手に入らない家柄や縁戚を求めているアメリカの大成金の娘とのギブ・アンド・テイク型の結婚話を、この作品は題材にしている。フランスのプランタジネット家の高貴な血を引く、41歳の独身貴族、セント・サイモン（St. Simon）と、米国の西海岸地帯で数年前に金鉱で一山当てて大金持になったサンフランシスコ在のアロシウス・ドランの一人娘ハッティ（Hatty）との結婚式が、世間の注目と、新聞の暴露を浴びながら滞りなく挙行された。大事件が発生したのはその後、引き続き行われた披露宴（英語ではwedding breakfastという）の最中だった。花嫁が突然気分の不調を訴えて一時退席し、控え室に戻ったが、再び席に戻らず失踪してしまったのだった。
　この事実はひた隠しにされたが、やがてゴシップ好きの新聞の嗅ぎつけるところとなり、大きなセンセイションになった。結婚直前や新婚旅行中の花嫁の失踪などは時折あるとしても、結婚式を終えた後の披露宴の最中の失踪は考えられないことだった。この事件は、セント・サイモン自身からホームズに解決を依頼された。彼の語るところでは、ハッティは数年前までは一攫千金を夢見て山から山へと金鉱脈を探して歩く山師（やまし）の娘だったので、イギリス流に言えば気の強い、自由気ままに行動する、おてんば娘（tomboy）だった。それにしてもどうして ── 。事件の鍵は、実はそのおてんば娘時代に将来を誓い合った若者の、予期せぬ出現にあった。

　ドイルが米国を題材にしたのは、この作品が初めてではない。ホームズ登場の処女作品「緋色の研究」は米国のモルモン教の世界で発生した事件とい

第1部　コナンドイルの軌跡　第2章　ホームズの登場と消滅 ── 1893

う設定で書かれており、全体の後半部分は米国ユタ州でストーリーが展開されている。ドイルは長い間、血を分けた同胞の住む米国に憧れの気持ちを持ち続けており、その米国を訪問するのは彼の夢だった。今や有名になっていたドイルは好機がきたと判断し、実績の豊かな米国の興行師（または興業企画・代理人と言うべきか）であるポンド退役少佐に米国で講演旅行をすることを打診していた。彼は1884年1月23日付で、スイスのダボスから母親宛に出した手紙でこう言っている。

　「私は現在執筆中の本が終わったら、野性に満ちた生活をしようと思っています。── 雪靴、つまりスキーをはいて一日中戸外で過ごすのです……。ところで、私は今、米国の講演会アレンジャーのポンド氏に手紙で、今年の秋、米国東部諸州で1ヶ月間講演旅行をするとしたら、どれくらいの収入が見込めるか問い合わせています。魅力ある提案がくれば実行するつもりです」。

　実際、ドイルはダボスに移ってからも書き続けていた。妻ルイーズの状態は少しずつ良くなっているようだったが、当時の結核療法といえば手術をするわけでなく、乾いた清澄な空気の中でひたすら体力の消耗を防ぐ、という程度のことだったから、患者の容態が急激に悪化することは予想されず、ドイルもいつもルイーズの横につきっきりでいるという必要はなかった。それにしても、転地療養による自然治癒を期待するというのはごく一握りの人たちに許された特権的状態だったから、ルイーズにとっては不幸中の幸いとでも言うべきであった。

　その状態を続けるためにも、ドイルはせっせと執筆を続けなければならなかった。彼に富と名声をもたらしてくれたホームズを滝壺に放りこんで抹殺してしまったのだから、ドイルは他の題材を探さなければならなかったが、まだ30歳台半ばの彼としては、テーマ探しは勢い自分のこれまでの体験の方に向かっていった。「スターク・マンロの手紙」に続いて彼は「赤いランプのまわりで」という、医者としての体験や見聞をベースとした短編の執筆を始めた。赤いランプは、イギリスでは医者の玄関につける角灯だった。

　一方、妻のルイーズの方はダボスでの生活に感謝しながらも、自分の母親の元に残してきた幼い娘と息子のことが非常に気にかかっていた。そこで二人は1884年4月に一旦帰国して6月まで滞在、ルイーズは義妹のロティを同道

してダボスに戻ったが、ドイルはロンドンに残り、執筆と米国講演旅行の実現に努力を集中した。そして９月に、ついにドイルの夢は実現した。興行師ポンドとの契約が成立し、ドイルは10月2日に憧れのニューヨークに第一歩を印した。妻のルイーズは夫に同行できないことを非常に残念がっていたので、ドイルは来年には気候の良い米国のコロラドに転地療養に連れていくと安請合いしたが、結局それは実現せず、彼らは翌1885年末にエジプトに行くことになる。

　さて、ドイルのアメリカに対する印象はどうだったろうか。彼は、南北戦争で北軍側で戦った退役少佐ポンドのつくった講演旅行の強行スケジュールと、彼の興行師的態度に反発を感じながらも、精力的に講演旅行を続けた。ラジオもテレビもなかった当時は、有名人による講演会や、作品の著者が自ら聴衆の面前で自作の詩や小説を朗読する催しが盛んであり、それは娯楽の少なかった当時はエンターティメントの一つでもあった。ドイルの率直な態度と若さ、弁舌のさわやかさ、さらに何よりも彼自身が大のアメリカびいきのイギリス人であるということが聴衆の好感を生み、彼の講演会シリーズは大成功となった。ドイルは講演のかたわら、持ち前の好奇心と行動力を発揮して大いに見聞を広めていった。彼の観察では、歴史の長い宗主国のイギリスやイギリス人と比較すれば、米国はまだまだ新興国であり、アメリカ人は一般的に言えばまだ粗野であり、充分な伝統的、文化的な洗練さを身につけていない。だが、そういう事実を彼ら自身が自覚しながら、心をオープンにし、率直で、階級意識を感じさせない接し方や歓迎をしたことにドイルは非常に好印象を持った。彼はますます米国を好きになり、意気揚々と12月中旬にロンドンに帰ってきた。米国と手を組まなければ、イギリスはやがて彼らに追いつかれてしまうとドイルは直観したらしい。
　この年のクリスマスを、彼はルイーズと二人でスイスのダボスで祝った。

　翌1895年7月、ロンドンで会った作家・科学者のグラント・アレンから、国内での最適の結核保養地はロンドン南部のゆるやかな丘陵地帯にあるハインドヘッドという田舎村であると聞かされたドイルは、「決断、即実行」の精神で、その足で現地を訪問し、土地売買契約書に署名し、手付金まで支払った。さらに旧知の建築屋に建物設計、建築まで依頼した。このことを聞いた

第1部　コナンドイルの軌跡　第2章　ホームズの登場と消滅──1893

ルイーズも大喜びした。淋しい異国の地で暮らすよりは、イギリス国内で家族・友人たちと楽しく生きていきたいとルイーズはかねてから願っていた。その年の冬を、今度はエジプトのカイロで二人は過ごした。ここも空気が清浄で乾燥しており、ダボスと並ぶ結核保養地として知られていた。二人に同行していた妹のロティとルイーズは、宿泊していた同地の代表的ホテルであるメナ・ハウス・ホテルで専ら静養。ドイルは持ち前の行動力と好奇心で市内を駆けずり回っていた。ある時、落馬したことで片方の目が傷つき、その後の写真では両眼が不揃いになっている、というエピソードまでできた。

　同年12月31日、一行3人はクック旅行会社のツアーに参加し、約1ヶ月間の予定でナイル川上流を探訪する長旅に出た。その途中の光景からヒントを得て、彼は後に「コロスコの悲劇」と題した活劇物語を書いた（コロスコはアスワンの南にある地名だが、作品の中では船名になっている）。彼らは結局、1896年4月末までカイロに滞在した。結核療養には不向きな季節になっていたが、延長した主たる理由は、ドイルの戦時特派員（war correspondent）として戦場に行きたいという願望だった。当時、エジプトを支配するイギリスとその南に接するスーダンとの間では緊張関係が高まっていた。2年前の1894年にはカリスマ的指導者、マディ・ムハマッド・アーマド（Mahdi Muhammad Ahmad）が反乱軍を指揮してスーダンの各所を攻略し、カルツームの包囲に入った。英国側の指揮官チャールズ・ゴードン（Charles Gordon）は、7,000人のエジプト人・スーダン人の混成部隊で防戦し、圧倒的な数の反乱軍に立ち向かっていたが、救援隊の到着が間に合わず、1895年1月に全滅し、マディは宗教色の強いイスラム国家を建設した。これは英国側としては見過ごすことのできない事件だった。英軍は同地奪還のためエジプト領ワディ・ハルファに英・エジプト軍の前線基地を構築した。戦争近しの雰囲気が盛り上ってきた。

　ドイルはナイル川の長旅からカイロに帰着後、今度は英国軍の将校である知人と、有名なキリスト教コプト派の修道院（Coptic Monastery）訪問の旅に出ていたが、カイロに帰着すると戦争近しの情報を受け、あわててロンドンの「ウエストミンスター・ギャゼット紙」（"The Westminster Gazette"）に打電し、honorary（無給の）war correspondentに任命され勇躍、英軍の

131

最前線基地のあるワディ・ハルファに向った。ドイルは戦場の雰囲気が大好きだった。最前線の中で、緊張した戦いの匂いを嗅ぎ、臨場感あふれる従軍記を新聞社に送り、読者の喝采を浴びる —— それが彼の願いだった。しかし、現地に着くと、英・エジプト連合ナイル派遣部隊の指揮官であるキッチナー将軍から「戦いはまだ始まらない」と聞かされたので、止む無くカイロに戻った。彼の満たされない願望は、4年後のボーア戦争の時に再び燃え上がる。

　ドイル一行は1896年5月にイギリスに帰国したが、ルイーズのために建築中のハインドヘッドの新邸は完成が1年近く遅れるということがわかり、近在の地に家具付きの家を借り、子供たちも呼び寄せて久し振りの一家水いらずの生活を過ごすことになった。田舎で、自然と小動物たちにかこまれたのんびりした生活が始まり、ドイルもルイーズも幸せだった。ドイルは相変わらず執筆に励み、「ロドニー・ストーン」（"Rodney Stone"）という、彼の大好きなボクシングを題材にした物語を「ストランド誌」に連載していた。ルイーズはその傍らで子供たちが元気に遊ぶ姿を見ながら、夫の愛情を一身に受けとめている自分に満足していた。多くのものを求めようとしない静かで優しい彼女の性格は、それ以上の何も必要としていなかった。

　翌1897年10月に、待望の新邸「アンダーショウ」（Undershaw）がついに完成した。その建物は現存している。病身のルイーズが消耗しないように、扉はスライド式、階段の段差は低くするなど、いろいろな工夫がなされていた。ルイーズは幸せだった。この屋敷は、ルイーズのために夫のドイルが建てたものだった。

サリー州ハインドヘッドのアンダーショウ荘。先妻ルイーズと住んだ。

第1部　コナン・ドイルの軌跡　第2章　ホームズの登場と消滅——1893

若い恋人の出現とドイルの「二重生活」

　そしてドイルにとっても、この新邸宅は3年間の歳月と、母親が心配するほどの巨額の支出を必要とした、人生最大の事業だったから、彼としても手離しで喜ぶべきことだった。しかし、表には勿論出さなかったが、彼の気持ちは複雑だった。実はその年の3月、彼は一人の若い女性と出会い、一目惚れし、自分の愛を訴えたのだった。「私はその時が来るまであなたをお待ちします」とその女性はドイルにはっきりと答えた。彼は黙ってうなずいた。場所は、ロンドンの南部に広がるサセックス州のある場所で開催された、パーティの席だったといわれている。二人だけの新しい関係ができあがった。そして、二人だけしか知らない秘密が存在するようになった。

　その一方で、新邸の完成にドイルは得意絶頂であった。そして1年後の1898年12月23日、近くのホテルを借切ってドイル夫妻の主催で大仮装舞踏会（Grand fancy-dress ball）が開催され、招待客はそれぞれがドイルの作品中の登場人物に扮装するように要請された。ドイル自身はヴァイキングの扮装で登場した。200人近い出席者があった（その中にはその女性も含まれていた）。当時、この地域はロンドンから近いということもあって、別荘地として上流階級の注目を浴び始めていた。有名人や大金持ちたちの邸宅がどんどん増え、社交も華やかに行われるようになっていた。イギリス人の好きな、豪華なホームパーティもしばしば催されていた。当時既に有名人となっていたドイルはまだ38歳だったが、あちこちのパーティに招待されていただろう。その女性に運命の出会いをしたのも、そういったパーティの席だったと推測されている。

　その時まであなたをお待ちします、と彼に告げたその女性の名前は、ジーン・レッキー（Jean Leckie）。ドイルより15歳年下の、23歳の未婚女性だった。父親はスコットランド人系の裕福な実業

1898年のドイル。ヴァイキングに扮して

133

ジーン・レッキー（1874～1940）。最初の妻ルイーズが亡くなった翌年の1907年にドイルと結婚し、二男一女をもうけた

家であり、ロンドンの東南の地、ブラックヒースに居を構え、別荘を同じサリー州の東寄り、ハインドヘッドからあまり離れていないクロウバラに持っていた。深い金髪、青みがかった薄茶色の目、繊細で透き通るような白い肌、表情豊かな微笑、よく通る美しい声――彼女は、ドレスデンとフロレンスで声楽の訓練を受けたアマチュアのメゾソプラノ歌手でもあった。やせ型で小さな手と足を持った、それでいて乗馬の好きな、美しく魅力にあふれた女性だった。ドイルの特徴である直情径行的な愛の訴えだったのだろうが、深層心理的にみれば、ルイーズは結核専門医から余命いくばくもないと宣告されてから既に３年が経過していたのだから、いつ何が起こっても不思議はないと誰もが思うだろうし、ドイルも最悪の事態は予見していたはずである。だから潜在意識的に「次の伴侶」を探し求めていたのかもしれない。彼にはルイーズの没後も長く残る人生があるだろうし、彼女との間にもうけた二人の幼い子供たちもいる。一方、ルイーズの方も、最愛の夫と子供を残してこのまま終わってしまうことは何としても避けたいことだった。内に秘めたこの

第1部　コナンドイルの軌跡　第2章　ホームズの登場と消滅 —— 1893

生への強烈な執着心が、ルイーズを生き永らえさせていたのだろう。

　ジーンがドイル側の事情をどの程度知っていたのか、またそもそも二人は初対面だったのか、何も記録としては残っていない。しかし、後に少しずつわかっていくことだが、ジーンは性格的には合理的で実際的な考えの持ち主だったので、「その時が来るまで」という答えもある程度は計算の上だったと推測される。

　二人の間に「秘密」ができた。他の誰にも言えないことだった。秘密が万一漏れたら、二人の人生は大きな危険にさらされる。ヴィクトリア時代の中流階級以上が持つ厳格な倫理観、社会規範に照らせば、この行為は決して許されるものではなかった。病の床に伏している妻を騎士道的精神で看病している有名作家ドイルと、貞淑であるべき良家の娘との恋愛関係は、あきらかに不倫であり、発覚すればそれぞれの将来を抹殺しかねない厳しい社会的制裁が加えられるはずだった。しかも、現在の妻ルイーズが他界するその時まで待ちます、という表現は、ジーンの一途な気持ちを吐露したものではあっただろうが、とり方によっては呪詛的な含みも懸念させる。とにかく「秘密」にしておくべきだった。ジーンは当分の間、両親にもこの秘密を打ち明けようとしなかった。

　ドイルの「二重生活」が始まった。彼の助力を必要としているルイーズに、ドイルは最適の療養環境を与えようと勿論努めてはいたが、それは実は対等な夫婦という精神的な絆から自然に生まれる愛の形というよりは、ドイル自身の心の中に根づいていた中世騎士道的精神に基づいた、病める高貴な女性の守護者としての責務を果たす、という価値観に基づいたものではなかっただろうか。その一方でジーンに対しては、一人の男として女の愛を求めていた。この「騎士」と「男」の使い分けを、ドイルはあまり罪の意識を感じることなくこなしていたようである。強いて言えば、それが、彼が生きていく上での与えられた条件だったのだ。とは言っても、自分にとって都合のよい状態がいつまで続くかについては、確信が持てていなかったはずである。病床を離れないルイーズは何も知らないはずだが、女性の持つ「直観」について、例えば「孤独な自転車乗り」事件（「ストランド誌」1904年1月号掲載）

135

で主人公のガバネスであるヴァイオレット・スミス嬢はホームズに対し、「た
ぶん私の空想に過ぎないのかもしれませんが、雇い主のカラザースさんが私
に多大な関心をお持ちなのではと感じることがあるのです。夕方になると、私
は彼の音楽の伴奏をします。カラザースさんは何もおっしゃいません。完璧
な紳士です。でも女には、いつもわかるんです」。

　説明しにくいことではあるが、ドイルは人格形成期を修道院的雰囲気の全
寮制のイエズス会運営の学校で過ごした。厳格なカトリック的教育の中には
スポーツによる性欲抑制も含まれていたから、ドイルも自分の性的欲望をコ
ントロールする術は一応は心得ていただろうが、ルイーズが病の床について
から既に３年あまりが経過していたのだから、ドイルの中の「男」が出口の
見つからない閉塞状態にあったことは想像に難くない。それに、ドイルは女
性に対する中世騎士的精神構造を子供の頃に母親のメアリからたたきこまれ
ていたので、金で女を買うなどは、けがらわしい行為と決めこんでいたに違
いない。ジーンに一目惚れしたとはいっても、これはその時がくるまで秘密
であり、プラトニックでなければならなかった。これは二人の合意事項でも
あった。

　二人は将来を誓い合ったが、それではどのようにして会い、プラトニック
な愛を確かめ合っていたのだろうか。これは「秘密」の中の重要な部分だか
ら、二人とも終生第三者には触れなかったので推測する以外ないが、二人が
逢瀬を楽しんだのは決して人目につきやすい地元ではなく、大都会ロンドン
においてであったらしい。当時はロンドン中心に鉄道網が非常に発達してい
たので、ドイルの住んでいたサセックスのハインドヘッドからロンドンまで
は汽車で約１時間、また彼女の別荘のクロウバラからも１〜２時間程度で着
いたはずである。また彼女の本宅のブラックヒースはロンドンに隣接してい
たから、市内に出るのは簡単だった。

　この二人だけの「秘密」を守り抜くのは、しかし、決して容易ではなかった。
二人はそれぞれが「理解者」を絶対に必要としていた。ジーンは、何日かは
記録にないが、両親に打明けた。この不倫の恋に彼らは当然難色を示したが、
しかしドイル自身に対しては好意を持っていた。一方ドイルの方は「何事も

第1部　コナンドイルの軌跡　第2章　ホームズの登場と消滅──1893

隠しておけない」母親のメアリに対し、いつこの事情を報告したかの証拠は
ないが、2年後の1899年5月22日にヨークシャー州の田舎に住む母親にこんな
手紙を出している。

　「お母さん、たいへん素晴らしいお手紙をいただき、心から感謝していま
す。私はお母さんの判断力を尊敬していますし、誠実さも知っていますから、
お母さんの、人間の生き方についての印象を伺うのが大好きなのです。それ
はお母さん自身の言葉を借りれば、非常に魅力的なのです。さて、私は今日、
40歳の誕生日を迎えましたが、私の人生は着実に成長し続けており、私はま
すます幸せになっています」。

　ドイル研究家の中には、この手紙の前にドイルは既にジーンとのことを母
親に打ち明けており、彼女は息子の気持ちを認め、その証しとしてジーンに、
大切にしていた叔母の形見の腕輪を贈っただけでなく、息子に対しても二人
が会いたい時には自分がシェパロン（chaperone）の役を務めてあげると返
事したとの説を唱えているが、どの程度の事実や証拠に基づいているかは定
かではない。このシェパロンという言葉はあまりなじみがないが、辞書によ
ると「未婚の婦人が社交の席などに出る時の付き添い；多くは年配の婦人で、
社交上の行儀作法が守られているかも監督する」とあり、良家の娘を一人前
のレディに育て上げるための個人教授・後見役の立場にある、これも良家出
身の年配婦人のことを指すようである。この場合はドイルの母親のメアリが
ジーンのシェパロンになることで、彼女も付添い役付きで他人の面前でもド
イルに会えることになる。妙な話だが、建て前と本音を上手に使い分けていた
ヴィクトリア時代だから、こういう見え見えの作法も通用したのだろう。実
際、彼らの逢瀬には母親のメアリがしばしばシェパロン役を果たすようにな
り、ドイルも母親の登場を何度も懇願した。

　ドイルはジーンとの禁断の恋に陥って以来、自分の人格と行動を使い分け
るようになった。そして自分自身では、二つの役割を完全にこなし切ってい
ると思い込みたがっていた。一つの役割は、不治の病に冒され病床にある妻
に対し、中世騎士道的精神で、精神的やすらぎと物質的欲求を満たすべく侍
立していること。もう一つの役割は、恋人に対し信頼に足る一人の男性とし
て尽くし、彼女の愛が変わらないことを願い行動する役割であり、また最も

137

重要なことであるが、これら二つの役割が、精神的にも行動的にも完全に遮断され続けることだった。ただ、この種の秘めごとには時としてほころびが出る。

　大英帝国にとって最も栄光に満ちたヴィクトリア時代は「一つの国家、二つの国民」といわれたように、貧富の差の非常にはげしい時代だった。中堅階級（middle class）はまだ充分に発達していなかったので、人々は上流階級（upper class）か、さもなくば下層階級（lower class）のいずれかに仕分けされ、富と権力を持つ上流階級は建前と本音を上手に使い分けながら自分たちの意のままの生き方を続けていた一方、下層階級は建前を横目でみながら本音の部分で実際的な生き方をしていた。「光強ければ影もまた濃し」といわれたヴィクトリア時代はまた、「建前と本音をうまく使い分ける時代」でもあった。ドイルはとにかく、ジーンに会いたがっていた。ジーンのドイルに対する気持ちは全く変わっていなかったが、彼の方はこの出口の見えない愛の行方に大きな不安を抱いていた。彼女と会って二人の愛を確かめ合うことに彼は執着した。そのためには、シェパロンとしての母親の登場がどうしても必要だった。

　「お母さん、サセックス州アッシュダウン・フォレストにあるこじんまりしたゴルフ場付きのホテルに3日間滞在してきました。清潔で雰囲気の良いホテルで、居間付きの個室もあります。空気はすがすがしく、ゴルフは何回でもできます。さて、そこでお母さんがもう一度私たちの住んでいるイギリス南部地方に来られるとしたら、今度はお母さんと二人でこのホテルに滞在するというのはどうでしょう。きっと楽しいと思います。そしてお母さんの招待で、ジーンがこのホテルで私たちと合流するというのはいかがでしょう」。
　「私は、英国北部のダンバーでの休暇には大賛成です。私たちはいつでもそこに行けます。私はそこからエジンバラでのロバート・バーンズ記念晩さん会に出席し、また戻ることができます。ジーンは、もしお母さんが、転地のためにそこに出かけるが彼女が同行してくれたらうれしい、と一言書いて送ってくだされば、いつでも行けますと言っています。お母さん、すぐにそうしてくれますね？」

第1部　コナンドイルの軌跡　第2章　ホームズの登場と消滅──1893

　ドイルは後年、自伝『回想と冒険』の中でこう振り返っている。「この時期、すべては平穏だった。私の妻は、冬も夏も持ちこたえていた。メアリとキングズレイの二人の子供たちは、人格形成のさまざまな場面を楽しく過ごしていたが、それは私たちの生活に大きな幸せをもたらすものだった。私たちの周りの田舎の風景は、素晴らしいものだった。私の日々は、仕事とスポーツの繰り返しだった。国家も私と同じだった。繁栄と成功の時が続いていた」。

　しかし、母親のメアリは息子の心中を見抜いていた。二人の女性に愛されながらも、若いエネルギッシュな男の性的欲望は満たされておらず、それが彼の精神的不安定を増幅していることを。ドイルとジーンはその時がくるまで、二人はプラトニックな状態でいることを約束していた。この頃のドイルは再び心霊主義を含む超常現象（パラノーマル）に深い関心を持ちはじめたようだった。

　また、ドイルは信頼する弟で、軍人としてインドに赴任してまもないイネスには二人の関係を打ち明けた。イネスは当然、この状況に深い懸念を示したらしい。ドイルは1899年6月17日付の手紙で、イネスにこう返事した。

　「私の個人的な問題についての前回の手紙で、たぶん驚いたと思います。しかし、このことによって何か面倒なことが起こるとか、トゥーイ（ルイーズの愛称）に苦痛を与えるのでは、という心配をする必要はありません。彼女は相変わらず私を愛し続けてくれていますが、しかし既に言ったように、私の生き方の中に大きな満たされない部分があったのが、今やそうではなくなったということです。すべてはうまく収まるでしょうし、誰もそのことによって、悪い影響を受けることにはならず、またそうであればあるほど私たち二人もより良い結果を得ることになるのだと思います。私は充分注意深く対応し、誰にも面倒が起こらないようにするつもりです。私がこのことを伝えるのは、遠く離れたところにいるわが弟が、我々二人がトラブルの方向に向かって漂流していくのではないかと、心配しないで欲しいからです」。

　しかし、この不倫の恋はその時が来るまで解決はできないはずだった。当初は余命いくばくもないとまで言われたルイーズは、ドイルが彼女のために設計し、完成させた新邸の中で、ドイルのひたむきな騎士道的献身のおかげで、生き永らえていた。ドイルの苦悩は濃くなっていった。

1899年10月、ボーア戦争が勃発。紆余曲折の末、ドイルは現地での病院勤務のため、1900年2月28日にロンドンを発ち、南アフリカ連邦（南ア）に赴くことになった。その1ヶ月前に、彼は母親のメアリに自分の本音を吐露した。「私はこの6年間というもの、ずっと病室住まいでした。現在の私は、その事実に本当にうんざりしています。愛するトゥーイ！彼女以上に私がつらい目にあってきたのです。彼女は私のそういう気持ちを決して察知していません。勿論、私はそのことをたいへん喜んでいるのです」。

　契約の6ヶ月間の病院勤務を終えて、1900年7月、ドイルが南アからの帰国の途についた頃には、ボーア戦争の潮目は明らかに変わりイギリス優位になっていた。ドイルは一日も早く自宅に戻り、他のどの従軍記者、ジャーナリストたちよりも早く最新の現地の状況を世間に発表するのが自分のジャーナリスト的使命だと確信していた。現地に敢えてとびこんだ彼の大きな目的の一つは、戦争の現場を自分の目で確かめ、得意の筆の力で生き生きと描写し、読者に訴えることだった。帰宅するや否や自宅に籠ったドイルはただちに執筆に入り、短時日のうちに「大ボーア戦争」と題した一書を書き上げ、今回の南ア行きのスポンサーになってくれたジョン・ラングマン氏に献呈した。この著書は、ただちに単行本化された。

露見した禁断の恋とドイルの苦悩

　ドイル帰国後の1900年8月のある日、一組の紳士と淑女がローズ・クリケット場（Lord's Cricket Ground）に現われた。ロンドンの中心部にあるリージェント公園の西側に隣接したこのグラウンドは、19世紀末にこの施設を創設したトーマス・ロード（Thomas Lord）氏の名前をとった由緒ある場所で、MCC（メリルボーン・クリケット・クラブ）の本拠地であるだけでなく、このクラブが1835年に設定した規則が現在でも基本となってプレーされている。広々とした緑の芝生で純白の上下のユニフォームを着た選手たちが繰広げるプレーと、芝生の周辺で日傘の陰でのんびりと談笑したりアウトドアの社交を楽しむ人たち ―― それはイギリス的（そして特にイングランド的）風景なのである。

第1部　コナン ドイルの軌跡　第2章　ホームズの登場と消滅——1893

　恰幅の良い紳士は、ドイルであった。彼自身も相当な腕前のクリケット選手として有名だったので、帰国早々のドイルがローズに姿を現わしても、何も異和感はなかった。しかし、ドイルに連れ添っていた淑女は、彼の妻でもなく近親者でもない、ジーンであった。当時の中流以上の階級を支配していた道徳律からは、こういう組合せのカップルが堂々と公衆の面前に出るということは、とても考えられないことだった。

　二人もそのことは充分承知していたはずだった。それでもあえて他人の目につくリスクをおかしてまで、どうしてこんな行動に出たのだろう。二人ともこのことについて何も書き残していないので推測する以外ないのだが、当時二人がそれぞれの意味で深い、解決できそうにない悩みをかかえていたのは明らかだった。ドイルは、出口の見えない不倫の恋にいらだちをつのらせていた。南アにあえて行ったのも、ある意味では逃避行だったのかもしれない。またジーンの場合は、悩みはさらに深かった。男性が圧倒的に強い立場を持つヴィクトリア時代における女性の地位は従属的で、脆いものだった。ジーンはただひたすらにドイルの愛を信じ、その時が来るのを待つしかなかったのだが、そのドイルの方に心変わりはないのだろうか。自分のことを本当に真剣に考えているのならば、なぜ、一人で勝手に危険の多い戦場にあえて行ってしまったのだろうか。もし現地で彼に最悪の事態が発生したら、自分はどうなってしまったのだろう。本当にドイルに自分の運命を託したままでいいのだろうか —— 。しかも帰国早々に、彼は遠く離れたエジンバラで総選挙に立候補することを決意していた。ドイルの愛を確かめたい一心のジーンは、クリケット観戦に行きたいドイルに喜んで従った。心の中では、もし万一、そこで他人の噂になっても、リークされてももはや自分はかまわない。なるようになるだけだ、という追いつめられた精神状態だったのではないだろうか。

　秘かに恐れていた不運な事態が発生した。たまたま見物に来ていたドイルの妹のコニーと、夫である売り出し中の作家アーネスト・ウィリアム・ホーナングの二人に目撃されてしまったのだ。特に兄を慕い、義姉であるルイーズの病状を強く心配していたコニーにとっては、この二人の姿は信じられな

い光景だった。彼女は全く何も知らなかったのだ。ドイルはあわててその場を取り繕ったものの、やがて母親メアリの知るところとなり、一寸した騒ぎになってしまった。最も深く傷ついたのは、勿論ジーンだった。

　こともあろうに親族たちに不倫の現場をおさえられてしまったドイルは、—— これが彼の特徴的な反応の姿勢なのだが、—— かえって開き直ってしまった。その時以後、ドイルのジーンに対する親密度はますます公然と高まり、ルイーズに対する気持ちはますます離れていったようだ。さすがに母親メアリは心配して手紙を書いた。ドイルはすぐに返事を出した。「お母さんは私の言ったことを何か誤解されているに違いありません。私はトゥーイに対し、充分な愛情を抱いていますし、尊敬もしています。私は自分のこれまでの結婚生活の中で、一言たりとも言い争いをしたことはないし、これからも彼女が苦痛を感じるであろうことをするつもりもありません。トゥーイが存在していることに私が苦痛を感じている、などという印象を私がお母さんに与えたとしたら、一体どうしてなのか、私には見当もつきません。実際にそうではないのです」。

　1901年1月には、さらに母親にこう書いた。「私は自宅では充分に注意して振舞っており、どんな時でも最も思いやりをこめて、やさしく接しています。しかし、こういう状態というのは難しいものです。そう思いませんか？ 愛するジーンはこれらすべてのことについて、典型的な良識とマナーの持ち主です。こんなにやさしくて利己的でない性格の持ち主を、私は他に知りません」。

　1902年3月には、母親宛に「ジーンと私は昨日、ロンドンを発ちバーミンガムに向かい、夕方7時半までには戻りました。私は素晴らしい自動車を買いました。私の人生での新しい関心事となります。本当に立派な最高品質の10馬力のウォルズレイ（Wolseley）です。ジーンも満足しています」。3月14日のジーンの誕生日の前だった。ドイルは愛車を駆って二人の時を過ごすつもりだった。

　この頃のドイルは、南アでの激務の間に感染した腸チフスの後遺症を含む諸々の原因の体調不良、食欲不振、不眠症などに悩んでいた。また、ボーア戦争における英国の立場の擁護と、それを引き金とした叙勲の問題で忙殺されていたはずで、それにジーンとルイーズの問題が加わると、ドイルの精神

第1部　コナンドイルの軌跡　第2章　ホームズの登場と消滅 —— 1893

状態は相当に不安定になっていたのだろう。ジーンはドイルに対し、仕事を中止して近在の保養地にこもり、食事の内容も変え、煙草も止めるように促した。彼はその通り実行し、健康状態は著しく改善したが、しかしさらに長期の休暇をとる必要を感じていた。

　叙勲の噂が出た1902年春頃から、ドイルの心境は複雑になった。これまでの自分の文学的業績が叙勲の対象になるのは（本当はそれを望んでいたのだが）無理としても、ボーア戦争中とその後に彼が行った一連の行為は、あくまで彼自身の中からふつふつと沸き上っていた純粋な内的動機に基づくもので、外部から、特にこの戦争で無能振りを発揮した軍部を含む支配者階級から教唆されたものではない、という強い自負心があった。それを今になって彼らは、叙勲という形で、高い地位から、ひざまづく臣下に支払おうとしている。しかも、「平騎士」という最低の名誉の形で……。母親は叙勲を受けるよう何度も説得していたが、息子のドイルがうるさそうに対応していたのもうなずける。しかし結局、ドイルは紆余曲折の末、この栄誉を受けることにしたのだった。

　1902年6月に、彼は母親にこう書いた。「生活の仕方を少し変えてから、私の健康はずいぶん回復しました。私は長い間、充分に睡眠できませんでした —— 今は問題なく一所懸命に仕事をしています。トゥーイは明るく、良好な状態を続けています。ただ、彼女の声の調子が気になります」。明らかにルイーズの病状は悪化の傾向にあり、しかも彼女の気持ちもドイルから離れているのは明らかだった。1902年8月16日に、彼は母親のメアリにこう訴えた。「私が驚いたことに、トゥーイは彼女の母親と一緒に南部のマーゲイトにあるホテルに出立し、そこにまだ滞在しています。彼女がそこでの生活を楽しんでいるようなので、私も喜んでいます。私の愛情のすべてを彼女に与えられないとしても、私は少なくとも物質的な意味での楽しみを充分に与えることができます。彼女はいつも非常に幸せそうです」。

　ドイルはまた、1902年9月の日付のない手紙でこう書いた。「すべてのことがはっきりしてきました。—— まずはお母さんのお手紙に感謝します。お母さんは洞察力をお持ちですから、なぜトゥーイが "dear" ではあるが決して "darling" ではない、ということを理解していただけると思います —— 」。英

143

語を母国語とする人たちに聞いても、この二語の意味を明確に区別するのは簡単ではないようだ。ニュアンス的に言えば"dear"は一般的な意味で、愛らしい、好きだ、というのに対し"darling"はもっと個別的に、自分の感情を込めて「愛してるよ、大好きだよ」と訴えることなのだろうか。—— 17年前にドイルが求め、ルイーズが受け入れた「結婚」がこういう状態に変化したことを、二人はどう受け止めていたのだろうか。結婚8年後にルイーズが余命いくばくもない結核に冒されていたことがわかり、二人の生活が大きな転換を余儀なくさせたことが、すべての発端だったのだろうか。

1903年、日付のない母親宛の手紙。「ジーンに対するお母さんのやさしい手紙を読みました。トゥーイは声の調子が悪化し、ほとんど声が出ない状態になっていますが、その点を除けば素晴らしく元気です。私は彼女に対して常にやさしく、また思いやりを持って接していることを信じてください。いろいろなことがあるにせよ、彼女は私が知っている最も幸せな女性であると私は固く信じています」。ドイルは病床の妻には務めてやさしく振舞い、将来を誓ったジーンにはできる限り、無限定的に、心から尽くしていた。

1904年3月14日、ジーンの誕生日にドイルは「私は愛車ビリー（彼が車につけた愛称）を運転して南部のサービトンまで行き、ジーンの誕生日をドライブと戸外での一日で祝いました。私たちは昨日でちょうど7年間一緒にいます。そして私たちの愛は、年を追うごとに深まっています」と、誇らしげに母親に報告した。一方、子供たちに対しては、気難しく、気分が変わりやすい父親になっており、そばに近寄っていくのがためらわれる、遠い存在になっていた。

ルイーズの状態は悪化の一途をたどり、1906年に入ると最悪の事態が懸念されるようになった。

ドイルは6月8日付で、母親にこう知らせた。「トゥーイは体重が著しく減っています。実際、この2年間、減少は続いていたのです。当地ハインドヘッドの空気と、おいしい食事が彼女の状態を変えてくれるとよいのですが」。しかし、その期待は空しかった。彼女の病状は急速に悪化していった。夫であり、医者でもあるドイルには、彼女の脳に結核の症状が既に出始めているのがわかっていた。

144

第1部　コナンドイルの軌跡　第2章　ホームズの登場と消滅 —— 1893

1906年6月（日付なし）母親宛。「可哀そうに、時々脳に兆候がでてきています。一過性のものかもしれませんし、既に転移しているのかもしれません」。1906年6月（日付なし）弟のイネス宛。「昨夜、彼女は少しうわごとを言うようになりました。明らかに脳に転移したようです。これは最も危険な状態です。あと数日か、数週間か、いずれにしても今や彼女の最期がくるのはさけられないようです」。

そしてついに1906年7月4日、ルイーズは安らかに永遠の眠りについた。享年49歳だった。枕元には、ドイルと、それぞれの寄宿学校から呼び戻されていた二人の子供のメアリとキングズレイ、そして、ルイーズの姉のネムが付き添っていた。後になって、長女のメアリはこう語った。「私の父はベッドの脇に座っていました。父のやつれた顔から涙が流れ落ちていました。お母さんの小さな白い手はお父さんの大きな手の中に包みこまれていました」。また彼女はこうも語った。「死の2ヶ月ほど前に、とうとうお母さんの命が尽き始めました。もう長くはもたない、ということがはっきりしてきました。お母さんは、話がしたいと私を呼びました。お母さんが言うには、妻たちの中には、自分の死後も夫が亡くなった妻の記憶を保ち続けて欲しいと願うようだが —— 私はそれは非常に間違った考え方だと思っている。なぜなら、先立つ妻が思う唯一のことは、愛する夫の幸せのはずだからだ。だからあなたのお父さんが再婚するとしても、決してショックを受けたり、驚いたりしてはいけない。そうではなくて、その再婚に対し、私は理解をしており、祝福しているのだから —— 」。一方で、後でわかったことだが、ルイーズは病床で娘のメアリにこうも語ったという。日時は特定できていない。「女性は何が何でも結婚すべきだ、それが女性としての賢い生き方だという、とらわれた考え方や知恵には、私は賛成できない。なぜなら、間違った男と結婚するぐらいなら一生独身でいる方がはるかにましだ、と私は確信しているから —— 」。

互いにすべてを知っていながら、知らない振りをして、上っ面や体面を取り繕い、上手に建前と本音を使い分ける百数十年前のヴィクトリア時代の「流儀」を垣間見ることができる。ドイルは自伝の中でこう記した。「1906年、長い闘病生活の末に、私の妻ルイーズはこの世を去った。その間、彼女は驚嘆すべき忍耐力を持ってこの病に耐え続けていた。そして最後には苦痛もなく、

145

心は澄み切っていた。病いとの長い戦いは敗北に終わったが、専門家である医師たちが口を揃えて、もう手に負えない容態だと宣告していたにもかかわらず、彼女は13年間もこの生命の砦を守り抜いたのだった」── 最愛の妻の死という夫の人生にとっての一大事件が、この400頁におよぶ自伝の中のわずか半頁にも満たない一節で済まされることに違和感を覚える人も少なくないだろう ── しかし、これも男性が圧倒的に女性に対して優位を保っていたヴィクトリア時代の「流儀」の一つだったのかもしれない。

| Episode 7 | 英・米合体論者ドイル |

　ドイルは「花嫁失踪事件」(「ストランド誌」1892年4月号掲載)の中で、ホームズをしてこう言わせた。「モールトンさん、アメリカの人とお会いするのは、私にとっていつも喜びなのです。私は、君主の愚かさと、彼の閣僚たちのへまが遠い過去にあったとしても、いつの日か私たちの子孫が一つの世界的な国家の市民として、ユニオンジャックと星条旗を四つ切にして組み合わせた一つの旗の下で暮らすことになるのを信じている一人なのです」。ドイルは歴代の政府がとってきた北米政策に、きわめて批判的だった。彼は大英帝国の植民地獲得政策そのものには異を唱えなかったが、同じ植民地といってもオーストラリアの場合は流刑地として出発したものだし、インドは東インド会社という一握りの貴族、大商人たちの欲望に端を発した、なかば私的経営である。南アフリカは豊富な地下資源を狙った山師たちが乗り込んでいった所であろう。それらは「動機の人間性」という点からみると、決して高いものではない。

　それらに比べて北米大陸の場合は、人間の精神的、肉体的自由という啓蒙思想に照らして、その移住者たちの多くは非国教徒であるが故の公的宗教権力からの迫害に抗して、その宗教的拘束から自らの精神を解き放たんとして新天地

第1部　コナンドイルの軌跡　第2章　ホームズの登場と消滅 —— 1893

を求めて北米大陸に移住したものである。または肉体的自由ということに関
しては、当時の為政者の信じ難い、傲慢と無為無策によってポテト飢饉に際し
て100万人もの餓死者を出し、それ以上の数のアイルランド人が、住み慣れた
故郷をすてて北米大陸に新天地を求めて移住せざるを得なかった。そういう歴
史的背景よりみて、北米大陸への移住者の「動機の人間性」は優れて高かった、
とドイルは判断していた。悲劇はしかし、その新天地において、こともあろう
に血を分けた同胞同士が独立戦争で血を流し合い、独立の結果は、王党派とい
われた大英帝国に忠誠を誓った人たちがヤンキーたちに略奪され、はずかしめ
られた上でカナダの地に逃れるといった事態まで引き起こしている。

　その米国と、英国の支配するカナダの国境地帯では常に緊張が支配し、そ
の間隙をぬって、インディアンと結託したフランス系住民が不安の種をまい
た。この状況は必然的に1812年の第二次英米戦争で同胞間での再決着をつけ
る結果となった。しかも、それで済んだ訳ではない。その数十年後に今度は米
国内部で「諸州間の戦争」といわれる南北戦争が勃発。大英帝国がこれを黙っ
てみていた訳ではないことは、公然の秘密であった。ここでもまた同胞同士が
殺し合い傷つけ合い、血を流している。これは何としたことであろうか。
　そして南北戦争後の米国では急速に工業化が進行し、富の蓄積も進んで、ド
イツと共に新興工業国として大英帝国の前に立ちはだかるようになった。血を
分けた同胞同士が今度は経済の場でも争うことになった。しかもその繁栄にや
や、かげりがさしつつあった大英帝国に対し、ドイツと米国はまさに伸びざか
りの、成長にはずみのついた新興国である。

　しかし、と彼は信じていた。現在、英・米は、国としては時には強く反発し
あうような関係にあるが、同じ血を分けた同胞としての連帯感はあるはずだ。
また両国は他の列強諸国と対抗していくためにも協力し合う立場を継続しな
ければならない。ドイルの目には、大英帝国が世界に広がる植民地宗主国とし
ての力を維持していくためには、アメリカとの連携が不可欠だと映っていた。
そのような思いが、冒頭のホームズの口を通してほとばしり出たのだった。

147

1900
(41歳)

ドイルが見たボーア戦争

　ドイルが不倫の恋に身を焦がしていた19世紀の最後の時期、欧州列強諸国による植民地獲得競争はますます熾烈になっていた。世界に冠たる植民地帝国を自任していたイギリスは、豊富な鉱物資源を埋蔵するアフリカ南部に焦点を当てていた。南アフリカ連邦（南ア）の支配を目指したイギリスは、1889年にセシル・ローズに特許状を与えて南アフリカ会社を設立させ、南ア支配の先兵とした。もともとこの地域は1652年にオランダ・ドイツ・ユーゴノート系（後のボーア人の先祖）の入植者たちが建設した南アフリカ岬（Cape of South Africa）植民地が支配していたが、1814年になってインドへの航路の要衝にあたるこの地を英領植民地に編入すると一方的に宣言したことから、事態は急迫した。外国の支配を嫌い、しかし戦うことを望まなかったボーア人たち１万人は牛車に乗って北上し、高地を越えた地域でオレンジ自由国（Orange Free State）とトランスバール共和国（Transvaal Republic）という二つの独立国家を建設した。これを追ってイギリスは、1877年にトランスバールを併合したため、現地人の反乱が起こった。これを指導したのが、ポール・クルーガー（Paul Kruger）だった。彼はイギリスと和解交渉を進めたが進展せず、ついにレジスタンス運動に移行していった。イギリスは現地への派兵を強化したが成功せず、ついに1881年3月に時の首相グラッドストーンは敗北を認め、休戦条約に調印しトランスバール自治を認めた。

　ところが、1887年に同国で世界最大の金鉱脈が発見されたことから、事態は一変した。その価値は南アのダイヤモンドを凌ぐとまで言われた。イギリス人を主体とした外国人たちが殺到し、採掘権を争って手に入れようとした。当時同国の大統領になっていたクルーガーは、この状況を憂慮して「この金鉱脈発見は"災いの種"になる」と予言した。外国人に採掘権を与えないとする彼の方針に対し、時のイギリス首相チェンバレンは英軍を増派し圧力をかけたが不調に終わり、1899年10月、ついにボーア戦争が勃発した。

　この戦争の是非をめぐる英国内の議論は高まり、はっきりと二分していたが、全体の雰囲気としては戦争は不可避ということだった。植民地帝国の支

配者たちがこの機会をとらえてさらなる富の獲得を狙っていたのは、誰の目
にも明らかだった。

　ドイルの母親メアリはロンドンから遠く離れたヨークシャーの片田舎に住
んでいたが、ボーア人入植者たちの立場に同情的であり、イギリス側の戦争動
機について疑いの目を向けていた。彼女が読書好きだったのは息子のドイル
も認めていたが、まだラジオもない時代に彼女が入手できる唯一の情報源は
おそらく新聞であったことを思うと、英国政府の植民地的野心を見抜いてい
た彼女の洞察力には驚かされる。彼女の母親キャサリン・パックはかつて妹と
共同で、アイルランドのダブリンの近くのキルケニーで女子のための寄宿学
校を運営していたことがあった。彼女はその後、同国のリズモア（Lismore）
出身でダブリンのトリニティ・カレッジの卒業生で、且つ博士の称号を持つ
ウィリアム・フォーレイと出会い1835年に結婚したので、両親とも教育熱心
であったことは容易に推察できる。

　息子のドイルが出口の見えない恋に陥って閉塞感を抱いているだろうこ
と、そして彼の性格の中に、騎士道的かどうかは別として、戦いとか争いに
挑む尚武の精神が強くあること、また彼が大英帝国の大義なるものに動かさ
れやすい心情を抱いていること、を見抜いていた母親メアリは、宣戦布告前
の1899年7月23日に息子に手紙を書いて、たとえ戦争になっても兵役に志願す
るべきではないと強調した。「お前が出征した後に残された者たちの悲しみ
や、やるせない気持ちを考えてごらん」と彼女は訴えた。「お前の弟のイネス
は軍人だからたぶん現地に出征させられるだろうし、そこで戦死するかもし
れない。それは彼の義務と受け取られるかもしれないが、私の気持ちとして
は、お前は違います。お前は私の息子であり、ルイーズの夫であり、子供た
ちの父親です。それだけではない。多くの人たちの心の支えであり、また彼
らに活力を与える存在なのです。大砲の弾に当たって死ぬだけの一兵卒にな
るには、あまりにも価値ある存在なのです」。

　この戦争が大衝突になるとか長期化するとは、イギリス側は予想していな
かった。所詮、ボーア人たちは強力な英国正規軍に立ち向かう田舎の農民の
群れに過ぎないのだ、とおごり高ぶっていた軍部はたかをくくっていた。し

かし、戦争開始後何週間たっても、英軍側の状況に改善の兆しがみえなかった。イライラした気持ちが英国内に広がっていった。ドイルもその一人だった。ついに彼は、何らかの立場で兵役に志願したいという、そっと温めていた気持ちを母親に書き送った。その手紙は残っていない。たぶん彼女はそれをビリビリと引き裂き足で踏んづけたことだろう。一方、彼女の興奮した11月22日付の返事は残っていた。

「私の最も愛する、そして全く手に負えない息子へ ──

一体どうしたというのですか ── どういう意味なのですか？

背の高さと肩幅の広さだけで、お前は容易に相手方の弾丸の標的になります。どんなに控え目にみても、お前の人生はこの国の中でもっとお役に立つと思いませんか。

こんな世間の雰囲気の中では、私は本当に思い余った時にしか口にできないし、したがってこれは内緒にしておくことですが、私が最初から確信していたのは、そもそもこの戦争を仕掛けたのは、南アで大金持ちになった連中であり、彼らは（ローズを先頭に立てて ── あのジャミソン・レイド以後、何回か彼は帰国しているはずです）すべての事を戦争を起こすように仕向けてきました。── 絶対確かなことだと思うのですが、彼らは何種類かの新聞を買収しました。（勿論、わいろを使ったという意味ではありませんが ── ）その一つ、「モーニング・ポスト紙」（"Morning Post"）はそれまでのきちんとした論調を突然捨てて、もう何ヶ月間も戦争を主張しています。

ボーア人たちが本当に苦労し、刻苦勉励して自分たちで荒野の中に建設した国を、ローズの会社に引き渡すとでもお思いかい。私たちの国が私たちにとってそうであるように、あの不毛の大地ベルツも彼らにとってはいとおしい土地なのです。そこで彼らは育ちました。また彼らの祖先は、私たちの親戚縁者ではないですか。

戦争に行ってはいけません、息子よ。これが私の最初にして最後の言葉です ── この母国の中で、お前のできることはたくさんあります。

軽々しい気持ちで、世論を戦争にかりたてている政治家やジャーナリストたちも ── もし彼ら自身がただちに最前線に出る立場になったら、彼らの論調ははるかに注意深いものになるでしょうに」。

戦況は、日増しに英国側に不利に展開していた。1899年12月10－17日は、「暗

第1部　コナンドイルの軌跡　第2章　ホームズの登場と消滅 —— 1900

黒の週」になった。3つの主要な戦いで、英軍は敗退した。この状況は、本国に住んでいるイギリス人に明確なメッセージを与えた。大英帝国の健全さを称揚しようとするならば、今、手に取るべきはワイングラスではなく銃なのだと。ドイルはこう考えた。前年のアメリカ・スペイン戦争において、当時のセオドア・ルーズベルト大佐が彼のラフ・ライダーズ（Rough Riders）と一緒にとった方法、すなわち一般市民を軍役に動員すべきであると。

　母親メアリの繰り返しの懇願にもかかわらず、ドイルは紆余曲折の末、ついに友人父子が現地に設営する民間野戦病院の医師として南アに出発することを決めた。彼は母親に書き送った。「思いやりにあふれた手紙をいただき、有難うございます。私は自分の義務と私の希望とを調和させる方法をみつけたように思います。私の友人であるアーチー・ラングマンが責任者となり、現地で民間野戦病院を設営することを父親のラングマンが決定したのです —— 私はまずそこに行って、緊急事態が切迫しない限り、それ以上のボランティア活動はしないつもりです —— そのような事態は、今は考えられません。私はその旨を手紙でラングマンに伝えましたが、それを受け入れる旨の熱烈な電報を受け取りました。私の貴重な身体はこれで充分安全でしょう —— そして同時に、私は母国のために尽くすことになります。私は現在、絶対的な変化を切実に必要としており、今回はその大きなチャンスでもあります。長い目でみれば、この方がはるかに良いと思います」。

　母親メアリは、この手紙の最後の部分をどう読み取ったのだろう。翌1900年2月28日、一行はロンドンのプリンス・アルバート・ドックからオリエンタル号に乗船した。病床のルイーズは見送りに行けなかったが、母親とジーンはやってきた。雪と雨とあられの入りまじった、悪天候の日だった。

　現地で見た戦争は、悲惨なものだった。ドイルは野戦病院の中で懸命に仕事をしたが、次々に送り込まれてくる傷病兵の手当てが充分にできなかった。彼は疲労困憊しながらも、傷病兵たちや最前線から戻ってきた将校たちから戦争の状況を聞き出してはメモにとっていた。彼はこの戦争を得意の筆で描写したかったし、それが実は現地に来る一つの、心に秘めた大きな目的だった。ありていに言えば、ドイルは戦時特派員（war correspondent）の立場を自分の中に持っておきたいのだった。

　現地での3ヶ月間のラングマン病院勤務を終えてドイルが帰国することに

なったのは、1900年7月のことだった。同月11日にケープタウンから"ブリトン号"に乗船、約1ヶ月かけて8月初めにロンドンに戻ってきた。限界的な環境の中で献身的に負傷者たちに手当を続けていたドイルは、文字通り疲労困憊であったに違いないが、それにも増して秘かに胸の高鳴る大きな期待と希望を持っていた。それは、現地での勤務中に収集した沢山の情報、資料を基に、戦争の現場の状況を生々しく伝え、英国軍の規律ある戦い振りと、この戦争の「大義」というものを国民に対し（ライバルたちに負けないように）最も迅速に届けることだった。ドイルは実は現地に出発前から、そのような従軍記者的役割を果たしたいと秘かに願い準備も整えていたのだった。帰国して自宅に戻るや否や、ドイルは昼夜兼行で執筆を開始し、きわめて短時日のうちに「大ボーア戦争」（"The Great Boer War"）と題した一書を書き上げ、南ア行きの機会を与えてくれたジョン・ラングマン氏に献呈した。そしてただちにスミス・エルダー社から刊行されることになっていた。しかし、彼の資料は従軍した将校、兵たちからの聞き書きであり、全体像をカバーするものではなかったし、また必ずしも客観性に富むものではなかったはずだが、そそっかしくもドイルは、彼らが都合の悪い部分は伏せておいて、自分たちの行動がいかに人道的であったかと主張する部分だけを鵜呑みにしてしまったので、出版された本の論調はイギリス軍礼賛になってしまい、国内外からの多くの批判にさらされることになった。

1900年のドイル。1900年12月刊行の『大ボーア戦争』に付された写真

第1部　コナンドイルの軌跡　第2章　ホームズの登場と消滅 —— 1900

総選挙での落選

　次にドイルを待っていたのは、同年9月に行われる総選挙だった。知名度の高いドイルには立候補の要請が南ア出発前から繰り返しあったので、彼も決断を迫られていた。今回の主要な争点は、「アイルランド自治」の問題と自由貿易の是非にあったのだが、ボーア戦争の現地における一進一退の状況が続く中で、この戦争の本質と、戦争継続の可否が大きくクローズアップされた結果、この選挙はカーキ（軍服の色）選挙と言われるようになった。イギリス軍の制服は赤・黒であったが、南アの戦場では目立つことから相手側の標的になりやすく、特にボーア側の仕掛けるゲリラ戦では不利だったので、急遽取り替えられていた。

　ドイルはそれまで政治に特に強い関心を持っていたわけではないが、主要テーマが自分の心の故郷アイルランド自治問題とボーア戦争となると、血が騒ぐのを止めることができなかった。当時の国内政局は複雑で、ソールスベリー首相率いる保守党に対し、前首相グラッドストーンの自由党は野党として「アイルランド自治法」（Home Rule）を支持していたのだが、一部に造反があり、ジョセフ・チェンバレンたちリベラル派は、住民たち自身が考え行動するのが原則と主張していた。また、別の一部は自治法には反対の立場をとっていたので、両者は手を結ぶことになった。ドイルは南アの戦争は断固継続すべしという立場、そして自治法には反対の立場から、敢えて保守党側で立候補することに決めた。選挙区は彼の出身地であるエジンバラ中央区。しかし、この地区は元来が急進派の牙城だったため、ドイルの苦戦が予想されていた。

　立候補は初体験だったが、ドイルは善戦した。特にボーア戦争に関しては、自らの現地体験を踏まえて、イギリスに今日のような混乱と悲惨さを与えた張本人は時の政府ではなく、旧態依然たる大時代主義的な軍部であると指摘した。つまり、大英帝国主義の信奉者であるドイルから見れば、英国政府が仕掛けたこの戦争には「大義」があるが、それを遂行する軍部には欠陥が多いので、今日のような混乱と悲惨を招いているのだ。だから、まず必要なのは軍制改革であると、彼は批判した。

153

ドイルの主張が選挙民たちにどうアピールしたかはわからない。演説会場
はいつも満員で彼も手応えを感じてはいたのだが、どうやら彼らはショーで
も見物するような感覚で、立候補者に対し野卑な質問をぶつけ、真面目な答
えが返ってくると哄笑し、面白くないと野次をとばし、それでいて演説が終
わると先を争って握手を求めてくる —— 今日でもありそうな、そんな低俗
な選挙戦にドイルの心は傷ついたが、勝つまではとにかく我慢の連続だった。
ドイルは善戦していた。そして投票まであと３日というところで、彼は母親
メアリにこう書き送った。「聴衆は私に触れようとして周りをとりかこむので
す。私の演説が彼らの高い感情の琴線に触れ、彼らはそれに反応しているの
です。私は自分の前にあるものすべてを席巻しているようにすら感じるので
すが —— まだ３日残っています。突発的な不運が起こりませんように。私
が恐れているのは、私の宗教の問題なのです」。

　ドイルの予感は、まことに残念だが適中してしまった。敗色濃厚で、もう
後がないことを悟った対立候補者の運動員で徹底した反カトリック派の男が、
投票日前夜に秘かに選挙区内のあちこちにプラカードを立てた。
　　「ドイルの生家はカトリックであった —— 彼は否定できるだろうか？」
　　「ドイルはイエズス会で教育を受けた —— 彼は否定できるだろうか？」
　　「否定できなければ —— スコットランドのプロテスタントはドイルの
　　ことをどう思うだろうか？」

　プレスビテリアン（長老派）の多いエジンバラでは、このアピールは有効
だった。投票結果は ——
　　G. M. Brow（出版業者）　3,028票
　　A. Conan Doyle（作家）　2,459票

　出版業の勝、作家の負というのは世の常なのだと皮肉る向きもあったらし
い。またドイル側の敗戦の要因としては、労働者階級が中心の選挙民たちか
らみれば、ドイルははるかに上の階層に属しており、有名人であり、金持ち
であり、王室・首相などのセレブと親しい関係にある、という印象があった
のかもしれない。一方、ドイルの側としてみれば、選挙というものの汚さに
嫌気がさしていたのも、事実であった。

第1部　コナン ドイルの軌跡　第2章　ホームズの登場と消滅 —— 1900

　ドイルは6年後の1906年にも再出馬したがまた落選し、そこで政治の世界から完全に手を引いた。一方、戦争については彼の次の出番は、1914年に始まった第一次大戦だった。

【写真出典】
p.109左：John Dickson Carr "The Life of Sir Arthur Conan Doyle" 1949年／**p.109右**：Edited by Jon Lellenberg 他 "Arthur Conan Doyle　A Life in Letters" 2007年／**p.123**：Andrew Lycett "Conan Doyle" 2007年／**p.127**：Georgina Doyle "Out of the Shadows" 2004年／**p.132**：Charles Higham "The Adventures of Conan Doyle" 1976年／**p.133**：Michael Coren "Conan Doyle" 1996年／**p.134**：Edited by Jon L. Lellenberg "The Quest for Sir Arthur Conan Doyle" 1987年／**p.152**：R. L. Green and J. M. Gibson 編 "A Bibliography of A. Conan Doyle" 1983年

第1部　コナン・ドイルの軌跡

第 **3** 章

ついにその時は来た

1901〜1908

1907年、ドイルはジーンと再婚した。
新しい妻の積極的なサポートを得て、彼は精神的に蘇生し、新しい分野で積極的に活動するようになる。
一方、8年振りにホームズを復活させ読者から大喝采を送られたものの、ドイルは自らの作家としての方向性に悩みを深めていく──

1 1901年のドイル。この年「バスカヴィル家の犬」が「ストランド誌」に掲載され始めた

2 1902年、サリー州副長官の制服を着て。1902年にナイトの爵位を授与された時、サリー州副長官にも任命された。彼が作ったその制服を着て写した写真

3 1904年、ハインドヘッドの自宅アンダーショウ荘の書斎にて。アンダーショウ荘は結核にかかった妻ルイーズのために建てられた自宅。この年には前年に引き続き「シャーロック・ホームズの生還」の短編が「ストランド誌」に掲載されていた

Conan Doyle・Photos Chronology —chapter 3

4
1905年2月、モーターバイクに乗るドイル。場所はハインドヘッドのアンダーショウ荘の玄関前

5
1907年9月18日、ドイルとジーン・レッキーは出会ってからちょうど10年後に結婚した

6
1907年、新婚旅行でアテネのアクロポリスで

【写真出典】
1：Martin Booth "The Doctor, the Detective and Arthur Conan Doyle" 1997年／**2**：Georgina Doyle "Out of the Shadows" 2004年／**3**：Hesketh Pearson "Conan Doyle His Life and Art" 1943年／**4**：Georgina Doyle "Out of the Shadows" 2004年／**5**：Martin Booth "The Doctor, the Detective and Arthur Conan Doyle" 1997年／**6**：Andrew Lycett "Conan Doyle" 2007年

159

1901
（42歳）

８年振りのホームズ登場 ── 「バスカヴィル家の犬」

　イギリスの20世紀は、1901年1月21日のヴィクトリア女王の逝去で幕を開
けた。イギリス人だけでなく、世界中の人々が、長く君臨し大英帝国の繁栄
を築き上げたこの偉大な女王の死をいたみ、そして新しい時代の到来を予感
した。

　この頃のドイルは、激しい体調不良に苦しんでいた。無理もないことだっ
た。ボーア戦争の現地での危険を伴った激務。その間に感染した腸チフスの
後遺症を含む諸々の原因による心身不調。それに起因する食欲不振や不眠症。
しかし、誰にも言えなかったが、彼の抱えていた最大の悩みは、出口の見えな
い不倫の恋の行く末だった。確かにエジンバラでの立候補の敗北は彼にとっ
てはダメージにはなったが、決して本質的なものでないことは他ならぬ彼自
身がもっともよく知っていた。彼は、思い切った気持ちの転換を絶対に必要
としていた。

　ドイルには、帰国の船上で知り合った一人の男との約束があった。彼の名
前は、フレッチャー・ロビンソン（Fletcher Robinson）、イギリスの南西部に
あるダートムア地方出身のジャーナリストで、意気投合した二人は帰国後の
早い時期に、ロンドンの東北部のノーフォークにある温泉付のゴルフリゾー
トで会うことを約束していた。

　二人が再会を果たしたのは、1901年3月、場所はクローマーというところ
にあるロイヤル・リンクス・ホテル（Royal Links Hotel）だった。二人は旧
交を温め、ゴルフを共にし、夜は談笑にふけった。ダートムア出身でその地
方の故事伝説、地理に詳しいフレッチャーが炉辺で語ってくれたいくつかの
話の中で、ドイルが最も興味を示したのが、“ウィシット・ハウンド”の伝
説だった。 ── 魔王に率いられた黒い猟犬の群、そのリーダーのウィシッ
トの吠える声を聞くと、そこらの犬はケイレンを起こして息絶え、人間も恐
怖のあまり死に追いやられる。 ── もともと超常現象に強い関心を持って

第1部　コナン ドイルの軌跡　第3章　ついにその時は来た——1901

いたドイルは、この伝説にとびついた。二人は早速、現地視察に出かけることになった。4月の始め、荒涼たるダートムアの中心地、プリンスタウンのホテルから、ドイルは母親にこう書き送った。「今、私はイングランド中で最も高い位置にある町にいます。ロビンソンと私は、ホームズの物語を書くべく、ダートムアを探索しています。素晴らしい作品に仕上がると思います。—— 実際、既に半分ほど書き終えています。ホームズは最良の状態にありますし、非常にドラマチックな構想です —— これはロビンソンのおかげです。今日はダートムアを14マイルも旅しましたので、心地よい疲れを感じています。ここはすごい土地で、非常に荒涼とした場所ですが、所どころに大昔の人間の住居跡、奇妙な一本石の柱、小屋の跡、墓などが点在しています。その当時は何千人も住んでいたのでしょうが、今では一日中歩いても誰も見かけません」。

　実は、構想の初期段階ではドイルの頭の中ではホームズの登場は予定されていなかったが、これだけスケールの大きい長編となると、物語の筋を強く引っ張っていく進行役的な人物が必要だということで、ホームズの復活となった。また彼には、何とかしてホームズを再び活躍させたいという秘かな希望もあった。この長編作品は（それまでにドイルが書いた「緋色の研究」、「四つの署名」が形式的には倒叙法になっており、第1部が結末、第2部がその事件の原因という実質2部構成になっているのに対し）、ホームズが最初から最後まで時系列的に事件解決を主導する読み易い形になっているだけでなく、設定されたプロットも事件の舞台も大きいので、ドイルにとっても快心の作品となったのだが、最後に一つだけ難点が残った。それは、事件の発生日をいつにするかであった。実はそれまでのホームズ物語では、事件発生日と「ストランド誌」掲載日との間には、せいぜい数年間の間隔しかなかった。つまりドイルは、事件発生と掲載の間の時間を短縮することで、事件の同時代性を強調して、読者に新鮮な印象を与えるように努めていたのだった。その意味では、この作品もたった2、3年前に発生したものとしたかったのだが、残念なことにはホームズははるか以前の1891年5月にライヘンバッハの滝壺に落ちて失踪したことになっているので、それ以後の日付はとれない。そこで、他の作品の事件発生日と調整した結果、1888年9月とすることにしたのだった。

「ホームズはこのけだものの脇腹に立て続けに5発の銃弾を打ち込んだ」——「バスカヴィルの家の犬」初版本より

　「バスカヴィル家の犬」は、「ストランド誌」の1901年8月号から9回にわたって連載された。ホームズが滝壺に落ちたことを読者が知ったのは、同誌の1893年12月号だったから、実に8年振りの再会となった。読者は狂喜し、出版社は大満足し、ドイルはかつての健康を完全に取り戻していた。

第1部　コナンドイルの軌跡　第3章　ついにその時は来た —— 1901

Episode 8　ホームズのイメージをつくったシドニー・パジェット

　長・短編60作からなる「ホームズ物語」の中の多くの挿絵の下の隅に、"SP" という画家のイニシャルがついている。シドニー・パジェット（1860-1908）はロンドン生まれで21歳から6年間王立芸術学校（Royal Academy School）で学び、挿絵画家となった。弟のウォルター・パジェットも一足先に同じ道を歩んでおり、「ロビンソン・クルーソー」や「宝島」の挿絵を担当して有名になっていた。

　ホームズ物語の連載を企画した時、出版社の編集者が挿絵を依頼したのも、実は弟のウォルターだったのだが、手違いで宛名を兄のシドニー・パジェットとしてしまったため、彼が幸運を引き当てることになった。モデルになったのがハンサムな弟のウォルターで、兄弟が揃って音楽会に行った時、ある女性が「あら、ホームズさんが現れましたよ」と大喜びしたという話が残っている。

　もっとも作者のドイルがイメージしていたホームズは、もっとラフで男っぽい人物だったので、彼は時々、シドニーの描くホームズに愚痴をこぼしていたらしい。しかし、ホームズ物語の大人気の秘密の一つがシドニーの描いたホームズにあったのは誰の目にも明らかだったので、ドイルもシドニーと仲良くなり、彼が結婚した時、「シャーロック・ホームズより」（From Sherlock Holmes 1893）と銘を入れた銀製のシガレット・ケースをお祝いに贈った —— もっとも、1893年当時のホームズは前々年にライヘンバッハの滝壺に落ちたが、日本の武術である "バリツ" によって奇跡的に死を免れ、その後は世界各地を放浪していた。だからこのシガレット・ケースも、あるいはチベットのラサから贈られたはずだ、というシャーロッキアン説（但し少数派説）もある。

　ついでに、「ホームズの肖像画」的な取り扱いを受けている一枚の絵は、実はホームズ物語には登場していない。何らかの理由でシドニー自身が「没」としてゴミ箱に丸めて捨てたのを、娘のウィニフレッドが拾って大切に保管していた。彼は、健康を損ない筆を折るまでの約13年間に、計357枚のホームズ物語の挿絵を担当した。

1902
（43歳）

サー・アーサーの誕生

　翌1902年も、早々からドイルにとっては多忙で、結果としては栄誉で終わる記念すべき年になった。ボーア戦争はまだ続いていたが、戦況は明らかに英国側有利に展開しており、ボーア側のゲリラ戦もやがて限界にくると予想されていた。一方で、この英国側が仕掛けた戦争については、外国だけでなく英国内でもさまざまな議論や批判が行われていた。特に欧州大陸諸国では、この戦いを、植民地獲得競争の一環とみなし、英国の野心に対する羨望と批判が渦巻いていた。さらに、もともと欧州人をルーツにしていたボーア人に対する英軍の「野蛮な行為」が、真偽や程度はあまり確認されないままに扇情的に報道されていたらしく、欧州大陸側の市民感情を逆撫でしていた。この二つの要素がミックスして、英国に対する非難はますます強くなりつつあったし、英国内でもこの戦争そのものの正当性に対する疑問や批判がでており、また英国軍の「蛮行」も一部では大きく報じられ、一般の関心が高まっていた。

　この状況に対し、英国政府はほとんど反論せず沈黙を守っていた。そうする理由が政府側にはあったのだろうが、ドイルは我慢ならなかった。特に、国内での非難や批判は許せなかった。大英帝国主義者ドイルからすれば、この戦争は大英帝国の大義に基づくものであり、正当な行動である。また、伝えられる英軍の蛮行は、自分が現地にいたから確信をもって言えるのだが、全くといってよいほど無かった。英軍の規律はきちんと守られていた。彼は母親メアリに対し、こう書いた。「私の怒りは、ある著名な同国人に向けられているのです。事実を曲げて我々の兵士を不当に取扱っています。こんな悪者は他にいません。例えば、彼は我が軍の兵士が強姦した女性の数は数えきれないほど多いと言っています。実際には、全戦闘を通じてそのような事実は全くありませんでした。ボーア人もイギリス人もよく知っているように、誰かがそんなことをしようものなら、彼はその場で射殺されるでしょう。このようなとんでもない嘘が、外国のどの新聞にも『英国人自らが認めている』と

164

第1部　コナンドイルの軌跡　第3章　ついにその時は来た —— 1902

して転載されているのです。英軍兵士の態度は、実際には驚くほど完璧だったのです」。

　ドイルは、じっとしておれなかった。自分たち英国人の名誉が汚されている、しかも事実に反することに基づいて。事実は自分がこの目で、現地で見届けている。英軍の軍規はきちんと守られていたのだから、非難は根拠に欠ける —— 嘘を許すな。誰かが嘘をたたかねばならない。もし英国政府も含めて、誰もやらないのなら、自分が！ —— 思い立ったドイルは、年明けの1902年1月9日から毎日16時間を9日間連続で投入して「ボーア戦争 —— その原因と行為」（"The War in South Africa – its cause and conduct"）と題した150頁におよぶ檄文を書き上げた。

　年来の付き合いのあるスミス・エルダーとジョージ・ニューーンズの2出版社の協力を得て、価格も安価の6ペンス（250円）に押さえたこともあり、売行きは上々で、最初の6週間で、英国内で30万部を売り切った。またドイルは序文の中で、自分の願いはこのパンフレット（と彼は言った）をあらゆる欧州の言葉に翻訳し、この戦争についての英国の正当性を訴えることにある、とした上で、そのための費用捻出のために読者からの献金をお願いしたいと呼びかけた。このアピールは成功し、募金も販売部数も共に急増した。国内版30万部に加えてカナダ・米国向けに5万部、ドイツ／フランスに各2万部が発送され、さらにポルトガル語、イタリア語、ハンガリー語、ロシア語、デンマーク語にも翻訳された。ボーア人のルーツであるオランダに対しては微妙な点もあったが、最終的にはオランダ語にも翻訳され、翻訳作業は1902年4月、戦争終結前に完了した。最終的な発行数は100万部を越えた。

　こんなエピソードも伝えられている。ある日、ドイルの取引銀行である首都圏銀行（The Capital and Counties Bank）のオックスフォード通り支店の支店長から、ドイルに宛ててこんな手紙が届いた。「謹んでご報告致します。昨日、御名前を伏せた紳士が当店に御来訪になり、500ポンド（500万円）を貴殿名義の献金口座に御入金されました」—— 少し想像をたくましくしてみよう。深い霧のたちこめる中、立派な四輪馬車から降り立った一人の紳士は自分の顔をマフラーで隠し、通りがかりの人たちに、指を唇に当てる仕草でこれはお忍びでの用だとさとらせた上で、銀行の扉を押して中に入り、支店

165

長だけに素顔をみせる。実は彼は英国外務省の高官で、エドワードⅦ世の名代として、ドイルの勇気あるキャンペーンに対し外務省流儀での献金を、恐らくは個人名義でしたのだった。

　確かにこの行動はドイルの快挙だった。彼のパンフレットがどれほど有効であったか、数字的には言えなかったが、欧州諸国の英国に対する姿勢が以前に比べればはるかに理解が増したのは明らかだった。そしてボーア戦争も、1902年5月31日に英国側の勝利で終わった。戦争終結と共に、前年のヴィクトリア女王の逝去に伴い即位したエドワードⅦ世の戴冠式が挙行されることになった。戦時下であったため、終結まで延期されていたのだった。そして戴冠式の日取りと共に、叙勲候補者リストにも世間の関心は集まった。英国の大義を称揚したドイルも、叙勲の候補に上っているとの噂がたった。誰よりも喜んだのは、この戦争に反対していたはずのドイルの母親だった。しかし、ドイル自身は辞退の気持ちを固めていた。それを知った彼女は激怒して息子に手紙を送り、君主の意向にもとる行動は、良識と血統を誇るドイル家の伝統に背くことであり、騎士的礼法にかなわぬだけでなく、君主を侮辱する行為になる、と訴えた。病床の妻のルイーズも、彼が愛するジーンも同意見だった。特に、叙勲辞退が君主に対し礼を失することになる、という点は、騎士ドイルの胸に強くささった。

　確かに、ドイルの辞退の動機は今一つはっきりしていなかった。彼は表向きは、自分のしたことは大英帝国の名誉を守りたいという良心に従った自発的行動であり、純粋に愛国的な動機から出発したものに過ぎない。つまり、今回の仕事は自分の人生の中で為しとげた最高にして最大の、大英帝国に対する貢献であったと、自分自身で認知すればそれだけで充分であり、叙勲というような報償（reward）を受けるとすればその動機が汚されてしまう、というのが辞退の理由だった。しかし、それを言葉通りに受け入れるのは母親ならずとも困難を感じただろう。

　推察するに、彼の心中では、イギリスの支配階級は、ドイル自身が実際に体験したような戦争の悲惨さには目をつむり、結果として得られた勝利の美酒にだけ酔いしれる ―― しかし本当に戦い、血を流し、戦場に倒れたのは一体誰だったのか。そういう事実を無視する支配階級に対する嫌悪感が、胸の中に溜まっていたのだろう。彼が生み出したホームズの人見知りをする性

第1部　コナンドイルの軌跡　第3章　ついにその時は来た —— 1902

格、自説を曲げない頑固さ、他人を頼りにしない行動力、上流社会に対する嫌悪感と羨望心の複雑なからみ合い、といったものは当然のことながら、彼のクリエーターであるドイルとも共通していたはずだ。

　もう一つは、これも推測であるが、彼に授与されると噂されたナイト爵（knighthood）の地位が低すぎるという秘かな不満もあったのではないか。英国の場合、貴族の最下位は男爵（baron）で、それ以下は貴族ではないが準男爵（baronet）があり、ナイト（knight）はその下に位置するが、ドイルが受けるのは特定の騎士団（order of chivalry）に属さない平騎士（knight bachelor）で、最下級の騎士ということだった。ドイルの真意を察するに、自分はもともと純粋な愛国心から始めたものであり、政府に頼まれてやったわけではないから爵位などという栄誉を受ける気持ちは始めから全くない。（彼は母親の受諾要請に対し「ナイトの爵位などは田舎市長のバッジである。自分が最も貴重に思っているのは母親の決意と自己犠牲が授けてくれた『博士号』であり、それに代わるものはない」という趣旨の手紙を送っていた）。しかし、もし政府が本当に自分のやったことを評価して叙勲するというのなら、平騎士という最下位の地位というのは納得できない、ということではなかっただろうか。

　紆余曲折はあったが、1902年10月24日、エドワードⅦ世の戴冠式の日の爵位授与式（accolade）で国王が剣で軽く授与者の首をたたく、という伝統的な儀式を経て、ドイルはナイトの称号を与えられた。

　サー・アーサー（Sir Arthur）が誕生した。

1903
(44歳)

ホームズの復活

　「ストランド誌」1901年8月号でホームズが再登場。ファンは大歓迎し、雑誌の販売部数が急増したことを他の出版社は見逃していなかった。その中で米国の「コリアーズ誌」（"Colliers Magazine"）は、ホームズを滝壺から「復活」させることを前提に、破格の好条件をドイルに提示した。それは米国内での版権だけを対象として、6作で25,000ドル／8作で30,000ドル／13作で45,000ドル、しかも1作の長さは作者に任せるというものだった。1903年春のことだった。

　ドイルの気持ちとしては、自分が本当に書きたいのは長編歴史小説であることに変わりなく、しかも前作「白衣団」の次に長年温めていた「サー・ナイジェル」にいよいよ取りかかりたいという状態だったが、これだけ好条件を出されると、やはり気持ちが動いてしまった。彼の目論見としては、もし米国版権に限定してこれだけ稼げるなら、英国版権についても「適度な長さの文章はすべて『ストランド誌』に掲載し、印税は妥当な額を支払われる」というお任せ型の約束があるのだから、結構な追加収入が期待できる。一方、彼の生活振りはだんだん派手になっており、前年には名車ウォルズレイを買ったばかりでもあったので、お金の匂いには敏感になっていた。── 読者がそれほどまでにホームズの復活を待ち望んでいるのなら、その期待に応えればよいではないか ── 。

　「たいへん結構です（Very well !）」と、ドイルは回答した。

　問題は勿論、いかにしてホームズを滝壺から"復活"させるかだったが、この点については、妻のジーンがアイディアを出したということになっている。もっともこの頃は、ドイルはジーンが喜ぶことなら何でもするという状態だったから、少しは割引いておく必要があるかもしれない。かくして、ホームズは日本の護身術"バリツ"のおかげで、実は滝壺に落ちていなかった、ということで、3年後の1894年4月5日に突然ロンドンのワトソンの部屋に現われ、彼を驚きと興奮で失神させてしまった。この「空家の冒険」事件が「ス

トランド誌」「コリアーズ誌」のそれぞれ1903年10月号で英・米同時掲載されると、読者は彼の「復活」を熱狂的に歓迎した。ドイルもやはりホームズが大好きだったようで、「ノーウッドの建築師」「踊る人形」など気合いの入った好作品が続いた。

長編歴史小説「サー・ナイジェル」の文学的評価

　読者がそれほどまでにホームズが好きなのなら、その期待に応えたいという思いで書いた「シャーロック・ホームズの復活」シリーズ（「ストランド誌」1903年10月号－1904年12月号に掲載）が大人気のうちに終了した頃、1905年の初めには、ドイルは長編「サー・ナイジェル」の執筆に入っていた。彼は年末に近い頃の「ニューヨーク・タイムズ紙」のインタヴューに、ややぶっきらぼうにこう答えた。「どうして私が歴史小説に戻ろうとしているかですって？　ホームズにはもううんざりだからですよ。もう一度、もっときちんとした仕事をしたいと思っているのです。ホームズもジェラールもそれはそれで何も問題ないのですが、書き上げた後になってみると、その種の作品からは満足感がほとんど得られない結果になってしまっているのです。私は当分の間、これ以上短編物を書くつもりはありません」。

　また、ドイルは後年であるが、1908年3月4日付の編集者グリーンハウ・スミス宛の手紙で「私の気持ちとしては、また新たなホームズ・シリーズを書き出す理由は見当たらないのですが、同時に、たとえば『シャーロック・ホームズの回想』というような見出しで（ワトソンの日記からの抜き書きという形で）時折書くこともしない、と決めてかかる理由もないようです」と、やんわりした言い方で、今後は自分の気持ちが向いた時に書く、という新しい関係を提案した。
　その結果として、それ以後第一次対戦終了までに彼が書いたのは——
　　Wisteria Lodge（「ウィステリア荘」）「ストランド誌」1908年9月号／10月号
　　The Bruce Partington Plans（「ブルース・パーティントン設計書」）1908年12月号
　　The Devil's Foot（「悪魔の足」）1910年12月号
　　The Red Circle（「赤い輪」）1911年3月号／4月号

The Disappearance of Lady Frances Carfax
（「フランシス・カーファクス姫の失踪」）1911年12月号
The Dying Detective（「瀕死の探偵」）1913年12月号
His Last Bow（「最後の挨拶」）1917年9月号
の7作だけとなった。

　ドイルは1905年11月27日付の手紙で母親にこう書いた。「神の思し召し。『サー・ナイジェル』完成。132,000語。絶対最高の作品」。また「ストランド誌」の編集者グリーンハウ・スミスには「私の研究、想像力、情熱、そしてスキル。私の持っているすべてを一滴も余さずこの作品に注ぎこみました」。また、「ついに私は自分がこれまで為した、または可能であった最高の領域に達したのです」と語った。この作品が連載されたのは「ストランド誌」1905年12月号－1906年12月号で、直ちに単行本化された。ドイルが「絶対の最高傑作（my absolute top）」と自画自賛したように、確かに素晴らしい描写力で英国の中世、黒死病の時代に貧苦の中で雄々しく生きる母親デイム・エリミントルード（Dame Erymyntrude）と子供ナイジェル・ロリング（Nigel Loring）の姿を読者に提示したのだった。特にこの作品は、明らかに母親メアリと自分自身を19世紀から中世に置き換えた形になっているので、ドイルの思い入れも大きかったのだろう。ナイジェルは、ドイルの夢を託して、勇敢な騎士へと成長していく。

　しかし、世間の評判は残念ながら今回は、前作（「白衣団」）のような絶賛を浴びるところまで達しなかった。2－3ヶ月間のうちに4版まで重ねたが、そこまでだった。ドイルは嘆いた。「イギリス人は多様性を評価しない。一人の作者が多様なジャンルで作品を発表すると、かえって不信の念を持たれるのだ」。確かにそうだったろうが、ここでもドイルは15年前の「ホームズの冒険」と「白衣団」の場合と同じ轍を踏んでしまっていた。「ホームズの復活」をみて、読者はあらためて「物語作家ドイル」に大喝采を送ったばかりだったので、その完結後、わずか1年でホームズが登場しない「サー・ナイジェル」が出版されても読者は新しい感動を得なかったのだ。ドイルも既に気がついていたはずだが、「ホームズ物語」の読者と「長編歴史小説」の読者は多くの場合、実は重なり合っていたのである。

第1部　コナンドイルの軌跡　第3章　ついにその時は来た――1903

　加えて、特に文芸評論家たちが、この作品が彼の最大傑作であるとか、もっとも代表的な作品であると認知しなかったことが、彼にはこたえた。これは確かにドイルにとっては残念至極ではあっただろうが、特にこの歴史小説のジャンルについては、イギリスの文芸評論家たちの目が肥えていたことも同時に認めなければならない。例えば、ドイルが子供の頃から熟読して感動し、終生敬愛し続けたイギリスの偉大な作家スコット（1771-1832）の代表作「アイヴァンホー」とドイルの長編歴史小説三部作、「マイカ・クラーク」「白衣団」「サー・ナイジェル」を読み比べてみれば、その差が読者にも納得できるだろう。スコット／ドイルには約100年間の時差はあるが、題材は同じ中世の騎士道なので、後を追うドイルの方がスコットに追いつき、彼を越える可能性を持っていたはずだが、恐らく当時の文芸評論家たちの目には異なるレベルの作品と映っていたにちがいない。二人は同郷のエジンバラ生まれで大学も同じ（スコットは中退）であったが、育った環境は大きく異なっていた。スコットは、父は弁護士、母は大学教授の娘で当然に教育熱心だった。3歳の時に小児マヒにかかったが、教育はきちんと受けエジンバラ大学に入学。在学中は広く旅してスコットランドとイングランドの国境地域（辺境地、borders）の民謡や伝説を集めて回った。その結果、ロマンチックな伝説的文学に対しては青年時代に既に広範な知見を持っていた。また、若くして弁護士資格をとっていたので、高級役人として安定した生活を送るかたわら、詩（ドイツ語）の翻訳から始まり、自らの創作も開始していた。そして、1820年に「アイヴァンホー」を書き上げている。それまでに蓄積した文学的素養の幅の広さ、奥行きの深さは、この彼の円熟期の作品に遺憾なく発揮されている。ドイルも長編歴史小説を書く時には事前に周到な準備をしていたはずだが、常人以上に多忙な生活をしていた彼の場合には、どうしても「短期集中決戦型」の執筆にならざるを得なかった。またある時期、彼は一流文学者になるためには詩作の素養が必要と感じたらしく、熱を入れていくつか作ってはみたものの、評価を受けるに到らなかった。つまり、ドイルは与えられた人生の条件の中で、自分の資質を前提にして彼としてはでき得る限りの努力を傾けたはずだが、残念ながら「限界」があったということだろう。少なくとも、イギリス人の書いた「19世紀-20世紀のイギリス文学史」の中で、コナンドイルの名前を見出すのはきわめて困難である。

ドイルの作品の文学的評価がどうであれ、彼は大学生時代から死の直前まで書き続けた、文字通り多作の作家だった。

　その時々の関心や、生活のための必要性に応じて彼は小説を書き、新聞社に投書し、母親に1,000通以上の手紙を書いた。このうち、いわゆるホームズ物語60編はきちんとまとめられ繰り返し出版されているし、投書、手紙の類もすべてではないだろうが関係者の努力でその大部分が整理され、私たちが参照できる形になっている。

　また、ホームズ物以外の短編は、「ストランド誌」などに掲載されたものが折々に単行本にまとめられ出版されていたが、ドイルは他界する前年の1929年に、それらを集大成し、ジャンル毎に分類して『コナン ドイル物語』（"The Conan Doyle Stories"）と題して出版した。1,200頁に及ぶこの一巻本には合計76の短編が所収されているが、その内訳は、ボクシング物語6編、戦場物語6編、海賊物語6編、海洋物語6編、恐怖物語6編、ミステリー物語7編、トワイライト・ゾーン、未知に関する物語12編、冒険物語6編、医術に関する物語9編、歴史物語12編となっている。

　ドイルはこの本の序文の中で、「このように分類すると、どの項目が一番気にいっているかと聞かれることがある。その答えは、私は人生の諸相に関心を持っており、その中でも本当に私を引き付けることに絞って書いてきたのだが、もしどうしても区別する必要があり、どれか一つの項目以外はすべて消却してしまうと言われたら、私が残したいと思う項目は、やはり『歴史物語』である」と述べている。ドイルが終生、歴史物語を愛し、歴史物語を書くことに自分の天分があると信じていたことがわかる。

　ドイルが書いた短編は、ここに収められた76編だけではない。おそらくドイル自身もすべてを記憶していないであろうほど、彼は多作であった。それにパンフレット類も含めると、数えきれないほど多くの著述を彼は世にあらわしたことになる。自分の人生を思い切り生き抜いたドイルの面目躍如である。

　ただ、彼も記しているように、「マイカ・クラーク」「白衣団」「サー・ナイジェル」の長編歴史小説3部作のいずれもが純文学作品としての決定的な評価を得られず、結局は「物語作家」として大衆小説の分野から抜け出せないままこの世を終わってしまったことは、ドイルにとっては痛恨の極みであったに違いない。

第1部　コナン ドイルの軌跡　第3章　ついにその時は来た —— 1903

| *Episode 9* | 幕末の横浜を描いたドイル ——「ジェランドの航海」 |

　19世紀半ば過ぎの日本。この極東の島国（ファー・イースト）は欧米植民地帝国の列強の要求に屈し「開港」はしたが、どの国の「植民地」にもならず、明治維新を経て独立国家として富国強兵の道をひたすら進み、1895年には清国と戦い、これを破り、これをみたイギリスが地勢的にロシアをはさみ撃ちする目的で日英同盟を1902年に締結した。このまさに日出る国（rising-sun）の日本に当時のロンドンのエリートたちの注目が集まったのは当然だった。

　ドイルも勿論その一人で、日本を訪れたことは生涯無かったが、彼のホームズ物語の中には日本に関する記述がいくつかみられる。たとえば、「ストランド誌」1893年4月号に掲載された「グロリア・スコット号」では、世をしのぶトレヴァー老人が和箪笥を部屋に置き、自分は若い頃日本を訪れたことがあると言っているし、同年9月号の「ギリシャ語通訳」では、通訳のためにある屋敷を訪れたメラスが連れていかれた部屋には、日本製と思われる甲冑が飾ってあった。1929年1月号の「三人ガリデブ」では、ネイサン・ガリデブの部屋に日本製の花瓶が置かれているし、同年2・3月号に連載された「高名の依頼人」では、グルーナー男爵がワトソンの知識を試すために聖武天皇（エンペラー・ショム）や奈良の正倉院（ショーソーイン・ニア・ナラ）に関して問いただしている。

　このように、ホームズ物語にはごく断片的に日本に関することが出現するが、日本人となると長短60編の中で、ただの一人も書かれていないのは残念である。

　しかし、「ネバー・マインド・ワトソン！」。ホームズ物語の中で、実はホームズの絶体絶命の危機を救ったのは日本の武術だったのだ。1891年5月にホームズは、ロンドンの犯罪社会の帝王モリアティ教授と（いかにも当時のイギリス紳士らしく）素手で取っ組みあいの末、二人ともスイスのライヘンバッハの滝壺に落ちて「消滅」したはずだった。しかし、どうしたことかホームズだけは3年後の1894年4月に復活して、ワトソンの前に現れた。読者がそれを知ったのは「ストランド誌」1903年5月号掲載の「空家の冒険」だった。

173

その中で、なんとホームズは日本の格闘技 “バリツ” を身につけていたお蔭で、相手のモリアティの力をかわし、自分は滝壷に落ちなくてすんだと、ワトソンに解説している。

ホームズの命を救ったのは実に日本の技だったというので、著者もロンドンでホームズ協会の一員として仲間と遊んでいた頃には、大いに鼻を高くしたものだ。

それだけではない。彼は幕末の横浜を描いた短編を一つ残している。「ジェランドの航海」と題したもので、時は1860年代の半ばとなっているから明治時代に入る少し前である。

横浜の海岸沿いに立ち並ぶ英国商館の一つ、ランドルフ・ムアー商会にヘンリー・ジェランドとウィリー・マッケヴォイの二人が勤めていた。主人のムアーがたいていは江戸の屋敷で過ごしていたので、番頭格のジェランドとその部下のマッケヴォイが店を切盛りしていることが多かった。ジェランドはケルト人の血が濃くまじっていそうな黒い瞳と黒い縮れ毛の小柄な男で、強い意志の持ち主だったので、彼を見込んだムアーは自分の不在の折にも、横浜の店を何の心配もなく預けていられた。しかし、精力的で強い意志というのは両刃の剣である。ジェランドの場合はそれが裏目に出て、博打で身を持ちくずしてしまった。居留地の中の賭博場で、ジェランドは長い間勝ち続けていたが、ついに運が離れていったのである。

彼と、彼にこの世界に引きずり込まれたマッケヴォイは、とうとう一文無しに転落してしまった。それでも博打の魅力から離れられなかった二人は、とうとう店の金を使い込んだ。しかしまだ運命の女神はほほえまず、とうとう5,000ポンドも店の金をつぎ込んでしまった。

そこに不運が重なった。主人のムアーが突然、帳簿の検査に江戸から戻ってくるというのだ。進退きわまった二人は逐走を決意する。ヨール船と呼ばれた一種の小型帆船の売物を買い、食料と飲料、それに商会の金庫から有り金全部の5,000ソヴリン（当時通用していた1ポンド金貨）を持ち出し、真夜中に横浜の港を人目につかぬよう離れた。

174

第1部　コナンドイルの軌跡　第3章　ついにその時は来た —— 1903

　その時は微風があったので船は順調に進み始めたが、陸地から7マイルほど
離れたところで風がぴたりとやんでしまい、船は全く動かなくなってしまっ
た。そこへ追跡のボートが港を漕ぎ出したことが、二人にわかった。追手は
どんどん近づいてくる。武器がキラキラ光っているのが見える。風は全く吹
かない。
　もうこれまでと、ジェランドは生きて監獄にぶちこまれるよりはと決心し
て、持っていたピストルで相棒のマッケヴォイをまず撃ち、続いて自分に銃口
を向けて一発、引き金をひいた。その二発の銃声が追手の耳に届いた瞬間、突
然に大風が吹きつけた。二人の死体をのせたヨール船は、すぐに帆に風を一杯
はらんで外海の方に向って風にとばされる紙のようにすいすい走り始めた。追
手のボートは横揺れして、追跡するどころではなくなってしまった。
　ジェランドとマッケヴォイの二人の死体の航海が、その後どうなったか誰も
知らない ——。

　当時は、開国派と攘夷派が鎬を削っていた頃で（文中では保守党と自由党と
いう表現を使って英国人にわかりやすいようにしてある）、横浜の居留地にい
る人々は、いつ情勢が変化して攘夷派が大刀を片手に彼らの前に現れ、彼らを
一刀両断にしてしまうかもしれないという、いわば噴火口の上にいるような心
境で、どうしても刹那的に自分たちの生活を享楽することに熱中したと、書き
出しの部分で述べられている。

　この作品は、1892年11月に刊行された。この頃のドイルは「ホームズ物
語」で大当たりをとった直後だったので、「書き魔」の本領を発揮して次から
次へと短編物を発表して原稿料稼ぎをしていた。1892年8月号の「ストラン
ド誌」に掲載されたドイルへのインタヴュー記事によると、彼は「今、最も幸
せなのは妻君と一緒に自転車にのって30マイル走ること。最も楽しいのは3
歳になった娘のメアリが三輪車に乗って庭の芝生で走り回っているのを眺め
る時だ」と語った。人生の希望に満ち溢れた、若き日のドイルの一コマである。

1906
(47歳)

ついにその時は来た ── ルイーズの死とジーンとの再婚

　1906年7月4日に、ルイーズは自宅で永遠の眠りについた。享年49歳。17歳になっていた娘のメアリと13歳の息子キングズレイも、母の枕元にいた。「私は、妻のトゥーイを一瞬たりとも不幸せにしまいと努めました。私は全神経を使って注意を払い、彼女の求める安らぎをすべて与えようとしました」と、ドイルは後に母親のメアリに書いた。「果たしてそれは為し遂げられただろうか？　私はそう思います。神様はすべてを知っていらっしゃる、と私は期待します」。

　長年連れ添った妻に先立たれたドイルの落胆は激しかった。二人の結婚生活は20年間ほどで、そのうちの最後の13年間、ルイーズは不治の病とされていた結核のため病床生活を余儀なくされていたのだから、夫に対して妻としての日常的な役割を果たすことができず、逆に夫の方に大きな精神的、経済的な重荷を負わせ続けていたのを、ルイーズは勿論充分に自覚していた。しかし、何もできないこともよくわかっていた。彼女のできることは一つ、夫に対して感謝の気持ちを持ち続けることと、奇跡の回復を待つことだけだった。
　そして二人の子供たちのためにも、強い気持ちで生き抜くことが大切だった。ドイルにも彼女の気持ちは痛いほど伝わっていた。

　幸い、ホームズ物語の大成功を引き金にして、作家としてのドイルの地位は飛躍的に高まっていった。それに伴い収入の増加も期待できたので、経済面での後顧の憂いはなくなっていた。
　振り返ってみれば、ドイルの実績は素晴らしいものだった。1885年、結婚当時の彼は田舎町の無名の開業医だった。しかし、5年後の1890年にはコッホ博士による結核治療法発見の報に触発されてベルリン行きを敢行したことから、運命は激しく転換した。開業医をたたんで眼科医を目指してウィーンに行き、ロンドンに帰って眼科専門医を開業した。まだ元気だったルイーズはこれらすべてに同意し、妻として夫をやさしく励まし、すべてについて彼

176

第1部 コナンドイルの軌跡 第3章 ついにその時は来た——1906

と行動を共にした。

　妻ルイーズの精神的な支えがなかったら、その後のドイルはなかった。彼は1891年になって、念願だった長編小説の分野では「白衣団」で、また短編読物の分野では「ホームズ物語」シリーズで大当たりと、二つのジャンルでほぼ同時に大ブレークを実現したのだった。

　しかし、わずか2年後の1893年に運命は暗転し、父親チャールズの孤独の死と、妻ルイーズの余命いくばくもないという不治の病の宣告が重なった。ドイルはこの逆境に堪えながらルイーズを守り抜き、実に13年間も彼女の命を永らえさせた。ルイーズがその間に最も幸せに感じたことの一つは、命永らえることによって、二人の子供の成長を見守ることができたことだった。

　ドイルとルイーズの娘メアリ（1889年生まれ）と息子キングズレイ（1892年生まれ）は、当時のヴィクトリア時代の模範とされた「温かい家庭」の雰囲気の中で生まれ育った。両親は若かったし、夫唱婦随で楽しく毎日を過ごしていた。もっとも、父親ドイルは作家という職業的特性から日常生活が不規則なことと、彼自身が性格的に「自己中心主義」だったので、その時々の気分や都合で子供たちに対する接触にはばらつきが大きかったようだが、妻のルイーズは控え目にそれを補っていた。

　二人とも精神的にも肉体的にも順調に育っていったが、両親に対する感情ということに関しては多少の違いがあった。特に長男のキングズレイにとっては、物心ついて以降の母親はいつも病床にあったし、父親はいつも忙しく、本当に父親として身近に感じることが少なかった。さらに成長してからは、父親の考え方に同調できない部分もでてきて、キングズレイの方から一定の距離を置くようになった。これは、父親のドイルを心配や不安に駆りたてる一つの大きな要素になった。

　それに引きかえ、長女のメアリの方は、両親の愛情をたっぷり受けて育ったという原体験があった。彼女はルイーズの最期の時まで献身的に尽くして母親の心の拠りどころになっていたが、同時にドイルに甘えたいという願望を心にいつも持っていた「父親っ子」でもあった。それだけに、人生の伴侶を失ったドイルの激しい気持ちの落ちこみには彼女もひどく心を傷め、母親

177

の代役はできないにしても、たった一人の娘として父に寄り添い、父の気持ちを共有し、父の精神的再生を願いたいという気持ちで一杯だった。

　長男のキングズレイは、第一次大戦終結の直前に、戦場での負傷が遠因となり、インフルエンザに感染し独身のままこの世を去った。メアリは1930年の父親ドイルの没後も長生きして1976年まで生き永らえたが、晩年は義母ジーンとの確執が長期間続いたため、精神的に満たされぬ日々を送った。彼女も生涯独身だったので、"Conan Doyle" という複合姓は、ドイル／ルイーズの血統についてはこれで断絶してしまった。

　翌1907年9月、ロンドンのウェストミンスター教会のセント・マーガレット礼拝堂で、一つの結婚式が執り行われた。新郎のドイルは48歳、新婦のジーンは33歳になっていた。引き続いて豪華な披露宴が、トラファルガー広場の前で繁盛していた一流のザ・ホテル・メトロポールで開催された。そのあと二人は長期間の地中海クルーズに出発し、12月に帰国、新しく買い求めたサセックス州のクロウバラの「ウィンドルシャム」と名付けた屋敷に落ち着いた。10年越しの不倫の恋は、ついにその時が来て、一つの結果を得た。ドイルは後に自伝の中で、当時の気持ちをこう記している。

　「1907年9月18日、私はロンドン郊外のブラックヒースに住むレッキー家の二女のジーン・レッキー嬢と結婚した。この家族とは長年の付き合いがあり、彼女は私の母と妹とも親しい友人関係にあった。言葉に表せば、二人の関係は親しすぎるのではないかと受け取られるいくつかのことはあったが、私が今言えるのは、ここまでの何年間は、あたかも黄金色に染まっていく秋の気配を見つめる私の晩夏の眼差しには、一点のかげりもなかったということだけである」。

　ドイルの愛を受け入れ、彼に自分の人生を託して、思いがけず10年という長い年月がたってしまった。「その時」が来るまでのジーンの気持ちは察して余りあるものがある。一方で、その長い時間の中で彼女は、「その時」が来たら何をどうするかについて、自分の頭の中に既にはっきりとした工程表を作

第1部　コナン・ドイルの軌跡　第3章　ついにその時は来た──1906

サセックス州クロウバラのウィンドルシャム荘。後妻ジーンと住んだ

り上げていた。まず最も重要なことは、ドイルのすべてを「自分だけ」のものにすることだった。そのためには、既に有名人になっていたドイルを一家の中心に据えることは勿論だが、ヴィクトリア時代の貞淑な妻として自分が彼にかしずく、という姿勢を明確に世間に示すことで、自分自身もその存在感を明確にしたいと秘かに思っていた。そしてそのためにも、前妻ルイーズの痕跡を徹底的に消去することが必要だった。例えば、転居して使用人たちも取り替えること、そして前妻の子供二人（メアリとキングズレイ）を新居には入れないこと、具体的にはメアリは声楽の訓練を受けるためにドイツのドレスデンに移すこと、またキングズレイはイートン校を卒業後は薬学の研究をさせるためにロンドンに住むようにすること、だった。父親のドイルが彼らの将来について口をはさむ余地は無かったらしい。

　さらにジーンは、ヴィクトリア時代の妻として、家政的なことについてはすべて自分が責任を持って管理することとした。これには当然、金銭管理も含まれていた。表面的には華やかで、ぜいたくな暮らし振りだったが、唯一の収入源はドイルが稼ぐ原稿料と、ホームズ物語の継続的な人気がもたらす印税しかなかったはずだから、台所事情は相当厳しかったのだと推測される。
　その結果、財布（ポケットマネー）を失ったドイルは、二人の子供たちに対し何もできなくなってしまった。特にドイツに留学し何かと費用のかかるメアリに対して、金銭的

179

なことについては厳しい態度を示すようになったので、メアリはその背後にはジーンがいると判断し、彼女に対し嫌悪感を持つようになっていった。一方、ジーンは最初から義理の娘メアリが父親に近づくことが極力ないようにしていた。

　一方、ウィンドルシャムでの新しい生活の中で、ドイルはむしろ喜んで一家の実質的支配権をジーンに渡し、自分は執筆と外部での活動に専念するという、秘かに望んでいた状態を実現できたことに満足していた。

　彼はついに、念願の人生の目的地に到着したという安堵感を覚えた。

　しかし、ドイルの「目的地」は、妻となったジーンにとっては新しい「出発点」であった。女性の33歳という年齢は、当時の標準では、これから結婚生活をスタートさせ、家政を切り盛りし、主人を盛り立て、子作りに励むためには決して早すぎるスタートではなかった。しかも夫は既に45歳になっていた。

　ジーンは賢明な女性だった。彼女は献身的に夫に尽くすことで、ドイルの満足を得ていった。

ドイルと離婚法改正同盟 —— ヴィクトリア時代の結婚・離婚事情

　「国家の栄光の基礎は、国民の家庭におかれている。我々の人種と国家における、家庭生活（family life）が強固で、質実で、道徳的（strong, simple and pure）である限り、その基礎がゆらぐことはない」。 —— 1913年に「ザ・デイリー・クロニクル」（"The Daily Chronicle"）社から刊行された「結婚と離婚」（"Marriage and Divorce"）と題した94頁の小冊子の表紙に引用された、国王ジョージⅤ世（在位1910 - 1936）のこの短い言葉が、ヴィクトリア時代から伝統的に維持されていた、大英帝国の少なくとも支配層の考え方を端的に示している。この小冊子は当時活発に活動していた「離婚法改正同盟（Divorce Law Reform Union）」の事務局長であったA. ハミルトンが執筆したものだが、序文をドイルが書いている。彼は1906年 - 1916年の10年間、この同盟の会長（president）を務めていた。なお、有名作家のトーマス・ハーディも、役員の一人として名を連ねていた。

　当時の支配層の考え方は単純明快で、大英帝国の栄光を恒久的なものとす

第1部　コナン ドイルの軌跡　第3章　ついにその時は来た ── 1906

ドイルが会長を務めた「離婚法改正同盟」が1913年に刊行した小冊子「結婚と離婚」の表紙。有名な国王ジョージⅤ世の言葉が右側中央に記されている

るためには健全な人財の絶えざる供給が必要であり、それが「社会の安定と活力」をもたらす ── そのためには「健全な家庭」の維持が不可欠である。ヴィクトリア時代の理想的な家庭像はヴィクトリア女王一家の生活に象徴されていた。このことについては、一般の人たちもその所属する階級に関係なく受け入れていた考え方だった。そしてジャーナリズムの発達とともに、多くの理想的な家庭像が描かれていった ── 小ざっぱりした庭付きの一軒家。主人は朝早く仕事に出る。妻はその後ろ姿を見送り、子供を学校に送り出し、一日中家事に精を出す。帰ってきた子供たちの世話をしているうちに夫が帰宅し、全員で祈りを捧げてから食事が始まる。それぞれの一日の活動が報告され、談笑のうちに食事は終わり、家族全員は居間でくつろぐ。暖炉の薪が勢い良く燃え、父親は新聞・雑誌に目を通し、妻はその傍らで編み物に精を出す、子供たちは元気にふざけっこをしている。そして ── イギリス人の家

181

庭の光景で省いてはいけない、大きな老犬が暖炉の前でうずくまって居眠り
をしている。

　しかし、こんな絵に描いたような生活をエンジョイできたのは、実際には
ごく一部の家庭に限定されていたといわれる。全体としての国力はヴィクト
リア時代に急速に高まっていったが、その背後には激しい競争があった。ま
た、働く人々に対し仕事の総量が少ないため、賃金・給料は低く抑えられが
ちだったし、職業の安定も確保されていなかった。家庭ではやさしい模範的
な夫も、一歩外に出て仕事の場に着くと、そこでは弱肉強食の、（歯の浮く
ような言葉を使えば）徹底した「自由競争」の、厳しい環境が待ち受けていた。
そういう社会では女性が男性と伍して競い合うどころか、女性に与えられる
仕事はなかった。賃金、報酬を得る仕事はすべて男性に独占されていた。そ
れでも、仕事は不足していた。このような社会では、脱落者が多くなるのは
避けられなかった。収入を失った男たちは浮浪者と化し、無責任な夫たちは
家庭を棄てて行方をくらましたり、他の女と同棲したりした。しかし、取り
残された妻たちには離婚・再婚の機会は簡単には与えられなかった。
　この「結婚と離婚」の中には、悲惨な状況におかれた人たちの苦悩の投書
が掲載されている。

　── 1912年11月26日付
「精神病院に16年間」
　結婚後３年目に ── その３年間がどんなものだったか申し上げるまでも
ないでしょうが ── 私の夫は狂人と認定され精神病院に送られたので、私
は身の危険を感じないで済むようになりました。何とかしようと思って、私
は彼が正気になった時期に彼のために小商売の店を借金で買い利息を支払っ
ていたのですが、また３年後に夫は再度、精神病院送りとなってしまいまし
た。これは16年前のことです。それ以来、私は子供もなく私一人で小さな店
を続ける中から、できる範囲で夫の必要経費の支払いを続けてきました。
　世話をしなければならない母親さえいなかったら、私はこの国の法律や道
徳を捨てて、風まかせに別の国で新しい生活を始めていたでしょうに。その
母親が他界した今となっては、私は何をするにも年をとりすぎているし、離
婚法改正同盟の活動から得るものも何もないようです。私の夫の狂気の原因

はモルヒネに手を染めたことと、コカインのようないろいろな薬物の皮下注射でした。

—— 1912年11月19日付
「妻にあらず、寡婦にあらず、召使にあらず」
　14年前の5月に私の夫は精神病院送りとなり、現在もそこにいます。お医者様によれば、夫の回復の見込みはないとのこと。彼が病院に送られたのは私が22歳の時で、結婚生活はわずか2年間でした。

　ガバネスや、新しい技術（例えばタイピストなど）を習得した女性たちを除けば、職業を持たない普通の女性たちが生涯にわたり安定した生活を送りたいと願えば、ほとんど唯一の機会は「結婚」だった。しかし、徹底した男性優位社会であったヴィクトリア時代ではプロポーズできるのは男性に限られ、また階級を越えた結婚は基本的には不可能だったので、女性の結婚機会はかなり限られていた。当時の多くの文学作品でも取り上げられている女性の結婚難は、現実に社会問題になりつつあった。

　過去に繰り返し発生した事象を判例として集大成した慣習法（Common Law）と、議会で制定された成文法（Statute Law）と、その両法律体系の間のバランスを保つ目的の衡平法（Equity）とが混在するイギリスにおいて、人生の三大行事（出生、結婚、死亡）を実質的に支配していたのは、保守的で伝統的な教会勢力だった。中世以来、結婚・離婚は基本的には教会の専管事項であり、キリスト教における結婚は神の前で誓われ、神によって祝福された、神との契約・合意（covenant）であるからその解消（離婚）についても神の合意が必要であり、当事者間だけで決めて済むものではない、とされていた。その根柢には、結婚は「解消できない事柄（indisolutability）」という認識があった。

　「我、神の定めに従いて汝をめとる。今より後、幸いにも災いにも、富にも貧しきにも、健やかなる時も病める時も、汝を愛し、汝を守り、生涯汝を保つべし。我今、ここに約す」

無責任な夫や生活力のない夫に対し、また、深刻な不和が続き夫婦の心が離れ同居に耐えられない状態になった場合に妻の側から取り得る手段は、別居か離婚となるが、まず別居は、生活力のない女性には非常に不利だった。子供の養育費も含めて経済的負担に耐えられなくなり、自らの身を落とす結果となる場合が少なくなかった。相手から経済的補償を受けるなど、考えられない時代だった。離婚はさらに困難だった。結婚に際して行った神との契約・合意を破棄することだから、教会は原則的には合意しない。もし本当に、真剣に離婚を決意すれば、弁護人を経由して宗教裁判所に訴えることが必要とされるが、そのための条件、費用、所要時間などの点で、現実にはきわめて困難であった。それ以外の方法としては、議会による個別立法（Private Act of Parliament）による離婚方法があったが、これは一部の特権階級のみが対象であった。また、形式上は成文法による離婚も可能とされていたが、現実的ではなかったようだ。基本的には、離婚そのものが不道徳な振舞いとして世間の厳しい目にさらされるので、それを避けようとすれば「耐え難きを耐え、忍び難きを忍ぶ」道を長く続ける女性が増えてしまうのだった。

　前述した小冊子「結婚と離婚」によれば、離婚が認められる条件も、女性側に著しく不利であった。
　　　夫の側からは　→・妻の不倫（adultary）。たとえ1回でも可。
　　　妻の側からは　→・夫の近親相姦的な不倫（incestuous adultery）
　　　　　　　　　　　・男色（sodomy）
　　　　　　　　　　　・獣姦（Common Lawでは自然に対する罪〈crime against nature〉として重罪）
　　　　　　　　　　　・不倫および虐待（双方を満たす必要がある）
　　　　　　　　　　　・不倫および遺棄（夫婦関係の地位放棄、同居拒否）

　このように、女性側からの離婚が実際には非常に困難な状態が続き、家庭崩壊が進行し、社会の「ひずみ」が無視できる程度をはるかに越えているという認識が広がり、その元凶である離婚法の不備に対する世間の批判が高まってきた。議会もこれに対応し、1850年には第1次の「離婚と婚姻に関する諸原因についての王立委員会（Royal Commission on Divorce and Matrimonial Causes）」が発足し、1857年に提出された報告書に基づき「1857年 Matrimonial

Causes Act」が法制化された。しかしこの法律は、強力な宗教勢力との衝突を避ける意図を持った妥協の産物という評価を受け、一時的救済（temporary expedient）とみなされて、より完全な立法化を求める声が高まった。

　この問題の根本的解決は、世紀をまたいで1909年の「第二次王立委員会」の設置まで待たねばならなかった。1912年11月に、この委員会は2通りの報告を提出した。

・少数派報告（3名、内、教会関係者2名）
　不倫の存在する場合を除き、結婚は —— たとえ耐えられない状態であったとしても —— 解消されるべきではない。

・多数派報告（9名、内、女性2名を含む）
①離婚は中央（ロンドン）まで持ち込まず、それぞれの地域で、且つ低費用で訴訟提起できる
②法に対する違反および救済に関しては両性とも対等に取扱われるべきである
③ 離婚は下記の原因、理由によって可能である（男女対等）
　(a) 不倫
　(b) 3年間にわたる遺棄
　(c) 虐待
　(d) 5年間の禁錮（拘束）を経た後に、不治と認定された狂気
　(e) 3年間経過した後に、不治と認定された習慣的泥酔
　(f) 死刑宣告後、終身刑に減刑された場合

　19世紀末から展開されてきた女性の権利獲得運動の一環として、離婚法改正を目指して活動していたいくつかのグループを統合する形で、1903年に「離婚法改正同盟」が発足した。ドイルは当初から参加しており、1906年から1916年まで会長を務めた。彼は喜んで引き受けたと言われている。彼にはいくつかの理由があった。まずは、大英帝国の大義を信じていた。国力がより強大になることは望ましいことであった。また、強い正義感を持っていた。特に、虐げられている人たちに深い同情の気持ちを持っていた。第三に、反教会的であった。彼はカトリック教義と訣別し、物質主義者であると自認し

ていた。以前から離婚問題に関心を抱いており、ホームズ物語の中でも離婚、虐待に触れた箇所がいくつかある。—— しかし彼の参加の最大の心理的要因は、母親メアリの人生から多くの示唆を得ていたことだろう。

　離婚法の改正を求める「改革派」は、結婚を、子供をつくり社会に送り出すための肉体の結合としてしか認識しようとしなかった中世的教会思想に諸悪の根源があるとみていた。彼らは、前掲のジョージⅤ世の言葉を彼らの思想の中心に据えていた。「離婚」から「再婚」へのプロセスの中から、より多くの健全な家庭が「再生」される。それが大英帝国の繁栄につながるのだ。現代の感覚から言えば、国家のために子供づくりをするという考え方には違和感を覚えるかもしれないが、中世的束縛から人間を解放しようとするヒューマニズム精神に通ずる側面もあったはずである。この同盟は「結婚は、性の結合であると等しく、心の合一である」と主張していた。従って、心の合一が失われていた状態では結婚は成立していない。—— この同盟には、ジーンも副会長の一人として参加していた。会長のドイルは、この運動の先頭に立って得意の筆の力と弁舌で、特に教会権力と渡り合っていた。この運動は、長く続く階級社会の矛盾の一つの発現としても評価されるだろう。ドイルの目線は常に、身近な「しいたげられた人々」の上に止まっていた。

　その一方で、しかし、ドイルは女性の権利獲得運動の本筋である婦人参政権については否定的な立場をとっていた。サフラジェッツ（suffragetts）と呼ばれた運動家たち、特に、急進的指導者であったパンクハースト女史（Emmeline Pankhurst1858-1928）たちの過激な行動 —— 自分の身体をチェーンでバッキンガム宮殿の柵に縛りつけたり、デパートの窓を投石で割ったり、レース中の馬の前に身を投げるなど —— には、許し難い、女性らしくない行動だと眉をひそめた。そういう行動に出て世間の耳目をひかないと、この運動は既成権力に潰されてしまう、という彼女たちの危機感をドイルは理解していなかった。婦人の権利獲得運動という同じ方向に進んでいたはずのドイルだが、彼にはこのような過激な方法はまことに「女性らしくない行動」と映っていた。それ以上にドイルは「政治を家庭内に持ち込むべきでない」という既成概念にこだわっていた。政治問題は必ず激しい賛成・反対の議論を巻き起こすので、社交の場ではタブーとされていた。ドイルは「健全な家庭」を

維持しようとすれば、家庭内対立・不和を生じかねない「政治」を持ち込んではならない、もし妻の側に政治的言い分があるなら（家庭内では主導権を持っているのだから）夫を説得して、夫を通して政治の場に反映させるべきだ、と主張した。

1913年5月26日、サフラジェッツたちは、ドイルの自宅の玄関前の郵便受けに硫酸液のビンを投げ込んで抗議の意志を示した。

このように、ドイルは新しい時代の予兆をとらえて主張し、行動する革命的思想家では決してなかった。まずもって彼は、「大英帝国主義」の大義を固く信じていた。そこが彼の物事の考え方の原点だった。その大義を実践するための行動規範が、スポーツマンシップ的なフェアプレーの精神であり、「強きに抗し、弱きを助ける」中世騎士道精神だったと総括することができるだろう。

「エダルジ事件」にみるドイルの正義感

20世紀が幕を開けた頃、イギリス中部の工業都市バーミンガムの北西20マイルに位置する古い村グレートワーレー（Great Wyrley）に、インド人の地区司祭シャプルージ・エダルジ（Shapurji Edalji）がイギリス人の妻と二人の子供たちと一緒に住んでいた。どうしてインド人がこの伝統の英国国教会の牧師になり得たかについては、知っている者は少なかった。エダルジはインド生まれのパルシー（Parsee、ゾロアスター教の子孫）だったが、現地でキリスト教に改宗し、宣教師の訓練コースに入るため古都ボンベイから渡英した。しかし、そこでは欧州人のみが布教できるという規則があったため、そのまま滞英して補助的な仕事を続けていた。

その後、リヴァプールの副牧師（curate）の地位にあった時、近在のケトレイの教区牧師の末娘であったシャーロット・ストンナム（Charlotte Stoneham）と出会い婚約、結婚した。その際、彼女の伯父であったセント・マークスの地区牧師がちょうど引退を考えていたので、"結婚祝"として、彼の教区を二人に譲ったので、男性であったシャプルージがセント・マークスの地区牧師に就任した。当時のイギリスの片田舎では、こんな珍しいこともあり得たのだろうか。1876年、長男のジョージ・エダルジが生まれた。

187

確かに合法的な教区の承継であったが、当時は大英帝国主義の旺盛な時期で、外国人、特に植民地人に対する人種的偏見は強く、この一家は着任早々から地元民による強迫や差別と戦わねばならなかった。

　1903年、この地域で、放牧中の馬をかみそりのような鋭利な刃物を使って傷つけ、出血死させる（cattle maiming）という猟奇的犯罪が繰り返し発生し、住民の不安はつのったが、警察は犯人を逮捕できなかった。
　住民の怒りと不安を背景にして、1903年8月18日、同村が属するスタフォードシャー州警察のキャメル警部は、バーミンガム市で事務弁護士（solicitor）の仕事をしていた息子のジョージ・エダルジを犯人と断定し、夜遅く帰宅したところを逮捕した。ジョージは真面目な人物であり、状況証拠も彼に有利であったが、警察は有無を言わせず近在の町ルイスで裁判にかけた。その結果、彼は陪審団から有罪の判決を受け、懲役7年の刑に服することになり、ポートランド監獄に送致された。明らかに彼は、スケープゴートにされたのだった。

　3年間服役後、ジョージは理由を告げられないまま出所を許された。彼は早速、逮捕時の新聞の切り抜きを添えて、ドイルに無実の罪を訴えた。ドイルが彼の手紙を見たのは、妻ルイーズの死後、書類を整理していた時だった。彼は当時、妻を失った悲しみ、ジーンとの結婚式をどう決めるか、また新しい家庭づくりの中で息子のキングズレイと娘のメアリを一緒に住まわせるかどうかなど、片付けるべき仕事が山積していて、多少うつ状態だった。
　しかし翌1907年早々、チャリング・クロスのグランドホテルのロビーでジョージと会ったドイルは彼の話を聞いて、彼の無罪を確信した。スケープゴートを作り上げる必要と、人種的偏見が重なって、「大英帝国の正義」が歪められてしまっていると彼は受け止めた。久し振りに彼の血は燃え上がった。法律問題の権威であったサー・ジョージ・ルイス（Sir George Lewis）も彼の無罪を力説したので、ドイルは勇気凛々、早速現地入りし関係記事や書類を読み、証拠品を吟味し、それらの結果を基にして1907年1月11日付の「デイリー・テレグラフ紙」に「ジョージ・エダルジ氏の立場」と題した連載記事の第1回分を発表し、堂々の論陣を張った。更に2月から4月までの調査

第1部　コナンドイルの軌跡　第3章　ついにその時は来た —— 1906

の結果、ピーター・ハドソン（Peter Hudson）という若者が真犯人であることを立証した。ドイルがホームズに変身したのだった。

　ドイルは自伝で次のように書いている。「イギリスの官僚気質は、世間には見えにくい堅い団結力を持っているので、彼らを攻撃しなければならない時、相手から正義や公平は期待できない」。ドイルによれば、役人たちは自分たちの非を認めようとしないし、自分たちの仲間を売るようなことは絶対しない、彼らはそういう存在であるとドイルは断じた。この事件はドイルの影響力で議会でも取り上げられ、内務省は特別調査委員会まで設置したが、結論は「玉虫色」だった。「組織の論理」はいつの時代でも強い、ということをドイルも認めざるを得なかった。

　ドイルの正義感は、大英帝国主義者らしく、常に「上から目線」だった。社会から不当に扱われている者、社会にしいたげられている者たちと同じ目線に立った共感というよりは、そういう人たちに対し「社会の正義」を与えるのが世界に冠たる大英帝国の為すべきことであり、それを強く主張するのが知的エリート階級の義務であり、役割であるとドイルは確信していた。エダルジ事件で、ドイルは見事に自分の社会的役割を果たしたのである。

1908
（49歳）

ドイルとオリンピック

ドイルは自分がスポーツマンであると自負し、強い誇りを持っていた。彼
の理解ではスポーツは騎士道精神に則り、競うべきルールを遵守し、フェア
な条件と態度で争われるものである。その結果として勝敗はつくが、勝者は
おごらず、敗者はくじけず、互いに相手をたたえ合って別れる —— それを
具現する場がオリンピックだと、ドイルは固く信じていた。だから彼は、オ
リンピック競技が1896年に復活して以来の熱烈な支援者だった。

1908年の第4回ロンドン・オリンピック大会では、ドイルは「デイリーメー
ル紙」の特派員として会場で取材をしたが、最も感動的だったのはマラソン
レースだった。—— 先頭を切ってスタジアムに現われたのは、イタリア人の
ドランド（Dorando Pietri）だった。しかし、極度の疲労のために彼の体は右、
左に揺れ、足はよろめいていた。ドイルの記述によると、「そして再び彼は倒
れそうになった。その時、親切な手が差しのべられ、彼が地面に衝突するの
を防いだ」。この場面は、彼の記者席から数ヤードのところで起こった。ゴー
ルまで、あと20ヤードだった。ドランドは再び立ち上がり、よろめきながら
ゴールのテープを切った。5万人の観衆から、大歓声がわきあがった。——
しかし、彼は「失格」となった。見るに見兼ねた一人の男が、倒れそうな彼
を手で支えたからである。金メダルは、米国のランナーに与えられた。ドイル
は書いた。「恐ろしくも心をとらえて離さない光景だ。たとえ失格しようと
も、この力走は歴史に残る」。この「ドランド事件」は、多くの人に感動を
与えた。その敢闘精神は大きく讃えられ、彼は一躍英雄になった。ドイルも、
同紙1908年7月25日号に「ドランドを讃えて（To Honour Dorando）」と題し
た一文を寄稿し、我々イギリス人の賞讃を何らかの形で土産として彼に持ち
帰って欲しいと願って、5ポンドを寄付する。願わくは賛同者が現われ、ま
とまった金額にならんことを、とアピールした。この結果、300ポンド（300
万円）以上が集まり、ドランドはそれを資金として、イタリアの故郷でパン
屋を開業した、とドイルは自伝に記している。

第1部　コナン ドイルの軌跡　第3章　ついにその時は来た――1908

1908年ロンドン・オリンピックのマラソン選手ピエトリ・ドランド。ドイルは疲労の極にありながらマラソンを走り抜いてゴールインしたドランドについて新聞記事に書き、また彼のために義援金を集め、これでドランドはパン屋を開いた。向かって右の人物はしばしばドイルにまちがえられた

　ドイルはしかし、このような美談に酔いしれているだけではなかった。彼は、このロンドン大会での華やかなイメージの裏で秘かに進行しているいくつかの懸念すべき徴候を感じとっていた。それは、当時のオリンピックのような純粋なアマチュアスポーツ競技は、何の批判も受けるはずがない神聖なもの、という作り上げられたイメージの裏側では、A）プロ化の進行、B）国威発揚の場としての意義の強調、C）多額の資金調達の必要、などが表面化しつつあったからである。―― この時点ではドイルは思ってもいなかったが、後に彼自身も不本意ながら、オリンピックの英国内の組織化や資金調達問題にまで首をつっこまされる破目になってしまった。いずれにしても、1908年のロンドン大会は長く続くオリンピック大会の歴史の中でも一つの大きな転換点となったといわれている。この間の事情を、小川勝氏の著作『東京オリンピック　「問題」の核心は何か』（集英社新書　2016年8月第1刷発行）から引用させていただくと ――

　　ピエール・ド・クーベルタンは、五輪を創設した当初から、大会にナショナリズムが持ち込まれることを警戒していた。
　　例えば、五輪の表彰式で国旗が掲揚され、国歌が流れるのは当た

191

り前のことだと思ってしまいがちだが、そうではない時代もあった。1896年の第1回アテネ五輪から、

1904年の第3回セントルイス五輪まで、選手たちは「国の代表」ではなく、個人や所属チームの資格において参加していた。

現在のように、国ごとにオリンピック委員会が設立され、それぞれの国で代表選手を決めて参加するようになったのは、第4回大会、1908年のロンドン五輪からだった。この大会から、開会式の入場行進も、現在のように、国ごとに国旗を持って行なわれるようになった。

そしてこのロンドン五輪は、国同士の対抗心が露になった最初の大会だったと言える。

当時はまだ、開催の方法も大会ごとに異なっていて、具体的なことは開催都市の組織委員会が大筋を決めていた。この大会では、上位3選手にメダルが授与されただけでなく、競技成績によって国ごとにポイントが与えられ、獲得したポイントによって、いわゆる総合優勝国が決まるという仕組みが採用された。だが、そのような仕組みを公平性を持って実現するには、当時の大会運営はまだ成熟度が足りなかった。なにしろ競技の審判が、すべて開催国の英国から出ていたのである。

国ごとのポイント争いでは、米国と英国が、激しい戦いを繰り広げることになった。中でも陸上競技はトラブルの連続だったが、両国の対立がピークに達したのは、400mだった。……（中略）……この400mのあと、大会の役員を招待した英国政府主催のレセプションが開催された。その席上、クーベルタンの行なった演説が、その後、長く語り継がれることになる。

クーベルタンは、大会期間中にセントポール大聖堂で行なわれたミサで、米国ペンシルバニア州のエチュルバート・タルボット主教が行なった「オリンピックで重要なことは、勝利することより、むしろ参加したということであろう」という説教を引用して「人生において重要なことは、成功することではなく、努力することである。本質的なことは、征服したかどうかではなく、よく戦ったかどうかである」と語った。のちに、タルボット主教の説教を引用した部分がクーベルタンの言葉として（「オリンピックは参加することに意義がある」と、さらに意訳されて）語り継がれるようになったが、いずれにして

第1部　コナンドイルの軌跡　第3章　ついにその時は来た──1908

も、この当時から、五輪にはナショナリズムの問題がついて回るよう
になった。

　確かにクーベルタンの警戒心は、決して杞憂とはいえなかった。「国民国
家」時代が幕を開けてから、特に欧州大陸内における列強諸国間の覇権争い
は繰り返し起こり、そのたびに一国の領土の地図は塗りかえられ、多くの勝
者と敗者と、そして犠牲者が出た。汎欧州主義の台頭も近代オリンピックの
成立も、そのような時代背景を抜きにしては語れない。

　このロンドン大会では、英国はメダル獲得数第1位となり面目を保ったが、
1912年の第5回ストックホルム大会（日本が初参加した記念すべき大会）で
は惨敗し、メダル獲得数は第3位に転落した。そしてその次は欧州の新興国
ドイツでの開催ということで、世界に冠たる大英帝国としては、何としてで
も失地回復を計らなければならなかった。1912年の敗因の一つは英国スポー
ツ界が分裂状態にあったためだ、との批判が起こり、ベルリン大会に向かっ
て国内のスポーツ界を結集し強化すること、また重要な点であるが、選手の
育成、強化を計るために不可欠な優秀なコーチの確保と施設の充実を実現す
ること、そしてそのための資金集め──これらすべてをこなす人物として、
ドイルが引っ張り出されてしまった。彼のスポーツマンシップ、社会的地位、
名声、行動力、説得力、情報発信力などが期待されたのである。彼がどうい
う気持ちでこのような大役を引き受けたか定かではないが、錯綜する利害関
係の中で彼はたいへんな苦労を強いられた。英国オリンピック委員会と、私
的な立場で主導権を握ろうとするメディア界の大立者ノースクリフ卿との確
執に巻きこまれたり、各スポーツ界からの巨額の選手強化費の要請など。つ
いに募金活動の目標額は、ドイルの不在中に10万ポンド（10億円）に引き上
げられていた。

　ドイルはこの事実に憤慨はしたものの、次回大会で英国が勝利するために、
さまざまな競技団体とオリンピック委員会との間の妥協を計ったり、得意の
文筆の力を使って各種の新聞に投稿した。（ギブソン／グリーンの編集した
ドイルの「新聞への投稿」に所収されているオリンピック関係の投稿だけで
も11件にのぼる）。また1912年8月付の母親メアリ宛の手紙の中では、他にも

193

個人的な手紙を数多く書いたりしていろいろ策を練っています、と書き送っている。その一つは、人種・信条に関係のない「英連邦チーム」を結成して、そこに資金、施設、コーチ陣を集中投入する計画も含まれていた。しかし、ノースクリフ卿をはじめとした関係者たちは、彼を利用はしたが報いることはしなかったようだ。勿論、この間に第一次大戦が勃発し、ベルリン大会に向けての英国の努力が中止されたのも事実だった。

ドイルは後年、自伝の中でこう書いた。「この10万ポンドという金額は馬鹿げたものであり、同時にあらゆる方面からプロ化を推進するものだと非難された」「自分はイギリス五輪チームのために力を尽くしたが、誰からも感謝されなかった」。

使い捨てにされた彼は、苦々しい思いで「オリンピック憲章」を横目で見ていたかもしれない。

〈オリンピック憲章〉「オリンピズムの根本原則」（前掲書）
1．オリンピズムは肉体と意思と精神のすべての資質を高め、バランスよく結合させる生き方の哲学である。オリンピズムはスポーツを文化、教育と融合させ、生き方の創造を探求するものである。その生き方は努力する喜び、良い模範であることの教育的価値、社会的な責任、さらに普遍的で根本的な倫理規範の尊重を基盤とする。
2．オリンピズムの目的は、人間の尊厳の保持に重きを置く平和な社会を奨励することを目指し、スポーツを人類の調和の取れた発展に役立てることにある。
6．このオリンピック憲章の定める権利および自由は人種、肌の色、性別、性的指向、言語、宗教、政治的またはその他の意見、国あるいは社会のルーツ、財産、出自やその他の身分などの理由による、いかなる種類の差別も受けることなく、確実に享受されなければならない。

1914年、第一次大戦勃発。1916年のベルリン大会は開催されなかった。

ドイルの時代から100年たった。この間に開催主催者が、ある国の「一都市」であるという伝統が残っていることを除けば、オリンピックは根本的に変容

した。運動能力に優れたアマチュアが個人間で技を競う場から、国家の威信をかけた総力戦の舞台になり、国民はメダルの獲得に一喜一憂する。「勝てる選手」の育成、強化のために国家は惜しみなく資金と便宜を提供し、最良の結果を得ようとする。その過程では身体能力を最大限に引き上げるために禁止薬物の使用にまで手を染める競技団体、個人も出てくる。現在では白昼夢でしかないが、その延長線上には、遺伝子操作技術を利用した超身体能力を持つ「自然人」もいつかは選手としてオリンピックに登場するのではないだろうか……。さらに開催都市ともなれば、毎回規模が膨張するオリンピック大会を賄うためには莫大なコストが発生するが、それはその都市が自力で賄える限度をはるかに超えるのだから、開催国の中央政府が支援しない限り実現しない。巨額の資金が流れればそこにさまざまな利権や資金の奪い合いが発生する可能性がある。

　さて、白昼夢はともかく、現実にも最近の状況は私たちに、日本国とは何か、日本国民とは何か、を問いかける事例が幾つもでてきている。明らかに「日本人」離れの容姿、体格を持った素晴らしいアスリートたちが流暢できちんとした日本語を話し、堂々とした態度でハイレベルの競技大会で活躍している。この中の何人かが来るべき東京オリンピックで「日本国民」として登場し、「日の丸」を世界に向って掲げることがあるだろう。その時になって初めて、多くの人は「日本国民」もグローバル化の流れの中で多様化、変質していることを認めざるを得なくなる。問題はそのアスリートたちだけを日本国民として受け入れ、称賛するのでなく、日常の私たちのまわりにも、新しい日本国民がいるのだと気づき、私たち自身が受容することから、物、金だけでなく「人」のグローバル化も本格化すると期待されるのではないだろうか。

Episode 10　世紀の捏造事件 —— 容疑者はドイル！？

　ロンドンから東南に向って小1時間も車を走らせると、ゆるやかな丘陵地にさしかかる。このあたりは「ザ・ウィールド」と呼ばれる、大昔から人間が住みついていた比較的温暖な森林地帯で、特有な粘土質の地層をしており、石灰岩、鉄鉱物に富み、また多くの化石類を含んでいることでも有名である。特に東側のケント州は「イングランドの庭園」といわれるほど風光明媚で、緑一色のゆるやかに起伏した丘にのんびりと羊たちが草をはみ、点在する家々の間からビール用のホップを燻蒸するウースハウスの白い塔のような煙突も顔をのぞかせる。ドイルの邸宅もこの地域にあり、二度目の妻ジーンと住んだクロウバラの屋敷の向かい側には昔の石切場の跡が残っており、ドイルの散歩コースにもなっていた。

　1908年、近くの村、ピルトダウン（Piltdown）で大発見があった。弁護士でアマチュア化石収集家のチャールズ・ドーソンが、地元の作業員から渡された2個の化石をロンドンの自然史博物館に持ちこみ、鑑定を依頼した。その後、同館の研究員であるスミス・ウッドワードたちとの追加発掘の結果、さらに3個が発見され、鑑定調査の結果、1912年になって、これは、人類の進化の過程における類人猿と人間とを結ぶ原始人（その存在が未確認だったためミッシング・リンク "Missing Link" といわれていた）の頭骨の一部であるという、自然史博物館の公式発表が行われた。
　これは世界中に大きなセンセーションを巻き起こした。ついにミッシング・リンクが発見され、進化論の正しいことが立証されたのだった。特にイギリスでは、この「世紀の大発見」に湧きたった。ジャワ島やドイツなどでなく、有史以来、人間が住んでいたはずのこのイギリスで発見されたということは、（根拠はないが）イギリス人の人種的優越感を秘かにくすぐるものでもあったからだ。この「ピルトダウン人」の大発見により、自然史博物館での展示、教科書への記載、化石発掘ブームも各地で広がった。

　好奇心旺盛のドイルも、早くから地の利を生かした化石発掘マニアだったよ

第1部　コナン ドイルの軌跡　第3章　ついにその時は来た —— 1908

うだ。最初の発見の翌1909年には「我が家の向かい側にある石切場で見つけた化石について、大英博物館から専門家がやってきて鑑定をしてくれることになっています。大きなトカゲの足跡です」と誇らしげに母親メアリに書き送っている。

　しかし45年後の1953年、新しい分析装置を使って解析したところ、人間とオランウータンの骨をきわめて巧妙に組み合せてでっち上げた偽物であるとの結果が出て、今度は「20世紀最大の捏造事件」としてまたセンセーションを起こした。ただちに犯人捜しが始まった。容疑者No.1は勿論、発見者のドーソンだったが死人に口なし、で、結果は出ず。次に疑われたのは、どうやらドイルだったらしい。—— 医師であり、人間の骨や歯に詳しいはずだ。また、同じ1912年に『失われた世界』を刊行した直後だっただけに、恐竜の登場する作品を書いたドイルとの関連（全く根拠はないが）が取り沙汰されたらしい。—— もっともこちらも、死人に口なし、だった。

　話はまだ続く。ピルトダウン人大発見の頃、ロンドンの自然史博物館の学芸員だった人物のイニシャルのついた帆布製の旅行鞄が長い間、博物館の屋根裏に放置されていたが、1996年に開けてみると、小動物の死体を入れたガラスビンなどの下に、ピルトダウン人と同じ方法で作られた骨が見つかった。—— その学芸員は優秀な科学者で、手のこんだいたずらの常習犯だった。動機 —— 尊大な古生物学者たちに対する反感？（雑誌「ネイチャー」"Nature"による）。

　わが国でも似たような事件の記憶があるのだが？

　なお、この「世紀の大発見、大捏造」のピルトダウン人の復元された頭骨は、2017年に東京の国立博物館で開催された「大英自然史博物館展」でも展示され、大きな話題を呼んだ。

【写真出典】
p.179：Charles Higham "The Adventures of Conan Doyle" 1976年／**p.191**：Martin Booth "The Doctor, the Detective and Arthur Conan Doyle" 1997 年

1912 → 1924

第1部 コナン・ドイルの軌跡

第 **4** 章

ドイルが到達した心霊主義

1912〜1924

第一次大戦が勃発し、数多くの犠牲者が出る中で、ドイルはかねてより研究していた心霊主義こそが、現世における死を超えた次の世界の存在を提示し、人びとの魂を救うのだと確信した。ドイルは自らの確信に従い、その晩年のすべてを心霊主義の啓発に捧げるべく奔走する――

1 1911年、サウスシーの旧宅を訪れる。この時「ドイル・ハウス」と名づけられ、コルセット店になっていた

2 1911年7月、「ヘンリー公競技」自動車レースにて。プロイセンのヘンリー公はジョージⅤ世の戴冠式を祝し、スポーツによって英独親善を図るために英独それぞれ50台の自動車によるホンブルグからロンドンに至る自動車レースを開催した。ドイルはこれに参加した。英国チームが勝ち、ドイルの車も走り切り、その距離のほとんどを自ら運転した

3 1912年、自宅ウィンドルシャム荘の音楽室でヴァイキング・イスに座るドイル。ウィンドルシャム荘は二度目の妻ジーンのために買い求めた自宅。ジーンはアマチュアながらメゾソプラノの歌手だった

Conan Doyle • Photos Chronology — chapter 4

4 オートホイールを手にするドイル（中央）。1912〜1913年にかけてドイルはオートホイールを売る商売に熱を入れた

5 1913年、ビリヤードをするドイル。ドイルは自伝『回想と冒険』に、ビリヤードをした時にアルセーヌ・ルパンが絡む面白い逸話があったことを書いている

6 1914年のドイル。第6ロイヤル・サセックス義勇兵連隊クロウバラ中隊の一員として。ドイルはこの隊について自伝『回想と冒険』第27章に詳しく書いている

7 1914年頃。ウォルター・ベニントン撮影。1914年は「恐怖の谷」が「ストランド誌」に掲載された年でもある

201

8 1915年頃のドイル

9 1916年、イタリア軍戦線におけるドイル。第一次大戦が勃発すると、ドイルは外務省に依頼されて、ヨーロッパのイギリス軍戦線、イタリア軍戦線、フランス軍戦線を訪れ、視察した。この結果は「三戦線訪問記」にまとめられ、後に自伝『回想と冒険』に採録された

10 1916年6月、フランス軍戦線におけるドイル

Conan Doyle・Photos Chronology — chapter 4

12　1920年頃のドイル夫妻。クロウバラ・ウォレンのミル池で

11　1919年のドイル。右の幽霊のようなものは彼の亡き長男キングズレイと言われている

13　1921年のドイル。スピリチュアリズムの普及に没頭しており、この年にはオーストラリア、ニュージーランド、フランスに講演旅行を行った。そのため最愛の母メアリの葬儀にも参列できなかった

14
1922年のドイル

15 1922年のドイル、奇術師のフーディニと。アトランティック市にて

16 1920年代半ばのドイル。1916年にスピリチュアリズムを確信するようになったドイルは1925年にはロンドンに"The Psychic Press and Book shop"（心霊現象の出版社・書店）と附属のミュージアムを開設し、スピリチュアリズム小説「霧の国」の執筆を終えていた

17 1923年3月、家族とともにウォータールー駅で。アメリカとカナダでスピリチュアリズムの講演を行うために渡洋しようとしている

Conan Doyle · Photos Chronology — chapter 4

18 1923年のドイル。アメリカで

19 1925年、パリで。スピリチュアリストの会議に出席するためにフランスへ渡る

20 H・L・ゲイツが描いたドイルの肖像画。1927年。

21 ドイルの愛車。1925年頃。

205

22
『ロスト・ワールド』(1912年)の主人公チャレンジャー教授に扮したドイル

23
ポーツマス、サウスシーの自分の医院兼住宅の玄関前で。ここで1880年代の後半に「緋色の研究」と「四人の署名」が書かれた。すなわちホームズの生誕の地である。後年この建物は「ドイル・ハウス」と称されたが、1941年にドイツ軍の空襲により破壊された

24
1929年、ニュー・フォレストにある別荘ビグネル・ウッドの庭で本を読むドイル

Conan Doyle・Photos Chronology — chapter 4

25
1930年、ジョー・ディヴィッドスンにより彫像が創られる

26
1930年、死の少し前のドイル。1930年7月7日、サセックス州クロウバラのウィンドルシャムにある自宅ウィンドルシャム荘で死去

【写真出典】
1：Andrew Lycett "Conan Doyle" 2007年／**2**：Edited by Jon Lellenberg他 "Arthur Conan Doyle A Life in Letters" 2007年／**3**：Michael Coren "Conan Doyle" 1996年／**4**：Andrew Lycett "Conan Doyle" 2007年／**5**：Andrew Lycett "Conan Doyle" 2007年／**6**：Martin Booth "The Doctor, the Detective and Arthur Conan Doyle" 1997年／**7**：Andrew Lycett "Conan Doyle" 2007年／**8**：Charles Higham "The Adventures of Conan Doyle" 1976年／**9**：Julian Symons "Conan Doyle Portrait of an Artist" 1979年／**10**：Andrew Lycett "Conan Doyle" 2007年／**11**：Daniel Stashower "Teller of Tales The Life of Arthur Conan Doyle" 1999年／**12**：ACD The Journal of The Arthur Conan Doyle Society Vol.1, No.1. September 1989／**13**：John Dickson Carr "The Life of Sir Arthur Conan Doyle" 1949年／**14**：Charles Higham "The Adventures of Conan Doyle" 1976年／**15**：Charles Higham "The Adventures of Conan Doyle" 1976年／**16**：Edited by Jon L. Lellenberg "The Quest for Sir Arthur Conan Doyle" 1987年／**17**：Ronald Pearsall "Conan Doyle A Biographical Solution" 1977年／**18**：Oxford版 "Memories and Adventures" 1989年／**19**：Ronald Pearsall "Conan Doyle A Biographical Solution" 1977年／**20**：Jacqueline A. Jaffe "Arthur Conan Doyle" 1987年／**21**：ACD The Journal of The Arthur Conan Doyle Society Vol.2, No.1. Spring 1991／**22**：『コナン・ドイル小説全集 第40巻』笹野史隆 訳／**23**：Edited by Jon L. Lellenberg "The Quest for Sir Arthur Conan Doyle" 1987年／**24**：Martin Booth "The Doctor, the Detective and Arthur Conan Doyle" 1997年／**25**：Andrew Lycett "Conan Doyle" 2007年／**26**：Michael Coren "Conan Doyle" 1996年／

1912
(53歳)

本格作家か物語作家か ── ドイルの決断

　ドイルはサウスシーでの貧乏医師時代に、生活費稼ぎのために読者が喜びそうな（ということは、雑誌編集者の目に留まりそうな）短編を次々に書いては出版社に送りつけた。多くの作品は、各社の間を回りながら最後にはブーメランのようにドイルの手許に戻ってきたが、いくつかは採用され（「北極星号の船長」「J.ハバクック・ジェフソンの陳述」など）、彼に執筆の満足感と多少の経済的利益をもたらした。ドイルは天性の、といってよいほどの「書き魔」だったので、どんな題材でもこなしながら一編の物語に仕立て上げる術を心得ていたつもりだった。しかし所詮、短編物をいくら書いても、それは当時の暗黙のルールで「無署名」で掲載されるので、単なる「売文屋」では満足せず、将来は本格作家として身を立てたいと高い志を持っている若者にとっては、何とかして背表紙に自分の名前が出る長編を世に問うことが必要だった。しかし出版社側からみれば、無名の新人に長編を書かせて上梓するのは当り外れが読めないだけに、リスクを考えると二の足を踏むことになってしまう。

　ドイルもこの事情は承知していた。幸い、成功した短編を通して知り合った有名な編集者もいたので、彼らのコネを使って何とか登竜門をくぐり抜けたいと願って書いた長編第1作「ガードルストーン商会」は、確かに字数としては長編だが、肝心のドイル自身も今一つ納得できない出来栄えだったので、塩漬けの運命になってしまった。また続く第2作「緋色の研究」もなんとか掲載されたが、それは家庭雑誌レベルの「ビートンのクリスマス年報」だったので、うるさい権威的批評家たちの注目を浴びることはなかった。

　しかしドイルは挫けなかった。今度は念願だった長編歴史小説に取り組み、書き上げたのが自信作「マイカ・クラーク」だった。この作品は限定的な範囲だっただろうが、好評を博し、ドイルは自分が本格作家として身を立てるという年来の望みに一条の光が差したと手応えを感じたのだった。

208

第1部　コナンドイルの軌跡　第4章　ドイルが到達した心霊主義 —— 1912

　その勢いで、渾身の力をこめて書き上げた「白衣団」は、前作をはるかに超える好評を博した。ついに長編歴史小説という文学界の主流の一つの分野で自分は本格作家として認知される、という確信に近いものをドイルは感じた。1891年、ドイル32歳の時だった。

　しかし、彼自身も予想しなかった事態が発生した。「白衣団」に比べればきわめて軽い気持ちで書き上げた読み切り連載「シャーロック・ホームズの冒険」シリーズが大好評を博したので、ドイルには大衆向きの物語作家（storyteller）というレッテルが張られてしまった。ホームズ短編物の大成功は多額の継続的収入をもたらし、彼はついに積年の貧乏から脱却できたのだから、その意味では大いに満足したのだが、そのために自分が本来願っていた本格作家への道筋に影がさしてしまったことを感じないわけにはいかなかった。

　一方、ホームズ物語の人気は衰えるどころか、長続きしないのではという彼の当初の予想をはるかに上回り、長期的なベストセラーになりそうな勢いだったので、書き続けているドイル自身が不安になってしまった。何とかしないと本格作家への道筋が消えてしまう。ついに彼は、ホームズを滝壺に落として消滅させることで、この問題に決着をつけることにした。彼が「最後の問題」（ホームズが滝壺に落ちる）を書き上げたのは、1893年4月のことだった（「ストランド誌」掲載は同年12月号）。

　「白衣団」と「ホームズ物語」のような良運のあとに、今度は不運がドイルを襲った。ホームズが滝壺に落ちた、と世間が騒いでいるなかで、ドイルは深い悲しみにつつまれていた。その年（1893年）の10月、父親のチャールズが精神病院で孤独の中で息を引きとった。さらに追い打ちをかけるように妻のルイーズが体調を崩し、医者に診せたところ、結核 —— それも余命あとせいぜい数ヶ月間 —— の宣告を受けてしまったのだった。とり急ぎドイルはルイーズを伴って当時、結核保養地として有名だったスイスのダボスに転地することに決めた。

　ドイルの環境は激変した。ホームズはドイルの財布を握ったまま滝壺に消滅してしまったので、ダボスでのコストの高い生活を維持するためにも、彼

209

は書き続けねばならなかった。本格作家とか物語作家といった悠長なことは言っておれなくなっていた。早速に、何の事前準備も必要ない、自分の青春時代の思い出を小説風に仕立て上げた「スターク・マンロの手紙」を1894年1月に書き上げた。続いて、「マルボ将軍」（ナポレオンの部下、アントリワンヌ・マルボ〈1782‑1854〉の回想録）を読んで強い刺激を受け、「ジェラール物語」の執筆を思い立った。

　ドイルは英雄ナポレオンを崇拝しており、また当時の戦争形態はプロ（軍人）同士だけで争う「合戦」だったので、中世騎士道的精神の名残りが時折り見られたのかもしれない —— 彼が目を輝かしたのは、実はその部分だった。これを具現化させたのが、ジェラール准将ということになる —— 忠誠、勇気、豪気そして伊達 —— ジェラールはその権化であった。

　最初のジェラール物語の掲載は、1894年12月の「ストランド誌」から始まった。

　この連載は、長い中断はあったが、最終的には1903年5月に完結した。特に注目すべきは、同年に刊行された限定私家版（未完）の中で、ドイルが本作品の執筆動機を下記のように記していることである（『勇将ジェラールの冒険』上野景福 訳、創元推理文庫、東京創元社より）。

> ナポレオン戦役の回顧録を書き記したマルボ…（中略）…その他フランスの軍人の文を読むと、そこにエティエンヌ・ジェラールの冒険のタネとなった源泉を認められるだろう。それは異常な時代で、異常なタイプの人間を生みだした。23年もの間フランスは戦争状態にあって…（中略）…当時のフランス人にとっては、戦争が正常かつ自然の状態になってしまった。…（中略）…
> そのような異常な時代が続く中にあっても軍人たちの中には、決して残忍にならず、彼らの中に折目正しく心のやさしい人物がいて、陽気で勇ましく、その行動は騎士道精神そのものを思い起こさせるものがあるのを知るのだ。…（中略）…
> 彼らは青春時代には栄光に輝き、役にたたなくなった貧困な老境には哀愁に満ち、ここにわたしは一つのタイプを描きたいと望んだ。それ

は気品に富み、快活で、有能で、自信が強く、人間味にあふれ、しか
もよくしゃべる人物である ── 。

　かくして、ドイルの筆にのってエティエンヌ・ジェラール准将、ナポレオ
ン麾下の軽騎兵第10旅団きっての名剣士で皇帝には忠誠無類、剣には強く女
には弱い、伊達な男一匹、が誕生したのだった。

　ドイルは本作品の執筆前３年間ほど、ナポレオン研究に打ち込んだ、と豪
語しており、「相当な準備の後で、勇将物語のささやかな小著が世に出たので
ある」と自負している。
　また、この序文の中でドイルは、珍しく彼の考える「小説の技法」につい
ても言及している。

　　　わたしの考えでは、小説の手法は、興味を涌かすという本質的な目的
　　を達成さえできたら、天と地とともに窮まりなく広い、と言って差し
　　つかえない。すべての方式と流派は、ローマン派と写実主義、象徴主
　　義と自然主義を問わず、目指す目的はただ一つ ── 興味を涌かすこ
　　とだ。この目的を達成する限り、いずれも正しく、この目標が実現で
　　きない場合は、無用なものとなる。…（中略）…（読者の）注意を引
　　き付けて離さない、この力量こそ、物語りの上の技法となるものだ。
　　この技法は進歩させ、発展させることはできるが、模倣のきかない
　　ものなのだ。それは共感する力であり、演劇の感覚である…（中略）
　　…小説家の人生にもそれ特有の悩みはあるもので、アイディアの涌き
　　出てくるのをいらいらして待つこと、そのアイディアをせっかく用い
　　たのに、かえってくるのはただ空虚な反響だけ、しかも最悪の場合は、
　　ひじょうに輝かしく、新しいと思えた考えが、実際に筆をとってみる
　　と、退屈で、暗いとわかったときの落胆。しかし作家は、もし読者の
　　興味を涌かすことさえできたら、このために、世の中の人々を自分が
　　生まれたことでいささか幸福にするという人間本来の悲願を果たす望
　　みを、ともかくも持てたのは確かである。

　このジェラール物語をドイルがいかに楽しんで書いたか ── 立て板に水

を流すような筆の運び。戦闘場面の綿密な描写、血湧き肉躍る主人公の危機脱出の瞬間 ── 物語作家としてのドイルのすべてがそこに表現されている。恐らく、彼自身がもっとも燃え上がり、彼自身が誰よりも先に喜んだのではないだろうか。この作品を読むと、やはり作家としてのドイルの真骨頂は、大衆読者を対象とした短編作家にあったのではないかと感じられる。現実と理想という言葉を使えば、大衆小説作家としてのドイルが現実であり、長編歴史小説家としての彼は理想であった、といえる。彼も恐らくは、この頃にはそのことを自覚していたと思われるが、敢えて自分自身に課していた「本格作家になる」というミッション（使命感）をとり下げようとはしなかった。しかし、世間が彼に求めていたものは躍動感のある、好奇心に満ちた、明るい、そして楽しい読後感の残る作品であった。ドイルもついに決断した。そして世に問うたのが、1912年から「ストランド誌」に掲載された「失われた世界」だった。

「失われた世界」──　100年前の元祖ＳＦ小説

　1912年はドイルにとって最も充実した、そしてちょうど、時計の針が正午を指していたような人生の絶頂期の１年となった。そしてそれを象徴するのが「失われた世界」（"The Lost World"）の刊行だった。ドイルは子供のように、楽しく、無邪気に想像力をふくらませ、思うがままにペンを走らせた。その中から創り上げられたのが、それぞれ強い個性を持つ４人のイギリス紳士たちだったが、その中でも中心人物となるチャレンジャー教授こそは、ドイルが想い憧れて描いた理想の自画像でもあった。

　この作品では、チャレンジャー教授という豪快にして磊落、不屈の精神で困難を乗りこえ、しかもユーモアに富む、まさにドイルが理想とする英国紳士が生き生きと描かれているが、彼がいかに楽しい気持ちでこの作品を書いたかは、この単行本（初版本）でドイル自身がチャレンジャー教授に扮装して記念写真に収まっているのを見てもわかる。そして彼は前書きで「半分大人の子供、または半分子供の大人が１時間でも喜んでくれたら、と願ってこの単純でわかりやすい作品を書いた」と記しているが、この一言の中にこの

第1部　コナンドイルの軌跡　第4章　ドイルが到達した心霊主義 —— 1912

作品に対するドイルの気持ちがこめられている。

　主な登場人物は、有名な動物学者でアマゾン探検隊長となるチャレンジャー教授と、比較解剖学者でチャレンジャー教授のライバル役となるサマリー教授、世界的な探検家のジョン・ロクストン卿、そして「ギャゼット紙」の記者の青年マローンの3人の隊員である。特にその中でも際立つのは、進化の過程において猿と人間の中間段階にある「猿人」にも似たジョージ・エドワード・チャレンジャー教授。毛むくじゃらの顔の奥から獰猛な二つの目が光る。アッシリアひげを長く伸ばしたその風貌は、まさに二人の英国王からとった名と「挑戦者」という姓にふさわしいものだった。しかし、頭脳の方は著名な動物学者として、同時代人の水準よりはるか先に進んでいたので、彼の唱える学説は常に大議論を巻き起こすのだった。しかし、この挑戦者はいかなる反論にも屈せず、居丈高に相手にほえかかり、口ですまない時には力ずくでも相手を屈服させようとする、まさに挑戦的で奇行の持ち主として知られていた。1863年、スコットランドに生まれ、エジンバラ大学卒業というから、実在の人物としては、著者ドイルの大学時代の恩師の一人であったラザフォード教授がチャレンジャーのモデルであるといわれている。チャレンジャーは1892年、大英博物館の助手となり、翌年比較人類学部管理官補。早くもその時に、筆禍事件を起こして辞職。動物学上の研究に対しクレイトン・メダルを授けられる。所属学会多数、前古生物学会会長、著書「脊椎動物の進化概説」など。そのチャレンジャーが、最近またまたロンドン中を沸騰させる議論を巻き起こした。

　彼が動物学の研究のために南米のアマゾン河の流域を旅した時、途中で立ち寄ったインディアンの部落で、一人の白人が死の床に横たわっているのに出会った。インディアンたちの話では、この白人はジャングルの中からたった一人、疲労困憊で今にも倒れそうな姿で現れたという。

　彼はチャレンジャーと言葉を交わすこともなく死んでしまったが、寝床のわきに置かれたナップザックの名札には彼の名前と住所 —— メイプル・ホワイト、米国ミシガン州デトロイト市レーク街 —— が書いてあった。持ち物からみて、この男は、何か印象的なものを求めていた画家兼詩人であることが明らかになったが、驚いたのは彼が胸のポケットにしまっていたスケッチブックだった。

213

そこには途方もない風物が描かれていた。羽毛のような植物が生えている薄緑色の前景があって、その草原が、雑木林と覚しき地面がだんだんと上方にせり上って濁った赤い色をした断崖で終わる。その崖は一枚の壁のように横に広がり、全く切れ目らしいものがない。そして、次の頁には奇妙な動物が描かれていた。胴体は太ったトカゲに似、長くひきずった尻尾には上向きのトゲがあり、曲線を描いた背中には大きなのこぎりの歯のような形のひだが刃のように並び、ちょうど1ダースもの鶏のトサカを互い違いに置いたようだ。そしてなお不思議なことは、この怪獣の前に、1人の小人のようにみえる人間が向かい合って立っているのだった。この怪獣は、だから、人間の2倍ほどの高さの巨大な中生代の動物に違いない。

チャレンジャー教授は、このスケッチブックとインディアンの話をもとにして、恐ろしい森の精、クリプリが住むといってインディアンたちが近づこうとしない密林 —— その方角からメイプル・ホワイトが現れたという —— に入り込んだ。チャレンジャー教授はメイプルのキャンプの跡を見つけただけでなく、自分自身の目で、翼竜と呼ばれるジュラ紀に棲息していた空飛ぶ爬虫類を目撃したというのだ。

メイプル・ホワイトが描いた絶壁は、遠い昔に大きな火山性の隆起で、英国のサセックス州ほどの広い地域がそこに住んでいた動物も含めて、すべてのものが一緒に持ち上げられ、まるで絶壁で囲われた大きな島のようになり、大陸の他の部分とは全く切り離されてしまったものだ。その結果、その壁の上の島のような台地では大昔の動物がそのまま生き残っている、というのが教授の確信だった。この説を実証するために、チャレンジャー教授を団長とする探検隊が組織されることになり、先ほど紹介した4人が現地に赴く。

この「失われた世界」は、マローン青年の手記の形で読者に語られるのだが、一行は困難を重ねながらもアマゾンの奥地に入り込み、インディアンの攻撃を避け、今まで見たこともない動物や植物の存在に驚きながら、ついに赤土の断崖にたどりつく。その高さは優に100メートルはありそうだ。一見して登り口などありそうになかったが、彼らは幸運にもメイプル・ホワイトが残した道しるべを見つけ、断崖の上にたどり着くことに成功した。

そこはまさに「失われた世界」だった —— 新種の吸血ダニ、恐竜、翼竜、禽竜、巨竜、猿人（チャレンジャー教授はこの猿人たちに捕まってしまうが、

第1部　コナンドイルの軌跡　第4章　ドイルが到達した心霊主義 —— 1912

彼らとよく似た風貌が幸いして客分扱いを受けるという思いがけない冒険の
１コマもあった）、小人のインディアンまでが入り乱れて激しい生存競争を繰
り返しているのだった。

　この作品では、ドイルの未知なものに対する憧れにも似たケルト的な好奇
心と、彼の精神的、肉体的な自信からくる冒険心とが見事に描き出されてい
る。しかもドイルの持つ物語作家としての素質が、４人の冒険者のそれぞれ
の性格の違いと、そこから生ずる確執、アマゾンの自然、「失われた世界」で
の動物対動物、動物対人間の戦いの場面などを、実に生き生きと描き出して
おり、この作品を彼自身がいかに楽しみながら書いていたかがわかる。

　こういう途方もないイマジネーションに基づいた冒険物語を素直に楽しく
読むことができるのは、ドイルがいみじくも扉の言葉で記したように「半分
大人の子供か、半分子供の大人」だろう。実は当時のドイル自身の精神状況
もそれに近かった。

　この大作は「ストランド誌」の1912年4月号から連載された。読者の反応は
上々で書評も好意的だったので、雑誌の売上げも急増し出版社もドイルも大
いに喜び、かつ満足した。彼は気分高揚して、自らチャレンジャー教授に扮
装して写真に収まり悦に入っていたが、周囲はやきもきしていた。彼はその
時には既にサー（Sir）の称号を持つナイト爵だったのだ。編集長グリーンハ
ウ・スミスも、手放しでほめ上げた。「この『失われた世界』は私がこれまで
取り上げたものの中で、ホームズの特別な価値を除けば、本当に最良の連載
物となった」。この作品は1912年4月号－11月号までの８ヶ月間の連載を終え
て、ただちに一巻本となり英・米で同時発売された。

　さて、この「失われた世界」は非常に独創的な作品に見えるが、実は下敷
があったといわれている。1904年に刊行されたW・H・ハドソンの「緑の館」
（グリーン・マンションズ）という作品である。ドイルがこの作品を読んだと
いう確証はないが、南米の熱帯林の中でくりひろげられる幻想的なロマンス
は当時の評判をとった。鳥のごとく密林の中を自在に動きまわる野生の少女
リマとベネズエラ上流社会の青年アベルの悲恋物語。その後も、ロンドンの
ハイドパークの一隅にエプスタインの刻んだ記念碑が建てられたり、1959年
にはオードリー・ヘップバーンがこの不思議な妖精のような少女、リマを演

215

じた映画が製作された。この「緑の館」と呼ばれる密林と「失われた世界」の台地は、同じギニア高地にある。

　また、登場人物のモデルも特定されていた。サマリー教授はチャレンジャー教授と対置されるので特にないが、チャレンジャー教授自身はドイルが講義を受けたことのあるエジンバラ大学の名物教授のラザフォードが明らかにモデルになっているし、ジョン・ロクストン卿はベルギー領コンゴにおける圧政からの解放運動で一時期ドイルと共闘した、アイルランド人の熱血漢で、後に第一次大戦中に祖国アイルランドの独立を計り、敵方のドイツの力を借りたことが発覚して反逆罪に問われ1916年に絞首刑に処せられた、サー・ロジャー・ケイスメントが、また青年マローンは同じくコンゴ問題で共闘したジャーナリスト、E・D・モレルであるとされている。さらにドイルが「半分大人の子供か、半分子供の大人」として頭の中で描いていたのは、彼も面識のあった米国の第26代大統領、セオドア・ルーズベルト（在任期間　1901－1909）だったらしい。彼は1898年の米・スペイン戦争当時、レオナルド・ウッドと組んで義勇騎兵隊（ラフ・ライダーズ）を組織したことでも知られていた。ドイルは自伝『回想と冒険』の中でこう語っている。「私は多くの偉大な人たちと知り合いになったが、その中でルーズベルト大統領は、最も印象に残る人物だった。彼は大柄でもないし、見かけは力にあふれた男ではなかったが、きわめてダイナミックな力と鉄の意思を持っていた。それはスポーツマンとしての彼の名声を物語っていた。彼は真に偉大な人間の持つ素朴さで、できるだけ率直に自分の気持ちを、できるだけ明快な言葉で語るのだった。彼は自分の中に、いたずら好きで、冒険心に富み、元気にあふれた子供の要素を沢山残していた。しかし同時にその背後には、深く、強い、考える力を持つ大人の要素を兼ね備えていた」。

　「失われた世界」はホームズ物語を除けば、ドイルが若い頃、渾身の力をこめて書き上げた長編歴史小説「白衣団」と並ぶ代表作とされているが、彼自身の気持ちとしては、自らの作家生活における「分水嶺」的作品であった。彼は若い頃から短編小説を書き続けていたが、それは彼の本意というよりは、貧乏生活の中での金稼ぎが目的であり、心の中ではいつの日か長編の文学作品を書く本格作家として世に出ることを熱望していた。そして自分の天分は

216

第1部　コナンドイルの軌跡　第4章　ドイルが到達した心霊主義 —— 1912

歴史小説にあると、固く信じていた。1891年に「コーンヒル誌」に連載をはじめた「白衣団」が、それまで彼が書いたどの作品をも上回る好評を得た。特に編集者のペインはこの作品をウォルター・スコットの「アイヴァンホー」以来の最高の歴史小説と絶賛した。ドイルの夢はここで実現寸前までいったのだが、ペインの評価がそのまま英国の既成の文芸批評家たちの評価にはつながらなかった。自分が文学界の中できちんと位置づけられなかったことについて、ドイルは終生残念がった。

また、ほとんど同時期に「ストランド誌」に連載されたホームズ読み切り短編物が世間の喝采を浴びることになったのも、ドイルにとってはその意味では不運だった。世間ではドイル＝大衆小説作家というイメージが定着してしまった。彼は自分を貧乏から救い出してくれた恩人のホームズを、ついにスイスのライヘンバッハの滝壺に投げ込み抹殺を計った。しかし、ホームズは不死身だった。結局ドイルは、ホームズの呪縛から抜け出せなかった。ホームズが登場しない作品を何作も書いたが、いずれも一定の評価は得られても、彼を文学界に押し上げるには力不足だった。彼はひたすら純文学という流れをさかのぼっていったつもりだったが、遂に分水嶺に来た。彼はここで、大衆小説作家として生きることを決意したのだった。

　作家としての彼の人生においても、この作品は非常に大きな意味を持っていた。ドイルは、この一作で長年の願望であった長編歴史小説を書く純文学者（novelist または serious writer）としての評価を受けることを断念した。彼は、物語作家または大衆小説作家、短編作家としての道に専念することを決意した。

　しかし、純文学とそれ以外との境界線は、どこに引かれるのだろう。少なくとも、当時は、短編物は文学のカテゴリーには入っていなかった。それでは単行本として刊行できる長さのものなら、純文学の条件を備えていただろうか。

　残念なことに、彼の書いた数編の長編歴史小説は、発売当時はそれなりの高い評価を一部では得ることができたが、彼自身が純文学作家として文壇で認知されることはなかった。彼はこの取り扱いに勿論納得することはなかっただろう。ホームズがあまりにも大活躍したために、純文学者ドイルの姿が

217

影に隠れてしまったのだろうか。

　子供はいつも背伸びして半分は大人の気持ちを持っており、大人はいつも半分は子供心を残している。子供も大人も楽しんで読んでくれる作品を書くこと、そこに彼は自分の生き方を見出そうと決意したのだった。

　「失われた世界」を刊行した1912年は、ドイルにとってはまさに脂ののりきった、創作意欲に満ち満ちた年であった。ボーア戦争に際して、世論を喚起するために、また誤った見方を直すために書いた一連の啓蒙的な著作、あるいは離婚問題や冤罪問題のために筆を執った場合を除いて、作家としてのドイルの立場は、その作品によって社会に影響を与えて自分の思想の具現を図るという大上段に振りかぶったものでなく、世人が欲するもの、喜ぶものを提供することにあった。その意味では、彼はまぎれもなく大衆小説作家であった。しかし、だからといって彼が安っぽい作品を書いていたわけではない。

　彼は子供の頃からたいへんな読書家であり、かつ、筆が早かった。したがって一つの作品の構成が湧き上ると、徹底的に調べ物をするのだが、その途中でも、もし興趣がそそられると猛然と書き始めて止まるところを知らなかった。プロットの大筋を追い、細部にこだわらず、枝葉末節に顧慮せず、一気呵成に書き上げることを得意とした。だから文章はメリハリがきいているし、登場人物も生き生きとするのだが、細かく注意して読むと、論理的に一致しなかったり、前後関係がおかしくなったりする。しかし、ドイルはそんなことには頓着しなかった。

　「読者が面白く読めればそれで良いではないか」とドイルは言った。ホームズならばさしずめ、ネバー・マインド、ワトスン！　というところか。ドイルは、探偵小説、歴史小説、恐怖小説、神秘小説、スポーツ小説、海洋小説、冒険小説など、多方面に筆を振るったが、その中で、歴史小説だけは自分では別格扱いをしていた。作家としての自分の天分は歴史小説にあると信じ世間もそのように認知することを願っていたが、世間はドイルをホームズの生みの親として以上には評価しようとしなかった。世間がドイルに求めていたのは、そういう類の娯楽（エンタテイメント）だった。このギャップは、常に彼を悩ませていたが、彼はこの1912年の「失われた世界」が自分の作家人生における「分水嶺」的作品であることを自覚していた。ドイルはこの時点で、「世間の評価す

第1部　コナンドイルの軌跡　第4章　ドイルが到達した心霊主義── 1912

る自分自身」に従うことを自ら認めたといえる。

　ドイルは続いて「毒ガス帯」「地球の悲鳴」「分解機」と、3つの中・短編を書き上げたが、いずれもがひと口で言えば「奇想天外」な作品で、読者を驚かせた。特に「毒ガス帯」では「失われた世界」の4人組 ── チャレンジャー教授、サマリー教授、ジョン・ロクストン卿、そして語り手として、アイルランド出身の青年、マローン ── が再登場する。

　チャレンジャー教授が予告したとおり、地球はある日、地球の軌道上に突然発生したエーテルの毒ガス帯に突っ込み、人類滅亡の危機にさらされる。チャレンジャー教授は、友人の3人に各自1本ずつ酸素ボンベを持って来ることを条件に、彼らを自宅に招き、地球の最後の時を見届けようとする。窓に目張りをして外気と遮断されたチャレンジャー夫妻の部屋に、4人組とチャレンジャー夫人はたてこもり、息苦しくなると酸素ボンベの口を開いて酸素を補給しながら、窓の外に起こる恐ろしい光景 ── 今まで平和そのものだった英国の田園で、人々が倒れ、あちこちで火災が発生する ── を目撃する。

　地球は死んだ。そして最後に残った5人も、ついに酸素ボンベの中身が残り少なくなったことを知る。もはやこれまでと、チャレンジャーは持っていた双眼鏡を窓ガラスにぶつけて外の空気を入れたのだが、「ガラスの破片の飛び散る最後の音がまだ収まりきらないうちに、健康的なひと吹きの風が、力強く、みずみずしく吹き込んできて、わたしたちのほてった顔にまともに当たった」。

　「大気は正常な状態に戻ったんだ！」と、チャレンジャーは叫んだ。「地球は有毒帯を脱出したが、しかし全人類のうち我々だけが助かったってわけだ」。

　そして彼らは、40マイル離れたロンドンまで車を走らせ状況を見に行ったが、ロンドンの町は全くの死の街だった。人々は瞬間的にその場で死んでいたのだ。誰一人生きている人はなく、一匹の動物も生き残っていなかった。

　しかし、毒ガス帯突入の28時間後に地球は蘇った。地球は死んでいなかった。人々は深い眠りから覚めたように、そして何事もなかったように蘇生して、また以前の行動の続きを始めたのである。

　28時間だけ地球は毒ガス帯の中にあり、その間中、この5人を除くすべての人間は（たった一人の老婆 ── その人は喘息もちで普段から酸素ボンベの世話になっていた ── を例外として）死んでいたのではなく、昏睡状態

にあったのだった。

チャレンジャーの説明によると、人々はいわゆる「硬直症」にかかっていたのだった。だから一旦昏睡状態から覚めると、自分がある時間意識がなかったことは、自分の時計と見較べて納得はしたものの、その間、自分が実際には死んだ状態にあったことを知る由もなく、再び昏睡直前の続きを始めたのである。

この突拍子もない「毒ガス帯」の筋書きは、実はドイル研究家にとっては非常に示唆的である。それは心霊主義者の唱える「次の世界」の観念に酷似しているからだ。心霊主義者によれば、我々の言う「死」の直前に魂は肉体から離れ、ある移行時間を経過して「次の世界」に移るが、その世界において魂は現世（と我々が呼ぶ）におけると同じ状態を続ける、とされている。

この時期までに、ドイルは既に心霊主義に関する多くの書物を読み、霊媒実験にも何度も立ち合っていた。心霊主義に対する充分な知見を持ち合わせていたとすれば、この「毒ガス帯」は心霊主義者としてのドイルの記念すべき処女作として位置づけることができるかもしれない。

また、1913年のこの作品の状況設定は非常に独創的にみえるが、実はその下敷きとなる事件があった。それは、1910年5月に地球に大接近したハレー彗星がもたらしたパニック現象だった。米国の科学雑誌「スミソニアン」2010年5月号によれば、「地球が彗星の尾の中を通る。それは毒ガス帯の中に突っ込むということだ。地球は滅びる。いろいろな現象が起こった —— 自殺する／気が狂う／鍵穴を真綿で詰める。また望遠鏡が飛ぶように売れた ——。1910年5月19日、地球は毒ガス帯（？）の中を6時間で通過。残ったのは、彗星を見上げ続けたために多くの人に生じた"comet neck"だった。ハレー彗星は1986年に再来した。次回は2061年になる」。

地球は死んでいなかったが、不吉な暗雲が欧州大陸の一角から英国の空を覆い始めていた。それはやがて、地上の炎を映して赤く染まる。1914年に第一次大戦が勃発した。ドイルは新興国ドイツがやがて欧州の既成大国に挑戦することを予見し、その対策の必要性について得意の筆と弁舌で世間の注意を喚起し、政府にも進言していたが、ほとんど受け入れられなかった。

第1部　コナンドイルの軌跡　第4章　ドイルが到達した心霊主義——1912

　また、1912年4月、処女航海中だった豪華客船タイタニック号がニューファ
ウンドランド沖で流氷と衝突し沈没した。多くの人命が失われた大惨事に
なったが、対英戦争を秘かに計画中だったドイツ軍部にとっては、来るべき
海戦において潜水艦ユーボート（U－boat）による敵艦攻撃の有効性を確認さ
せる事件となったと言われている。ドイルがどういう情報を持っていたかわ
からないが、彼もこの惨事に触発され、ドイツ海軍による潜水艦攻撃の可能
性を予見し「危険！」（Danger!）と題した警告的短編を「ストランド誌」に
掲載したが、世間からの反応はなかった。
　世界は不確実性の時代に突入しようとしていた。

Episode 11　　投資家ドイルの成果は？

　ドイルは貧乏な家に生まれ育ったため、金（マネー）には敏感だった。やっと1891年、
32歳の時に、ホームズ物語で大ブレークして貧乏神と訣別できたので、少し
ずつ余裕資金もたまっていった。

　記録に残っているドイルの投資の第一弾は、1894年に米国に講演旅行の際
に、彼の作品の米国版権を持っていたマックルア出版社の株を買ったことだっ
た。彼は1894年11月20日付の米国ボストンからの母親メアリ宛の手紙の中
で、同社の株を総額1,030ポンド（1,030万円）で1,000株買ったことを報告
し、成功の暁には高額の配当が期待できると母親に告げている —— 投資結果
については、20年後にやっと利益が出て売却できた、と自伝『回想と冒険』
の中で語っている。

　———ドイルは性格的に、未知なもの、不確実なことに強い関心を持ってい
たので、投資や投機による金儲けということもさることながら、その事業な

221

り企画のもつある種の未知の魅力に惚れこんで金を注ぎこむことが少なくなかったらしい。前述の自伝によれば、南アフリカ沖合のグアノ（糞化石）島の開発（そこでは海鳥の巣にはダイヤモンドが入っている、という途方もない噂）、海中深く沈んでいる船からの財宝の引揚げ、オーストラリアでの金鉱発見など、すべて水泡となってはじけてしまったらしい。

　彼の本格的投資は後年の1909年で、ベンチャーのWall & Co.が全世界の特許権を持っている商品"Autowheel"（電動アシスト自転車）に大きな将来性を見込んで同社株90株のうち、2／3に当たる60株を買い付けた。同年11月30日付の母親宛の手紙では「Autowheelの件で非常に興奮しています。小さな発明ですが、通常の自転車を自由にモーター付自転車として切り替えることができるのです。それをスタンレー・ショーに展示したところ、大反響を巻き起こし、今では自転車業界の大きな話題になっています。我々は成功していますが、これからの課題はいかに賢く、上手にこの事業を推進していくかにかかっています。一旦、市場に出すことができれば、我々は大儲けができると思います」と報告した。

　このベンチャーに対する彼の関心は、並々ならぬものがあったらしい。4年後の1913年3月には「この会社はうまくいっています。大成功のチャンスが大いにあると期待しています」と母親に書き送っている。しかし、彼は母親には隠していたが、その1ヶ月前に、ドイルの一家が車を連ねて南部の保養地ブライトンでのパーティーに出かけた時、彼だけは自分が投資し販路開拓もしていたAutowheelに乗って現地に向かったが、途中で事故を起こしてしまったという記録が残っている。原因については、触れられていない。―― このバーミンガム在の工場は結局、商品化に成功しないままに1914年に第一次大戦勃発後は軍需工場となり、弾薬の製造に転身した。戦後も従業員の繰り返しのストライキにより再建できず、結局、倒産してしまった。ドイルは、相当大きな損害を受けたにちがいない。(p.201、Photos Chronology chapter4 写真4でみる限り、当時としては有望な商品のようにもみえるが、不成功の原因はどこにあったのだろうか？)

第1部　コナンドイルの軌跡　第4章　ドイルが到達した心霊主義 —— 1912

—— 建築用自動彫刻品製造機。ドイルはこの事業に大きな期待をいだき、自ら会長に就任し、多額の個人資金を注ぎこんだが、肝心の注文が入らず2年後に倒産した。

—— ケント州での石炭採掘事業。同州の丘陵地帯に賦存が確認されている石炭層を開発して、同州をウエールズに匹敵する産炭地にする、という大事業計画に、ドイルも一口乗ってしまった。彼自身、相当な額の資金を注ぎこんだらしい。1913年のことだった。合理性のない事業展開を計って失敗したのだが、この事業の資金調達に関して、ドイルはきわめて楽観的な事業見通しをロンドンの新聞に寄稿して資金集めを計ったとして、たちまち批判を受けてしまった。ドイルは強弁してこの事業計画者のアッサー・バー氏を擁護したが、結果としては裏目に出してしまった。彼は多額の資金を失ったが、ユーモア感覚だけは失っていなかった ——「私は自分の目で石炭の存在を確かめるため、チョーク層を1,000フィートも降りていった。確かに石炭層のようにもみえたし、その他の石炭の性質を持っていたのかもしれない、いずれにせよ、一つだけ難点があった。それは不燃性ということだった。ある時、現地で株主たちを招いた晩餐会が催され、そこで産出された石炭を熱源として料理が用意されるはずだったが、結果としては、どこかその辺りで燃えそうなものを買いに走るという破目になってしまった」。

—— 投資家、投機家としてのドイルの戦果はこのように惨憺たるものであったが、「実業家」としては、有力な真鍮器具製造会社の "Besson's社" の会長を長年務めた他、自伝執筆時（1924年）現在も21年間にわたり、有名なカード用品会社、"Raphael Tuck & Co." の役員を務めていた。
　ドイルによれば「人間は世の中のあらゆる側面を知っておくべきである。私のように各種の商業行為に手を染めたことがない、というのは大きな機会を失っているということだ」ということで、自分の負けを素直に認めようとしない彼らしい台詞が残っている。

223

1914
（55歳）

第一次大戦とドイル ── 不確実性の時代の始まり

　振り返ってみれば、ジーンと結婚した1907年から第一次大戦の勃発した1914年頃までが、ドイルにとっては最も油ののった、充実した人生の時期だった。彼は、前妻のルイーズが病床に伏して以来失っていた「心身ともに満たされた家庭生活」を復活させることができた。二人の間にはデニスとエイドリアンと名付けられた二人の息子と、少し間をおいて可愛い女の子が生まれた。彼女には母親と同じジーンという名前が授けられた。妻のジーンは当時の典型的な貞淑な婦人というだけでなく、夫の仕事も積極的に支援し、社交術にも優れていることを示した。1902年にナイト（knight）の称号を与えられ、サー（Sir）と呼ばれるようになっていたドイルの世界はますます広がっていたので、美しい妻のジーンが持っていたこのような資質は、彼にとってはまことにありがたいものだった。ドイルにとって彼女はまたたく間に、良妻賢母であるだけでなく、彼の人生上のパートナーにもなっていった。申し分ない妻を得て、彼は大きな満足と共に、何年間か失っていた積極性と好奇心も取り戻すことができた。

　世間は、彼の書く物は何でも欲しがった。出版社はそのために、高価な値札を彼が生み出す作品につけることを躊躇しなかった。彼は「最も高値の作家」というレッテルを貼られた。エジンバラの苦学生時代、サウスシーでの貧乏医者時代は既に遠い過去のことになっていた。彼の正義感は、ジョージ・エダルジの冤罪を晴らすことに成功し、今度は返す刀でオスカー・スレーターという男の無実を証明するための努力に向けられた。

　創作意欲は相変わらず旺盛で、ホームズ物語を続けるかたわら、ドイルの関心は「演劇」の世界にも広がっていった。紙の上で表現される二次元の世界に較べて、三次元の立体的演劇の世界にドイルは強く魅せられていった。1909年に上演された「運命の炎」（"The Fires of Fate"）── 原作は"コロスコの悲劇"── が成功したのに気をよくしたドイルは、翌1910年春にロンドンのアデルフィ劇場を600ポンド／週で6ヶ月間借上げ、活劇場面の多いボク

第1部 コナンドイルの軌跡 第4章 ドイルが到達した心霊主義 —— 1914

シングをテーマにした「テムパレー屋敷」（"The House of Temperly"）——
原作は "ロドニー・ストーン" —— を上演した。「ボクシング・リングのメ
ロドラマ」と銘打って女性客にアピールしたが、ボクシングが野蛮なスポー
ツと思い込んでいる女性もまだ多く、成功しなかった。さらに追い打ちをか
けるように、国王エドワードⅦ世が5月6日に逝去され国民が喪に服したた
め、この興行は完全な失敗となった。あわてたドイルは急遽、「まだらのバン
ド」に切り換えることを決定し、早々の舞台稽古を終えて同劇場で6月4日
に初演したところ、今度は大当たりとなり、計346回の公演を重ねるという大
成功に終わり、ドイルは窮地を脱した。

　この時期、ドイル自身は順風満帆だったが、イギリスをめぐる国際情勢は
決して平穏ではなかった。最も危険な徴候は、新興国ドイツの挑戦だった。
プロイセンを中心とする領邦間の角逐の時代を経てドイツ帝国が成立したの
は、1871年のことだった。ヴィルヘルムⅠ世が皇帝に即位し、帝国憲法が発
布され、ビスマルクが帝国宰相に就任した。鉄血宰相と呼ばれた彼は、強力
な指導力を発揮して中央集権を進め、国力を高め、次第に欧州大陸内での政
治的な立場を強固なものにしていった。次にドイツが目指していたのは、一
衣帯水の位置にあるイギリスの攻略だった。この欧州大陸側の情勢変化に対
するイギリス側の反応は、鈍感だった。1815年にワーテルローの戦いでナポ
レオンを打倒して、当時のヨーロッパ、すなわち世界の覇者となったイギリ
スは、7つの海を支配する大帝国として、文字通りパックスブリタニカ（Pax
Britannica）（英国の支配による平和と繁栄の時代）を謳歌していた。
　しかしその時から既に100年ちかくを経過して、米国、ドイツなどの台頭
もありイギリスの一人勝ちの時代はゆるやかに終わりを告げようとしていた
にもかかわらず、当時の指導者たちは相変わらず泰平の夢をむさぼっていた。
新興国ドイツのめざましい躍進ぶりには気がついてはいたものの、それが英
国の繁栄にとって近い将来の脅威につながると予見する指導者・識者はほと
んどいなかった。それほど当時のイギリスは、大国としての条件 —— 卓越
した軍事力、経済力そして国際政治力 —— を備えた世界唯一の覇権国家で
あるという自信に満ち溢れていた。しかし、それが過信であったことに気が
つくのは、実は第一次大戦が勃発してからのことだった。

225

その意味では、ドイルは例外的な一人だった。

　ドイツは広い意味でのスポーツ競技に名を借りて敵情視察を試みようとした。スポーツが戦争目的にまで利用されるようになってきた、その匂いを敏感に嗅ぎとったのがドイルだった。1911年、当時のドイツ帝国の海軍を統括していたヘンリー公が主催した「ヘンリー公競技」自動車レースが、英国、ドイツにまたがって開催された。

　これは自動車のスピードでなく、耐久性や性能を競うもので、英国、ドイツそれぞれから50人が参加し、自分の車を1日平均150マイル走らせる。事故があったり故障があったりすると減点されるという形で、得点を競うもので、ドイツのホンブルグから出発して北ドイツを走り、船で英国のサウスハンプトンに着き、スコットランドのエジンバラまで北上し、別の道を通ってロンドンまで帰ってくる、というものであった。

　ドイルは、16馬力の小型ランドー型自動車にジーンを乗せてこの競技に参加したのだが、この競技には一つ妙な条件がついていた。それは、減点されるべき事故や故障をチェックするために、英国の士官がドイツの参加者の車に、ドイツの士官が英国人の車に同乗するという内容であった。

　ドイル夫妻も一人のドイツ士官を乗せてスタートしたが、英国内に入り、彼の動きを見るにつれ不快感がつのってきた。その士官は競技そのものには関心がなく、英国の地勢や住民の生活などの「偵察」に鋭い興味を持っていた。英国がドイツを攻める可能性を全く信じていなかったドイルは、同時にドイツが英国を攻めるなどはドイツの自殺行為に等しい、と考えていた。もしあるとすれば、ドイツがベルギーのような小国に手を出すくらいだろうというのが頭をかすめる予想だったが、ドイツが英国そのものを次の標的にしかねない、と感じさせるほどの、この「ヘンリー公競技」中のドイツ軍将校の態度は、ドイルに深い懸念と疑惑を与えた。

　この時以後、ドイルは「次の戦争」について、世間にアピールするようになった。彼は「フォトナイトリー・レヴュー誌」1913年2月号に、軍事評論「大英帝国と次の戦争」を発表して、ドイツが対英戦争に突入することを予言し、その戦争はナポレオンを敗退させて以来、常勝の夢に酔っている英国の軍幹部たちが経験したこともない新しいタイプの戦争になる可能性があることを示唆した。飛行機と潜水艦、特に後者が、英国に対して大きな打撃を与

第1部　コナンドイルの軌跡　第4章　ドイルが到達した心霊主義 ── 1914

1911年、「ヘンリー公競技」に参加したドイルと16馬力の小型ランドー型自動車。出発地のドイツ、ホンブルグにて

えるに違いないと予見したのである。

　ドイルは来たるべき対独戦争に備え、次の3点からなる緊急提言を公表した。(1) 輸入食料に高関税を課して国内生産を奨励し自給率を高める。(2) 潜水輸送艦を建造する。(3) 英・仏でドイツに対抗することを前提に、英仏海峡トンネルを建設する。

　この評論は一部の読者の真剣な関心を引き起こしたが、肝心の政府や軍部には無視された。大英帝国の国際政治力は卓抜していたし、その軍事力は世界一強力だとみなされていた。政府も軍部も、自分たちの能力に絶対の自信を持っていた。それに対して、ドイルは確かにペンの世界では一流かもしれないが、政治や軍事に関しては所詮素人に過ぎないのではないか、というのが大方の見方だった。

　ドイルは、自分の主張が否定されると、逆にますます燃えた。「ストランド誌」1914年7月号は大見出しで、「危険！英国の危機に関する物語」として、ドイルによる「某国の潜水艦長シリウスの航海日誌」という17頁にわたる力作を挿絵入りで掲載した。

　大英帝国から最後通告をつきつけられた欧州の某小国は、海軍力としては戦艦2隻、巡洋艦4隻、魚雷艇20隻、潜水艦8隻しか持っておらず、まさに戦

227

わずして降伏寸前であったが、潜水艦長シリウスの提案した作戦を受け入れて、徹底抗戦に切りかえた。彼の作戦とは、英国が海上封鎖をする前に、8隻の潜水艦は母港を離れて、ブリテン島の周辺に散開して、穀物とか食料品を英国に運ぶ輸送船、客船を船籍の如何を問わず無差別攻撃するというものであった。

このシリウス艦長の狙いは的中し、「ゲリラ攻撃」は至る所で功を奏した。必要とする食料の80％を輸入に依存していた大英帝国は、次第に悲鳴をあげはじめ、ついには和平交渉に入らざるを得なくなる —— というのが粗筋であるが、もともと戦闘場面の描写を得意とするドイルの筆は、ここでも生き生きとして読者に迫真力を与えた。

面白いのは、この作品の校正刷を読んだ「専門家」たちの見解が一緒に掲載されていることで、例えばドムヴィル提督は「最もありえないジュール・ヴェルヌ調のお話」とあっさり片づけているし、フィッツジェラルド提督は「文明国ならば無防備の商船を魚雷攻撃するなど考えられない」と一笑に付している。他のいわゆる軍事専門家たちも異口同音にドイルのアピールを冷笑していたが、しかしこの「ストランド誌」が巷で売られ始めた直後に、何が現実に起こったか。

8月4日に、ドイツはベルギーを攻撃。英国が参戦して、第一次大戦が欧州を主戦場として勃発した。翌1915年1月5日には、英国はドイツの海上封鎖を発表し、それに対抗して5月7日にドイツのUボートが英国商船ルシタニア号を沈没させ、多くの民間人が犠牲になった。ドイルの予感は、不幸にも的中した。

悲惨な戦争が勃発した。不確実性の時代の始まりだった。

> 第一次世界大戦においてこそ、長年にわたって確実だと思われてきたものが失われたのです。それまで、貴族や資本家は自分たちの地位に確信を抱き、社会主義者さえもゆるぎない信念をもっていました。二度とそういう確信は生まれませんでした。不確実性の時代がはじまったのです。第二次世界大戦はこの変化を持続させ、拡大し、裏付けました。社会的な観点からすれば、第二次世界大戦は第一次世界大戦の最後の戦いだったのです。・・・（中略）・・・1914年までに、軍事技術は小火器の面で大幅な進歩をとげました。それは、技術革新を行うの

に安あがりなうえ、やさしい分野だったのです。そこから生まれたの
は、将軍たちが苦労しながらも理解できるものでした。最も重要な成
果は、機関銃でした。機関銃を装備した二人の兵士は、ライフル銃を
もった100人の兵士に、いや場合によっては1,000人の兵士にも匹敵
しました。…（中略）…この無限の殺傷能力を支えたものは、限り
ある思考能力でした。兵器に即応した戦術を考えだすことは、当時の
軍人の能力をはるかに越えていました。世襲によってその地位につい
た将軍とその幕僚たちに考えられたのは、大砲の一斉射撃をしたあと
で、重い装備をつけた大勢の兵士を明るい太陽の光のもとでさらしも
のにしたまま敵の機関銃に向けて前進させ、うまくいかなければ砲撃
の規模とくりだす兵員の数をさらに増やすという程度のことでした。
（ジョン・K・ガルブレイス 著『不確実性の時代 上』斎藤精一郎 訳
講談社文庫）

　戦争は、人間を「狂気」に駆りたてた。殺すか、殺されるかの択一を迫られ
た人たちの頭の中からは、健全な常識や思考能力、判断力が消去されていっ
た。その空白の中に、戦争指導者たちの、批判を許さない戦争遂行のプロパ
ガンダが繰り返し刷り込まれていった。手段を問わない殺し合いのリアルな
戦争を、戦争ごっこの延長線上に位置付けて戦争を鼓舞する浅はかな連中が
「愛国者」として祭り上げられる雰囲気が広がっていった。この状況は、第二
次大戦中の私たちの体験とも重なる。
　短期決戦でケリがつくと多寡をくくっていたイギリス（ドイルもその一人
だった）は、フランダースでの緒戦で大敗した。軍部だけでなく、一般市民
の間にも驚きと動揺が広がっていった。続く戦いでも、周到な準備を重ねた
ドイツ軍の前に、イギリス軍は敗退を余儀なくされた。

　多くの人が死んでいった。そのほとんどの人は、この戦争の本質も、意義も
知らなかっただろう。ドイルも、母国のために無条件的に戦おうとする「愛
国者」の一人だった。彼の思想は単純明快であり、それ故に簡単に「お山の
大将」として祭り上げられた。
　ドイルは、ナポレオンを破って以来100年にわたる大平和の時代に、安眠を
むさぼっていた軍の指導者たちに対し、潜水艦攻撃の脅威や、兵士の武装の

改善の必要などを訴えていたが、戦争の専門家たちは耳を貸さなかった。彼は中世騎士物語の作者としては評価が高いかもしれないが、軍人でもないし実際の戦闘経験もない一市民にすぎないというのが、専門家たちの受け止め方だった。

このように、いわば軍の指導者たちからは無視されながらも、ドイルは一旦戦争が始まるや、誰にもひけをとらない「愛国者」として率先して軍部に協力しようとした。彼の住んでいたクロウバラの平和な田園にも、戦争の臭いが急に濃くなった。住民たちは、自分たちも母国のために何かしなければと騒ぐようになった。

ドイルはこの空気を察して、早速に「義勇軍」を組織したが、それは英国の中での一番乗りになった。この義勇軍構想にはしばらくして政府も乗り出して、再編制の上、「第6ロイヤル・サセックス義勇兵連隊クロウバラ中隊」と改組されたが、ドイルは55歳の身で一兵卒として参加し、戦争が終わってこの義勇兵連隊が解散されるまで、あらゆる訓練に参加した。

英国政府は彼の名声と文筆の力を大いに利用しようとして、戦争の最前線の視察を依頼してその従軍記を書かせたり、他にも雑多な要求や依頼をしたが、そのすべてにドイルは快く応じた。

戦争が始まる前は政府と論争したり、妨害や中傷を受けたり、嫌な思いもさせられたが、一旦戦争が開始されたらリーダーの指示を絶対として、それに従い勝負に勝つ —— これが戦争、試合、ゲームすべてに通じるスポーツマンシップである、とドイルは信じて疑わなかった。特にそれが自分の母国のための戦いであるならば、何を疑う余地があるだろう。男は戦うことを恐れてはならない。それが、母親からたたきこまれたドイルの精神のバックボーンであった。

だから、彼の前線視察は評判が良かった。イギリス軍戦線、イタリア軍戦線、フランス軍戦線、そして後にはオーストラリア軍戦線、至るところでドイルは歓迎され、得意の演説で、将軍や兵士たちの士気を鼓舞し、帰国後は臨場感あふれる従軍記を書いて、同胞たちに、兵士たちがいかに勇敢に戦っているかを報告した。

230

第一次大戦中の心霊主義の広がり

　しかし、その間に戦争の死神の手はドイルの周辺にも近づいていた。神々の王ウォータンの娘たち（ワルキューレ）は、次々に彼のまわりから友人たちを運び去っていった。妻ジーンの弟マルコム・レッキーが戦死した。ジーンの女友達でドイル一家と同居していたリリー・ローダ＝シモンズの３人の兄弟が次々に戦死した。ドイルの妹コニーとウィリアム・ホーナングの間に生まれた一人息子のオスカー・ホーナングも戦死した。ドイルの妹ロティの夫、レスリー・オルダレ大尉も戦死した。

　この世に残された妻、恋人、家族、友人、知人、誰もがこのような突然の悲報に嘆き悲しみ、絶望し、そしてなお諦めきれないでいた。

　このような状況にあって、死者と語りあうことができる、死者の声が聞ける、という「霊的交信」に対する世間の関心が非常に強くなってきたのは無理もないことだった。ドイルも以前からこの種のことに深い関心を持ち、研究を重ねてきていたが、いまやそれが自分やごく一部の人たちだけに重要なことではなくて、数多くの人々が求めている「切実なこと」だと気がつくようになった。もう一度あの人と話をしたいという心の底からの願いが、死者との交信を可能にするという霊媒活動を盛んにした。ドイルも同じ気持ちだった。彼は、「もし『人間にとって死がすべての終わりだ』というなら、人間の一生は虚しいものだ。なぜなら、その人の持っていた理想、希望、実績、願望、神の御心にかなおうとする職業精神、それらすべてが死とともに消滅してしまうからだ」と書き記した。

　リリー・ローダ＝シモンズは、相当以前から、霊的世界からのメッセージを自動筆記する能力を持っていた。彼女は神経質な女性であったが、ドイルが観察するに、時として何かの力が彼女の手を支配して、死者からのメッセージなるものを書かせるのだった。彼女は３人の兄弟と友人のマルコム・レッキーを失ったが、それ以降のメッセージはこれらの人たちから送られてくるものと思われ、ある時は非常に正確に戦場の状況を記していたし、またある時は全く不正確なものもあった。ドイルはしかし、この自動筆記能力を本気

で信じていなかった。

「この種の能力というものは、まず疑ってかかるべきだ。彼女が無意識のうちに自分自身というものをそこに演出しているかもしれないからだ」とドイルは語った。

しかしある日、驚いたことには、ドイル自身がある霊媒を通して死者からのメッセージを受け取った。それは義弟のマルコム・レッキーからだった。死者からのメッセージの内容については、その時にはドイルは他言しなかったが、彼はこれによって、自分が長年探し求めていた心霊主義の「確信」に明らかに到達したのだった。

Episode 12	ドイルと演劇

　筆一本で紙の上にホームズ、ジェラール准将をはじめとした多くの人物を創出（クリエート）していたドイルは、当然のことながら紙という二次元の世界での読者相手の表現だけで満足せず、三次元（立体）で生身の人間が観客にアピールできる演劇の世界にも深い関心を持っていた。彼は自分の作品（特に短編物）が人物描写に優れ、またアクション的要素も充分持っていると自覚していたので、一般大衆向の演劇に向いているし、原作が短編なので脚本もつくり易いはずだと思っていた。

　彼の最初の試みは、「ブラック・アンド・ホワイト誌」の1891年3月21日号に掲載した「1815年の落後兵（A Straggler of '15）」という、ナポレオンを相手にウォータールーで戦った一人のイギリス軍下士官の晩年の物語で、親しくなっていた劇作家ジェームズ・バリー（James Barrie、有名な「ピーター・パン」の生みの親）に勧められて一幕物の戯曲に書き直して1892年早々に名優ヘンリー・アーヴィング（Henry Irving）に送った。彼は即座にこの作品の持つユーモアとペーソスが自分の演技にぴったりはまると判断し、1892年3月7日には100ポンドで全権利を買取りタイトルを「ウォータールー物語」（後に「ウォータールー」に縮められた）と改めた。1894年9月21日、ブリストルのプリンセス劇場で初演、大成功を収め、批評家用にロン

第1部　コナンドイルの軌跡　第4章　ドイルが到達した心霊主義 —— 1914

ドンから特別列車が仕立てられたほどだった。

　次はアメリカ人の名優ウィリアム・ジレット（William Gillet）が1898年5月にドイルを訪問、二人は意気投合した。ジレットはホームズがライヘンバッハの滝壺に消滅した後も人気が衰えていないことに着目しており、秘かに自分が主演する機会を狙っていたらしい。翌年5月、ジレットは再度ドイルを訪問し、自分の意向を伝えたところ、彼は快諾。ここで、ジレットのホームズが誕生することになった。

　初演は1899年10月23日にニューヨーク州バッファローのスター劇場で、続いて11月6日にはニューヨーク市のギャリック劇場で初公演され、大当たりとなった。同地での公演は236回にのぼり、やっと1900年6月16日に幕を引いた。ジレットのホームズ役は33年間続いた。（出演1,300回以上）。引き続きロンドンでもライシアム劇場で1900年9月9日から1902年4月11日まで216回の公演が行われた。また、1905年にはロンドンで再演されたが、この時はチャーリー・チャップリンがホームズの別働隊（ベーカー街不正規隊＝The Baker Street Irregulars）の浮浪児ビリーの役を演じた。

　演劇に対するドイルの関心は、ますます高まっていった。1906年5月にはロンドンのリリック劇場で「ジェラール准将」物が登場したが、あまりにドタバタ的要素が強かったのと、妻ルイーズが最期にさしかかっていたのでドイル自身の気持ちも入らず、うやむやな結果に終わってしまった。

　また1910年春にはロンドンのアデルフィ劇場を600ポンド／週で借り上げ、念願のボクシング物（「Rodney Stone」の舞台版）を上演したが、女性客に受けず失敗。それに追い打ちをかけるようにエドワード7世が逝去され国民が喪に服したため、損失拡大を恐れ撤収した。

　しかしドイルは起死回生を計るべく同年6月4日から不充分な準備のまま「まだらのバンド」を上演したところ、今度は大当たりで最終的には合計346回のロングランとなった。

　これがドイルのドラマの最後になった。

1916
(57歳)

心霊主義者ドイルの「確信」表明

　第一次大戦は英国側の当初の予想を裏切り、長期化すると共に犠牲者の数も急増していった。愛する夫や兄弟や友人、知人たちを突然に戦場で失った人たちの間には、死者ともう一度交信したいという切なる願いが広がっていった。霊媒を通してそれが可能であると唱える心霊主義に対する関心が高まっていったのも、当時の異常な状態では無理からぬことだった。

　ドイルも例外ではなかった。彼の周囲でも、戦死者が増えていった。彼は心霊主義の持つ可能性について、すなわち霊媒を通して死者のメッセージを自動筆記できる能力を持つ人たちを通して、生者と死者が交信できるということについて繰り返し考え抜いた。そして一つの結論に達したドイルは、ついにロンドン心霊主義者同盟（London Spiritualist Alliance）の機関誌「ライト（光）」の1916年10月21日号に寄稿し、死者との交信を信じることを声明した。彼はこう言った。

　「二つの考え方がある。一つは、それは全くの狂気だと考えることであり、もう一つは宗教思想の革命であると考えることである。その革命は、我々にとって親しかった人たちがヴェールの背後を通り過ぎる時に、我々に無限の安らぎを与えてくれるものである」。

　なお、長男キングズレイの死がドイルを心霊主義者にしたと言われることがあるが、キングズレイの死は1918年10月28日であるので、ドイルの心霊主義確信表明はそれ以前に行われたことになる。

　当代一流の名士であり知識人とみなされていたドイルの、この突然の心霊主義確信の声明は、世間を驚かせただけでなく、友人、知人たちにも彼の真意について、さまざまな憶測や、なかには不信の念を抱かせた。しかし、ドイルにとっては、これは決して「突然」のことではなかった。そもそも彼の中には、エメラルドの島と讃えられたアイルランドで生まれ育った先祖の血が脈々と流れていた。そこでは人々は、深い緑の中でさまざまな動物たちや、また彼らが長い間かかって実在のイメージをつくり上げてきた妖精たちと隣り合わせに共生していた。多くの人は妖精たちをこの目で「見た」し、彼らの

第1部　コナンドイルの軌跡　第4章　ドイルが到達した心霊主義──1916

姿を「描き」さえもした。人間の力の及ばない世界があることを彼らは肌で知っていた。この先住民族であるケルト人社会の信仰は、汎神論的なドルイド教であったので、彼らのケルト神話には多くの妖精が登場する。この古代信仰は、5世紀に入り、この島を訪れ精力的に布教活動を行った聖パトリックと、その後継者たちによるキリスト教化により歴史の舞台からは姿を消すが、妖精たちは人々の心の中に生き残り、語りつがれていった。同様にケルト文化もキリスト教文化とゆっくりと融合して、今日でも見られるような独特のアイルランド的文化、芸術をつくり上げているが、それはひと口で言えば抽象的、幻想的な特徴を持っている。

　キリスト教化されたケルト人のこのような楽園の歴史は、しかし、1171年に英国王ヘンリーⅡ世が力ずくでこの島を併合してからは、美しく、豊かな自然とは裏腹の、血なまぐさい圧制と抵抗の歴史へと変わっていった。ヘンリーⅡ世に従ったノルマンの貴族、郷士、軍人たちはケルト人から奪い取った土地を授封され、アイルランドの大地主になっていった。わずか数ヵ年の間にノルマンの勢力は島内全土に広がり、その土地の半分以上を支配したといわれる。残りは英国の支配に友好的に対応したケルト人の下王（low king）たちに再授封という形で与えられた。そして徐々にではあるが、ケルト人の諸王たちとノルマン貴族たちの間に婚姻関係が進み、今日でいうアイルランド人の支配階級の原型ができ上がっていった。しかし、英国におけるヘンリーⅧ世の宗教改革による英国国教会の成立は、この島にも大きな影響を与えずにはおかなかった。1536年にダブリン議会は修道院を解散してその財産を没収することを決議し、その翌年にはヘンリーⅧ世の国王至上権を承認せざるをえなかった。イングランドと同じことが、アイルランドでも起こったのである。このカトリック弾圧は、さらにエリザベスⅠ世によってより徹底されたが、アイルランド人のカトリック信仰はそれが故に、ますます強固なものとなっていった。

　ドイル一族はノルマンの血を引くダブリン近郊の郷士の家柄であり、代々敬虔にして熱烈なカトリック教徒であった。支配者である英国王からの締めつけが強まり一族の生活が苦しくなるなか、1821年に当主のジョン・ドイルは先祖伝来の地を捨てロンドンに移住するが、その信仰心に変わりはなかった。少しずつ暮らし向きは良くなっていき、ドイルの父チャールズ、そして

ドイルも熱心なカトリック信仰の環境下に育った。一族は「鉄（信仰）を熱いうちに打つ」ために、ドイルをエジンバラの自宅から遠く離れたイエズス会運営の全寮制学校に送り込んだが、ドイルは、カトリックの教義そのものというよりは、カトリック教育のドグマ的で厳格なスタイルになじまなかったらしく、結果として「カトリック嫌い」のままエジンバラ大学の医学部に入学し、物質主義者と自認するようになった。一方それと併行して、神秘的なことや、合理的に説明できないことにも強い関心を持つようになった。

　そうは言っても、学生時代にはアルバイトと勉強に明け暮れていたドイルにとっては、神秘的なもの、オカルト的なことには関心は持っていても、それに深く首を突っ込むほどの時間的、経済的余裕はなかった。彼が本格的に心霊主義的なことに関心を抱いたのは、ポーツマスの近郊で開業医になってからで、知己を得たドレイスンという退役軍人で心霊主義を研究していた人の手引きで、生まれて初めて「交霊会」に参加した。1883年のことだった。その前年には、ケンブリッジ大学の有名な学者たちが、科学的、客観的な態度で「超常現象」を解明するための"心霊研究協会"（Society of Psychical Research）を結成していた。ドイルのこの分野への関心は広がっていった。この流れの一部なのかどうか、ドイルはフリーメイスンにも興味を持ったらしく、1887年には地元のポーツマスにあったフェニックス・ロッジNO.257に入会したが、2年後に退会。しかし1902年には、サセックスのハインドヘッド・ロッジに入会した。そこでは終生にわたり会員だったらしく、1930年7月の彼の葬儀に際しては、サセックス、ケント、ハンプシャー、サリー、ロンドン、エジンバラの各ロッジから花束が届けられたとの記録が残っている。また同じ1887年には霊媒をかこむ研究実験会に参加し、その時の霊媒の言葉が的中したのに大いに驚いた。

　そしてついに1893年に、ドイルは心霊研究協会に入会した。この年の10月に父親のチャールズが逝去しており、この関係もあって、父の死の3週間後に入会申込書を送ったとする11月入会説と、その前の2月入会説がある。この時点でのドイルは、心霊主義に急速に確信を深めた、ということでなく、会員になることで協会の所蔵している膨大な文献、資料の類にアクセスできるという研究家的な動機も強かった。

　超常現象に対する関心は、ある特定の事象に関する体験や好奇心がきっか

第1部　コナン ドイルの軌跡　第4章　ドイルが到達した心霊主義── 1916

けになることが多いが、ドイルの場合には彼の血筋、環境などをベースとして、彼が明確に意識しない形で、かなり自然に長い時間をかけて心霊主義に対する真剣な関心が醸成されていったと推測される。

　英国民が戦争パニック状態に陥っていた最中の、1916年におけるドイルのこの精神的再生を、彼は単に自分自身だけのことに留めておかなかった。2年後に書いた『新しい啓示』の中で、彼はこのように当時のことを述べている。

　「世界中が苦しみもがいている中で、我々は毎日のように、まだ人生の花の蕾の時期に戦場で散っていった若者たちのことを耳にしている。自分の夫が、息子がこの世を去ったのがいまだに半信半疑でいるという妻や母親たちが大勢いる。私はそれらを耳にし、目にするうちに、自分はこれまで長い間、いわば現在の科学の法則では説明できない力の存在というものを研究していたと思っていたのが、突然、実はもっと途方もなく驚異的なこと、現世と次の世界の間の壁を打ち破ることにつながっていたのだということを自覚した。疑うべからざる霊的世界からの直接の交信、それは現在のような苦悩に満ちた状況において、人類に希望と導きとを与えるものであることを知った」。

　時にドイルは57歳に達していたが、持ち前の行動力と筆の力で精力的に動き始めた。翌1917年には、ドイルは心霊主義普及のための講演旅行を開始した。1918年には、前述した『新しい啓示』と題する170頁の本を出版した。この年の11月11日、第一次大戦は終了した。しかし人々が失った大切なものは、二度と戻ってこなかった。

　戦争はすべての人間を狂気に駆りたてる。それまではどんなに冷静な議論をしていた人も、一旦戦争が始まれば否応なしに、国家の怒号の命じるままに行動せざるを得ないのだ。しかし少なくとも文明国では、以前からそうであったわけではない。第一次大戦を境にして、明らかに戦争の本質は変わった。「合戦」から「全面戦争」への変化である。
　第一次大戦勃発後のちょうど100年目に当たった2014年、世界では多くの分析、反省、さらにはこれから100年間とはいわないまでも、今後予想される戦争の可能性、規模や人類に与える悲惨さの度合について、いろいろな分

237

析が行われ、警鐘が鳴らされた。

　現代の戦争は、勝つか負けるか、殺すか殺されるかの択一ゲームだから、勝つため、相手を殺すために、ありとあらゆる道具と技術と戦法が用意される。100年前の第一次大戦では、それまでには考えられなかった新しい兵器が登場した。戦車、飛行機、潜水艦、そして毒ガスまでが戦場で使用された。膨大な人員、物資補給のために、鉄道は大量迅速な輸送技術を開発していった。そして4年間にわたる戦争継続期間に、約900万人の尊い命が犠牲になった。この第一次大戦勃発直前の当時の人々の心理を、「ザ・エコノミスト誌」2013年12月21日付のクリスマス増刊号の社説「苦悩に満ちて回顧する」はこのように表現した。

　「100年前、新しい年を迎える頃の西欧諸国の多くの人々は、1914年を楽観的な気分に浸って期待をこめて迎えようとしていた。1815年のワーテルローの戦いから今日までの100年間が全く平穏無事であった、というわけではなかったが、── 米国では悲惨な南北戦争が起こったし、アジアでも地域的紛争があった。普仏戦争もあったし、時々は植民地での悲惨な状況が発生した ── しかし欧州大陸においてはこの期間、平和状態が保たれていた。グローバル化と新技術 ── 電話、蒸気船、鉄道 ── が世界を一つに結びつけていた。 ── それでも世界はそれから1年もたたないうちに、それまで経験したことのないような悲惨な戦争に巻き込まれてしまった。技術は人間に自由を与える友人から、恐るべき規模の大きさをもって人間に暴力をふるい、人間を殺害し、そして人間を奴隷化する存在になっていった。

　100年前、世界にこのような災厄をもたらした元凶はドイツであった。この国は欧州で支配的立場を確立するために必要な戦争の口実を求めていたのだった。しかし、そういった危険の存在にあえて気づこうとしない、その他の国々の自己満足感も責めるべきであった。英国とドイツは共に米国に次ぐ第二の貿易相手国であり、この両国が衝突を起こすような経済論理性はないのだから戦争は起こらない、と信じている人がロンドンでもパリでも、その他の場所でも、あまりにも多くいたということでもあった。……人間は自らのあやまちから教訓を汲みとることができる……世界の安全をもはや保証できない落目の超大国が100年前の英国であったとすれば、現代のそれは米国である。米国の主要取引パートナーである中国は当時のドイツの役柄であり、

238

熱情的な怒りの国民感情を持ち、急速に軍事力を増強している新しい経済大国である。現在の日本はフランスに擬せられる。後退する覇権主義の同盟国であり、地域内でも凋落しつつある国である。……1914年と現在に共通する最も懸念すべき類似性は、繰り返しになるが『危険の存在にあえて気づこうとしない自己満足感』である」。

　こういう時にこそ、「死者は死んでいない」と人々に伝えることが、一人の人間としての義務であるとドイルは確信していた。
　ドイルは生来体力に恵まれていたことと、母親のしつけの影響で、尚武的な性格を持っていたが、人々を扇動して戦争を仕掛けるような戦争挑発人ではなかった。現実にも、彼はそのような影響力を直接にも間接にも持ちあわせていなかった。彼はホームズ物語で成功した大衆小説家として —— 彼自身にとっては遺憾なことながら —— 世間に受け入れられているだけであって、それ以上の期待を持たれてはいなかった。
　ドイルは、しかし「売られた喧嘩は買う」ことには何のためらいも感じなかった。それが男というものであり、やる以上は当然勝つべきであった。しかし喧嘩でもなんでもルールはあるべきだ、というのがスポーツマンとしての彼の信条でもあった。ルールに基づいて争い、勝者には栄光が、敗者にも同情が与えられなければならない、それがドイルの正義感の根底であった。
　ドイルは戦争の本質は何であるか、というところまでさかのぼって考える思想家ではなかった。彼はヴィクトリア時代的感覚でのヒューマニストであったが、階級社会におけるヒューマニズムにはそれなりの限界があった。

　ドイルの心霊主義に対する確信は、ますます深まっていった。「心霊主義の重要性を認識した瞬間から、そして、もしこのことが人々の心の底から受け入れられた時に、世界のすべての思想がいかに完全に変えられてしまうかについて悟った時、私はこれまでやってきた仕事などは全くとるに足らないことだと感じた」とドイルは述べている。
　先妻のルイーズとの間に生まれた長男のキングズレイは、1916年7月のソンムの戦いで負傷した。彼は二度と戦列に復帰できないまま軍役中にインフルエンザにかかり、その後遺症で1918年10月28日、終戦の報を聞く直前にこの世を去った。まだ25歳だった。娘のメアリからキングズレイ危篤の知らせを

聞いた父親のドイルは、目をしばたたかせたが、ロンドンの息子のアパートにではなく、鉄道の駅に向かった。彼はその日、英国中部のノッティンガムで開催される心霊主義の会合で講演するために、汽車にとび乗らねばならなかったのだ。

「キングズレイはそうしてくれと言うだろうし、また、その方がよいのだ」とドイルはぽつりと洩らした。心霊主義の啓発者として、自分のすべてを投げだしていたのだった。

講演中に息子の死を知らされた時、彼は

"He had survived the grave."（「彼は現世の死を乗り越えたのです」）

と聴衆に語りかけた、と伝えられている。

「もし私が心霊主義者でなかったら」と、後にドイルは書いた。「私はとてもその晩、講演などできなかっただろう。しかし、私は心霊主義者であったが故に、まっすぐに演壇にのぼり、聴衆に対し、私は今、自分の息子がこの世での死をのりこえて次の世界に旅立ったことを知りました。だから何も心配することはないのです、と語ることができたのです」。

「心霊」を世に広めた「ハイズヴィル事件」

心霊主義に対する評価は別として、この世界のことについて触れる時に避けて通れない一つの事件について、簡単に記しておきたい。それは有名な「ハイズヴィル事件」である。

19世紀に入ると、中世の人たちの精神生活に大きな影響を与えていた魔女狩りの時代は既に過去のものとなり、博物と科学が時代のキーワードになっていたが、庶民たちの生活の中では、やはり超常的なこと —— 死霊を呼び出す能力、手をふれずに物体を動かす能力、遠く離れた場所で起こっていることを知覚する能力、病いを治癒する能力、未来を予言する能力といったもの —— を恐れ、そういう能力を持つと思われる者を異端視する風潮が簡単に消えたわけではない。超能力者たちもじっと息をひそめて、誰にも知られぬように身をひそめていた。しかし、1848年3月末に米国のニューヨーク州の片田舎で起こった「ハイズヴィル事件」は、いわゆる心霊現象といわれるものを、好むと好まざるとにかかわらず表にさらけ出してしまった。ドイルの

第1部 コナンドイルの軌跡 第4章 ドイルが到達した心霊主義 —— 1916

大著『心霊主義の歴史』（1926年刊行）から引用すると ——

「ナイヤガラの滝に近いロチェスターの近郊に、ハイズヴィルという寒村があった。そこにフォックス夫妻と二人の娘、14歳のマーガレットと11歳のケイトが粗末な木造の家に住んで農業に携わっていた。彼らが前年の12月に移り住んできたこの家には、以前から妙な噂がたっていたが、一家はそんな噂を気にもかけなかったし、事実、翌1848年3月中旬頃までは特に気にかかる物音もしなかった。しかし、その頃からドアをノックする音がしたり、家具を動かすような音が起こったりするようになった。

フォックス一家も妙な音に気づくようになり、いろいろ調べてみたが、原因は全くわからなかった。しかし、月末にかけてこの怪しい物音はだんだん激しくなり、とうとう3月30日にはこの家の至るところから物音が聞こえるようになった。

フォックス夫妻は特に音のひどい入口のドアを調べようと、夫はドアの外に立ち、妻は内側に立ってみたが、付近には勿論誰もおらず、音はドアそのものから発せられていることがわかった。何かこの家には、さまよっている霊でもとりついているに違いない、そういう話は前にも聞いたことがある、と自分たちを納得させた一家は、とにかく連日の睡眠不足を解消しようということで、翌31日は、まだ暗くなるかならないかのうちに床についた。

うとうとしはじめた頃に、この夜もまた、ドアをたたく音がして一家は目を覚ました。怖いもの知らずの娘たちは、ドアをたたく音にあわせて面白半分に指を鳴らし始めたが、そのうちに年下のケイトが、『お化けさん。私のやるとおりにやってごらん』と言って、手を何回かたたいた。すると驚いたことに、ドアの音も同じ回数だけ鳴ったのだ。次に姉のマーガレットが、『今度は私の言うとおりにしてみて。1、2、3、4と数えるのよ』と言って、その数だけポンポンとたたいた。また驚いたことに、ドアは同じ数だけ鳴りかえした。

マーガレットは急に怖くなったが、妹のケイトはあどけなくこう言った。『ねえ、お母さん、何だかわかったわよ。明日はエイプリル・フールだから、誰かがいたずらしているのよ』。

しかし、誰かのいたずらではなかった。今度は母親が娘たちの年齢をノックの数で答えなさいと言うと、ドアの音は正しく数をあてた。

241

やがて母親とドアとの間では、こんな会話が始まった。

母親『私の質問にそんなに正確に答えられるあんたは人間かい』

音　『……』

母親『霊かい。もしそうなら二つノックしなさい』

音　『ドン、ドン』

母親『もし、傷ついた霊なら二つノックしなさい』

音　『ドン、ドン』

家全体がふるえるような音だった。

母親『この家で傷つけられたのかい』

音　『ドン、ドン』

　こういったやりとりが続いて、この霊は31歳の男性で、この家で殺され、死体は地下室に埋められていることがわかった。それから大騒ぎになった。近所の人たちが集められ、この実験が繰り返されて本物とわかると、早速自発的に"調査委員会"が結成された。

　この話は米国中に広まり、各種の公式、非公式の調査やら尋問が開始された。そしてその過程で、これはどうやらマーガレットとケイトの二人の娘が（本人たちは勿論自覚していなかったが）霊媒の能力を持っているためにこのような現象が起こったのではないか、という結論に傾いていった。二人に対してさまざまなテストが繰り返されたが、彼女たちにとって好意的でないものがほとんどだった」。

　ひと昔前ならば、彼女たちには「魔女」の烙印が押されていたかもしれない。二人はこの事件のために一躍有名になったが、その後の人生は必ずしも幸せなものではなかった。

　一方、死体の方は、その直後に地下室を掘り下げてみたが、地下水が出て、作業は一旦中断、またその年の夏に再開されて、地下５フィートのあたりで人間の毛髪と骨が何本か出てきたが、それだけだった。

　しかし、話の方はまだ終わらない。それから56年ほどたった1904年の11月に、当時は「お化け屋敷」と呼ばれていたこのフォックス家の廃屋の地下室で遊んでいた近所の子供たちが、地下室の床ではなくて壁の中に埋められた死体を発見した。そして、行商人だったその男の持ち物と思われる金属製のトランクも見つかった。さらに、当時その家に住んでいたベル夫妻の通い女中

をしていた女性の証言も出てきて、この哀れな男は数百ドルの所持金を狙われて、ベル夫妻に殺され、一旦地下室の床下に埋められたが、その後もっと安全と思われる壁に埋めなおされたらしいことがわかった。死体を引きずった時に毛髪と骨の一部が床下に残ったのかもしれない。

このハイズヴィル事件は「霊的現象」とか「霊媒」の存在を、期せずして一挙に世に押し出してしまった。

まるでパンドラの箱をひっくり返したように、世間は沸きたった。それまで沈黙を守っていた超能力者たちが、次々と名のり出るようになった。心霊研究をする人たちは、この1848年をもって、近代的な意味での心霊学の元年としている。

ドイルは同書の中で、こう悲憤慷慨している。

「心霊現象の存在はこれまで多くの人々によって確認されているにもかかわらず、既成の秩序 —— 科学者、マスコミ、教会権力といった —— はそれを認めようとしない。

自称科学者たちは、そのようなことは科学という学問の対象とするわけにはいかない、といって科学的な調査をすることを拒否している。

マスコミはセンセイショナルな形で取り上げはするが、その態度は冷笑的であり、からかい半分であり、全く不真面目なものである。

教会権力はやっきになってそういう超能力者たちを「改宗」させるか、さもなくば異端扱いしようとしている。

しかし初期のキリスト教徒が示した数々の「奇蹟」は、それではどう科学的に説明できるのか。

一方では自称超能力者たちによるインチキ、ペテンの類もあり、自分もそれにひっかかった経験もある。だから心霊現象がうさんくさい目でみられることもやむを得ない面がある。それは理解できるが、しかし、学問も充分与えられず、知識や教養のレベルの低い大衆がそう思うのはともかく、教育も充分受け、科学的合理精神をしっかりと身につけたはずの社会のエリートたちまでが、この真に重要な問題を避けて通ろうとする態度は許し難い」。

ドイルは自らの確信に従って、筆の力と持ち前の説得力を精力的に駆使して、著作に、講演にその晩年を捧げることになるのだが、世間も、友人、知

人たちも、その彼の活動を温かい目で見守ることは例外は別として、なかった。特に守旧的な考え方の人たちにとって、心霊主義は依然として「異端」のままだった。彼らのドイルに対する不信感はつのっていった。多くの友人、知人たちが、彼のもとを去っていった。しかしそうであればあるほど、彼の確信は深まっていった。

「次の世界」は存在する —— ドイルの心霊主義

「心霊主義（Spiritualism）」とは何か。—— まず『オックスフォード英語辞典』（"Oxford English Dictionary"）によると、「死者の霊が生者と交信できる」とする確信（belief）—— とある。また、第一次大戦中の1910年代においては、一部の人には、新キリスト教派（neo-Christian cult）と呼ばれていた。『研究社大英和辞典』によると、「その時代の主要な思想、哲学（たとえば18世紀の啓蒙主義）によって新しく解釈されたキリスト教」とある。キリスト教の復活思想からみても、心霊主義はキリスト教と対立する概念ではないようにもみえるが、キリスト教側は心霊主義を現在では「異端」までとは言わないまでも「異質」な考え方とみなしている。その理由の一つは、恐らく心霊主義の定義が固まっていないことと、心霊現象はより広義の超常現象（paranormal）の中に包摂されるので、どこまでをキリスト教が取り込めるのかわからないという点にある、とする解釈もあるようだ。

さらに付け加えれば、心霊主義者たちは、自分自身が体験した、また見聞した「心霊現象」を出発点とした考え方を展開するので、その主張は心霊現象そのものと同じく千差万別であり集約できない。したがってこれから説明することも、あくまでもドイルが体験し、見聞し、研究した結果として到達した彼の心霊主義（spiritualism）ということである。

その時々の科学水準では合理的な説明ができない「超常現象」は、当然、歴史をさかのぼるほど多かったはずである。21世紀の今日でも、超常現象のすべてが科学的に説明できているわけでもない（例えばテレパシー）。そうなると、100年以上前にこの心霊現象に正面から取り組んだドイルの心の軌跡をたどることも、大きな現代的な意義があると考えられる。

第1部　コナンドイルの軌跡　第4章　ドイルが到達した心霊主義 ── 1916

　ドイルはロンドン心霊主義者同盟の機関誌「ライト（光）」の1916年10月21日号に寄稿し、「自分は死者との交霊を信じる」と公表した。世間は彼のこの「転向」に驚いたが、ドイル自身からみれば自分の30年来の心霊研究の帰結であって、決して突発的な精神的転向ではなかった。つまり、彼は30年以上の長期間にわたる彼自身の流儀による研究、調査、実験立会いなどの結果として、この頃には既に心霊主義をほぼ確信していたのだが、一つだけこの思想系列の完成上欠けているもの ── ミッシング・リンク（Missing Link）── があった。それは他ならぬ、自分自身による霊的体験であった。彼自身の科学的合理思考によれば、傍証はいくら知っていても、自分自身による自分自身に関する霊的体験から得られるものこそが「確証」であり、それが得られない限り、彼自身の心霊主義の環（link）は完成しないのだった。

　ドイルは、1916年にある霊媒を通して、義弟のマルコム・レッキーからのメッセージを受け取った。その体験は、ドイルの心霊主義者としての確信を決定づけるものとなった。その2年後の1918年に刊行した『新しい啓示』の中で、自身の筆でその時の状況を次のように述べた。

　「私の体験を一つ紹介すると、その女性の霊媒は私の家で亡くなった婦人の名前を正確に述べただけでなく、彼女ならではの伝言をいくつか伝えてくれたし、我々が飼っていた2匹の犬についても語った。そして最後に、一人の若い士官が金貨をかかげているが、彼が誰であるかわかるだろう、と霊媒は言った。それは私の義弟で、軍医だったが現下の大戦中に戦死していたのだった。私はかつて彼に、初診の記念だと言って裏にトランプのスペード型の楯が刻んである一枚の古い金貨を渡したことがあったのだが、彼はそれを記念として、時計鎖につけていつも持ち歩いていた。このことを知っているのは、彼と自分自身と、2、3の身近な人たちだけのはずだった」。

　超常現象に対する人間の関心は遠い昔から続いていたのだが、その中から心霊現象を取上げて、科学的に解明しようとする動きが19世紀後半に起こった。中心になったのは、イギリスのケンブリッジ、オックスフォードの二大学の教授と学生たちで、主導したのはケンブリッジの二人、シジウィック教授と当時まだ学生であったマイヤーズ（F.W.H Myers）の二人だった。ドイルはマイヤーズの考え方に深い感銘と共感を覚えていた、といわれている。マイヤーズ

245

は、後に心霊現象の研究家、随筆家、詩人として著名となるイギリス人だった。

　1869年12月3日、当時26歳のマイヤーズは、いつも頭から離れない人生哲学的な諸問題 ―― 人間はどこから来てどこへ行くのか、「あの世」は本当に存在するのか、霊魂は不滅なのか、―― などの疑問と、それらを解決してくれそうにみえる、世間で話題になっている心霊主義との間で激しく心をゆさぶられていた。ダーウィン主義者や共産主義者たちの唯物論などに精神的に追いつめられていた人たちの中には、藁にもすがる気持ちで、霊媒たちの示す不思議な現象に一縷の希望を抱き、信仰の危機をのりこえようとしていた人たちもいた。
　その晩、マイヤーズは、古典文学や哲学を学んでいただけでなく人生の師とも仰いでいたシジウィック（当時36歳）と一緒に歩きながら、彼にこの悩みを訴えた。彼の示唆は「楽観的ではないが、希望の最後の拠りどころを示してくれた」ようにマイヤーズには思えた。その後、二人は話し合って大学内に霊魂協会（Ghost Society）を設立した。このグループとオックスフォード大学内の「怪異研究会（ファスマトロジカル・ソサエテイ）」が合流して、後のSPR（心霊研究協会）の基礎をつくった。

　1882年2月20日、世界初の心霊研究機関である心霊研究協会（The Society for Psychical Research ― SPR）が発足した。
　　会　長：シジウィック（ケンブリッジ大学　倫理学教授）
　　副会長：下院議員2名（内1名は後に首相となるアーサー・バルフォア）
　　副会長：スティントン・モーゼス（牧師、心霊主義者）
　他にも多数の著名人が会員に名を連ねた。機関誌も発行されることになった。表題は、「二つの世界」だった。
　発足当時から、この組織は分裂の可能性をはらんでいた。科学的厳密さを求める研究者集団（懐疑派）と、確信的心霊主義者たちが一つの傘の下に集合していたからである。1884年には早くも主導権争いが鮮明になり、発足前の1881年から「ライト（光）」という表題の機関誌を発行していたモーゼスは、脱会して当時の最も権威的な心霊主義者の集まりであるロンドン心霊主義者同盟（London Spiritualist Alliance）の初代会長に就任した。

第1部　コナンドイルの軌跡　第4章　ドイルが到達した心霊主義 ── 1916

　1886年にSPRは分裂の危機を迎えたが、結果的には数名の脱会者を出した
だけで収束。その後は研究者集団（懐疑派）が主導権を握るようになり、科
学的厳密さを求めるあまり、実験対象の霊媒たちに対し、過度の身体的拘束
を加えるなど問題を起こしたりもした。

　ドイルは、マイヤーズと彼の著書『人間の個性』（"Human Personality"）
に、深い感銘を受けたようである。加えてドイルには、自分自身による長い
時間をかけた研究、体験、思考の実績があった。マイヤーズは「テレパシー
（telepathy）」という言葉の創始者で、テレパシーとは心の内容が知覚によら
ずに直接に伝わる現象だとし、その例を豊富に示していた。ドイルはいくつ
かの例を引きながら、その存在を確認しようとした。── もし、一つの精
神が遠く離れている他の精神に作用することができるとすれば、それは精神
が肉体を離れて行動できる、ということを示している。とすれば、人間の肉
体が滅びる時にその精神が肉体を離脱することも、当然あり得ることである。
つまりテレパシーの存在を認めることは、時空を超えた精神の移動が可能で
あるということであり、肉体が滅びる時に精神は離脱し、「次の世界」に移
る。── これは、次のことを示していると、ドイルは主張する。「精神が肉
体を離れて存在するというのは、単なる信仰（信じる、信じない）の問題で
はなく、数多くの霊的交信の結果、確認されている「事実」なのである」。

　ドイルの説明では、新しい世界（霊界）に入った精神はある期間、眠りに
つく。それから目覚めた直後は新しく生まれた赤子のように弱々しい存在だ
が、すぐに力をつけ、新しい生の営みをはじめる。霊界では前世のあり方に
より、公平なルールにのっとり罰が加えられることはあるが、「地獄」などと
いうものは存在しない。そこでは愛する者同士、関心を共有する者同士が結
びつけられる。前世で夫婦であったから、そこでもまた以前と同じ生活を続
けるとは限らない。だから誰も前世に戻りたいとは思わない。なぜなら、霊
界での生活は楽しく快適であるからだ。
　精神が肉体を離れて存在することで、キリスト教における天使や精霊の説
明も可能となり、心霊主義がキリスト教を包含するものであることがわかる、
とドイルは主張した。

247

| Episode 13 | ドイルと会った日本人 |

　19世紀終わり頃にはドイルは人気作家としての地位を確立しており、当時
の世界の中心地ロンドンの上流社会にも出入りする程の存在であったこと、ま
た英国と日本の関係もますます緊密化しつつある状況(その帰結は日英同盟の
締結であった) 下で日本人の往来も頻繁であったことを考え合せると、ドイル
と会った日本人の数も決して少なくなかったはずだが、残念なことに記録とし
て確認できるのは二人だけである。

　その一人は安藤賢一で、1878年東京の深川に生まれ、英語教師となった。
1909年、鹿児島一中に奉職時、島津久賢男爵に随行して横浜から英米留学の
旅に出発。翌1910年1月にロンドンのピカデリー・ホテルでコナン ドイルと
会見することができた。

　1911年4月1日発行の「英語青年」には、彼がいかに胸躍らせてドイルと
会ったかが訪問記として書かれている。

　扉の開く気はいに、やをら新聞をおき此方に向って紳士は近づきぬ、とみれ
ば体格偉大、身長六尺にもや余りぬらむ、頭髪美しく分けられ、鼻下の髭八字
に開く。血色美しき英国人中にても、容易に見るを得べからず薔薇の色は温乎
たる顔に満ちて猶我由桜の匂やかなるが如し、優しき眼には威ありて猛からざ
る光をみせ、拡き胸には子供を抱かむとする愛を包める威厳ある紳士、親むて、
褒るるを許ざる紳士は直ちに余をみて……

　ということで、二人は固く握手した。時にドイルは50歳、まさに人生の絶
頂期にあった。

　「あゝ此人こそ、此紳士こそ、多年夢寝の間も忘れず、一度は必ずや教へを
請わん、話をも交さんと、そが作物を座右より離さざりしドイル先生よなと、
飛び立つ思は情を激せしめて殆ど眼は昏したりき」というから、感激のあまり
卒倒しそうになったようである。

　この安藤賢一は帰国後、鹿児島一中、京城中学で英語を教えた後、大阪高商
(現、大阪市立大) の教授となった。

　1924年、二度目の米英留学に出発したが、滞米中に体調をくずし、英国に

は着いたもののロンドンには行けず、南の島ワイト島で療養中に持病の喘息に肺炎を併発して、翌25年1月に現地で最後の息を引きとった。憧れていたドイルとの再会はかなわなかった。

ドイルに会ったもう一人の日本人は、薩摩治郎八だった。綿業王と称された父方の祖父と、毛織物工業の創始者であった母方の祖父を持って1901年に生まれた治郎八は、18歳の時にロンドンに渡り、後にパリに移り住んだが、その破天荒な金の遣い方と豪華絢爛な生活で欧州社交界の話題をさらった。

30年間に、当時のお金で600億円を遣い切り、帰国時には無一文になっていたという治郎八の、波乱万丈の生活については自伝もあるし、有名作家の筆になる伝記もいくつかあるが、ここでは久保田二郎『甘き香りの時代に――楽土の貴公子、薩摩治郎八』からドイルと治郎八の出会いを再現してみよう。

最初の寄寓先のニューハンプシャーからロンドンに到着した治郎八は、彼を可愛がっていた当時のロンドン日本協会の副会長だったアーサー・デーオージーの紹介で、ロンドンの有名なサヴェージ・クラブで、ドイルと会うことができた。1921年2月のある晩だった。

治郎八にとって、その場の雰囲気はまさに夢のようなものだった。ゆったりとしたソファーに、デーオージーとドイルにはさまれるように座った治郎八少年、その芸術家倶楽部といった雰囲気の中で、夢のなかの会話を聞いているような気がしたのである。

デーオージーとドイルとの会話が偶然その頃、世界的な話題になっていたツタンカーメンの棺の奇蹟的な発掘に移った瞬間、治郎八少年は自分でも驚くくらい突然のように言い出したのであった。

「ロレンス、そうです、アラビアのロレンスに会えないでしょうか。できたら、ぜひロレンスに会わせてください」

顔を見合わせた二人の老ロマンチストも驚いたが、デーオージーという人は大変に洒脱で、決して「ノー」ということのない人だった。

後にこの願いがかない、治郎八はアラビアのロレンスに会った唯一の日本人となった。

1918
（59歳）

啓発者ドイル —— 心霊主義にすべてを捧げて

　第一次大戦終結前の1918年6月、ドイルは『新しい啓示』（"The New Revelation"）と題した一書を刊行して、自伝風に、いかに彼が心霊主義に傾倒していったかを語った（本書は刊行後３ヶ月間で11,000部売れたが、それ以上には伸びなかったようである）。それによれば、彼は大学生時代は確信的な物質主義者であったが、その後のポーツマス郊外のサウスシーでの開業医時代に友人たちと一緒に霊媒実験などをやっているうちに、だんだんと本格的な関心を持つようになった。彼は、最初はこの種のことは近代的な教育を受けていない連中が錯覚する「迷信」ぐらいのように考えていたので、例えばテーブル・ターニングといわれる現象を「科学」的にあばいてやろうと思ったりしていた。このテーブル・ターニングというのは、交霊術の一つで、その場で数人の人がテーブルに手をのせるとテーブルが自然に動き出して一方に傾く現象を指す。それは、心霊の力によるものだと心霊主義者たちの間では信じられていた。

　しかし、1886年になって当時の米国の高裁判事の書いた「エドマンズ判事の回想録」を読んで、ドイルはショックを受けた。当時の最高の知性を備えていると評されていた人が、自分の妻の死後も、長年にわたり彼女と霊的交信をしていた事実を詳細に語った本だった。ドイルはしかし、この時点ではまだ好奇心と懐疑心の入りまじった気持ちでこの本を読んだ。彼はその後も多くの本を読み続けた。多くの著名人が心霊主義を肯定する一方で、より多くの人々が心霊主義を一笑に付すという状況が続いていたが、ドイルの科学的精神によれば、後者が充分な検証もしないで心霊主義を否定するのはフェアではないと考えるようになった。

　サウスシーでの患者の一人となった退役軍人ドレイスンは素晴らしい人物で、心霊主義の指導的立場にあった。彼によれば、肉体に宿る精神は、そのまま何の変化もなく「次の世界」に移る。我々の現実のこの世界に弱者や愚

第1部　コナンドイルの軌跡　第4章　ドイルが到達した心霊主義——1918

者があふれているように、次の世界においても事情は同じだ。しかし、この世において彼らと交わる必要がないように、次の世界においても自分たちが好きなように仲間を選ぶことができるのだ、とドレイスンは訴えた。

　その後もドイルは彼の手引きで交霊会に参加したり、心霊主義に関する本を読み漁ったりした。その中の一著、マイヤーズの『人間の個性』に深い感銘を覚えたことは、前述の通りである。

　彼が『新しい啓示』で明確にしたかったのは、初めから無批判に、心霊主義や心霊現象を鵜呑みにしたのではなく、科学的懐疑精神に基づいて、自分の目で、手で、耳で確かめることを繰り返した上で、そのような現象の存在を自分なりに確信し、しかもそれが現代科学では説明できない（または説明する努力をしない）ということであれば、それ以外の「理」を求めざるを得ない、と考えるようになった経緯を時系列的に説明することであった。さらに、彼は翌年には『重大なメッセージ』（"The Vital Message"）と題する一書を刊行し、いわゆる科学者といわれる人たちの多くが、心霊主義に対して、それを無視するか、はじめから問題にしようとせず、彼らとして当然すべき科学的検証を怠っていると、激しく非難した。

　ドイルの主張によれば、心霊は肉体とその細部に至るまで全く完全な同一物である。ただ心霊は、肉体よりもはるかに薄い物質でできている。通常の状態ではこの二つの物体は重なり合っているので、薄い物質でできている心霊のほうは知覚できない。しかし、死に至る状態や、生存中でもある種の状況では、両者は分かれて別々の存在として見ることができる。死に至る時には、二つの物体は分かれて、生命は軽い方の物質に完全に引き継がれる。重い肉体の方は中が空になった繭のようになってしまうが、人々は薄い物質に化体された生命の方には気がつかずに、繭のほうを厳かに地に埋めようとする。これに対し、科学はこんな主張を認めることはできない、こんなことは完全なドグマだ、と議論するのは無益なことだ。科学が事実を調べていないから、この主張を認めることができないのだ、とドイルは主張した。

　自分の主張が理解されない孤独感の中で、ドイルは心霊主義の研究を続け、著述、講演にも精力を集中していった。彼はまさに、心霊主義の啓発者となっ

251

た。そして彼が「次の世界」に移る４年前の1926年には、彼の心霊主義研究の集大成というべき上・下２巻600頁余におよぶ大著『心霊主義の歴史』の刊行にこぎつけた。

　ドイルは国内だけでなく、求めに応じて海外への講演旅行もいとわなかった。1920年にはオーストラリア、22年は米国、23年には再度米国とカナダに。この年の終わりまでに５万マイルを踏破し、25万人に語りかけたとドイルは言った。
　1925年には、パリで開催された「国際心霊主義会議」で議長役を務めた。28年には、南アフリカ、ケニア、ローデシアのアフリカ三ヶ国に講演旅行をした。翌29年には、スカンディナヴィア地方に。彼は自分のすべて ── 精神、肉体、名声、筆力、資金、時間など―をただ一つの目的に集中して投入していた。

　彼は長年付き合ってきた「ストランド誌」からの相も変らぬ依頼に基づいて、時折、ホームズの短編物を書いていたが、それは義理堅い彼の気持ちもさることながら、啓発活動のための資金づくりと、彼の名声の維持 ── それは啓発活動に役立つ ── が目的だった。幸運なことには、ドイルは全盛期に「ストランド誌」と交わした紳士協定があり、彼自身が同誌にふさわしいと判断をして寄稿した文章について、同誌はこれを掲載し「応分の」原稿料を支払う約束になっていた。しかし、多くのホームズ・ファンが認めざるを得ないように、この時期のドイルのホームズ物語には生彩がない。「三人ガリデブ」「高名の依頼人」（1925年）「白面の兵士」「獅子のたてがみ」（1926年）、「隠居絵具師」「覆面の下宿人」「ショスコム荘の冒険」（1927年）などを、初期の作品、たとえば「ボヘミアの醜聞」「赤毛連盟」「花嫁失踪事件」「唇のねじれた男」「まだらのバンド」などと比較すると、その差は歴然としている。それはプロットにおいても、筆の力においても、ドイルの気合いが充分に入っていないからだと、多くの読者は感じたにちがいない。

　それに引きかえ、1925年7月号の「ストランド誌」から連載が始まった心霊主義小説「霧の国」── または「エドワード・マローンの探求」── ⇒p.367は、ドイルの思いがこめられているだけあって、物語作家^{ストーリーテラー}としての彼の筆力

252

第1部　コナンドイルの軌跡　第4章　ドイルが到達した心霊主義——1918

が遺憾なく発揮されている。

　「ストランド誌」の力の入れようも大変なもので、巻頭言において読者にこう訴えている。

　「敢えて読者に申し上げるが、今月号から始まるこの連載は、必ずや世界中の関心を呼び起こすであろう。この作品は『霧の国』へと消えていく人間の知識と経験の限界点を題材とするものである。

　好むと好まざるとにかかわらず、心霊に関する問いかけが、かつて例を見ないほど現代の世界において広がっていることは疑う余地がない。

　著者のコナン　ドイル卿はこの分野に関し、36年間にわたる研究をしたという、他に類を見ない経歴の持ち主であり、現在、世界の中心であるフランス心霊協会の名誉理事長でもあるということを心に留めていただきたい。卿はこれらの経験のいくつかを物語の形で読者に呈示し、この心霊主義運動の強さと弱さとを、見事に描き出している。インチキな霊媒の存在も遠慮会釈なく暴かれている。

　この作品に描かれた、およそ信じ難い出来事や場面は、卿自身か、またはその人たちの証言が充分信ずるに値する人たちに実際に起こったものである、と卿は述べている。

　アーサー卿は読者をいつも魅了してやまない、あの生き生きとした表現力と演出力を、この作品でも遺憾なく発揮している。読者の結論がどうであれ、我々の日常生活の場で遭遇するこの種の事件は、読者を驚かさずにはおかないだろう。

　最後に読者に申し上げたいのは、あの『失われた世界』と『毒ガス帯』で既におなじみのチャレンジャー教授、ジョン・ロクストン卿とマローン氏が、このドラマの主役であるということである」。

　もう一人のサマリー教授は実は既に他界していた、という設定になっていた。その彼が、霊媒を通じてマローンとチャレンジャー教授の娘イーニッドに「老チャレンジャー教授によろしくお伝えください」とメッセージを託したことから、この物語は始まる。ニセ霊媒も登場するし、うまくいかない霊媒実験も描かれる。

　かたくなに心霊主義を受け付けなかったチャレンジャー教授が、実は娘の

253

イーニッドも霊媒の能力を持っていることを知り、彼自身も霊媒実験に立ち会ったりした結果、最後には自分自身もすっかり人間が変わってしまった。彼の同僚や周囲の人たちも何が原因か、はっきりわからなかったが、この変化に気がついていた。彼は以前に比べやさしくなり、控え目になり、そしてより精神的な人物になっていた。彼の心の奥では、科学的手法と真実の代表者であった自分が、実は長年にわたって未知の世界における人間の進歩に対して、非科学的方法で、おそるべき妨害をしていたのだということを知った。彼の性格に変化をもたらしたのは、こういった自己批判であった。

　一旦そうなると、彼は持ち前の精力を注ぎ込んで、この心霊に関する素晴らしい数々の書物の世界に没入した。そして、以前は彼の頭脳を暗く覆っていた偏見を取り払って、ヘア、デ・モーガン、クルックス、ロンブロゾー、バレット、ロッジ、その他、多くの偉大な先達たちの書いた啓示の書を読んでいくうちに、このように多くの意見が合一することを、過ちに基づくものだなどと一瞬たりとも非難した自分の無謀さに驚くばかりだった。

　チャレンジャーが持って生まれた激しい、ひたむきな性格は、今度は彼がかつてそれを否定したのと同じような激しさで、心霊主義運動に参加することとなり、かつての彼の仲間で心霊主義に反対する者には、牙をむいて吼えかかるライオンのように、不寛容の態度で立ち向かうのだった。

　── かくして「霧は晴れ上がる」（最後の章のタイトル）

　この作品におけるチャレンジャー教授は、ドイル自身であり、霊媒能力を身に付けているイーニッドは、ドイルの妻ジーンである。彼女は自動筆記の能力を持っていた。また、この「霧の国」の中で、当時の警察がいかにして心霊主義に圧力を加えていたかを知る手がかりがある。

　二人の婦人警官が母と娘になりすまして、霊媒のリンデン氏を訪れ、１ギニーのお礼を払った上で、主人を第一次大戦中にイープルの戦場で亡くしたとか、娘の結婚の相手に具合の悪い点があるだのと、でたらめの申し立てをして、霊媒能力をすっかり混乱させてしまう。この二人の婦人警官は、やがて正体を暴露されてしまうのだが、警察はこの霊媒が偽りの占い行為をしたとして告発するのである。その根拠となる法令は二つあって、一つはジョージⅡ世時代（1727－1760）に施行された「魔法禁止令」、もう一つは1824年の「浮浪者取締令」だった。この二つの法令が重なって「陛下の臣民の何人

第1部　コナン ドイルの軌跡　第4章　ドイルが到達した心霊主義──1918

にせよ、欺いたり、だましたりするために、運勢占いをしたり、あやしげな術を用いたりする者は、ごろつき浮浪者とみなされるべし」という法的解釈がまかり通るようになった。

　そんなわけで、このリンデン氏も一方的な裁判で2ヶ月の重労働の刑に処せられてしまうのだった。

　ドイルは、こと心霊主義に関する限り、いつでも、どこでも、誰とでも喜んで語り合った。彼はそのために自分の残された生があるのだと確信していた。

　そんな彼の姿を痛ましく思った主治医は、「あなたの年齢で……こんな無理を重ねた状態がいつまでも続くと思ってはいけません」と自制をうながしたが、ドイルは胸を張ってこう言った。

　「年齢?　そんなことは問題ではないですよ。問題なのは、今、自分は何を為すべきかということだけです。私のこれまでの人生のすべては、今日のためにあったのですよ」。

　しかし、彼の健康が徐々にむしばまれているのを見る主治医の目に、狂いはなかった。ドイルは「次の世界」の新しい出発点に近づいていたのだ。このドイルの最後の時期の、ただ一人の、真の意味で友人と呼べたのは、妻のジーンだけだった。

　ジーンは、夫と同じ歩調で心霊主義の世界に入っていったわけではなかった。尊敬する夫が関心を持ってしていることだから、口をはさむことはしなかったが、なんとなく薄気味が悪い、また危険なことではないかと感じていた。

　しかし、第一次大戦後間もなく、最愛の弟であったマルコム・レッキーが戦死したことから、彼女自身の心の中にも霊的世界にいるはずの弟と交信したいという願いが心の中に芽生えてきた。そして遂に1921年3月末に、彼女は霊媒を通して彼と交信することができた。それだけではない。同じ頃、彼女は自分自身の中に「自動筆記」能力が存在していることを知って驚いた。この時以降、心霊主義はドイル個人だけでなく、子供たちを含めたドイル一家の日常生活の中心となった。さらにジーンには間もなく「半恍惚状態での霊的会話（semi-trance inspirational talking）」の能力も備わっていることがわ

255

かった。こうなると、外部から霊媒を招かなくとも、家族だけで交霊会を開催することが可能となった。

霊界からのガイド『フェネアスは語る』

　一家はニュー・フォレストで買い求めていた別荘（ビグネル・ウッド）にこもって「家族交霊会」を頻繁に行うようになった。その内容の一部を書き留めてドイルが公表したのが、1926年12月に自費出版された『フェネアスは語る』（"Pheneas Speaks"）と題した小著である。これは、心霊主義者ドイルとガイド（指導霊）との交信録であり、一般にはその存在すら殆ど知られていない。人間は誰でも、霊界から派遣される（交霊会の場で語りかける）ガイドを持っているようだが、ドイルの場合には、1922年12月10日の交霊会で、初めてフェネアスと名乗るガイドから交信があったと記録されている。完全に心霊主義者になり切っていたドイルは、ガイドの指導や指示を受けて、頻繁に交霊会を催すようになったが、その中で1925年5月31日には、この書名で出版することをフェネアスから勧められた。とはいっても、当時では出版社は彼の心霊主義関連の著作の刊行を敬遠していたので、ドイルはその年の2月には、自分自身でロンドンの中心部のヴィクトリア通りに"The Psychic Press and Bookshop"（心霊現象の出版社・書店）と附属のミュージアムを開設していた（現存していない）。ドイルの長女のメアリが、主として手伝っていたとのことである。

　これより先、ドイルは1922年には近くにフラット（15 Buckingham Place Mansion）を借りて、彼のロンドンでの活動の拠点としていたが、（一説によると）もはや自力で出版・販売活動する以外は心霊主義を啓蒙する有効な方法はないと自覚して2部屋を借り、1部屋を書店（心霊主義関連の本に限定）に、もう1部屋はミュージアムとして心霊主義関連の参考資料や事例を陳列・展示していたとの説もある。

　心霊主義者になってからのドイルの晩年の日々は、世間的にみれば、無視された淋しいものだった。彼のかつての幅の広い多彩な交遊範囲から友人たちが一人抜け、二人抜けして、最後まで忠実に残ったのは妻のジーンだけだっ

第1部　コナン ドイルの軌跡　第4章　ドイルが到達した心霊主義 ―― 1918

ハンプシャー州南西部ニュー・フォレストの森に囲まれた小村にある別荘ビグネル・ウッド。1925年（1926年説あり）に購入した。1929年に火事で消滅した

た。後述する「コッティングリーの妖精事件」が、この傾向に拍車をかけた。一方、そんな中で、ドイルの知名度を当てにした心霊主義者たちからの講演依頼は、国の内外から絶えることがなかった。使命感に燃えるドイルは、体調と資金の続く限り、心良く応じていた。

　1929年、70歳のドイルはついに無理がたたって心臓発作を起こし、病の床についた。翌30年の春先になって病状は一時快復したが、夏に向かってまた体調が悪くなった。それでも7月に入って、彼は妻や子供たち、主治医の懇願を無視してロンドンに出て行った。内務大臣に会って、霊媒を迫害する内容の法律について訴えるためだったが、これがドイルの最後の行動となった。

『新しい啓示』と『重大なメッセージ』にみるドイルの心霊主義

　ドイルがまだ大学生の頃に、バーミンガムで行われた講演会で初めて心霊主義に触れてから、既に数十年の長い歳月が流れていた。彼はその間に文章の才能に目覚め、生活の糧を得ることを主目的として「書き魔」といわれるまで雑多な文章を書きまくった結果、ついに「ホームズ物語」という大金鉱を掘り当て、大衆小説作家として確立し、長年の貧乏から足を洗うことができた。しかし、ドイルは当時、多感な青年であった自分に突きつけられた重

257

大なテーマを忘れることはなかった。

　「死がすべての終わりか？」── 太古の昔から人間が問い続けてきたこの重大なテーマは、ドイルにも引き継がれていた。そして、ついにその「解」を見出したと彼は確信した。その解は、霊界から寄せられてくる「霊言」（spiritual message）の中にあった。人々はしかし、それを告げるための、仕掛け（"しるし"）にしか過ぎない物理的な現象（心霊現象）に目を奪われたままその先に進もうとしない。電話のベルが鳴ることの不思議さをさまざまに論じるが、受話器を取り上げてそこから伝わってくるメッセージに耳を傾けようとしない。受話器を取り上げようともしない人、取り上げてもそこから流れてくるメッセージを意味がわからないといって切ってしまう人たち。聞くけれども馬鹿げた、または空想的な話だといって真剣に考えようとしない人たち ── しかし、このメッセージを真剣に取り上げ、それに基づいて思考を重ねた人たちは、例外なく霊界が存在していることを事実として確認している、とドイルは説いた。

　しかし、このように認識するための阻害要因も多い。まず「霊界」と言われても、それは現世に生きている人の誰も自分の目で見たことのない未知の、抽象的な世界である。また霊界からのメッセージといっても、それは霊媒（medium）を通してしか伝わってこない。その先にいる発信者は、死者（霊）である。無数の死者が無数の生者に対して発信する無数のメッセージ。それは、何の目的で送られてくるのか。それらはどのようにして統合されて、「霊界」や「霊言」として提示されるのか。

　とにかく心霊主義に関しては、無数の疑問、不信感、嫌悪感がつきまとっている。それに対し、この２著でドイルは何を訴えようとしているのか ── 。

　これから先は、近藤千雄氏　訳・注の『コナン・ドイルの心霊学』（1992年2月、新潮社刊）からの引用である。30数年前、ホームズ／コナン ドイルの研究を私が始めたのはロンドンにおいてだったので、現地の仲間たちと付き合っていくためにも原文（英語）ですべて理解せざるを得なかった。辞書と首っ引きで何とかこなしていったのだ

第1部　コナンドイルの軌跡　第4章　ドイルが到達した心霊主義——1918

が、心霊主義をテーマにしたこの2書だけは、難解というレベルを越えていた。それ
ぞれが短編小説一冊ぐらいの文章量なのだが、心霊主義特有の言葉が随所に出てくる
だけでなく、ドイル自身が長い期間にわたって蓄積した知見に基づく、彼の心霊主義思
想が主張されているので、心霊主義の全体像が把握できない限り、この2書は読みこな
せないと悟ったのだった。それだけに1986年に帰国後、7年目で近藤氏のこの本に接
した時には、まさに天啓に巡り合ったような感動を覚えたものだった。ご自身が内外の
心霊学の研究者であり、長い年月をかけて把握された知見に基づいてこの難解なドイ
ルの2書を翻訳されただけでなく、詳細な訳注まで付けられているので、目から鱗のよ
うに理解が進むのだった。一方、私の方はこの分野については、まだ入口に立ったばか
りの未熟者であり、ドイルに内在した解説ができるわけではないので、熟慮した結
果、ごく普通の人間の感覚で疑問点をいくつか私が選び出して、それに対応しそうな
ドイルの文章を近藤氏の訳文と訳注から私が摘出することで、ドイルの人生の帰着点
となった彼の心霊主義思想を読者に提示したいと思った。近藤氏に深く感謝申し上げ
ると共に、このような形式をとることについて読者のご理解を得られれば幸いである。

　近藤氏と私は、同年配だが面識はない。ドイルの心霊思想だけでなく、心霊
主義全般について博識な知見をお持ちであることは知っていたが率直に言っ
て、私自身が心霊主義そのものについて多少の疑念や、ためらいを持っていた
ため、私の方から積極的にアプローチすることをためらっていた。今回、一
歩踏みこんで、本書を企画した時に私の方から書信を差し上げたが、宛先不
明で差し戻されてきた。したがって、著者の許可を得ないまま、このような
形で序文を要約するのは私としても不本意ではあるが、読者としては、意と
するところをご理解いただければ幸いである。

◇ 序 —— 知られざる、ドイルのスピリチュアリズム研究

近藤　千雄

　　—— 1882年に（ドイルが）医科を出たころは、米国で勃発したスピ
　　リチュアリズムの波が英国でも第一級の知識人を巻き込んで、一種の
　　社会問題にまで発展し、その事実は当然ドイルの耳にも入っていた。
　　そして、ちょうど「緋色の研究」を執筆中と思われるころに、ニュー

ヨーク州の最高裁判事J.W.エドマンズの霊的体験記を読んでいる。しかし、その時はまだまだ懐疑的で、それを読みながら、人間界のドロドロとしたいがみ合いを毎日のように裁いている人はこんなものに興味をもってしまうものかと、むしろ哀れにさえ思ったという。

—— しかし、次から次へと出版されるスピリチュアリズム関係の書物の著者が、いずれも当時の第一級の知識人で世界的に名声を博している人たちであることを知るに及んで、もしかしたら頭がおかしいのは自分の方かも知れないと思いはじめ、そこからスピリチュアリズムへの取り組み方が変っていった。そして間もなく、グリニッジ海軍学校の数学の教授でドイルが主治医をしていたドレイスン将軍の自宅での実験会に出席し、驚異的なアポーツ現象（閉め切った部屋への外部から物品を引き寄せる）を目のあたりにして、深く考えさせられた。

—— それがきっかけとなって、知人の中でスピリチュアリズムに関心をもつ二人と自分の三人で、自宅で交霊会を催すようになった。霊的原理を知らないままの、言わば手探りの状態で続けられたその交霊会で、ドイルは頭からバカにできない何かがあるという感触を得ながらも、どちらかというと失望・不審・不快の繰り返しを体験し、相変らず懐疑的態度を崩しきれなかった。

この頃のドイルは近代医学を修めた医師として、19世紀の時代思潮であった「科学的合理主義」を確信していた。すべての諸現象は科学的合理主義に基づいて解明されるべきであり、また解明できるはずである。しかし、現実には例外もあるようだ、とすれば、解明方法が不完全なのか、またはそれ以上の「何か」があるのか。ドイルの懐疑的態度は続いていた。

—— 本書に収められた二編（『新しき啓示』『重大なメッセージ』）は40年近いスピリチュアリズムとの関わり合いによって得た"死後の世界の実在"への揺るぎない確信をもとに、それが有する時代的意義と人類全体にとっての宗教的意義とを世に問うたものである。

第1部　コナンドイルの軌跡　第4章　ドイルが到達した心霊主義——1918

——　一つは、第一次大戦に象徴される、当時のヨーロッパにおける
帝国主義的植民地支配の趨勢である。その中心的勢力となっていたの
が、ほかならぬドイルの母国イギリスで、手段を選ばぬ策謀によって
他国から利権を奪い巨利を搾取していく母国の資本主義者たちに、ド
イルは激しい憤りを覚えていた。良識的観点からも許せないことであ
るのみならず、当時すでに"確信"の域に達していた死後の存続の事実
に照らしても、愚かしい人間的煩悩の極みを見る思いがしていた。

——　もう一つは、それと表裏一体の関係にあるという見方もできる
が、その第一次大戦の戦場となったヨーロッパは、ローマ帝国による
キリスト教の国教化以来、実に二千年近くもキリスト教的道徳観に
よって支配されてきた世界だったという事実である。つまりドイルは、
あの血なまぐさい暗黒時代を生み出すまでに人心を牛耳ったはずのキ
リスト教が、なぜ戦争の歯止めにならなかったのかと問いかけるので
ある。そしてその最大の原因は、キリスト教の教義がバイブルにいう
"しるしと不思議"を無視した、言わば人工の教義であり、天国を説い
ても地獄を説いても、その裏付けとなるものを持ち合わせていないこ
とにある、と主張する。

　たいへん本質的な問題提起であるが、ドイル自身が自国イギリスの政治思
想について、否定的な考え方を持っていたとは思えない。イギリスはキリスト
教的道徳観に裏打ちされた大帝国であり、海外進出を進める過程でそれまで
他宗教の桎梏のもとにあった「未開国」のキリスト教化という重大な使命を
果してきたというのが、彼の中で合一されていた考え方だった。しかし、キ
リスト教内部での抗争は別で、それはキリスト教が本来の教義とかけ離れた
解釈を積み重ねてきた結果であると、ドイルは考えていた。

——　ドイルが生きた時代、すなわち19世紀後半から20世紀初頭にか
けての数十年間は、心霊現象が最も華やかで、それだけにニセモノも
横行したが、科学界の一線級の学者を中心とする多くの知識人が真剣
にその真意を確かめようとした時代だった。
頭から毛嫌いして、調査も研究もせずに"そんなものがあるはずがな

い"と一方的に否定論をぶつ学者もいたが、非難を覚悟で思い切って手を染めた学者は、一人の例外もなく、その真実性を確信する声明を発表している。これは特筆大書すべきことで、それがやがて"霊魂説"へと発展していくのである。

── 私は今、ドイルが生きた時代は心霊現象の最も華やかな時代だったと述べたが、それは主として物理的現象のことで、それが少しずつ下火になっていくにつれて逆に精神的なもの、あるいは思想的なものが多く出はじめ、霊言現象や自動書記現象によって、人類史上かつて類をみない高等な人間観や宇宙観が啓示されるようになった。

── 人間の自我の根源を西洋ではプシュケーとかサイケ、あるいはスピリットと呼んできた。日本語の"霊"に相当すると考えてよいであろう。それが物的身体と結合して出来あがるのが自我意識である。譬え話で説明すれば、地上生活は潜水服という肉体をまとって海中（大気）にもぐっているようなもので、一日一回、酸素の補給のために海面上にあがってくるのが睡眠である。が、そのうち潜水服を脱ぎ捨てて陸へあがってしまう。それが"死"である。それで本来の自分に戻るのである。つまり人間はもともとがスピリット、つまり"霊"なのであって、肉体は殻であり道具にすぎない。
したがって、地上生活にあってもそのこと、つまり本来は霊的存在で当然死後も生き続ける、ということがスピリチュアリズムの基本的認識である。ところが、物質文明の発達はその霊性の自覚をマヒさせ、"物欲"によるさまざまな闘争を生んできた。…（中略）…スピリチュアリズムというのは、そのマヒした霊性の自覚を回復させることを目標とした霊界からの、地球規模の働きかけである。

── 人間の霊性は今も昔も同じであり、未来永劫にわたって人間は霊的存在であり続けるのである。そのことを科学的に裏付けされた実証的事実を基盤として説いたものを"近代スピリチュアリズム"と呼んでいるまでのことで、本質的には新しいものでも古いものでもない── 永遠不変の原理なのである。

第1部　コナンドイルの軌跡　第4章　ドイルが到達した心霊主義 —— 1918

　　　—— ドイルは学者でもなければ霊能者でもない — われわれ一般人と
　　同じ真理探究者という立場で、その双方を適当にないまぜにしながら、
　　概略的にまとめてくれている。

　確かに指摘の通り、ドイルは心霊主義の専門的研究者ではないし、霊媒で
もなし、霊的能力も証明されていない。ドイルは一人の心霊主義帰依者であ
るに過ぎない。しかし、彼は100年前に実在したイギリスの著名人であり、時
代を代表する文化人であり、広い影響力を持ち、多くの人に愛された人物で
あった。

◇ ドイルへの問いかけ ——　①
　"人間は死ぬとどうなるのか。どこに行くのか。"

　心霊主義に接点を持った時に読者が最初に問いかけるであろう、最も基本
的な3点を選んでみた。私の知る限り、心霊主義には聖書・仏典・コーラン
のような「聖典」はない。だからこれらの問いかけに対する説明は、あくま
で「ドイルの理解する心霊主義」からのものである。

　　　—— 死の直後について私がまず間違いないと見ているのは、次の諸
　　点である。"死ぬ"という現象には痛みは伴わず、いたって簡単である。
　　そして、そのあとで、想像もしなかった安らぎと自由を覚える。や
　　がて肉体とそっくりの霊的身体をまとっていることに気づく。しかも、
　　地上時代の病気も障害も、完全に消えている。その身体で、抜け殻の
　　肉体の側に立っていたり、浮揚していたりする。そして、霊体と肉体
　　の双方が意識される。それは、その時点ではまだ物的波動の世界にい
　　るからで、その後急速に物的波動が薄れて霊的波動を強く意識するよ
　　うになる。

　　　—— スピリチュアリズム思想の根幹である個性の死後存続を具体的
　　に理解する上で基本となるのは、死後も肉体に相当する何らかの身体

263

をそなえているという事実である。材質は肉体よりはるかに柔軟であるが、細かい部分まで肉体と同じものをそなえているという。

むろんそれは地上時代から肉体とともに成長していたもので、肉眼には見えないが、肉体と同じ形体をし、肉体と完全に融合して存在している。死に際して —— 条件しだいでは生きている間でも —— 両者は離ればなれになり、両者を同時に見ることができる。生前と死後の違いは、死後は両者を結びつけている生命の糸が切れて、それ以後は霊的身体のみで生活することになるという点である。肉体は、さなぎが出ていったあとの脱け殻のように、やがて分解してチリと消える。これまでの人類は、その脱け殻を手厚く葬ることに不必要なほど厳粛さを求め、肝心の"成虫"のその後の事情については、実にいい加減な関心しか示さなかった。…（中略）…肉体の死をもって生命の終りとする唯物的生命観は、宗教以上に無謀な独断だった。

—— 霊的身体が何でできていて、どういう構造になっているかはまだ未知の問題として、その存在を示す事象はバイブルその他の古い文献にもあるし、近代スピリチュアリズムに至っては厖大な資料が存在する。

—— 死者がたどるそのあとの行程を見てみよう。やがて気がついてみると、自分の亡骸（なきがら）の置かれた部屋に集まっている肉親・知人のほかに、どこかで見たことのある人たちで、しかも確か他界してしまっているはずの人たちがいることに気づく。…（中略）…その中に、見覚えはないのだが、際立って光輝にあふれた人物がいて、側に立って"私のあとについて来なさい"と言って出て行く。ついて行くと、ドアから出て行くのではない。驚いたことに、壁や天井を突き抜けて行ってしまう。こうして新しい生活が始まるというのである。以上の点に関してはどの通信も首尾一貫していて、一点のあいまいさも見られない。誰しも信じずにはいられないものである。しかも、世界のどの宗教が説いていることとも異なっている。

我々の周辺にも、臨死体験者を含め、「不思議な体験をした」人が少なから

第1部　コナン ドイルの軌跡　第4章　ドイルが到達した心霊主義 —— 1918

ずいるのは事実である。ドイルは若い頃から、この種の体験や現象に深い関心を持ち続けていた。

◇ ドイルへの問いかけ　——　②
　"霊界とは何か、どこにあるのか、どうして知るのか。"

　「霊界」については、洋の東西を問わず大昔から数多くの著名人、無名人による研究が繰り返されており、ドイルも多くの先行文物の影響を当然受けている。

　　　—— 新しい環境での生活が始まる前に、スピリットは一種の睡眠状態を体験するらしい…（中略）…私の推察では、睡眠期間は地上時代の精神的体験や信仰上の先入観念が大きく作用するもののようである。…（中略）…これは私の推測にすぎないが、いずれにせよ、死の直後とそのあとの新しい環境での生活との間には、大なり小なり"忘却"の期間があるということは、すべての通信が一致して述べていることである。

　　　—— その睡眠から目覚めたばかりのスピリットは…（中略）…急速に元気を取り戻し、新しい生活を始める。ここでわれわれの頭をよぎるのは、天国と地獄の問題である…（中略）…私はこれで地獄説は完全に脱落すると考える。…（中略）…どうやら"地獄"という場所は存在しないことが明らかとなった。しかし、罰の概念、浄化のための戒めを受けるという意味での煉獄ならば存在するというのが、一致した意見である。

　　　—— こうした境涯での生活は、刑罰というよりは一種の修養ないし、鍛錬であり、病的に歪んでいる魂にとっては"療養"の性格も持つであろう。が、いずれにせよ、それは死後の世界の一側面であって、全体としては死後の生活は地上生活とは比較にならないほど明るく愉しいものであるらしく、それはすべての通信が一致して述べているところ

である。

"類は類をもって集まる"で似た性格の者、趣味の共通した者、同じ才能をもつ者が集まって生き生きとした時を過ごしており、地上に戻りたいとは、さらさら思わないという。…（中略）…これまでにスピリチュアリズムの霊媒を通して得られた通信内容は、従来のどの宗教の信仰や教義とも異なるものばかりなのである。

しかも、その"通路"となった霊媒についても、世界的に著名な学者が数多く参加して徹底した研究・調査がなされ、"霊媒現象"というものが間違いなく実在することが証明しつくされているのである。しかも、その霊媒を通して得られた死後の世界の情報が基本的にピタリ一致を見ているのである。

―― 今は時代が違う。証拠のないものを押しつけることは良識が許さなくなった以上は、現象をよく観察し、理性的に判断して、誰しもが得心する共通の結論に到達しなくてはならない。スピリチュアリズムの良いところはそこにある。その主張の根拠が教本だの伝説だの直観だのといったあやふやなものではなく、交霊会や実験会で得た科学的資料だからである。そこは言わばこの世とあの世の交流点であり、古い伝統的信仰とはまったく別の、しかも最新の、二つの世界の協力による情報と現象を根拠としたものなのである。

―― そうした通信が異口同音に教えてくれていることを、ひとまずまとめてみよう。

まず、死後といっても、その直後と、しばらくしてからとでは、かなりの違いがあるらしい。つまり死後の世界も段階的に広がりがあり、直後の目を見張るような体験がひと通り終ると、さらに異なる環境が展開する。…（中略）…生活形態は基本的には地上生活と同じで、霊的身体による主観と客観の生活であるが、霊体をはじめとして環境を構成している成分が、物質にくらべてはるかに意念の影響を受けやすく、その人の個性と思想が環境に反映しているという。食事や金銭、痛みといった肉体に付随したものが無くなり、精神的なもの、芸術的なもの、思想的なもの、霊的なものが大勢を占め、それだけ

進歩も早い。

　　──　最大の特徴は親和力が強く作用することで、類は類をもって集まるの譬えの通り、性格の似通った者で共同社会を形成しているという。男女の関係も地上時代の肉体上の"性"による結びつきではなく、あくまでも"愛"という精神的なものによって一緒の生活を送ることはあっても、地上のような子供の出産はないという…（中略）…地上生活との関連でいえば、地上時代の宗教的信仰は何の意味も持たないということ、あくまでも生活体験によって磨かれた霊性がすべてであるという点では、どの通信も一致している。同時に、"祈る"という行為、より高いものを求めて精神を高揚させる行為を、結構なことであるとする点も、すべての通信が一致している。

　ここでも説明はかなりの程度、標準的な心霊主義者のものと大差はないようだ。ドイルは過去の文献などは熱心に読み込んだに違いないが、独自性のある「ドイル流体系」を編み出したわけではなかった。

◇　ドイルへの問いかけ　──　③
　"スピリチュアリズムと既成宗教の関係はどうなるのか。"

　ドイルは筋金入りの心霊主義思想家ではないし、（キリスト教）宗教学者でもないから、ここでの彼の主張は彼自身の世界に留まったままであり、今だに広がりをみせていない。

　　──　生命を失って血の通わなくなった既成宗教に活力をもたらすことは確実と信じられる。この新しい潮流は、"近代スピリチュアリズム"と呼ばれることがある。これは意味のあることである。というのは、その底流にある霊性は、表現形態こそ異なっても、人類の歴史とともに存在してきたのであり、とくに地球上に生じた全宗教の理念の根幹において赤々と燃えさかってきたのである。バイブルにもこれが一貫して流れている。スピリチュアリズムは、その霊的真髄を、かつ

ては"しるしと不思議"としてイエスが顕現してみせたのを、実験室内
での霊媒現象という形で見せようとしたものである。

—— 新しい宗教ではない。そんな単純なものではない。全人類が等
しく共有できる霊的遺産なのだ。最も遺産の全部ではない。まだまだ
一部に過ぎない。が、その一部が、かつて蒸気が小さなヤカンの蓋を
踊らせる現象が蒸気機関の発明へとつながったように、いずれは普遍
的な人類の指導原理となっていくことであろう。つまり、最終的には
一つの宗教としてではなく全宗教の基本原理としての存在意義をもつ
に至るであろう。
宗教ならば、もう地球上には多すぎるほど存在する。不足しているの
はその普遍的原理・原則なのだ。

—— 当初は心霊現象といえば物理的なものと思われていて、テーブ
ル現象（人間が手を触れなくても宙に浮く）や楽器演奏（人間が手を
触れなくても演奏される）といった他愛ないものでありながらも、目
に見え耳に聞こえるものばかりに注意が向けられた。
その単純さが詐欺行為を生む原因ともなったのであるが、その後、そ
れとは別に、知的ないし精神的要素の強い心霊現象もあることが分っ
てきた。自動書記・霊視・霊聴・直接談話・入神談話などなど、キ
リストやその弟子たちが見せたのと同じものであり、それもすべて、
たった一つの霊的エネルギーの顕現であることが明らかになっている。

—— こうしたさまざまな現象 —— 心霊写真や物質化現象や直接談話
など —— にじかに接してみると、テレパシー説だの無意識の精神作
用だの宇宙意識説だのが、実に愚かしく思えてくる。どう考えても、
そのすべてを合理的に説明する説は、地上界以外に五感では知り得な
い世界があって、そこに住む知性をそなえた存在が組織的に地上界に
働きかけている、とする"霊魂説"しかない。地上人類は、死後みんな
例外なくその世界へ行くのだ。

　これまでのドイルへの３つの問いかけに対する彼の説明に納得できたと感

第1部　コナンドイルの軌跡　第4章　ドイルが到達した心霊主義── 1918

じた読者は、恐らくごく少数だろう。しかし、彼が説得的な説明ができない
からと言って、彼への問いかけそのものに対して、私たち自身はそれではど
のような説得性のある回答を用意できるだろうか。

※近藤千雄氏の著作権後継者の方にお心当たりをお持ちの方は、
編集部（0467-25-2864）までご一報いただけると幸いです。

Episode 14　　抜け業師　フーディニとドイル

　ハリー・フーディニ（Harry Houdini, 1874－1926）は、本名エリック・
ウェイス（Erik Weiss）。貧しいハンガリア人教師（rabbi）の子として生ま
れ、生後まもなく一家をあげて米国に移住した。しかし、その後も一家の貧窮
状態は続き、ハリーは17歳でサーカス団員となり出演するようになった。彼
の芸名は、フランスの生んだ最高のマジシャンであったロベール・ウーダン
（Robert Houdin）にちなんでつけられた。彼はサーカス団の仲間だったベス
と結婚、彼女はハリーの生涯にわたる良き伴侶となった。

　彼はその頃から想像を絶する努力を積み重ねて自分の肉体改造を行い、やが
て抜け業師（escapist、または escapologist）としてめきめき頭角を現し
た。それは通常の「抜け縄」というやさしいものではなく、たとえば鉄製の拘
束具でがんじがらめに縛られた上で、大きな鉄製の缶に入れられ、上部から水
を注入されるので、もし脱出できなかったらその場で水死となってしまう、と
いうものから、史上最強といわれた手錠をはめられ6ヶ所で鍵をかけられた状
態から抜け出すという離れ技に至るまで、さまざまな信じられない技を披露し
て、米国のみならず世界中で有名になっていった。

　フーディニはこのように、自分自身が全く人並み外れた努力を積み重ねて成
功をしていただけに、彼の目からみれば、いい加減な心霊主義の職業霊媒や占
星術師、手相占い（英語ではpalm-reading＝掌を読む術）などの行動に我慢

269

がならなかった。彼は米国内の各地で公演するかたわら、自分の鍛えた技と経験で、たとえば職業霊媒と称する者たちのインチキを暴き、メディアの紙面を賑わした。彼は本気で（世人をまどわす、と彼自身が決めてかかっていた）米国の心霊主義者たちと対決していった。フーディニのようなスーパー現実主義者からみれば、心霊主義者などは雲をつかむような虚言を弄し世間の人たちをまどわし、不幸に陥れる許し難い存在だったのだろう。彼によれば、マジシャン（magician）というのははっきりとタネも仕掛も使って演じる「魔術」であるのに対し、心霊主義の霊媒（medium）は人間の心理やその場の雰囲気に付けこんで、実際にはあやしげなトリックを使いながら、あたかもそれを使っていないようにみせかけて、超自然的な霊界からのメッセージなるものを伝えようとする「詐術」を弄している、ということになるのだった。

　心霊主義者ドイルが米国におけるフーディニの考え方や活動をどの程度知っていたかは明らかでないが、事実としては1920年4月14日、英国巡業のためイギリス南部のポーツマス港に着いたフーディニをドイル夫妻は出迎え、自宅に案内し、食事を共にした。ドイルの目的は推測するほかないが、彼はフーディニの超人的な抜け業の中に何か努力だけでない、超常的な要素があり、それと自分の唱える心霊主義との間に共通するものがあるのでは、と秘かに期待していたのではないだろうか。

　一方、フーディニの方は現実主義者として、こういう社交の場で、大英帝国の一流文化人と心霊主義について正面衝突することの愚をはじめから承知していたので、徹底的に下手に出てドイルの心証を良くしようと努め、結果として二人は愉快な時を過ごし、親しい友人として別れた。この見せかけのランデブーは、しかし、長く続かなかった。2年後の1922年6月、ドイル夫妻は心霊主義普及の講演会出席のため米国に滞在していたが、妻のジーンは、並はずれて亡き母親想いのフーディニに対し、自分が身につけている自動筆記術（automatic writing）を使って母の霊と交信させると申し出た。

　心霊主義も自動筆記も全く信用していなかったフーディニだったが、ドイル夫妻との社交的関係を保ち続けた方が得策との判断に加えて、やはり思慕する

第1部　コナン ドイルの軌跡　第4章　ドイルが到達した心霊主義 —— 1918

母親との交信という可能性に心をゆさぶられたのだろう。1922年6月17日、ニューヨーク市に近い、アトランティック・シティでジーンの自動筆記による母親との交信が実現したその時の状況を仔細に描写したチャールズ・ハイガム著『コナン・ドイルの冒険』によると、その時、フーディニは顔が蒼ざめ、体がぶるぶる震えていた。やがて、母親のメッセージが英語で自動筆記されだした。彼女はおしゃべりだった。この交霊会が終わった時、彼は疲れきった表情で椅子の背にもたれたが、ドイル夫妻にはわからないように、隠し持っていた鉛筆で、「ぼくの愛する母さんは、英語が書けなかったし、片言もしゃべれなかった」と紙切れに書いた。勿論フーディニにとって結果はとても受け入れられるものではなかった。母親の霊とのやりとりは、彼の伝記の一つミルボーン・クリストファの "HOUDINI - THE UNTOLD STORY" の中でも詳しく述べられている——（この場合もその正確さはわからないが —— 第三者はその場にはいなかったはずだから）。フーディニは後に、親しい友人たちに不信の理由をいくつか語ったが、最もはっきりしていたのは、「自分の母親は英語が話せないはずなのに、自動筆記の中ではどうしてあんなに立派な英語をしゃべったのだろう」ということだった。

　それでもフーディニは徹底してドイルとの正面衝突を避け、6月24日にドイル夫妻が帰国の途についた時、埠頭まで見送りにきたこともあり、二人の関係は表面的には続いていたが、その後いくつかのやりとりがあり、同年11月19日付でドイルは "Agree to disagree"（二人が同意できないことを認める）という手紙をフーディニに送って、二人の関係は終わった。

　エピソードの中のエピソードになるが、ドイルと非常に親しい心霊主義者の友人は「あんな離れ技ができるということは、フーディニが心霊的な能力を持っていて、"抜け技" の直前に自分自身を一旦、非物質化（dematerialize）して拘束をくぐり抜け、その直後に再物質化して元の状態に復元するのではないか」と語ったとか。一方、フーディニの方は「ホームズのような科学的、合理的な推理力を持つ名探偵の生みの親がどうして、交霊会で行われる暗闇の中の単純なトリックにだまされてしまうのか理解できない」と首をひねっていたとのことである。

1920
（61歳）

妖精写真の真贋論争「コッティングリーの妖精事件」

　ケルトの血を引くアイルランド人、スコットランド人の中には、今でも妖精（fairy）をこの目で見たと信じている人が少なくない ―― ただし「幼い頃に」と、一言つけ加えて。疑うことを未だ知らない純粋な子供の目には映る妖精も、さまざまなものを見続けているうちに濁ってしまった大人の目には見えなくなってしまうのだろうか。

　深い緑につつまれた森の中で、岩をつたって流れる小川のせせらぎのそばで、ケルト人たちは妖精に出会い、そのイメージを記憶の中に留めていった。そして、その中からさまざまな妖精たちが、詩となり絵となって再現されていった。妖精は彼らにとって、それほど身近な存在であった。妖精は多くの場合、小人の形で出現するが、超常的な魔力を持っており、それを使って人間を助けたり、からかったり、時には悪さもする。妖精とひと口に言っても種類は数多くあり、ブラウニー（brownie：夜になると現れて秘かに掃除・脱穀など農家の仕事を手伝ってくれる茶色の小妖精）、エルフ（elf：森や丘、荒地などに住み、しばしば列をつくって行動する美しい小妖精）、ゴブリン（goblin：人間に危害を与える小さな鬼の形をした妖精）など、さまざまである。これらの妖精たちにもっと近づきたい人には、『ケルトの神話 ―― 女神と英雄と妖精と』（井村君江 著）、『W. デ・ラ・メア 妖精詩集』（荒俣宏 訳）、『妖精の国で』（リチャード・ドイル 絵、W. アリンガム 詩、矢川澄子 訳）―― いずれも ちくま文庫 所収 ―― などが簡単に入手できる。またこれらの著者・訳者には、他にも関連した作品が上梓されている。この中のリチャード・ドイルはコナン ドイルの伯父にあたる人で、1824年生まれ、生涯独身を通し、1883年に亡くなった。画家としての才能に恵まれ、1844年に創刊された諷刺絵入り雑誌「パンチ」の表紙絵、挿絵などを数多く手掛けた。1849年には、彼はMr. Punchと彼の犬Tobyをあしらった同誌の表紙絵を描き、評判になった。リチャードは、甥のドイルを可愛がり、少年時代の彼をロンドン見物に連れて行ったりした。ドイル一族は絵の才能に恵まれていたようで、父親のチャールズ・ドイルも若い頃は絵を描いていたし、後年になって

第1部　コナン ドイルの軌跡　第4章　ドイルが到達した心霊主義 —— 1920

施設に収容されるようになってからも、幻想に満ちた妖精の世界をスケッチ帖に何枚も描き残している。

　しかし、妖精たちが絵や詩の世界の中でとんだりはねたりしているうちは問題なかったが、彼らがイメージの世界から飛び出して写真に収まった、となると、これはホームズならずとも「事件だ、ワトソン！」だった。

　この「事件」は、1917年7月に発生した。

　イングランド北部のヨークシャー地方、「嵐が丘」の舞台となったハワースからさほど遠くない寒村コッティングリーに住むエルシー・ライトと、そのいとこのフランシス・グリフィスは、それぞれ15歳と9歳の少女であったが、ある日曜日の午後、エルシーの父親のカメラを借り、裏庭づたいに近くの森に入っていったまま、午後のお茶の時間にも遅れて帰ってきた。二人はその言い訳に、妖精たちと遊んでいて、つい時間を忘れてしまったこと、そして妖精と写真を撮ったと説明した。現像してみると、確かにフランシスが妖精と一緒に写っていて、シャッターを押したのは年上のエルシーだということだった。

　妖精の存在は、信心深いこの土地の人たちには格別目新しいことではなかったし、実際に妖精を見たという人も数多くいたが、しかし、妖精が写真に写しとられたのは初めてだった。

　聞けば、この二人の少女は、ずっと以前から家の裏手の奥にある小さなせせらぎのそばで、こういう妖精たちと遊んでいたという。エルシーの両親はこの話や写真を本気にせず、馬鹿馬鹿しいことだと片づけていたが、この写真が当代随一の神知学者といわれていたエドワード・ガードナーの目に触れたことから、話は大きくなった。

　ガードナーはこの写真の信憑性を疑わず、知人のドイルに見せた。アイルランド人の血をひくドイルは、子供の頃から妖精の話をたくさん聞いていたし、しかも自分自身もいまや心霊主義者として啓発活動に入り「未知の存在」に対して深い関心を持っていたので、この写真を見せられ、早速に専門の写真家に照会した。彼らは疑わしいとは思ったものの、それが贋物であると確認することもできなかった。

　そこで、ドイルはそそっかしくも、「ストランド誌」1920年12月号に、その

1917年にエルシーが撮影した妖精とフランシスの写真

　後に撮ったというもう1枚の写真と合わせ、2枚の写真に、それにまつわる少女の話を添えて掲載し、この写真は本物であり、妖精はかくのごとく存在するのだ、と言いきってしまった。実は、ドイルは心霊主義の啓発活動に非常に忙しかったので、写真を持ち込んだガードナーの説明を信じきってしまい、二人の少女たちに会うこともせず —— まことにホームズ的ではないのだが —— 心霊主義の啓発にプラスになると勢い込んで発表してしまったのである。
　反響は大きかった。そして大多数の人は、この話を信じなかった。ドイルのいつものくせであるが、彼は反対にあえばあうほど、ますます頑なになった。

　一方、ガードナーはこの少女たちを説得してカメラを持たせ、また3枚の妖精写真を撮らせることに成功した。ドイルはそれらを翌1921年3月号の「ストランド誌」に掲載した。さらに1922年に、これらの写真とドイルの説明は

第1部　コナンドイルの軌跡　第4章　ドイルが到達した心霊主義 —— 1920

『妖精の出現』（"The Coming of the Fairies"）という題の一冊の本にまとめられた。ドイルにとっても、これはだんだん抜きさしならない事件に発展していった。多くの友人が、彼を諫めたり忠告したりした。そして何人かの友人は、彼と袂を分かった。しかしドイルはくじけず、妖精の存在を確認することで、未知とされる事象の存在に結びつけて、心霊主義の啓発に役立てたいと願っていた。

　世間は騒ぎ、少女たちも当然その渦中に巻き込まれた。これは二人の田舎育ちの娘たちにとっては、堪え難い精神的圧迫になった。エルシーはとうとう、1926年に米国に移住してしまった。

　それから数十年間、この写真をめぐる話題は絶えなかった。妖精という超自然的な存在を認めるのか、またはこの写真が贋物だということをいかに証明するか、もしそうならどのようにしてつくられたのかという2点が論議の中心であった。

　この事件を追い続けていた「英国写真誌」の編集者のジョフレイ・クローリーは、あらゆる角度からこの写真の信憑性を追求した結果、ついに、いかにしてこの写真がつくられたかの核心にせまることができた。そして彼の執拗な追及にあって、1983年になってエルシーとフランシスは、この写真が贋物であることを認めた。実に、最初の写真が作られた1917年から、66年後のことである。

　二人の少女も、今や老婦人になっていた。仕掛けは簡単だった。事件の2年前の1915年に発行された『メアリー王女の贈物の本』に出ていた妖精の絵を切り取り、帽子ピンでそれぞれの位置に留めただけのことだった。これは、当時15歳の少女だったエルシーのやったことだったが、世間は、彼女がわずかの期間ではあったが写真屋の仕事を手伝った経験があったことや、細工ごとが上手だったことなどを、まだ彼女が年端もいかない子供だったが故にいつの間にか見過ごしていたのだった。

　しかし、そういう目でもう一度、この2枚の写真を見ると、簡単に気づくことがある。1枚の写真では、少女の目が明らかに妖精の位置に焦点があっていないし、もう1枚の写真では、なんと左から2番目の妖精には羽がついていない。

1920年にエルシーが撮影した妖精とフランシスの写真

　ドイルはこの結果を知らずに、最後までこの写真の信憑性を信じ、この世を去った。少なくとも表面ではそうだったが、本当はどうだったのだろうか。ドイルはだんだんと時間がたつにつれ、そして世間では大多数の人がこの写真を疑っていることを知るにつけ、少なくとも何かおかしいとは思ったに違いない。しかし、まさか純真であるはずの田舎に暮らす少女たちがこんないたずらをするとは、しかも、このように技術的に巧妙ないたずらができるとは、夢にも思わなかったのだろう。
　しかも、友人のガードナーも、はたしてドイルに対して誠実であったか。人を信じやすいドイルの性格が裏目に出てしまった。
　ドイルは、心の中ではおそらくひどく傷ついていたかもしれないが、それを表には出していない。スポーツの勝負で弱気は禁物であるように、心霊主

第1部　コナン ドイルの軌跡　第4章　ドイルが到達した心霊主義 —— 1920

義のための戦いの場でも、弱気は見せまいと彼は思っていたに違いない。

　ドイルは、子供時代からの親友のバートンから写真術の手ほどきを受けていたことから、写真の腕には自信を持っていた。彼にはドイル家伝統の画才は受け継がれていなかった。そのせいもあって、彼は写真を科学的な表現と考えて、深い興味を持っていた。心霊写真にも強い関心を持ち、他人には一切手を触れさせずに、彼自身のカメラと乾板で交霊中の写真をとり、それを証拠として、交霊術が詐術ではないことを論じようとした。しかし、写真についていささかの専門性を持っている、という自負心が裏目に出て、彼は後になって妖精の写真にだまされてしまった。彼は持ち込まれた写真を信じ、その写真を持ってきた人の説明を信じてしまったのだ。そしてここが最大のポイントになるのだが、まさかまだ幼い少女たちが大人顔負けのいたずらをするなど、ドイルには思いもよらないことだったのである。

277

1924
（65歳）

自伝『回想と冒険』── そして「次の世界」へ

　ドイルは1923年から「回想と冒険」（"Memories and Adventures"）と題した連載を「ストランド誌」で開始し、翌1924年7月に単行本として刊行した。多様な生き方をした著名人ドイルだから伝記、評論の類は数多くあるが、自伝はこの一著しかないので当然注目される。確かに彼の人格形成期については率直な語り口となっているのだが、連載だったこともあり、どうしても比較的最近のこと、ということは第一次大戦中の自分の活躍の「回想」にウエイトがかかっており、自伝としてはバランスがとれていない。もともと彼は「冒険」的な戦いの場面の描写は得意なので、全体で約400頁のうちの15％が数年間にわたった大戦中の記録になってしまっているのはやむを得ないともいえる。執筆時の彼の最大の関心事であったはずの心霊主義関連の記述は、末尾のわずか十数頁にとどまっているが、この理由ははっきりしない。

　彼は序文でこう記している ──

　「私は、自分の思うところでは、誰にも負けないほどの多様で波乱に満ちた人生を送ってきた。私は、貧乏であるということがいかなるものか知っているし、また満足できるほど裕福であることが、どういうものであるかも知っている。私は、人間が経験するあらゆる種類のことをかじってきた。私は、多くの同時代の最も著名な人たちのほとんどを知っている。私は医師としての修業を積み、エジンバラ大学から医学博士号を取得した後に、長年にわたり文学的業績も積み上げてきた。
　私はボクシング、クリケット、ビリヤード、自動車運転、フットボール、飛行機操縦、スキーを含む、きわめて数多くのスポーツに手を染めてきたが、特に長距離用のスキーに関しては、私がスイスに持ち込んだものだった。
　私は医師として北極海で7ヶ月間捕鯨船に乗りこんだし、その後にアフリカ西海岸にも行った。私はスーダン戦争、ボーア戦争、対独戦争の三戦争を垣間見た。

第1部　コナン ドイルの軌跡　第4章　ドイルが到達した心霊主義 —— 1924

　私は近年においては、オカルト的現象について36年間にわたる私の研究の
最終結論を世間に呈示し、この問題の圧倒的重要さについて世界が認識する
ように努力し、自分自身を打ち込んでいる。この使命を果たすべく、私は既
に7冊の書籍を刊行し、5万マイル以上を旅し、30万人以上の人々に語りか
けてきた。これが我が『回想と冒険』の中でより詳しく語っている私の人生
である」。

　（以下、ドイルを知る上で重要と思われる部分を列記する）

■ ストーニーハースト学院時代

　——　ドイルの観察では、神父たちは“神学”（theology）の教育に関する
部分を除けば、皆立派な人たちだった。彼らはローマ教会の確固とした守護
者だった。彼らの固執するドグマは、真実を科学的に知ろうとする欲求に対
し、ますますガードを固くして抵抗するのだった。

■ エジンバラ大学時代

　——　イングランドの大学と異なり、パブリック・スクールの雰囲気も全く
無く、きわめてビジネスライクに教育を授ける機関だった。学生たちは所定
の教科を、それぞれ設定された受講料を支払って、講義を受ける——　教授は
教壇に立って講義をする時以外は、学生たちと接触することはない。

　——　特徴のある立派な教授たちがいた。——　ラザフォード教授は「失わ
れた世界」の主人公、チャレンジャー教授のモデルになったし、ホームズの
モデルになったジョセフ・ベル先生の強味は診立て——　それも症状だけでな
く、職業や性格まで当てるのだった。

　——　学生時代の成績は平凡で、試験をすれば正答率は平均60％程度で、そ
こそこの出来だった。この理由としては、家計のやりくりが苦しい中で自分
にできることは生活・学業コストをできるだけ切り詰めること、そのため1
年間の課目を半年で済ませて時間をつくり、バイトまたは口減らしのために
開業医のところで住み込みの助手をしていたことにある。

　——　1878年夏、シェフィールド市在のリチャードソン医師での仕事を3ヶ
月で首になり、ロンドンに行って求職広告を出したが反応がなく、ボヘミア
ン的な気持ちでぶらぶらした。たまたまトルコに向かう英国救急隊の看護助

279

手としてボランティア応募に手を上げたが、戦争終結で取り消しになった。

—— その年の冬学期を終了した後、バーミンガム在のホア医師のところに2ポンド／月の給料の助手として住みこんだ。そこで文章を書くことを勧められた。文学に対する憧憬が強く沸き上がってきた。

—— 父はローマ・カトリック教会の熱烈な信者。一方、母の方は時と共にカトリックに対する敬虔の気持ちが薄れ、ついには英国国教会の教えに心の慰めを得るようになっていった。

—— 「カトリック教会では、何かを疑うことはすべてを疑うことである。なぜなら、疑う、ということは許し難い罪である、というのが極めて重要な公理であるからだ」ということだが、「自分に示されたローマ・カトリックのみならずキリスト教信仰そのものが19世紀の神学に基づくもので、その依ってたつ論拠が非常に弱いことがわかったので、それらを基礎として自分の精神形成を行うことはできないということだった」

—— 「ということで……私の気持ちは離れ、不可知論に傾いていった」——「私自身に証明されないことを私が受容することは絶対にない」

■ 2度の航海（北極海、西アフリカ）で得たもの

—— 大学生時代の捕鯨船乗り組みでは、北極海の自然の神秘に触れただけでなく、乗組員たちとの日常的接触からも、それまで未体験だった多くのことを学んだ。

—— 卒業直後の西アフリカ航海は、さまざまな意味で対照的だった。船医の生活は楽で、ぜいたくなものだが、これから世に出て行こうとする人間にはぜいたくすぎる。早すぎる快適さは死を早める。あと一、二度同じ経験を重ねたら、世に出て成功するために必要な苦労をする気持ちにならないだろう、と自戒した。酒を断つことにした。

■ サウスシーで開業

—— 大学生時代に知り合い、強い影響を受けた友人バッドについては、後年に上梓した「スターク・マンロの手紙」に詳しく触れているが、西アフリカへの航海から帰国後にバッドから電報を受け取り、彼の招きに応じて、プリマスで彼の診療を手伝うことになった。しかし時を経ずして仲違いし、単身でポーツマス郊外のサウスシーに赴き、そこで徒手空拳で開業することを

第1部　コナンドイルの軌跡　第4章　ドイルが到達した心霊主義 —— 1924

決意した。

　—— 開業したが患者は現れず、極貧生活は続いたが、運よく自分が到着前に寄稿していた短編「我が友、殺人者」が「ロンドン・ソサエティ誌」に採用され、編集者のホッグ氏から原稿料が届いた。自伝ではこう書いている。「文学を職業にできる、あるいは時々の小遣い以上の収入になるなどは、まだ頭に浮かんだことはなかったが、既に文学は自分の生活の中では決定的な要素になっていた。なぜならホッグ氏が送ってくれたあの数ポンドが無かったら、自分は持ちこたえられずに飢え死にするか人生に降参したに違いないからである」

　——「多くの点で、結婚は自分の人生の転換点になった。独身男性、特に自分のような放浪者だった者は容易にボヘミアン気質になってしまうのだが、自分も例外ではなかった」

　——「今まで自分の人生の主たる関心は、自分の医者としての仕事だった。しかし、生活がより規則正しくなり、責任感が高まり、自分の知力の当然の発達もあり、自分の持つ文学面が徐々に広がりはじめ、やがて医業を完全に押しのけるように運命づけてしまった。こうして新しい局面が始まり、一部が医業、一部が文学、一部が思索ということになるのだが、それは別の章で扱うことになる」

■ 長編小説への挑戦

　——「結婚して1年ぐらいたった頃、これからも短編物ばかりを書き続けることはできるが、それでは決して道はひらけないと悟った。必要なことは、自分の名前を本の背にのせることだ。そうすることによってのみ、自らの個性を主張し、自分の業績の善し悪しが完全に決まる」

　——「緋色の研究」—「マイカ・クラーク」—「四つの署名」—「白衣団」と精力的に長編を書いていった。

■ 錨を上げて

　—— 結婚後からサウスシーを去るまでの期間に、考え方を革命的に変え、結果として全精力を注ぎ込むことになる心霊研究の最初の種が播かれた。特に当時の医学的物質主義にどっぷり浸っていた立場に疑念を生じさせたのは「テレパシー」の問題で、従来から議論されていたテーマではあったが、マイ

ヤーズの記念碑的な著述『人間の個性』（"Human Personality"）が出版されるに及んで、思考の転移（thought transference）について実験しようと思い立った。

—— サウスシーでの生活は順調になっていたが、コッホ博士が結核の治療法を開発したとの報に、なぜか自分でもわからないほどの強い衝撃を受け、ただちにベルリンに向かった。車中でマルコム・モリス氏と会い、専門医として身を立てることを決意し、サウスシーでの医業をたたんでウィーンに向かった。しかし現地でのドイツ語による専門講義についていけず、軽率さを反省した。それでも計画通りロンドンで眼科医を開業した。

——「毎朝、私はモンタギュー・プレイスの自宅から歩いて自分の診療室に着く。午後３時から４時頃まで待機すれど、呼び鈴一つ鳴らず。よって心の清澄さを乱されることなし。思索と仕事にこれ以上ふさわしい状態があろうか」

—— この環境の中から、短編ホームズ物語が生まれた。

■「戦争」に対する関心

—— 1897年のエジプト・スーダン間の武力衝突 —— 1900年のボーア戦争から第一次大戦まで、戦争に対する関心は高く、最前線での緊張感を得意の筆で描写する機会を常に求めていた。

—— ボーア戦争では志願して民間野戦病院の一員として念願かない現地入りした。1900年のことだった。「戦争の雰囲気は素晴らしい。新世紀が来れば、世界はもっと良くなるだろうが、この最高のスリルを失うことになる」

—— 現地の病院で多数の傷病兵の手当てをし、かたわら最前線の状況を彼らから聞き出していた。だから戦争のもたらす悲惨な姿を体感していたはずだが……心の中ではその悲惨な「事実」を上回る「大英帝国の大義」に対する確信が存在していた。「祖国のために戦う、傷つく、死ぬ」を正当化する価値観を戦争はつくり上げていた。

—— 14年後の第一次大戦では、各国軍の前線視察に行くなど、大いに戦争協力をした。

■心霊主義を求めて

——「我々は、死が言葉に表せない至福に通じる扉であることを確かに

第1部　コナン ドイルの軌跡　第4章　ドイルが到達した心霊主義 —— 1924

地元紙に掲載されたドイルの葬儀の模様。中央左から長女ジーン、長男デニス、ジーン未亡人。女性二人は喪服を着ていない

知っているのだから、なぜに死を恐れる必要があるのか？」

　1930年7月7日朝、妻のジーンと二人の子供たちに見守られて、ドイルはこの世での最後の息を引きとった。ドイルの葬儀は、夏の明るい太陽が照りつける7月11日、彼が長く住んだクロウバラの自宅でとりおこなわれた。

　世界中が彼の死を悼んでいた。弔電がひっきりなしに到着し、ロンドンからの特別列車が花束を満載してきた。多くの人々が庭をうめた。彼の柩は、彼が好んで書斎として使っていた庭の隅にあるあずま屋の近くに埋められることになっていた。
　喪主のジーンは喪服を着ていなかった。花模様をあしらった夏のドレスに身をつつんでいた。彼女は淋しかったが、悲しくはなかった。

283

「心霊は、それが宿っている肉体が滅びる直前にそこを抜け出して、次の世界に移る。だから夫は、新しい心霊の世界で生き続けている ——」と固く信じていたから。

参会者たちの間にも、未亡人ジーンの気持ちは伝わっていた。

> 彼がよく書斎に使っていたウィンドルサムの屋敷の庭の小屋の近くに遺骸が埋められたとき、それは葬式というよりも静かな園遊会の光景のようであった。ジェーン・コナン ドイルは花模様の夏のドレスをまとっていた。家人は前もって、あまり哀悼の心を強調してくれぬようにとつたえていた。1930年7月11日、太陽の照りわたるその日の葬式に参列したおびただしい群集は、あまり哀悼の色を見せなかった。しかし、人びとは彼の死を惜しんだ。世界じゅうの人びとが彼の死を惜しんだ。
> （ジョン・ディクソン・カー 著、大久保康雄 訳『コナン ドイル』より）

ドイルの後を追って、ジーンも1940年に次の世界に移っていったが、二人の亡骸は、クロウバラの屋敷がその後人手に渡った時に、ミンステッドの地に改葬された。新しい石の墓標にはこう記されている。

ミンステッドの教会の一隅にあるドイルとジーンの墓標

鋼鉄（はがね）の如く真実で
刃（やいば）の如く真っ直ぐな
アーサー・コナン ドイル
ナイト、愛国者、医者、そして文学者

第1部　コナンドイルの軌跡　第4章　ドイルが到達した心霊主義——1924

　確かにドイルは、中世騎士道的精神構造を持った大英帝国の賛美者であり、医者でありながら文学者の道をたどった人物であった。そして何よりも、自分の時代を思いきり生き抜いた偉大な凡人であり、ヴィクトリア朝的価値観における偉大なヒューマニストであり、愛すべき男であった。
　自分に忠実に、妥協を求めず、そこから生じる困難を恐れず生き抜いたその姿は、今日の私たちにも大きな示唆を与えるものではないだろうか。

Episode 15　　和製シャーロッキアン　ロンドン奮闘記

　私はロンドン滞在（1981-1986）中にロンドン・シャーロック・ホームズ協会に入会したのだが、人見知りするイギリス人たちの間に入って彼らと打ち解けるまでにいろいろ苦労した。その様子をみていた当時の会長のトニー・ハウレット氏と奥さんのフリーダさんは積極的に私をサポートしてくれたので私も嬉しく思い、やがて同夫妻とは非常に親しくなり家族ぐるみで友情を温め合うようになった。同氏は当時、ロンドンのシティの儀典長的な権威ある要職にあったが、彼の部屋を訪ねて行くと、仕事を脇において早速にホームズ談義に入るのだった。夫妻は第二次大戦終了後の1951年に開催された「英国祭」の催事の一環として企画された「221Bホームズの部屋」の実現に参画していたのが縁で知り合い結婚した。ホームズは月下氷人の役を務めたことになる。

　そのトニー・ハウレット氏は私が日本で「シャーロック・ホームズの履歴書」を執筆中であることを知り、次のような心温まるメッセージを送ってくれた。

　ロンドン・シャーロック・ホームズ協会会長　トニー・ハウレット

　このたび日本に帰国した我々の友人、河村幹夫氏がシャーロック・ホームズと彼の活躍したヴィクトリア時代に関する一書をものするとの報に接し、非常によろこんでおります。河村氏は実際に我々の仲間に入り一緒にホームズの研究を楽しんだ最初にして唯一人の日本人でした。私も生粋のロンドン子です

が、その私も舌を巻くほど、彼はいつの間にかロンドン通になっていました。ロンドンやその近郊でのホームズの活躍の足跡を熱心に追っているうちに、彼は我々の知らないような路地裏にまで踏みこんでしまったのです。彼はロンドンの歴史に深い興味をおぼえ、ついには非常に難しいといわれるロンドンのシチーの公式ガイドの資格を取る寸前までいったのですが、試験当日に突然のっぴきならない仕事上の出張が重なり、とうとう受験を断念せざるをえなかったそうです。彼はまた、シチーの伝統的で重要な機能の一つである先物取引所——ロンドン金属取引所（LME）の会員会社であるトライランド社（三菱商事の子会社）の責任者としての地位に数年間ついていたので、その間にシチーの多くの重要人物とつき合い、シチーの過去・現在やシチーの中のギルドの実態についても多くの知識を得たはずです。そういった経済人の目から見たホームズ観は非常にユニークであり、私たちも大いに啓発されたものでした。

その彼がどんな本を書いたか——日本語の読めない私が理解できないのは残念ですが——きっと彼らしい楽しくユニークな読物であることは間違いないでしょう。

——河村幹夫・著『シャーロック・ホームズの履歴書』（講談社現代新書、1989年）より。

なお、本書は1989年日本エッセイスト・クラブ賞を受賞した。

その後も私はロンドンに出張の機会があると、夫妻と会い、互いの無事を喜び合っていたのだが、残念なことにトニー・ハウレット氏は他界されてしまった。残されたフリーダ夫人の淋しそうな表情をみて、私はお世話になったお二人に何か記念になりそうな事を残したいと思うようになった。そして共通の友人であるキャサリン・クックさんと相談の結果、実現したのが2008年に創設した"THE TONY AND ALFREDA HOWLETT LITERARY AWARD"でホームズ協会の機関誌"The Sherlock Holmes Journal 2008年夏号"で会員に紹介された。

第1部　コナンドイルの軌跡　第4章　ドイルが到達した心霊主義── 1924

The Tony and Alfreda Howlett Literary Award

5月25日に開催された年次総会においてマリオット会長より、
「故会長のトニーと未亡人のフリーダの長年の友人であり、我らの日本人会員である河村幹夫氏の御厚志により、シャーロック・ホームズに関して会員によって新たに刊行された作品に対する文学賞を創設することになりました。河村氏は50年以上の長きにわたる当協会に対する夫妻の貢献をこの賞をもって顕彰したいと強く望んでおられるので『トニーとアルフリーダ文学賞』と命名しました。

河村氏はこの賞の創設に当り、10,000ポンドを寄付されましたので毎年500ポンドの賞金を受賞者に贈呈することができます。また日本で印刷された賞状も添えられます。会員の皆さんも私と一緒に河村氏の御好意に感謝の気持ちを表したいと思います。」

右側がトニーとフリーダ

【写真出典】
p.227：故マルコム・ペイン氏撮影（著者提供）／p.257：Georgina Doyle "Out of the Shadows" 2004年／p.274："THE COMING OF THE FAIRIES" 1922年／p.276："THE COMING OF THE FAIRIES" 1922年／p.283：故マルコム・ペイン氏提供（著者提供）／p.284：Brian W. Pugh and Paul R. Spring "On The Trail of Arthur Conan Doyle" 2008年／p.287：著者提供

287

第2部

小論

コナン ドイルはどんな人間だったのか

　ドイルは、大英帝国の最盛期であったヴィクトリア時代後期を中心に活躍した。20世紀に入り第一次大戦が始まり、世界が「不確実性の時代」に突入して価値観が大きく変化する中にあっても、彼はヴィクトリア時代の徳目を守り続け、最後は心霊主義者として次の世界に移っていった。

　本書は評伝として、基本的にはドイルの人生を時系列的に追っているが、彼の多様な相貌をみる時、いくつかの重要な事象については項をあらため、それらの全体像をまとめておくことが必要と感じ、ここに「小論」として著者の見解を記録しておきたい。

　——　彼はカトリックの伝統の中で生まれ育ったが、成人してからは物質主義者と自己主張し、晩年は心霊主義者として啓蒙普及に全力を投入した。

　——　彼は医者としては成功しなかったが、ホームズ物語の作者として一躍有名になった。しかし、思うところがあってホームズを滝壺に落とし、抹殺を計った。

　——　彼は大衆小説作家として時代の寵児となったが、彼の本意は、長編歴史小説を書く純文学作家として成功することだった。

　——　彼は終生、熱烈な大英帝国主義者だった。それ故に、栄光ある大英帝国の基礎を危うくするような社会の不正義に義憤を感じ、彼流儀の論陣を張った。

　——　彼は母親から教え込まれた中世騎士道精神を自らの徳目とし、病床の妻に献身的に尽くしていたが、一方では一人の若い女性を愛していた。

——　彼は不幸な結婚生活で虐げられている女性の解放のための離婚法の改正には賛成し活躍したが、婦人参政権については反対の立場をとっていた。

　——　彼は多彩な執筆活動の一つの帰結として「失われた世界」を発表し、SF作家としても有名になった。

　——　彼は第一次大戦を予見し、ドイツの潜水艦攻撃の脅威を建白したが、慢心していた軍部に無視された。そして英国は、ドイツのUボートにひどく苦しめられた。

　——　彼は第一次大戦の最中に、心霊主義を確信すると公表した。その後、彼は自分の全財産を投じ、家族を巻き込み、国の内外で啓発活動を続けた。

　——　彼は過労のため、71歳で息を引き取ったが、彼の妻は喪服を着なかった。肉体が滅びる直前に彼の魂が「次の世界」に移っていったことを、彼女は確信していたからだった。

小論〈1〉 ドイル流ヒューマニズム

1. 医師としてのドイルのヒューマニズム

　ドイルといえば、ホームズ物語の作者という第一印象を多くの人が抱くのは当然である。しかし、同時に、ドイルは当時としては最高水準の教育を受けた知的エリートであったことも、私たちは知っておく必要がある。伝統的なイギリス社会において教育の必要性が認識されていたのは、厳格な階級制度の最上層を形成していた支配階級（王、王族、土地貴族、教会勢力、大法官、大政治家）に限られており、最高教育機関のオックスフォード／ケンブリッジ両大学と、有名パブリックスクールも、支配階級とその子弟用であったのは明らかだった。

　しかし、18世紀中期以降の産業革命の進展と共に、社会は労働者階級の手足だけでなく頭脳も必要とするようになったことから彼らの間に階級分化が発生し、後になってミドル・クラス（中堅階級）と呼ばれる新しい階層が徐々に形成されていった。特にその中でも、ブルジョワジー層といわれた専門性のある職業を持つ一群の人たちは向上心が強く、知的好奇心も旺盛で、産業革命という時代の流れに呼応し、その成果を取り入れながら、自らも既成の階級秩序の中で確固とした新しい立場を持つようになった。彼らは教育の重要性を認識し、従来の家庭内教育中心から公開の教育体系を重視する傾向が強かった。その制度的仕上げが、1870年の普通教育法制定であったといえる。

　1859年生まれのドイルはスコットランドのエジンバラで幼少期を過ごしたので、イングランドのダイナミックな時代動向とはほぼ無縁な環境にあったが、当時としては高い知的水準を持つ家系の血を引き継いでいた両親の理解もあって、2年間の地元での寺子屋的初等教育を受けたあと、7年間、イングランド北部でカトリックのイエズス会が運営していた全寮制学校で厳格な宗教中心の教育を受け、その後フェルトキルヒに1年留学してから故郷に戻りエジンバラ大学で5年間医学を学んだ。エジンバラ大学はイングランドの二大学と並び称されるスコットランド随一の大学であったが、イングランド

第2部　小論——〈1〉ドイル流ヒューマニズム

の二大学が教養系のリベラル・アーツ重視であり、コレッジを中心とした人格教育を特色としていたのに対し、エジンバラ大学はポリテクニック的（技術、工芸）専門教育に徹した実学重視の傾向が強かった。特にドイルが入学した医学部は産業革命の成果である新しい科学的・技術的知見を積極的に取り入れる雰囲気が強く、講義・演習も物質主義（materialism）に基づいた明快な論理で行われていた。

　ドイルがその人格形成期の前半を神学校的な雰囲気の中で、批判を許さない、教条的で、古典的な教育に浸されていたことと、その後に今度は、時代の最先端をいく思想と技術が渦巻く世界にとび込んだという事実は、彼の実社会に出てからの行動や考え方を理解する上できわめて示唆的といえる。

　ドイルは、医学生時代に医師の卵としてのアルバイトを通して開業医の実態を見たし、捕鯨船に数ヶ月間、船医として乗り込んだ経験もあった。また、卒業直後には西アフリカ航路の貨客船船医として勤務した。またその後は、紆余曲折の末にイングランド南部の軍港都市ポーツマス郊外のサウスシーという町で、開業医として8年間を過ごした。この間にエジンバラ大学から医学博士号（M.D.）を取得した。その後、開業医ではなく眼科専門医として身を立てようと決心して、ロンドン中心部で開業したがわずか3ヶ月で廃業。これを最後として、医師としての人生にピリオドを打ち、作家として身を立てようと決意したのだった。

　この彼の経歴をみると、一つの率直な疑問が浮んでくる。それは、そもそもドイルは本当に医者になりたかったのか、ということである。彼は閉鎖的な環境の中にいた少年時代から、さまざまなことに関心を持つ好奇心の強い性格の持ち主だった。それは多くの場合、読書によって満たされていた。特に同郷の大先達であるサー・ウォルター・スコットの長編歴史小説や、マッコーレイの歴史エッセイなどに強い感銘を受けた、ということから、ドイルの当時の関心の中心は、文学的・歴史的なことにあったと推測される。ただ、彼の敬愛したスコットと根本的に異なっていたのは、家庭の環境だった。ドイル一家は「思いは高く、暮らしは低い」を地でいくような生活を余儀なくされており、経済状態は彼が物心ついた頃から貧乏が続いていただけでな

293

く、状況は悪化傾向を辿っていた。また、一家の大黒柱であるはずの父親の
チャールズが失職した上に、まもなく精神病院送りとなってしまったので、ド
イルが大学生になる頃には彼の家庭は実質的には崩壊していた。

　それでもドイルが大学に進学できたのは、一つは母親のメアリの何としても
でも長男のドイルを出世させ、傾いた家運の再興を果たす、という不退転の
覚悟だった。ドイル家の困窮状態を見抜いたストーニーハースト学院は、授
業料免除と引き換えに少年ドイルを僧籍に入れる（イエズス会の神父、伝道
者として育成する）という提案をしたが、メアリは断固として拒絶した。も
う一つは、彼の後見人的な役割を果していたドイル一族が、彼の大学進学を
認めたことだった。しかし、条件がついていた。それはドイルが卒業後は法
律家／聖職者／医師のいずれかの職業を選ぶということ、したがって進学先
もそれに沿って選ぶということだった。為すべき選択は、ドイル自身にとっ
ても母親メアリにとっても明々白々だった。

　したがって、ドイルが医業を自ら進んで天職と心得ていたわけではない。し
かし医学部生になったドイルの目の前に現れたのは、近代思想と科学技術が
織り成す全く新しい、魅惑的な世界だった。彼はその前にキリスト教（この
時点でドイルが認識していたのはカトリック）を放棄していると自分で思い
込んでいたこともあり、エジンバラ大学医学部を支配していた「医学物質主
義」の雰囲気にすぐ溶けこんでいった。すべての根源は物質と考え、精神の
実在を否定する哲学（唯物論）、即ち、精神的なものに対する物質的なものの
根源性を主張し、精神的なものはその現象ないし仮象とみなす認識論的な立
場、特に、生命現象を物理的、化学的手法によって研究する学問である「生
理学」が物質主義の傾向を最も強く持っていた。したがってドイルは、医学
部入学直後からこの医学的物質主義を無条件で吸収し、自らを物質主義者と
規定していたのは想像に難くない。

　医者としてのドイルの履歴は、サウスシー時代の８年間に加えて、後年
（1900年）の南アフリカにおけるボーア戦争中に、約半年間を現地の民間野戦
病院の事務長 兼 医師として過ごした経験を入れても10年弱であり、病院勤
務医の経験も医学校の教壇に立った体験もなかった（当時は民間大病院が付

294

第2部　小論──〈1〉ドイル流ヒューマニズム

属の医学校を持ち、医師の養成も行っていた）。したがって医師としての履歴は、田舎町での一般開業医（general practitioner ＝ G.P.）という平凡なものでしかなかったはずだが、文筆の才に恵まれたドイルは自伝（『回想と冒険』）、半自伝的作品（「スターク・マンロの手紙」）および医学小説集（「赤いランプをめぐって」）の中で、雄弁に医師としての自分の経験や考え方を述べている。

　それらの内容を要約すると、ドイルは心情的には最新の科学技術的知見を取り入れた冷静且つ合理的な判断に基づく医学的処置よりは、患者をまず人間として迎え入れ、彼らのおかれた環境や心理に留意しながら診療し、処置をする、という「時代遅れ（Behind the Times）」── 医学小説集「赤いランプをめぐって」中に同名の短編あり ── 型の医師に軍配を上げていたようである。

　ドイルの医師としての経歴はこの程度であったが、その後にナイトの称号を持つ有名人になったこともあり、1910年10月3日に、ロンドンのセント・メアリーズ病院付属医学校での新学年開始記念講演の機会を与えられた。演題は「医学のロマンス（"The Romance of Medicine"）」で、ドイルはその最後をこのように結んでいる（『赤いランプをめぐって（中巻）』笹野史隆 訳より）

　　さて、話が長くなりました。最後の話は皆さんに直接向けたものにしましょう。あの偉大なアバーネシーは、このような新学年開始の講演をするよう頼まれた時、そして眼前に何列もずらりと並んでいる学生を見た時、『諸君、これは驚いた！　諸君はみんなどうなるんだろう？』と叫びました。現代の状況においても言えると思います：諸君はみんなどうなるんだろう？　皆さんは、自分の仕事が手近にあることが分かるでしょう。偉大な軍務に進路を見出す人もいるでしょう、『海外帝国』に進路を見出す人もいるでしょう、個人開業に進路を見出す人も多いでしょう。皆さん全員に、人生は厳しい仕事を与えるでしょう。皆さんのほとんどに、その厳しい仕事は富を与えないでしょう。しかし、生活にこまらない程度の収入が全員に用意されるでしょう、それとともに、ほかのいかなる職業も同じ程度には与えることのできない知識、皆さんが全員の友人になること、全員が皆さんの人生にとってより望ましくなること、皆さんの目的は高貴で人道的である

こと、こういうことがあるのです。外側にあっては皆からの好意、内側にあっては良い仕事をしているという自信、これは金銭の尺度では量ることのできない利点であります。皆さんは金銭よりも高い理想を常に掲げてきた、職業の継承者なのです。皆さんよりも先に出発した人たちはその評判を高く保ってきました。利己的でないこと、恐れを知らないこと、人間愛、控えめなこと、職業上の自尊心 —— これらは医学がこれまでずっとその息子たちに要求してきた誇りとすべき資質であります。息子たちはそれに従って行動してきました。来たるべき世代の間にそれらを衰退させないよう配慮するのが、皆さん若者の責任であります。

A・コナン ドイル

2. ホームズに投影されたドイルの動機重視型ヒューマニズム

　ドイルはホームズを、世界で初めての、そして唯一人の「民間諮問探偵」として創り上げた。これは重要なことだった。「民間」であるが故に、スコットランド・ヤード（ロンドン警視庁）の探偵たちのように公権力の行使に伴う諸々の制約を受けることがない。目的達成のためには他人の家に不法侵入したり、それだけでなく悪漢がゆすりの種に使っていた書類を焼き捨てたり、時には本職の警官が到着するまで、あたかも自分が公権力を持っているかのごとく、事件現場を取り仕切ったりする。また、そうしてやっと犯人を特定し、自白を引き出しても、その犯行の動機に同情すれば、警察に引き渡すどころか、その場で犯人を宥恕してしまうのである。こういう自由奔放な探偵ホームズの行動に、読者が喝采をおくったのは当然だった。当時のイギリスは厳しい階級社会の仕組みの中で、一部の支配階級が専横に振舞い、それから外れた大多数の国民はさまざまな面で抑圧されていた。その中でうっ積していた庶民感情とでもいうべきものを、ドイルがホームズを通して発散させることに成功していたのだった。

　ドイルはホームズ物語の中で、特に「動機の人間性」を重視していた。人間の行動はその動機が純粋に人間的なものであれば、たとえその結果が支配

第2部　小論 ──〈1〉ドイル流ヒューマニズム

者層の定めた法律に触れようとも、それは大いに情状酌量されるべきもので
ある。逆に人間性にもとる悪意に基づく行動が「法の枠外」で処置されたと
しても、それはいわば「天罰覿面」というものであって、その処置人を単純
に公の法に基づいて罰するというのは、彼の心情からすれば忍びないことで
ある。しかし、何が人間的動機なのか、誰がそれを判断するかといえば、そ
れはホームズ以外にはあり得ない。善悪の基準は、必ずしも支配者が一方的
に決めて施行している法律に基づいて決定されるべきではない、とドイルは
考えていたようだ。こういう庶民的な勧善懲悪主義をホームズは演じていた。
個々のケースについては、拙著『名探偵ホームズとドイル ── ヴィクトリ
ア時代の一つの人生、二つの履歴書』（海竜社、2014年）を参照していただき
たい。

| 小論〈2〉 | **ドイルの作品の文学性** |

1．「ロマンス」という言葉を愛したドイル

　ドイルは自分の作品について語ったり、文学を論じたりする時に、「ロマンス」という言葉を好んで使った。

　辞書によれば ―― 日本語（『大辞泉』）では、「空想的、冒険的、伝奇的な要素の強い物語、特に中世ヨーロッパの恋愛・武勇などを扱った物語を言う、ロマンと同義、元来は、ラテン語の俗化したロマンス語で書かれた物語の意」であり、英語（『研究社新英和大辞典』）では「romance ①中世騎士（の武勇）物語（通例韻文で、ロマン語で書かれた）② a 伝奇物語、空想小説、ロマンス（文学）［冒険や驚くべき武勇行為、きわめて純情な恋愛事件、その他各種の空想的な事柄を含む物語］、b 冒険物語、c 恋愛物語」となっており、彼の文学性に対する基本的な理解を示していると言える。

　例えば『赤いランプをめぐって』のまえがき（PREFACE）（笹野史隆 訳）では、このように述べている。

　　これらの小説はすべて、多かれ少なかれ直接、医者と医学問題に関係がある。ざっと目を通すと、一冊の本の中でわたしは二つのまったく異なる文学的表現方法を用いていたという事実に強い印象を受けた。これらの小説のうちの五編、すなわち「初めての手術」、「三代目」、「イヴの呪い」、「医学文書」、「外科医は語る」は徹底的にリアルである―リアルすぎると言う人もいる。ほかの小説はすべてロマンスで彩られている。すべてのフィクションの究極的目的はおもしろさであり、また、目的を達する限り、どういう方法や工夫で目的を達するかは重要でないと思うので、この表現方法の不一致を気にしたことはないし、それには良い効果さえもあるかもしれないと思ってきた。なぜなら、軽い読物は医学的事実の耐えられない厳しさをやわらげるかもしれないからである。
　　そういう短編小説の一つ、「1815年の落伍兵」はサー・ヘンリー・

第2部　小論──〈2〉ドイルの作品の文学性

アーヴィングに劇「ウォータールーの物語」のための素材を提供するという幸運に恵まれた。この劇において偉大な芸術家はほんのわずかな素材からいかに多くのものを作ることができるかを示した。

A・コナン ドイル

ハインドヘッド、アンダーショー荘、1901年

　それに加えてドイルは、小説は読者の興味を刺激し、面白く読ませる、という要素が重要だと確信していた。これは、子供の頃から読書好きだったドイルが、大学生時代に小説を書くことを勧められて短編を書くようになり、「読む」側から「読ませる」側に立ち位置をかえた際に自覚して以来の信念だった。何を書いても、読者が面白く読んでくれなければ意味がない、というのが彼の考え方だった。

　また、『勇将ジェラールの冒険』（上野景福 訳、創元推理文庫、東京創元社）に掲載されている「作者序文」（1903年）の中で、ドイルは小説の技法に関し、次のように自分の考えを述べている。

　　わたしの考えでは、小説の手法は、興味を涌かすという本質的な目的を達成さえできたら、天と地とともに窮まりなく広い、と言って差しつかえない。すべての方式と流派は、ローマン派と写実主義、象徴主義と自然主義を問わず、目差す目的はただ一つ ── 興味を涌かすことだ。この目的を達成する限り、いずれも正しく、この目標が実現できない場合は、無用なものとなる。疲れた勤労者、いや、さらに退屈している無為徒食の人は作家に向かって、自分たちの心を、わが身自身から、そしてわが日常生活のマンネリから、どこかへ転じてもらいたい、と要求する。モラルの範囲にとどまる限り、どの方式でも、この効果をあげられるものは正当である。どの流派でも、この目的を果たしたと正当に主張できる流派は正しく、自派に対抗する他の流派はこの点で失格であるとて、それを示そうと努める流派は誤っている。作品の内容を冒険ものとしてもいっこう差しつかえない。作品の舞台を聖書にしても差しつかえない。作品を教育的なもの、論争的なも

の、牧歌的なもの、さてはユーモアもの、糞真面目なもの、その他どんな種類のものにしても差しつかえないが、ただしその作品を興味の涌くものとしなければいけない。このことが肝要なことであり ―― その他のもろもろはすべて瑣末のことだ。ひとりの作家が各種の方式を次々と用いていっても、それぞれの作品で読者の心をしっかり把み、読者の心を個人的な関心事から他へと転じさせることができれば、いささかも無定見の謗りは受けない。

　だがこれには当然反論が出る。「≪興味を涌かす≫といわれましたね―― だれの興味を涌かすのですか？」と。この反論は実際には大したことではない。より高級な、そしてより永続的な作品となると、万人の興味を常に涌かしてきたものだ。ある一つの流派の礼讃の的となっていて、あまりに凝り過ぎて一般向きでない作品は、何か性格上に欠陥があるに違いない。文体が難解なため、真に偉大な作家でありながら、世に認められるのが遅かった例を知っている。―― しかし文体の難解は長所ではなく、彼らは文体が難解だったのにも拘わらず、偉大な作家だったのである。英文学の中でもっとも尊敬されている名前、スコット、サッカレー、ディッケンズ、リード、ポオを取りあげてみると、これらの作家はある一つの社会階層だけの興味を涌かすのではなく、教育のあるすべての読者に等しく訴えるのである。

　さらに続けてドイルは、名作といわれる諸作品が持つ唯一の共通点は、どの作品も読者ひとりひとりの注意を引き付けて離さないことであることを強調して、

　　注意を引き付けて離さない、この力量こそ、物語りの上の技法となるものだ。この技法は進歩させ、発展させることはできるが、模倣のきかないものなのだ。それは共感する力であり、演劇の感覚である。

　と、結論づけている。

2. ドイルの文学的実践

　「ロマンス」「読者の興味を引き付けて離さない」の2要素の結合は、ドイルの場合、長編・短編を問わず「歴史小説」においてであった。彼の死の前年（1929年）に刊行された短編集一巻本『コナン ドイル物語』（"The Conan Doyle Stories"）には、合計76の短編が所収されているが、その内訳は、ボクシング物語6編、戦場物語6編、海賊物語6編、海洋物語6編、恐怖物語6編、ミステリー物語7編、トワイライト・ゾーン、未知に関する物語12編、冒険物語6編、医術に関する物語9編、歴史物語12編となっている。

　ドイルはこの本の序文の中で、「このように分類すると、どの項目が一番気にいっているかと聞かれることがある。その答えは、私は人生の諸相に関心を持っており、その中でも本当に私を引き付けることに絞って書いているのだが、もしどうしても区別する必要があり、どれか一つの項目以外はすべて消却してしまうと言われたら、私が残したいと思う項目は、やはり『歴史物語』である」と述べている。ドイルが終生、歴史物語を愛し、歴史物語を書くことに自分の天分があると信じていたことがわかる。

　ドイルが頭に描いていた「読者の興味を引き付けて離さないロマンス」の最高傑作は、ウォルター・スコットの「アイヴァンホー」だろう。彼はこの作品を子供の頃から繰り返し読み、感動し、原文を暗唱していたといわれている。確かに「アイヴァンホー」は、「武勇並びなき騎士アイヴァンホーとロウィーナ姫とのロマンスを中心に獅子王リチャードが変装した黒衣の騎士や義賊ロビンフッドが縦横に活躍する痛快無比の歴史小説」（岩波文庫・表紙より）であり、ドイルの唱える2要素が見事に結合している。

　ドイルはこの作品を範として、自分自身のロマンスを目指して3作の長編歴史小説を世に問うたが、そのいずれもが短期的には世間の好評と批評家の評価を得たものの、人気は長続きせず、やがて忘れ去られてしまった。1820年に刊行された「アイヴァンホー」が200年後の今日でも読み継がれているのに対し、それから71年後の1891年に刊行されたドイルの長編自信作だった「白衣団」は、書店でみつけることすら難しい。この差は二人の生まれ育った家庭環境の違いに起因するところが大きい。

また、時系列的にみると、1820年と1891年の71年間にはイギリスにおいて産業革命の急速な発達があり、その成果としての大型・高速の印刷機の登場、パルプウッドを原料とした安価・大量の紙の供給が可能となり、その結果として新しい大衆活字文化が出現した。スコットの時代には、最初から背表紙に自分の名前が記される単行本として上梓し世に問うという、限られた機会しかなく、それだけに失敗は許されず、ワインに例えればじっくりと時間をかけて熟成してから成果物を出す、という覚悟が必要だった。それに引き換え、活字文化が発達してコンテンツ（作品）不足でもあったドイルの時代では、まず、第一段階として月刊誌に連載し、好評であれば単行本化されるというパターンが定着しつつあったので、作者側もそれを意識して、雑誌連載の際には毎号でストーリーに山場をつくり、読者が継続して読んでくれるようにする書き方の工夫が必要だった。全巻を通した雄大な構想よりは、毎回読者を喜ばせ次号につなぐことに主眼がおかれ、また、せいぜい10回前後の連載が一般的だったので、全体の原稿量も限定的にならざるを得なかった。ドイルの「白衣団」も、最初は「コーンヒル誌」に12ヶ月間連載された。ドイルはその意味では、幸運な時代環境の中で文名を高めていくことができた。

第2部　小論──〈3〉大英帝国主義者ドイルの論理

小論〈3〉

大英帝国主義者ドイルの論理

1．ドイルの精神彷徨

　他国に先駆けて産業革命を達成し、外に向かっては強力な植民地政策を押し進めた結果として世界に冠たる大英帝国が完成したのは、ヴィクトリア女王治政下の19世紀後半だった。だから、その時代に生まれ育ったドイルが終生大英帝国主義者であったのは、何の不思議もない。彼の場合は加えて、母親メアリがドイルの白地の頭の中に中世騎士道精神を繰り返し刷りこんだのだから、この「大英帝国主義」と「中世騎士道精神」は、ドイルのその後の言動と作品を理解していく上での二つの鍵になる。

　また、ドイル一家は階級社会秩序の中での位置は低かったが、血筋の上では遜色のない水準にあると少なくともメアリは確信していたので、ドイル自身も「知的エリート」としての自覚を成長するにつれ持つようになったのは確かである。

　そうは言っても、彼の知的教養にリベラルアーツ的な広がりや「精神的余裕」がなかったのも、事実として認めざるを得ない。ドイルは人格形成の前半を、自宅周辺と、カトリック教義が強く支配する寄宿学校で過ごし（その結果、彼はカトリックに反発し、信仰を捨ててしまうのだが）、後半はその対極にありそうな大学医学部の学生として「医学的物質主義」に心酔した。

　注目すべきは、ドイルはカトリック信仰を失った結果生じた心の空白（void）が、新しく目の前に現れた科学的物質主義が代置するものと思い込み、また期待していた節があった。やがて彼は、カトリック信仰は放棄したが、「神」の存在は確信している自分を見出し、「医学的物質主義」と「神」の間で精神彷徨をするようになる。超常現象やオカルト的なことに真剣な関心を持つようになり、それは次第に心霊主義に焦点を合わせていくようになった。

　また、ドイルは医学生として生理学（医学はその一分野と理解されていた）の持つ冷静で合理的な論理に心酔しながらも、同時にその適用の対象となる人間の性や精神の強さ・弱さにも強い関心を持ち続けた。手術台上の患者の示す限界的状況、医師の診察結果を待つ病人の不安心理、愛する人に先立た

303

れた「残された者」などの悲惨、苦悩、失われた希望などを、ドイルは肌で感じていたはずである。

　ドイルの30年以上にわたった精神の彷徨は、第一次大戦下の1916年の、彼の心霊主義「確信」宣言で帰結した。彼はその２年後に書いた『新しい啓示』の中で、こう記している。

　「世界中が苦しみもがいている中で、我々は毎日のように未だ人生の花の蕾の時期に戦場で散っていった若者たちのことを耳にしている。自分の夫が、息子がこの世を去ったのが未だに半信半疑で信じられないという妻や母親たちは大勢いる。私はそれらを耳にし、目にするうちに、自分がこれまで長い間、いわば現在の科学の法則では説明できない力の存在というものを研究していたと思っていたのが、突然、実はもっと途方もなく驚異的なこと、現世と次の世界の間の壁を打ち破ることにつながっていたということを自覚した。疑うべからざる霊的世界からの直接の交信、それは、現在のような苦悩に満ちた状況において、人類に希望と導きとを与えるものであることを知った」。

2.　ドイルの戦争体験

　ドイルは人生の中で、二度にわたり戦争の現場を体験した。最初は1900年のボーア戦争で、最前線に近い地域内に設立された民間野戦病院の事務長 兼 外科医として。二度目は、第一次大戦中の政府要請による、英・仏・伊・豪各国軍の最前線視察だった。特に豪前線視察の時には、市街戦に近い、狭い範囲の特定地域内での野戦の最中に遭遇し、彼自身も身の危険を感じた瞬間もあったらしい。こういう市街戦、白兵戦的な体験を島国の英国民は免れていたし、日本でも沖縄での過酷、悲惨な戦闘を除けば、本土の人たちは体験することがなかった。ドイルも母親から頭の中に刷り込まれていた中世騎士道精神の影響で、子供の頃から負けず嫌いでケンカをいとわなかった。自ら仕掛けることはなかったにしても、売られたケンカは必ず受けて立ち、必ず勝つ、というか勝つまで続ける、というのがドイル母子の信条だった。

304

第2部　小論——〈3〉大英帝国主義者ドイルの論理

　ケンカならまだしも、現実の戦争で「殺し合う」ということの意味について、ドイルがどう考えていたのか、残念ながらわかっていない。ドイルは当時としては最高水準の教育を受けた知的エリート階層に属していたのだから、戦場の最前線にいて悲惨な状況を目の当たりにすれば、戦争の本質や、人間の生とは、死とは何なのか、について少なくとも瞬間的にはいろいろな思いが頭に浮かんだはずであるが、彼に関する記録には、そのことについての彼の苦悩や心の痛みにふれた部分は残っていない。ではドイルは、戦争大好き人間（warmonger）だったのか。確かに彼は、戦争の匂いがすると戦時特派員（war correspondent）を志願してエジプトのカイロから南のスーダン国境まで行ったし、南アフリカのボーア戦争の際には、前線基地に到着した時には「戦争の雰囲気は素晴らしいものだ。平和と幸福の千年王国の時代が到来すれば、世界は得るところが多いだろうが最大のスリルを失うことにもなるだろう」（Wonderful is the atmosphere of war. When the millennium comes the world will gain much, but it will lose its greatest thrill.）と、戦争の終結（勝利）が近いことを暗示しつつ、自分の戦地での臨場感を記録している。

　その後ドイルは現地の野戦病院で献身的に、送り込まれてくる傷病兵の手当をした。彼の奮闘振りは、この病院内で彼をインタヴューした戦時派遣画家メンペス（Mempes）によって詳しく記録されている。戦争の持つ悲惨さは常に彼の目の前にあったが、ドイルはこの戦争についての大英帝国の「大義」については一言も批判しなかった。その一方で、軍部の無能振りについては手厳しかった。彼によれば、英国にとってこの戦争遂行をこれほど困難にし、犠牲を大きくさせたのは、政府の方針ではなく、時代遅れの戦術を継続していた軍部にその責任があるのだった。

　このドイルの軍部批判は、15年後に勃発した第一次大戦においても厳しく繰り返された。その時のドイルは、売られたケンカは受けて立ち、必ず勝たねばならないという信念に満ちた「愛国者」として登場していた。　―― 英国軍は緒戦に大敗し、その後も困難が続いた。多くの死傷者が出た。ドイルの身のまわりにも、犠牲者が続々と出た。多くの人が、死者との交信を求めて心霊主義に近づいてきた。ドイルも大戦の真最中に心霊主義を「確信」し、死者が次の世界で生きていることを唱えたのだ。

305

ドイルは、多様な価値観を持っていた。その一つは、「法の正義」についてであった。時の支配者たちが自分たちの利益のために作り上げた法体系は、恒久の正義として無条件的に認めるわけにはいかない。例えば殺人一つ取り上げてみても、平時であれば死罪に値するだろうが、戦時になれば相手を殺すことが称揚されるのは、殺人の動機が「お国のため」だからだ。同じように「人間的な動機」に基づく殺人は、他の一般的な殺人とは区別して取り扱うべきであると考えていたドイルは、「修道院屋敷（Abbey Grange）」「悪魔の足（Devil's Foot）」事件では、ホームズをして殺人者を宥恕させている。

　彼はまた、「離婚法改正同盟」の会長を６年間務めたほどの、女性解放運動の熱烈な支持者だったが、これは大英帝国の恒久の繁栄の阻害要因となる不幸な家庭の増加を阻止すべきだ、とする、ドイルの独自の考え方に基づくものだった。また、大英帝国が世界に冠たる模範国家であり続けるためには、すべての国民に等しく「法の正義」が与えられなければならず、人種、性別などにより差別されることを為政者は厳しく監視し、発生を防止しなければならない。それが担保されていないと判断された時には、「知的エリート層」が自ら行動して為政者にそれを悟らせるべきである。「エダルジ事件」は、ドイルが取り上げた一つの事例だった。

　ドイルは大英帝国主義と中世騎士道精神の二本柱を軸としていたが、彼の心のなかでこの二本柱は相対立するものではなく、むしろ相互補完していた。中世騎士道における強者への讃美は、そのまま世界最強の大英帝国に対する信奉につながり、弱者に対する思いやりの精神はそのまま、海外統治政策に反映しているとドイルは受け止めていた。中世騎士道や大英帝国主義の本質までさかのぼって見抜こうとするほどの、深く思索する精神構造を、ドイルは持っていなかった。
　これはしかし、ドイルだけを責めるわけにはいかない。ヴィクトリア時代のほとんどの英国人は、大英帝国主義に何の疑いも抱いていなかったのだ。

第2部　小論——〈4〉ドイルの深層心理

小論〈4〉　　　　**ドイルの深層心理**

1．母親メアリとの精神的な絆

　ドイルの深層心理をさぐる上で最も重要な鍵となるのが、母親との精神的な絆である。まず、メアリがドイルにとって絶対的な存在であったというのは、まぎれのない事実であった。彼女の両親は、当時の知的エリートだった。不幸にして父親は夭折したが、残された彼女の母親は、苦しい経済生活の中から12歳になった娘のメアリをフランスに送り出し、女性としての教養を身につける機会を与えた。メアリは現地で、当時の女性としては珍しい「紋章学」に強い関心を持ったが、それは察するに、自分たちの家柄に対する秘かな誇りを持ち続け、それを確認したかったのだろう。それは、現実の貧乏生活に対する克己心につながり、それはそのまま息子のドイルにマインドセットされることになる。

　幼少時のドイルの白地の頭の中に、中世騎士道精神をはじめ、ドイルの先祖の栄光の歴史、また現実に生きていくための刻苦勉励の大切さなどを繰返し刷りこんだのは母親であって、父親ではなかった。せっせと働き、苦労している母親の背中を毎日見て過ごしたのだから、ドイルの母親に対する尊敬の念は充分に強かったはずである。かくしてドイルの生涯を支えた「中世騎士道精神」と「自助の精神」、そして現実の厳しい階級社会に対する「反骨精神」は、既に母親の傍らにいた幼少期に形成され、終生変わることがなかった。

　また彼は大学生になるまでは、自宅周辺とイエズス会の寄宿学校以外の世界をみたことがなかったので、友人らしい友人といえば、子供時代からの仲良しだったウィリアム・バートンと、寄宿学校時代に親しくなったジミー・ライアンという名の少年の二人だけだった。だから、相談相手としての母親に対する依存度だけが常に高かった。そんな母子関係だったから、母親メアリも神経質だった。息子の求めに応じあれこれと意見を言い指図も続けたが、時系列的にみると、彼女が息子の上に絶対的に「君臨」したのは、ドイルの初恋の娘エルモアとの関係を断ち切った時（1882年）が最後だった。それ以降のドイルは、以前と同じように母親にあれこれ意見を求めていたが、節目

307

節目で意見の合わない時には、最終的には自分の意思決定を優先させていた。ホームズを滝壺に落として消滅させる、ボーア戦争に際して現地入りする、などは、その例である。

　メアリは1920年、ドイル61歳の時にこの世を去ったが、最後まで威厳をもって息子に接する母親であり続けたし、ドイルも常に彼女を「最後の拠りどころ（last resort）」として意見を求め続けていた。ドイルがメアリに差し出した手紙は、残っているだけで1,000通をはるかにこえるといわれる。そんな母子の関係だった。

2.　ドイルは本当にホームズを好きだったのか

　ドイルが40年間にわたって書き続けたホームズ物語は、長・短合わせて60作。それに対し、自分が念願としていた長編歴史小説は、代表的なものはわずか3作（「マイカ・クラーク」1889年、「白衣団」1891年、「サー・ナイジェル」1906年）にとどまっている。ドイルはその理由について、処女作の「マイカ・クラーク」については特にコメントしていないが、1891年の「白衣団」の際には、一時はホームズの短編物との相乗効果が出て売れ行きが伸び、彼も大満足したが、世間は長編小説の次作を待望せずもっぱらホームズ物の連載継続を求めたので、だんだん気難しくなった。その結果は、ホームズ物が自分のエネルギーをとり過ぎて、本来志向している長編小説に充分集中できない、という理由で、ホームズを滝壺に落としてしまった。したがってドイルは、金の卵を生むホームズ物語を自分自身で書けなくしてしまった。

　これは、結果としては誤った意志決定だった。タイミング悪く、妻のルイーズの結核感染が明らかになり、スイスのダボスに転地療養が必要となった。そのための必要資金調達のために、ドイルは「ジェラール准将」シリーズをはじめ、雑多な文章を書くことを余儀なくされた。さらにルイーズがイギリス国内で療養できるようにと、気候の良いロンドン南部のサリー州で、立派な邸宅の建築を開始した。工期は延び延びになったが、1897年に完成。総工費は、ドイルの母親への説明によると6,000－7,000ポンド（6,000－7,000万円）で、彼は、担保や抵当権はついていないし、物件そのものは場所柄もあり価値は充分あると説明したが、母親は息子の資金繰りが心配だった。確かにこ

第2部　小論——〈4〉ドイルの深層心理

の頃のドイルは、日々の生活に見合う収入は確保していたが、もともと貧乏な出自だから、上流階級とちがって資金的な蓄積は乏しかった。そこに母親の不安もあった。

　資金問題については、実はドイルも頭が痛かった。自分のつくったキャラクターを使った演劇で大当たりを取ろうとしたり、いろいろな投資をしたり、あれこれ努力してみたが、やはり大金を稼げるのはホームズしかない、というのが、ドイルが秘かに到達した結論だった。彼はホームズ復活の方法とタイミングを考え始めた。

　機会は、ボーア戦争時に知り合ったフレッチャー・ロビンソンとの会話から訪れた。

　1901年にホームズは読者の前に再び現れ、大喝采を浴びた。これをみた出版社は、ホームズの本格的な復活を条件としてドイルに大金を提示した結果、ホームズは1903年に完全復活し、1904年にかけて13作が書き下ろされた。その2年後（1906年）には、ドイルは念願の長編歴史小説第3弾「サー・ナイジェル」を刊行し「最高の作品」と自画自賛したが、読者はホームズの登場しないドイルの作品に関心を示そうとしなかった。彼は、イギリスの読者は作者の持つ多様性（具体的には一人の作者がホームズ物語のような大衆向けの作品も書くが、純文学的な長編小説も書く）を認めようとしない、と嘆いたが、それが現実だった。

　ドイルは1921年 – 1927年の間にホームズ短編物をさらに12作書き、「事件簿」としてまとめられたが、心霊主義啓蒙活動のための資金作りという彼の意図が明白で、作品としては内容的にも気合いが入っていなかったので人気は出なかった。

　このようにみると、ホームズは復活以後はもっぱらドイルの資金作りのための「金の雌鶏（めんどり）」に過ぎなかったのかと、ホームズならずともドイルを恨みたくもなるのだが、一つだけ確かなことは、ドイルはホームズが大好きだったということ。それは、ドイルが持ってはいるが現実には発現できない人間的要素をホームズが化体していること —— ホームズの人見知りする性格、自説を曲げない頑固さ、他人を頼りにしない行動力、放埒（ほうらつ）な支配者層に対する嫌悪感と羨望心の複雑なからみ合い —— などは、生みの親ドイル（クリエーター）からつながっている血筋だからである。

309

3. ドイルはなぜカトリック信仰を放棄したのか

　1882年、ロンドンで行われた一族との信仰問題についての会談の中で、既に自らを物質主義者（materialist）として規定していたドイルは、明確に、既にカトリック信仰を放棄していることを述べた。「私たちに与えられた最大の贈物は理性（reason）であり、私たちはそれを活用すべきです。証明できないことを受け入れる（信ずる）という誤ちを犯しているが故に、いくつかの宗教は互いに争い、殺し合っている。皆さんの信じているこのキリスト教の宗派（カトリック）には多くの素晴らしい、崇高な要素と、とてつもない全く馬鹿げた要素が混在しているのです」

　ドイルがこの結論に到達するためには、相当の時間が必要だったはずである。ドイルは自伝『回想と冒険』の中で、一章をストーニーハースト学院におけるカトリック教育についてさいているが、教師である神父たちは、神学（theology）に関する部分を除き、人間的に立派な人たちだった。しかしこの部分（神学）になると、彼らは確固としたローマ教会の擁護者になり、ドグマ（教理）に固執し一切の疑問を受け付けなかった。真実を科学的に知りたいという当然の欲求に対し、彼らはますますガードを固くして抵抗するのだった。「Immaculate Conception（聖母マリアの無原罪懐胎）」や「papal infallibility（教皇不謬性）」という言葉がその章の中で出てくることから推測すると、好奇心の強いドイル少年は、例えば授業で教えられるカテキズム（カトリックの教義を平易に説いた問答体の「公教要理」）の内容に素朴な疑問を感じた時には、手を挙げて質問する度胸があったのだろう。これはしかし、"a priori"（先験的な）であるが故に、答えは用意されていない。その繰り返しから、ドイルの不信はつのっていったのではないだろうか。

　ドイルがストーニーハースト学院時代（日本でいえば小・中・高校時代）に既にキリスト教（この場合はカトリック）の本質に迫り、そこで得た知見に基づいて、批判や反発を持つようになったと考えるのは、早計だろう。より正確に言えば、ドイルがその年齢で既に持っていた、ごく自然に得られた「合理的判断力」に基づいて、カトリックの教義の押しつけをする教師である

310

神父たちの授業に疑問を持った、というのが真実ではないだろうか。しかし、どの宗教でも持つ"a priori"なdogma（先験的な教義）について、神父たちがドイルの期待するような、（当時の水準における）合理的、科学的説明ができるはずがない。キリスト教に限らず、どの宗教もそれぞれの"a priori"から出発しているのだ、ということを当時のドイルが理解できなかったのは当然だった。ドイルは晩年に自ら心霊主義の啓発者と自認するのだが、実は彼は自分自身も"a priori"から出発していたのだった。

　結局のところ、当時のドイルは「絶対神」そのものの存在を認めるか否定するか以前の疑問や批判を一切許さないまま、一方的に「教義」を押しつけようとする神父たちと、その背後にある学院の教育方針、さらにはさかのぼって、運営者である教団のあり方などに嫌悪感を持つようになったのだと推測される。

4．ジョセフ・ベル博士（Dr. Joseph Bell）の影響

　ドイルの人生において、人格的な意味で深い影響を与えた一人がベル博士（1837-1911）だった可能性については、まだ広く研究されていない。ドイルはエジンバラ大学で彼の講義を受けたのだが、そこでの個人的接触は、当時の師弟間の心理的距離からみて、なかったはずである。ドイルは入学後の最初の夏休み（1877年）をスコットランド西部のアラン島で過ごしたが、その時に偶然ベル博士と出会った、と彼自身が書いている。恐らくはその際のドイルのあけすけな（outspoken）態度にベル博士が好感を持ち、またドイルの経済的な困窮状態に同情したことから、彼に自分が勤務する病院の外来診察助手の仕事を与えたのだろう。相手の状態を観察し、相手の気持ちを察し、人間的な接触を大切にする、ベル博士はそういう価値観を持ったスコットランド人だった。

　ベル博士はエジンバラの王立施療院（Royal Infirmary）の有能な外科医として知られており、エジンバラ大学では専任教授ではなく講師的立場で臨床外科（Clinical Surgery）の特別講座をもっていた。患者の診立てが上手で、

学生たちにも、患者の診察にあたっては目、耳、手、頭を使って患者の症状を突きとめることが大切だと繰り返し説明していた。すらりとした体型、高い額、鋭く突き出た鼻、とがったあご、冷静で自省的な表情 —— これらを後に、ドイルはホームズに転移させたらしい。またドイルは、助手になってから知ったことだが、ベル博士は現地の警察が手がける事件のコンサルタントも極秘ベースでやっており、スコットランド・ヤード（ロンドン警視庁）ともコンタクトがあったらしい。ホームズのプライベート・コンサルティング・ディテクティブ（private consulting detective＝民間諮問探偵）という発想の源も、ここにあったのだろう。犯罪も病気と同じで診立て（観察）が重要なのだ、と、ドイルもベル博士を通じて知ったのだった。

　ベル博士はまた、たいへん優れた人格の持ち主として知られていた。彼はドイルと同じく既成宗教（キリスト教）の権威主義、形式主義には強い反発を感じていたが、宗教そのものについては深い信仰心を持ち、現世を越えた生や、新しい救世主の出現の可能性や —— もし彼が長生きしていたら、ドイルの心霊主義とも接点がでてきそうな宗教観を持っていた。

　ベル博士は生涯を通じて、病める者 —— 精神的に肉体的に —— に対し、その困難を和らげることに力を尽くした。控え目な態度の中に、人間に対する優しい気持ちを包みこみ、悩める者に救いの手を差し伸べようとしていた。彼は結婚した時に、妻と、これからは収入の10％を「神の奉仕（God's service）」に当てることを約束した。この基金は、多方面で活用された。

　外科医としては、王立施療院での逸話として残っているのは、ジフテリアにかかった子供が体内の有毒流体を除去するために気管切開が必要となったが、当時はまだそのような装置は開発されていなかった。そこでベル博士は、ピペットで子供の喉から毒素を吸いとったのだった。そのために、彼自身が毒素のために長い間喉を痛めたままだった。彼は子供たちが大好きで、いつもわけへだてないフェアな態度で接していたが、それだけに一人息子を亡くした時の嘆きは大きかった。彼は終生、精神性の高い、同時に、他人に優しい生き方をした。ドイルが後年、ベル博士をモデルとして創り上げたホームズは、彼の人格とは無関係な（風貌の一部を除けば）存在になったが、ドイルの求めに応じて彼の単行本に有名な序文を書いて、ドイルを励ました。また、ドイルが1890年にエジンバラで選挙に立候補した時には、何度も演説会

第2部　小論——〈4〉ドイルの深層心理

場に現れて彼を応援したという。もしドイルに人格的影響を与えた人がいた
としたら（母親メアリを除けば）、彼に診療助手の仕事を与えて、そばに置い
ていたベル博士こそ、その一人であったことは間違いない。この点の解明は、
今後のドイル研究にとって大きなテーマの一つである。

第3部

コナン・ドイル 作品紹介

3

怪奇小説作家 ドイル
—— 心霊主義への道程 ——

　「書き魔」ドイルは実に多くの作品を世に送り出したが、その大部分は得意としていた短編であった。彼は最晩年の1929年に、ホームズ／ジェラール准将をテーマにした、いわゆる読み切り短編シリーズを除いたものを集大成して、一巻本の『コナン ドイル物語』（"The Conan Doyle Stories"）として後世に残したが、それは10項目に分類された、76短編におよぶ多彩な内容だった。

　ドイルの作品の中で最も広く、長く読まれているのは、短編56、長編4の60作品からなる「ホームズ物語」であり、この後継作品である「ジェラール准将」物を加えた、いわゆる大衆小説作家がドイルの「第一の顔」であるが、ドイルはそれにあきたらず純文学作家たらんと志し、「白衣団」をはじめとした数作の長編歴史小説を書き上げたが、どれも決定的な評価を受けることができなかった。これがドイルの「第二の顔」である。

　この二つの作品群の流れは多くの読者に知られているが、実はドイルには世間にはあまり知られていない、いわば「伏流水」のような「第三の顔」が同時並行的に存在していた。それは、超常現象や恐怖をテーマとした、怪奇小説作家としてのドイルである。超常現象とは、その時代の常識や通念、科学的・心理的知見では説明できないが、現実に発生する現象 —— 例えば催眠術を使った被験者の精神の支配、霊媒を介した死者との交信、肉眼では見えない遠隔地で発生している現象を言い当てる透視術など —— を指すと一義的に解釈できるが、ドイルはそれらの現象を軸として、得意とする臨場感あふれる筆技で短編怪奇小説に仕立て上げ、これらの作品を好む大衆相手の出版社に投稿していた。

しかも最も注目すべきは、ドイルはその時々の自分の気分で書いたり、筆を止めたりしていたのではなく、早くはホームズが登場する以前の「ササッサ谷の秘密」（1879）から始まり、「北極星号の船長」（1883）、「寄生体（パラサイト）」（1894）、「たる工場の怪」（1897）、「火あそび」（1900）、「青の洞窟の恐怖」（1910）と超常現象を扱った作品は続くのである。確かに初期の作品には、当時、まだ文壇では無名でしかも貧乏にあえいでいたドイルが少しでも収入の足しにしたいと願って書き上げて出版社に送りつけた「売文」もあるのだが、彼がホームズ物語で一躍有名になり最も多忙な作家として世間の注目を浴びている時期でも、合間を縫って短編怪奇小説を書き続けていたという事実は示唆的である。

　第一次大戦最中の1916年、ドイルは心霊主義者としての確信を突然公表した。多くの人には「突然」と映ったかも知れないが、ドイルの「第三の顔」を見れば、この確信表明は彼の人生の当然の帰結だったことがわかる。彼は超常現象の「科学性」を求めて研究する中で、心霊主義に接近していったが、共感を覚えつつも、どうしても解明できない一つのMissing Link に悩んでいた。それが何であるかは本文に譲るとして、それが確認できたことでドイルは「頭の中の霧が晴れて」堂々と確信宣言をしたのだった。ここではドイルの「第三の顔」に焦点を当てながら、連綿として続いていったドイルの怪奇小説類が、いかに赤い糸となって彼の心霊主義につながっていったかを解明することで「ドイルの真実」に迫りたい、というのが紹介の意図するところである。

作品〈1〉　　　　　　　　　短編

北極星号の船長
The Captain of the Polestar

初出：「テンプル・バー誌」1883年1月号

　ドイルはエジンバラ大学医学部生だった1880年2月から8月まで、捕鯨船の船医として北極海で仕事をし、それまで彼にとって未知だった自然の神秘に魅了された。この体験は、明らかにその後の彼の超常現象への傾倒のプレリュードとなり、心霊主義へとつながっていく。

　本作品は、医学部生ジョン・マカリスター・レイの不可思議な日記からの抜粋という形式をとっている。彼の乗った捕鯨船「北極星号」は、船長クレイギーの強い意思で、既に捕鯨シーズンが終わりに近づいているのに、まだ北極海の真只中に居残り、もう一儲けを狙っていた。しかし、環境は日に日に悪化しているようだった。氷が船の周りをかこむようになり、ついに船は動けなくなってしまったのだ。

　クレイギー船長はまだ三十をそんなに出ていない年配だったが、いかにも船長らしい背の高い、筋骨逞しく、浅黒く整った顔をしており、造作やあごの線は男性的で決然としている。しかし、最も特徴的なのは彼の眼である。「眼はごく浅い榛色で、輝きがあり、真剣さがあった。その眼に浮かんだ表情は、二つのものが組み合わされた奇妙なものだった。ひとつは無謀さで、それは何か別のもの、何度か思ったのだが、他のどの言葉よりも『恐怖』という言葉で表現するのが相応しい感情が、同時にそこにはあった。たいがいは、前者が優勢である。しかし、時折、考えに耽っているような時、恐怖がその顔に広がり、深まり、それは顔の印象を全く違ったものに変えるのだった」。そして眼と同じように、クレイギー船長の精神も移ろいやすく不安定だった。

　彼は船員たちだけでなく、船主たちにとっても謎の人物だった。彼のこと

を少しは知っているらしい一等航海士ミルンによると、クレイギー船長は捕鯨シーズンが近づくとどこからともなく現われ、航海が終わって給料の精算が終わるとどこかに消えてしまうのだそうである。しかし、長い年月にわたって彼が捕鯨船の船長としての地位を得ていたのは、船乗りとしての腕前と、船を任される以前の航海士時代の評判、すなわち度胸があって冷静という評判ゆえだった。そして、ミルンの解釈では「船長が捕鯨に熱中しているのは、それが選択しうるなかで最も危険な職業だからで、船長はどんな方法でもいいから、死を求めているのだ」というものだった。奇妙といえば、彼は決して自分のことは語らず、また誰も自分の部屋に入れなかった。

　しかし、ある日、この日記の主、ジョンは船長の指示で彼の時計を持ちだすため鍵を受け取り、彼の部屋に入った。狭い、何の特徴もない部屋だったが、ジョンの目は一枚の若い娘を描いた水彩画に釘付けになった。「薄い色の夢みるような眼。長い睫（まつげ）、悩みや不安に曇ることのない広く明るい額、それらは明確な線を描く顎と、きりりとした下唇と見事な対象をなしていた。隅のほうに文字が書かれていた。『M・B 19歳』。あの顔にみられるような、あんな意思の力を感じさせる顔を、たった19年でつくり上げることができたというのは全く驚異だった。恐ろしく傑出した女性だったのだろう。……船長の人生においてあの娘がどんな役割を演じたか、僕は考えてみた」。

　その日の彼の日記は続く。「午後11時20分 ―― 広い分野にわたる、長く興味深い会話を終えて、船長は帰っていった。船長は自ら望めば、話し相手として最高に面白い人物になることができる。非常な読書家で、独断的になることなく、効果的に自説を展開することができる。彼は人間の魂というものの性質について話した。そして水際だった話し振りで、アリストテレスとプラトンの、魂に関する説の概略を述べた。彼は輪廻転生説やピタゴラスの教義に傾倒しているようだった。そしてそれらについて議論しているうちに、話は現代の心霊主義にまで及んだ。僕はスレイド（ヘンリー・スレイド。アメリカ人。心霊筆記で評判をとったが、トリックをあばかれ、ロンドンから逃亡）の詐欺のことを冗談めかして語った。すると船長は驚いたことに、純粋のものと、そうでないものを混同すべきではないとの見解を示した。それから船長はおやすみを云い、自分の部屋に帰った」。

捕鯨船を取り巻く状況は好転していなかった。見渡す限りの白い氷原の中で船は固く束縛されたままだった。不安がつのり、迷信深い船員たちの間で幽霊をみたという話が飛び交うようになった。ジョンもお手上げの心境になり、宿命論者になっていった。風や氷といった不確かなものが相手では、できることなど何もないと悟ったのだった。そしてついに彼自身も、もたれかかっていたデッキの真下から高く鋭い声が不意に湧き上り、凍てついた静寂な闇の中を切り裂くように上方にのぼっていったのを聞いた。その声はついには滅びる魂の最後の声のように彼の上方で苦痛にみちた叫びとなって炸裂し、長く尾を曳いて暗闇の中に消えていった。

　そして最後の悲劇が北極星号を襲った。その翌日の船長の機嫌はとてもよかったのだが、実際の行動は神経質で落ちつきがなかった。その夜になって船長は船尾の手摺にもたれ、広い氷の平原をじっと見ていた。そしてまるで待ち合わせをしている人間のように、何度も時計を見ていた。そして一語つぶやいた。「いよいよだ」。―― 船長が熱心に見ていたのは、霧の渦巻きだった。形というものはなかった。しかし「こっちだ、こっちだ」と船長は言った。「無限の優しさと憐憫が混じった声だった。愛する者が長いあいだ切望していた贈物をいま与える、船長の様子にはそういった感じがあった。与えるのも受け取るのと同じくらい喜ばしい、そういった感じが」。―― 次の瞬間、船長は身を躍らせて氷原にとび降りた。そしておぼろげな霧の影のあたりをめがけて、両手を広げて走っていった。何かを抱きしめようとするかのように。彼は声を上げて氷原の上を全力で走りつづけた。そして最後に真っ白な氷原の上の小さな黒い点になった。それがクレイギー船長の最後だった。

　ずっと後になって、一つの事実が確かめられた。彼はコーンウォール沿岸出身の非常に美しい娘と婚約していたが、彼女は彼が海に出ている時に悲惨な状況下で亡くなっていた。

（創元推理文庫：西崎 憲　訳）

第3部 コナン ドイル 作品紹介

作品〈2〉　　　　　　　　　　　短編

J・ハバクック・ジェフスンの陳述
J. Habakuk Jephson's Statement

初出：「コーンヒル誌」1884年1月号

　1873年暮、一隻の遺棄船が、ジブラルタル港に曳航されてきた。そのマリー・セレスト号は大西洋で漂流していたのだが、不思議なことに乗組員は一人も残っておらず、積荷に何も損害もなかった。たぶん、船長夫人の持ち物だったのだろうが、ミシンの上の糸巻はそのまま立ったままだった。船は平穏な航海を続けていたはずである。航海日誌はきわめて不充分だったが、この船がボストンからポルトガルのリスボンに向かっていたことははっきりしていた。マリー・セレスト号にどんな事件が発生し、乗船者が全員消失したのだろう。この事件は大きな話題を呼んだ。── そして、ドイルはこの不可思議な事件を題材として、それに解決を与える形でこの作品を書き上げている。

　この事件の陳述者、J.ハバクック・ジェフスンは、奴隷廃止運動の初期の主導者として有名な白人で、ハーバード大学出身の医学博士。南北戦争では北軍側で戦ったが、ゲティスバーグの戦いで負傷し死線をさまよっていた時に、マレーという紳士が現れ、救出されて彼の農園で療養することになった。ジェフスンは数人の黒人召使たちの手厚い看護を受けていたが、その中の一人の老婆は威厳がありそうで、特に彼の面倒をよくみてくれていた。どうやら彼女は、ジェフスンが黒人たちのために闘ってくれていることを知っていて、感謝の念を強く持っているようだった。

　ある日、その老婆、マーサが人目をしのんで彼のところにやってきた。もう自分は死が近づいているから、と言って、最も大切な品を彼に託そうとするのだった。それは彼女によれば「この世にあるどんな品物よりも貴くて聖いもの」── 黒くて平らでまんなかに穴のある石だった。よくみると3イ

321

ンチくらいの長さで卵型だが押しつぶされたような形で、中央部分では幅１インチぐらい。ちょっと人間の耳たぶそっくりの形をなしていた。後に専門家に鑑定を依頼したところ、この黒くて非常に堅い性質からみて、この石は隕石に違いなく、また耳に似ているのは偶然ではなく、とくにそういう形に彫ったものであることを彼は強調した。── この小さな黒い石はジェフスンのポケットの中に入ったまま、さまざまな人の運命を左右するようになる。

　ジェフスンは北軍が優勢になり勝利もほぼ確実になったところで、軍隊には復帰せず故郷のニューヨーク州のブルックリンに戻って開業、結婚して充実した生活を送っていたが、不運にも肺炎におかされ、治療を受けると共に、長期航海に出るのがよかろうというアドバイスを受けた。そして友人の父親である実業家の所有するマリー・セレスト号に乗船すべく、ボストンに到着した。今回の行先はリスボンで、乗組員は７名、客は実業家が経営するホワイト・ラッセル・アンド・ホワイト商会の若い社員１名とジェフスンの２名のはずだったが、出帆２日前になって突然、セプティミアス・ゴアリングと名乗る黒白混血の男が是非、乗船を希望したいと申し出たので、客は３名になった。

　出航後、しばらくしてこのゴアリングが精神不安定で挙動不審であることがわかってきた。船長室に無断で入って海図を調べたり、クロノメーター（経線儀）をいじくったり、羅針盤について船長と議論したり、かと思うと狂暴性をおびた目でジェフスンをみつめたり ── ゴアリングは明らかに何かの意図をもってこの船に乗り込んできたのだが、ジェフスンも船長も白人の乗組員たちも、それに気がつくのがあまりにも遅すぎた。第一の犠牲者は、船長夫人と子供だった。夜遅く、二人が失踪しているのがわかった。船長は半狂乱になって船内くまなく探したが、二人の影も形もなかった。そして第二の犠牲者は、船長自身だった。彼は拳銃自殺したということになったが ──

　そして、次に途方もないことが起こった。ポルトガルのリスボンに近づいているはずだったのに、計器類が故障していることに気が付かなかったために、マリー・セレスト号は何とアフリカ大陸に向かっていたのである。目の前には砂漠の黄色い海岸線が長く広くつながっていた。そして船内では、ゴアリングと彼に雇われていたとみられる黒人船員たちによる白人捕獲作戦

第3部　コナン ドイル 作品紹介

が始まった。しかし、ジェフスンだけは、彼の持っていた不思議な黒い石を
めぐって黒人の間で意見が割れたため、命だけは取り合えず助かることに
なった。

　その後の想像を絶する不可思議なこととしては、まず黒い石の耳の型は現
地の回教徒の黒人たちが崇拝する偶像の耳から切断され盗まれたものであっ
たということ、彼らがこの石を切り断たれていた耳に当てたところ、ぴった
りと符合した。かくして彼らの偶像は再び完全な形になり、居合わせた黒
人たちは歓喜の声をあげた。そしてもう一つわかったことは、ゴアリングは、
白人によって彼と彼の家族が残虐な仕打ちを受けたことの報復として、徹底
した白人復讐主義者になっていたことだった。そして、もし大陸で白人に支
配されていない黒人たちの集団があったら、彼らを強化し、それを核として
一大黒人国を形成し自分がその指導者になりたい、という妄想を持つように
なった。そして、何らかの機会から、この砂漠にすむ素晴らしい黒人たちの
存在を知り、そこを秘かに目指したのだった。

　コナン ドイルのこの作品は、明らかに1881年10月－1882年1月まで船医と
して乗船した西アフリカ航路の貨客船マユンバ号でのさまざまな体験を基礎
としている。彼は原住民たちの悲惨な状況と彼らの上に君臨する白人たちの
横暴に義憤を覚えたり、途中でマラリアにかかって生死の境をさまよったり、
大きな船火事にあったりして、ほうほうの体で帰国した。彼は、後年に刊行
した自伝にこう記した。「アフリカで金持ちになるよりは、母国で乞食になっ
た方がましだ」。

　この作品は、短編の常として無署名で掲載された。しかし、題材のスケー
ルが大きかったことから評判になり、「作者探し」が始まった。一部の批評
家は、R.L.スティブンスンの書いたものではないかと推測した。尊敬するス
ティブンスンと比肩されたことと、「コーンヒル誌」の出版元であるスミス・
エルダー社が短編物に対する原稿料としては破格の29ギニーを支払ったこと
で、ドイルは感激し、自分の能力に自信を深めることになった。

（新潮文庫：延原 謙　訳）

323

| 作品〈3〉 | | 短編 |

ジョン・バリントン・カウルズ
John Barrington Cowles

初出：「カッセルズ・サタディ・ジャーナル」
1884年4月12日・19日号

　1881年にエジンバラ大学医学部を卒業したドイルは、開業資金もなく、船医をしたあと大学時代の友人であったバッドに求められ、イギリス南西部のプリマスで彼の経営する医院を手伝ったりしていた。しかし意見が合わず、彼とも別れて単身、南部の港湾都市ポーツマス郊外のサウスシーで、独力で医院を開業した。1882年のことだった。知人も資金もなく文字通り徒手空拳で旗上げはしたものの、予期した通り前途は厳しかった。彼は生活費を極力切り詰めて患者を待ちつつ、得意とする筆の力で短編小説を書いては出版社に送りつけ、生活の足しにしようとしていた。この作品もその当時のものであるが、単なる原稿料稼ぎの売文ではなく、ドイルの心をとらえて離さなかった「超常的な力」―― この場合は、催眠術の被験者をめぐる異常に高い意志力を持つ二人の精神的戦い ―― の存在をテーマにしている、という点で後年、心霊主義に傾倒するドイルの予兆的な作品の一つとして位置づけることができる。

　本作品は、一人称形式で始まる。「わたし」と友人、ジョン・バリントン・カウルズは、共にエジンバラ大学で学ぶ医学生だった。下宿を同じくしたことから二人の交友は深まっていく。ジョンは父親がインドでシーク教徒を率いる連隊長だったことからインドで生まれたが、その父親との縁は薄れ、母親はなく、身近な親類縁者もいない、孤児同然の状態だった。「熱帯の情熱的な気質を具えていた彼は背が高く、すらりとした若者で、オリーブ色の肌とベラスケス風の顔立ち、優しげな黒い目をしていた。これほどまでに女性の興味を惹き、想像力をかき立てるにふさわしい男を、滅多に見たことがない」。そうでありながら彼は孤独な日々を送り、女性との交流を避け、熱心に勉学に励み、優秀な成績をおさめていた。

第3部　コナンドイル 作品紹介

　そして1879年の春の一日、二人は連れ立って美術展に行った。カウルズはあらゆる形態の芸術に心酔していた。そして会場の中で「わたしは部屋の反対側にたいへん美しい女性が立っているのを目にした。生まれてこのかた、あれほどまでに古典的な完璧さを持つ顔立ちを見たことはない。まさしくギリシャ風の容貌だった —— 額は広く、とても低くて、大理石のように白い。その周囲を優美な巻き毛が取り巻いている。鼻筋はすっきりと通り、唇は薄目で、頬は美しい曲線を描いているが、それでいて、彼女の並外れて強い性格を充分に表しているのだった」。—— 彼女のそばには、婚約者のアーチボルド・リーヴズが並んで立っていた。彼は法学部の学生だった。その彼がちょっと彼女と離れた時、彼女の目が突然一点に留まり、何かを凝視したのだった。その先にはカウルズがいた。そして、二人の目が合った。

　それからほどなくして、彼女 —— ミス・ケイト・ノースコット —— の周りで不可解な悲劇が続けて発生した。実はリーヴズは彼女にとって二度目の婚約者であり、その前に最初の婚約者、ウィリアム・プレスコットがいたのだが、二人の婚礼の日取りも決まり、万事整ったとみえたところで破滅が訪れたのだった。彼はある晩、ミス・ノースコットの家を訪ねて長時間そこに居たが、出てきた彼は全く別人のようになっていた。そしてその３日後に、彼の死体が湖に浮いていた。次は、それから数ヶ月後の寒い夜、わたしは偶然に、下層階級の住む地域に密集する安酒場から出てきた飲んだくれの男、彼女の第二の婚約者であったはずのリーヴズとばったり出会った。以前は大学一の洒落者といわれた彼は、今や酒に溺れた末に神経と脳をやられているようだった。介抱する「わたし」に対し、「ああ！君は彼女のことを知らなかったな。彼女は悪魔だ！美しい……美しい女だが、あれは悪魔なんだ！」……「ぼくの力も男らしさも、すっかり吸い取られてしまった。それで酒を飲むようになったのさ」。……「ぼくが自ら招いたことだ。自分で選んだのだ。だがぼくには……ああ、どうしても……ほかに取るべき道はなかった。彼女にあのまま心を捧げ続けることはできない。それは人間にできることではない」……「なぜ、彼女は、もっと早く言ってくれなかったのだろう？　なぜ、ぼくがあれほど彼女を愛するまで待っていたのだろう？」

325

数ヶ月後、長い夏休みを終えたカウルズは、意気揚々とエジンバラに帰っ
てきた。彼はミス・ノースコットの三番目の婚約者になっていた。「わたし」
はそれを聞いてできるだけ明るく話すように務めていたが、第一の婚約者プ
レスコットの不幸な運命、第二の婚約者リーヴズの言葉が思い出され、漠然
とした恐怖と不信感を彼女に抱いていたのだった。そしてある日、「わたし」
はカウルズと一緒に彼女の家を訪れた。ミス・ノースコットはこの上なく美し
く、カウルズが夢中になっているのは疑いなかったが、異様だったのは、彼
女はずっしりとした犬用の鞭を持ち、小さなスコッチテリアを折檻していて、
「わたし」に向かってこう言ったのだ。「わたしたちも、人生の終わりにまと
めて罰をうけるのではなくて、犬のように悪いことをしたらその場で罰が当
たるのだったら、どんなにいいでしょう。そうすれば、もっと気を付けるよ
うになるんじゃないかしら？」「悪い行いをするたびに、巨大な手にとらえら
れて、気を失うまで鞭でうたれるとしたら」── 彼女は話している間も、白
い指を握り締め、犬用の鞭を残酷にふるっていた ──「どんな立派な道徳論
よりも、人を善人にしておく効果があるでしょうね」。

　そして、しばらくたった後、ついに彼女の「本性」を見る機会がやってき
た。有名な霊媒で催眠術師でもあるメシンジャー博士が当地にやってくるこ
とになった。彼の実演は、当時の信頼できる判定者たちからは、何度も本物
と折紙をつけられていた。彼は決してインチキをせず、動物磁気学や電気生
物学といった風変りな疑似科学の分野では、当代一信頼のおける権威との評
判だった。
　当日、「わたし」は友人たちと、カウルズは婚約者と前列に席をとった。あ
りきたりの催眠術・透視術の実演が終わり、いよいよクライマックスの時が
やってきた。メシンジャー博士はこう演説した。「これまでお見せしてきたこ
とで、催眠をかけられた被験者が完全に催眠術師の意のままになることがお
わかりになったでしょう。意思の力は全く失われ、考えは、支配者によって
吹き込まれたものでしかなくなります」「強い意思はまさにその強さによっ
て、たとえ遠くからでも弱い意志を乗っ取り、その意思の持ち主の衝動や行
動を統制することができるのです」。── そして最後の被験者として選ばれ
壇上にあがったのが、なんとわが友カウルズだったのだ。

第3部　コナンドイル　作品紹介

　カウルズは催眠術に最初は抵抗していたようだが、次第に術が利いてきた
ようだった。その時、「ふと、ミス・ノースコットの顔が目に入った。彼女
は催眠術師にじっと目を据え、その顔には、およそ人間の顔には見られない、
力を集中させた表情が浮かんでいた。顎を引き、唇を結んだその顔は、純白
の大理石から彫り上げた美しい像のように硬かった。だが、眉は緊張し、そ
の下の灰色の瞳は、冷たい光を放ってぎらぎらと輝いているように見えた」。
── 突然、壇上から短い、あえぐような悲鳴が聞えた。メシンジャー博士は
聴衆に向って叫んだ。「これ以上続けられません。わたしより強い意思が邪魔
をしているのです」。

　そしてカウルズも、このファム・ファタル（運命の女）の魔力から最後に
逃れることはできなかった。彼女の意思の力のままに、彼は窓から身を投げ
て命を絶ってしまったのだった。「ミス・ノースコットが他人の心に作用し、
さらに心を通じて身体に作用するような、異常な力を持っていることは間違
いない。また本能的に、その力を、卑劣で残酷な目的のために使っていたの
も確かだ。そしてその裏に、さらに残忍な、ぞっとするような性質 ── 結
婚前にあかさなければならない、ある恐ろしい性質 ── があることも、三
人の恋人の運命から推測できる。だが、このようにして明かされる恐ろしい
証が何なのかについては、それまで情熱的に彼女を愛していた恋人が、聞い
たとたんに遠ざかってしまうという事実からしか推測できない。そして、そ
の後の彼らの運命は、彼女が自分を捨てた男を執念深く覚えていた結果と考
えられよう……これ以上は何もいえない」。

（創元推理文庫：白須 清美　訳）

作品〈4〉　短編

体外遊離実験
Great Keinplatz Experiment

初出：「ベルグラヴィア・マガジン」1885年7月号
「ニューヨーク・タイムズ」1885年7月26日号

　ドイツのカインプラッツ大学のフォン・バウムガルテン教授は、高名な解剖学者にして深い知識を誇る化学者であり、ヨーロッパ随一の生理学者でもある。長身で痩躯、顔は細く尖り、鉄灰色の瞳ははっきりとした輝きと鋭さを備える。深い思索のためか表情が重々しいので誤解されがちだが、心根は優しく、学生たちにも受けが良かった。

　彼は気分転換の意味もあって、自分の持つ該博、多様な知識を基にして、精神と物質とが境界不明瞭な関係にあるもの、魂についてや、精神の神秘的な結びつきについて関心を深めるようになり、「科学の時代」にふさわしい実験を繰り返すようになっていた。

　多くの学生が実験台の役割を果たしたが、その中でもフリッツ・フォン・ハルトマンが最も熱心だった。彼は粗野で無鉄砲で威勢の良い若者だったが、飲酒、賭博などにもふけり、周囲の評判は決して良くはなかった。一方で美男子であり、遺産として受け継ぐはずの広大な地所もあった。フリッツは時代の合言葉である「科学」に夢中になっており、教授の行う実験にも熱意を持って積極的に参加していたので、教授の覚えもめでたかった。

　そうではあったが、この抜け目のない、先見の明のある若者は大きな思惑を持っていた。それは教授の娘、エリーゼ嬢のフィアンセとして認めてもらうことだった。

　さて、バウムガルテン教授には、何年間か頭を離れない問題があった。彼の実験や学説は、ひとえにこの一点に向けられていたのだ。それは霊魂の体外遊離 —— つまり、人間の霊魂が肉体から分離して、しばらく経ってから再び戻ってくることが可能か否か —— というテーマだった。それまでの先

328

入観や既成概念を越えて、もし「実験」という手段を通して得られる「事実」と調和し得るならば、それがどのような結論であっても科学者として直視しなければならないと、教授は覚悟した。大胆かつ独自な実験を行えば、この問題に対し明確な結論を出すことができるかもしれない、と思うに至ったのだった。

　教授は「不可視の存在」に関する名高い論文で、こう主張していた。「一定の条件下において、霊魂もしくは精神は肉体から分離する。催眠術の術中にある人間の場合、強硬症^{カタレプシー}の状態にある肉体に霊魂は存在しないのだ。……さもなければ……疑問の余地のない事実だと容易に証明し得る千里眼現象を、説明することができないではないか。……被験者の霊魂が肉体から分離して空間を飛び回ったからだという仮説以外に、どう説明するというのか？　霊魂は実験者の声によって暫時呼び戻され、目撃した事件を述べると、再び独自の方法により虚空へと飛び立ったのだ。霊魂は不可視性を備えているため、その往還を見ることはできないけれども、被験者の肉体からその作用をみてとることができる。……わたしの仮説が正しいならば、肉体から分離したわたしの霊魂と学生の霊魂とは、難なく遭遇し意思を通じ合うであろう」。

　この壮大な公開実験は、学生（フリッツ）と教授自身の二人を被験者として行われることになった。抜け目のないフリッツは、ルイーズ嬢との婚約を教授に認めさせることを条件に、この前代未聞の実験の被験者になることを同意したのだった。当日、実験の開始に先立って、バウムガルテン教授は大勢の出席者を前に演説した。「催眠術（メスメリズム）の影響下にある際、人の霊魂は一時的に肉体から解放されているとわたしは考えておりまして……そこでこちらの若き協力者に催眠術を施し、しかるのちにわたし自身もトランス状態に入ることにより、我々の肉体は動くことなく静かに横たわっているにもかかわらず、霊魂同志は対話することができると考えております。しばらくすれば、自然の環境がその支配力を回復し、我々の霊魂は各自の肉体へと戻って、すべて元通りになるのであります」。

　実験は順調に進行し、約１時間経過したところで、教授の両頬にかすかな赤みが戻ってきた。霊魂は再び地上の住処へと帰還したのだ。しかし、そこか

ら「考えられない事実」が発生した。二つの霊魂は、それぞれ帰るべき住処をどういう訳か間違えてしまったのだ。教授の演説にあるように「我々の霊魂は各自の肉体へと戻って、すべて元通り」にはならなかったのである。大混乱が起こった。謹厳実直なはずの教授が野卑な言葉を使って粗野な振舞いをする一方で、若い学生の方は教授の霊魂が宿ったため、堂々たる態度で高邁な議論をする ── という、空前絶後の出来事が発生した。二人の信じられない発言と行動が、世間の混乱と嘲笑を招いたのは当然だった。

　しかし、若者になり替わった老教授はやがて気がついた。「何もかもわかったぞ。我々の霊魂は間違った身体に入っているのだ」。そして二人はもう一度同じ実験をして、それぞれの霊魂の住処をリセットしたのだ。 ── これで万事、元の鞘に納まってメデタシ、メデタシとなったのだが、ドイルはこの大混乱の悲喜劇を仔細に描いており、大衆読者（ということは編集者）の受けを狙って書いたことは明らかである。とは言っても、彼の真の意図がどこにあったのか。単なる売文だったのか、彼の精神の深いところに存在し続けていた「超常現象」の解明を意識していたものなのか、評価が分かれるところである。

　この作品が世に出た1885年は、ドイルにとって「医学博士号」と「ルイーズとの結婚」という、両手に花の１年となった。

（創元推理文庫：北原 尚彦　訳）

第3部　コナン ドイル 作品紹介

作品〈5〉

長編

クルンバー館の謎

The Mystery of Cloomber

初出：「ペルメル・パジェット誌」
1888年8月30日〜11月8日まで10回に分けて掲載

　執筆時期に異説はあるものの、1888年に書き上げたとしたら、著者はまだ30歳に達していない若者で、「緋色の研究」が刊行された翌年であり、最初の長編歴史小説「マイカ・クラーク」の執筆前という時期になる。

　スコットランドの首都エジンバラの南西部の海岸地帯にある、荒涼とした小さな漁村のはずれに、忘れられたように建っていた空屋になっている邸宅（クルンバー館）に移り住んできた、かつては勇猛さでならした退役将軍の一家。しかし、彼らは近所付き合いを避け、屋敷の塀を高くして内部をのぞかれないようにして、謎めいた生活を始めた。しかも当主の元将軍は、常に何かにおびえているようだった。

　やがて、事件は起こるべくして起こったようだった。ある大嵐の夜に、近くの海岸に座礁したインド発の貨物船に乗っていた3人のインド人の僧侶は、嵐の中でこつ然として姿を消したのだが、翌日には波打際の小屋の中で修行をしていた。この場面を目撃した主人公の青年に、そのうちの一人の僧侶はこう告げた。

　「あなたは肉体からの霊魂の分離という、わたしたちの神秘哲学の中でも最大級の成果を目の当たりに見たわけです。……物体を化学原子に分解し、その原子を光速よりも速く定められた地点に動かし、それを再結集させて元の形を取らせる力によって、成し遂げられるのです。……これをわたしたちは、幽体と呼んできました」。

　この3人の高僧たちは、インドで彼らの上位にある「聖者」を殺害したこ

331

の将軍に対する復讐のために、念力によって故意に船を難破させ、この辺鄙な村に上陸したのだった。やがて悲劇は起こった。念力によって将軍は連れ出され、地獄の責苦に合う。

　非常にオカルト的な作品なのだが、特徴的なことは、まだ30歳にも達していない駆け出しの田舎医者のドイルが、既にこの時期にこのような作品を書いていた、という事実である。もっともドイル自身は、この作品を未熟として、人目に触れるのを好んでいなかったと言われている。

（コナン・ドイル小説全集 第2巻：笹野 史隆　訳）

第3部　コナンドイル 作品紹介

作品〈6〉

長編

ガードルストーン商会
The Firm of Girdlestone

初出：「ピープル誌」
1889年10月27日〜1890年4月13日まで25回に分けて掲載

　本書は、ドイルの初の長編小説である。文壇に本格作家（serious writer）
として認められるには、自分の名前が本の背表紙に記される長編小説を書く
ことが条件である、と悟ったドイルは、1885年8月の結婚直後から構想を練っ
て、翌86年1月には脱稿し、早速に出版社に送りつけたが、出版を受諾する会
社はなく、ドイルの言葉によれば「伝書鳩のように必ず戻ってきた」。確かに
後年になって自分も認めたように、あまり独創性のない作品だったが、強気
のドイルは（長編の）処女作にはありがちなこと、とうそぶいて、原稿に手
を入れようとはせず、その2ヶ月後にはホームズが登場する「緋色の研究」
の執筆に取りかかってしまった。

　という次第で、本書が上梓されたのは3年後の1889年だった。確かに長編
小説であり筋立てもよく練られてはいたし、後半部分は盛り上がるのだが、
そこに達するまでの前半部分が冗長であり、ドイル得意の風景や人物の描写
となると、筆が走り過ぎてしまって全体のバランスがとれなくなってしまう。
結論的に言ってしまえば、ドイルの肩に力が入り過ぎて、中途半端な大衆小
説で終わってしまっている。出版社の間を伝書鳩のようにとび回った、とい
うドイルの言葉も確かに実感があったのだろう。一方、ロンドンの金融街シ
ティで活躍する金融業者や商人たちの活動をテーマにしているので、その方
面に興味のある読者には面白い一編ではある。大まかな筋書きは ──

　ロンドンのシティの目抜き通りであるフェンチャーチ通りに30年間も店を
構えている、アフリカ貿易商のガードルストーン商会の当主ジョンは、シティ
の代表的人物の一人として尊敬を集めていた。苦労して身を立て名を上げた
彼は、非常に抜目のない商人だったが、義理に厚い男でもあったので、子供

333

の頃から共に苦労して商売を覚えてきた友人のハーストンが、死の床で、まだ17歳の娘であるケイトの将来の面倒をみてくれるよう頼んだ時、快く引き受けたのだった。ハーストンは娘に40,000ポンド（4億円）を遺贈したが、それは彼女が成人するか、結婚するまでは、彼女自身を含めて誰も触れないことになっていた。

　ジョンには一人息子のエズラがいて、父親の仕事を手伝っていた。当時はごく当り前だった"父子商会"だった。彼は独身で身持ちが悪く、性格は粗暴で、決して親孝行でもなかったが、体力と意思の力だけは人並み以上に持っていた。

　ガードルストーン商会は、表面上は非常に繁昌しているようにみえていたが、本当の帳簿上では倒産寸前の状態にあった。本業のダイヤモンド取引はリスクも高かったが利益も大きく、押しなべて言えば順調だったが、調子にのったジョンはさまざまな投機に秘かに手を出して失敗していた。また自社船にかけている過大なほどの保険を、新造船の二隻についてはケチッたために、その二隻が正面衝突して沈没した際にも補償を得ることができなかった。財務状態はますます悪化していった。

　万策尽き果てたジョンは、最後の大バクチに出る。それは、ダイヤモンドの相場を操作して巨利を得ようとするものだった。父親の投機損失を知らなかった息子のエズラは父親を激しく叱責するが、この大バクチにはのらざるをえなかった。二人はしめし合わせて周到な計画を練った。まず買収した男をウラル山脈のある地方に送りこみ、ダイヤモンドの大鉱脈を発見した、と大騒ぎを起こさせ、ダイヤモンドの相場を暴落させる。同時にエズラは南アのダイヤモンド産出地帯のキンバレーに入り込み、価格暴落におののく地元の生産者たちから安価で仕入れる。やがてウラルのニュースは虚偽だったことがわかり、一旦暴落した相場は急回復する。そこでガードルストーン父子は安価で大量に仕入れたダイヤモンドを売却して巨利を博する——

　この筋書き通りにことは進んだが、最後に大逆転が起こった。南アフリカの隣国、オレンジ自由国で本当にダイヤモンドの大鉱脈が発見されたのだった。相場はさらに下落していった。窮した親子は、ついに最後の手段に出る。

第3部　コナンドイル　作品紹介

息子のエズラは、ケイトと結婚することで彼女の40,000ポンドに手をつけよ
うとする。しかし彼女には、秘かに将来を誓った相手がいた。こともあろう
にその男は、エズラも知る、最近パートナーとして加わったトム・ディレズ
ディルだった。一方、抜け目のない、成功した商人で、敬虔で熱心なキリスト
教徒と世間に信じられていたジョン・ガードルストーンは、実は商売のためな
らどんなことでもする非道徳な男であり、完全な偽善者だった。彼は息子をケ
イトと無理やり結婚させる謀略を実行に移そうとしたが、彼女がどうしても応
じないので、ポーツマス近郊の荒れ果てた修道院屋敷に監禁してしまった。

　ガードルストーン商会の財務状況はますます悪化し、時間の猶予はなく
なった。被後見人（ケイト）が死ねば、遺産は後見人に渡される。ついにジョ
ンは彼女を殺害する手段に出た。殺人計画は綿密に練られ、ついに決行され
た。しかし ―― 。

　なお、この作品は子供の頃からの親友であった、東京帝国大学教授　ウィ
リアム・K・バートンに献呈された。

（コナン・ドイル小説全集 第8/ 9/ 10巻：笹野 史隆　訳）

TO MY OLD FRIEND
PROFESSOR WILLIAM K. BURTON
OF THE IMPERIAL UNIVERSITY, TOKIO,

WHO FIRST ENCOURAGED ME, YEARS AGO,
TO PROCEED WITH THIS LITTLE STORY,
I DESIRE AFFECTIONATELY TO
DEDICATE IT.

THE AUTHOR

　我が旧友、東京の帝国大学教授のウィリアム・K・バートン氏に、
深い敬意を込めてこの小著を捧げる。同氏はその昔に本書を取進めるよう
私を励ましてくれた最初の人であった。　著者

| 作品〈7〉 | 短編 |

生理学者の妻
A Physiologist's Wife

初出：「ブラックウッズ誌」
1890年9月号

　この作品では、二組の知的な男女がそれぞれの思慕の感情を恋愛にまで高め、結婚という最終目的を実現しようとする。しかし、最後には予想もつかないドンデン返しが起こる。

　エインズリー・グレイ教授は、当時43歳。エジンバラ、ケンブリッジ、ウィーンの各大学で生理学と動物学での輝かしい研究成果を得て、偉大な名声の基礎を築いていた。英国学士院の会員資格を得た彼の論文は、少なくともヨーロッパの三ヶ国語に翻訳され、当代最高の権威の一人から、現代科学最高の模範、化身と言われた。したがって、商業都市バーチェスプール（架空の都市。訳者の笹野氏によれば、イギリス中部の代表的都市であるバーミンガム（Bir）＋マンチェスター（ches）＋リバプール（pool）＝ Birchespoolという合成語になり、具体的にはドイルの住んでいたポーツマスをイメージしていた）が医学校を創立すると決めた時、グレイ教授に生理学教授の地位を与えたのは不思議ではなかった。

　グレイ教授はその日常的思考・行動において、まさに彼の専門とする生理学の「化身」であった。彼は同居している12歳年下の妹である、知的でつつましいミス・エインズリー・グレイ（愛称：エイダ）に対しては「人類の最初の偉大なる進歩は左前頭部脳回の発達によって、話す能力を獲得した時にある。第二の進歩はその能力を制御することを習得した時にある。女性はまだ第二の段階に達していない」と、遠くから聞こえてくる女中たちのおしゃべりに対し自説を展開するのだった。彼はその生活習慣においても規則正しかったのだが、その日に限って、朝食の席にかなり遅れてついた。エイダがその事実に触れると、彼は「うん、エイダ。よく眠れなかったんだ。きっと

思考集中による刺激過剰に起因する多少の脳の疲労だ。いささか内心動揺していてね」。エイダは驚いた。グレイ教授の精神活動は、これまでその習慣と同じぐらい規則的だったからだ。12年間一緒に暮らしてきた彼女の結論では「兄は、科学的無風状態という穏やかで高尚な環境の中で生きてきて、より卑しい精神に影響を及ぼす、くだらない感情を超越している」はずだったからだ。

「エイダ、驚いているね。まあ、無理もない。自分が情熱的な力に影響されやすいと、誰かに言われたら、自分自身驚いただろうからね。なぜなら、心の動揺を深く調べたら、結局、それはすべて情熱的ということになるからね。実は結婚を考えている」「オジェームス夫人ではないでしょうね?」「お前は直感という女性特有の資質が驚くほど発達している。オジェームス夫人が問題の女性さ」「婚約したの?」「エイダ、それはちょっと。昨日その女性に、自分は人類共通の運命に従う覚悟はできていると、思いきって言ったけれどね」。 ── これが、高名な生理学教授のプロポーズだったようだ。妹のエイダは心配だった。エイダ自身も、オジェームス夫人が滞在しているエスデール家の人たちも、実は彼女の身の上についてはオーストラリア出身らしいということ以外、ほとんど何も知らなかったからだ。

その日の午後、彼は返事をもらいに彼女の滞在しているエスデール家を訪れた。彼女は庭で読書をしていた。オジェームス夫人は未亡人で、32歳だった。小柄な女性で、明るい色の巻き毛から、クリーム色の服の裾からのぞいている優美な庭用スリッパに至るまで、非常に女性らしかった。大胆不敵な灰色の大きな目と繊細でおどけた口には、少女の、いや子供の無邪気な表情がまだ残っていた。二人は日差しを浴びながら散歩した。彼は相変わらず、生理学の「化身」だった。「考えていただけましたか?……昨夜あなたにお話した件ですが ── わたしは感情的な人間ではありませんが、あなたのそばにいますと、一方の性をもう一方の性の補足物とさせる偉大な進化の本能を意識します……原形質は生命同様、恋の物質的な基礎であることが判明するかもしれません……」

葛藤が明らかに彼女の心の中にあったが、突然、奔放さと無鉄砲さを秘め

て、オジェームス未亡人は教授にさっと片手を伸ばした。「お受けします」。教授は重々しくかがむと、夫人の手袋をはめた手にキスした。

　ほぼ同時に、エインズリー教授の自宅ではもう一つの恋愛が進行していた。教授の妹エイダに求婚していたのは、一番弟子のジェームズ・マクマード・オブライエン博士で、5年間滞在していたことのあるオーストラリアのメルボルンの大学から生理学教授の地位の申し出を受けて、2ヶ月後に赴任予定だった。エインズリー教授は二人の結婚には大賛成だったが、オブライエンは一つだけ気になる告白をした。「実はわたしは、妻を亡くした身です。……オーストラリアに着いて間もなく、結婚したのです。サーストンという人でした。社交界で出会ったのです。まったく不幸な結婚でした。……今は亡き妻のジニーは最高の女性でしたが、お世辞に弱く、腹黒いやつらにだまされやすかったのです。わたしに忠実ではありませんでした。死者を悪く言いたくありませんが……結婚前から知っていた男と、ニュージーランドのオークランドに駆け落ちしました。ところが、乗っていたブリッグ船が沈没し、一人も助かりませんでした」。

　エインズリー教授とオジェームス未亡人は、人目につかぬよう登記所で結婚した。オジェームス夫人には両親はいなく、この国に親戚もいなければ、友人もほとんどいなかった。二人だけの静かな結婚に障害はなかった。二人は一緒にケンブリッジに旅行した後、自宅に帰った。妹のエイダは家の鍵を渡し、イングランドの南部に向かった。

　大逆転の悲劇は、その二日後の朝食の直後に起こった。オブライエン博士が訪問してきた。二人の結婚のお祝いを述べ、夫人にもごあいさつしたいと彼は言った。彼女はゆったりとしたピンクのモーニング・ガウンを着て、優美で、妖精のようだった。彼女は椅子から立ち上がり、二人の方にさっとやってきた。その時、教授は背後でドサッという音を聞いた。振り返ると、オブライエンが椅子に倒れ込み、片手を脇腹に強く当てていた。「ジニー！」彼はあえぎながら言った ── 「ジニー！」。グレイ夫人は彼を見つめ、それからはっと息をのんで、よろめいた。
　教授は二人を順にちらっとみた。「そうか、オブライエン」教授はついに

言った。「わたしの妻とは旧知の仲だったのか！」「先生の妻？」オブライエンはしわがれ声で叫んだ。「この人は、先生の妻ではありません。神よ、助けたまえ、わたしの妻です」。

　二人は元の鞘におさまり、教授の家を出た。残された教授も元の鞘におさまり、研究生活に舞い戻った ── 講義は以前と同じように続けられた。しかし、彼自身の研究は以前よりもはるかに熱狂的な集中力でもって推進された。そのためか教授の肉体的衰弱が進行し、ついに回復不能との診断を受けた。「死とは」と教授は言った。「細胞集団に反抗する個々の細胞の自由な主張である。死は協同社会の解体である。その過程は非常に興味深い」。
　── そしてある日の朝、協同社会は解体し、教授は穏やかに永遠の眠りについた。

（コナン・ドイル小説全集 第38巻：笹野 史隆　訳）

作品〈8〉　　　　　　　　　短編

ガスターフェルの外科医
The Surgeon of Gaster Fell

初出：「チェンバーズ・ジャーナル誌」
1890年12月6日号，12月13日号,12月20日号
12月27日号～1891年3月号

　1876年、8年間にわたるイエズス会運営の寄宿学校での厳しい生活を終え、ロンドン大学入学の資格試験にも合格していたドイルは、前途に希望を見出しながら故郷エジンバラに帰ってきた。しかし、そこで彼が見たのは「家庭の崩壊」だった。父親のチャールズはその少し前に勤め先のスコットランド王立土木局の助手の地位を酒乱の理由で解雇され、自分の家にも寄りついていなかった。また母親のメアリは、息子の帰郷がわかっていたはずなのに、子供たちを残したままウァーラーの実家のあるヨークシャー州の山間部メイソンギルという小村に、彼の母親（ジュリア）を訪ねて不在だった。ウァーラーとメアリの関係は、初めは、彼はメアリの素人下宿の住人だったものが、夫であるチャールズが信頼できないので、彼女の方がだんだんとウァーラーを相談相手とするようになっていった。そしてドイルが着いた時には、二人の立場は逆転して、ウァーラーが賃借したマンションの一部にメアリと子供たちが寄遇する状態になっていた。しかもメアリにとってウァーラーは、相談相手以上の存在になっていたようだった。翌1877年3月に女の子を出産した時のメアリは40歳、ウァーラーは24歳だった。彼の母親ジュリアを訪問したメアリは、結局3ヶ月間も現地に滞在していた。
　一方、チャールズについては、失業して以降の動静は、1881年の国勢調査時にスコットランド東北部の寒村ブレイナーノにある酒乱者のための収容施設に滞在していることが判明したのだが、それまでの期間（1876年後半－1881年まで）については何も記録が残っていないのは不可解である。彼はこの間、どこで、どんな状態にあったのだろう。そして、母親のメアリの不自然な長逗留。―― こういった家庭崩壊の状況を伏線としながらこの作品を読むと、新しい視点が生まれてくる。なお、ドイルがこの作品を書いたのは、1886年

340

とされている。

　主人公の「わたし」は、エジプト学を専攻している大学生。孤独と思索・研究の場を求めて、このヨークシャー州の荒涼の地ガスターフェルに到着し、小さな下宿屋に部屋を借りた。そこに、一人の美しく若い女が同宿してきた。彼女は遠路はるばる到着したはずなのに、疲れもみせず近くの谷間を夜通し歩き回り、両手に花をいっぱい抱えこんで戻ってきた。不思議な女だった。彼女は「わたし」に言った。「私は眠りたくないの。眠りは小さな死です。私にとっては、歩いたり、走ったり、胸一杯に新鮮な空気を吸いこんだり ── それが『生きている』ということです。私は遠くから来たのですが、疲れていませんでした。だから夜中、このヨークシャーの谷間を探索したのです」。

　彼女と「わたし」は、親しく口をきく間柄になったが、たしかに神秘的な女だった。
　「私には人生の目的も野心もありません。私の未来は暗黒で、無秩序で、破滅に至ります。……私は結婚しません」
　「どうしてですか。たぶんあなたは、人間に対し恐怖と不信の念を抱いているのでしょう。たしかに結婚は、幸福と共にリスクをもたらすものですからね」
　「リスクは、私と結婚する男性の側にあるのでしょう」

　その次の日、「わたし」はより深い孤独と静寂を求め、下宿を出てガスターフェルの谷間のもっと深い所にある牧童小屋に移った。少しばかり手を入れ、そこで一人静かに読書三昧にふけるつもりだった。その夜、暗闇の外に出た「わたし」は、しかし、思いがけずあの女の幻を見た。

　数日後、「わたし」は、「ガスターフェルの外科医」と名乗る男の来訪を受けた。この谷を越えたところで、一人の老人と一緒に暮らしていることがわかった。翌日、私は谷を一つ越えて一軒の粗末な建物にたどりついた。窓には鉄格子がはめてあった。外科医が出てきた。奇妙な建物の中に、奇妙な人たちが住んでいるようだった。外科医が老人を手厳しく取り扱うのが気にかかった。

341

それから、薄気味悪い事件が「わたし」を取り囲むようになった。そして最後には、あの老人が嵐の夜に私の小屋に入ろうとしたが、直前に外科医に連れ出される。そして二人は、荒野の中を追いつ追われつ走り回るのだった。

　そのあと、外科医から一通の手紙が届いて、すべてが判明した。あの老人は彼の父親で、狂人になっている。しかし、精神病院には入れたくないので妹（あの不思議な女）と一緒に、あの粗末な建物の中にかくまっているのだが、しかし時々は外に出てしまい迷惑をかけている。寝る前に「きちんと鍵をかけたね？」と確認し合うのが、兄と妹の合言葉だった。

　いつの時代でもそうだろうが、身内の恥を他人の目に曝すのはできるだけ避けたいものだ。チャールズの場合は酒乱で身を持ち崩してはいたのだが、四六時中そうであったわけではない。しかし、世間の目は見ている。もし密告でもされたら、彼は有無を言わさず拘引されるだろう。ヴィクトリア時代は繁栄の裏では、さまざまな悲劇が起こっていた。浮浪者や、生活能力がないと判定された者たちは、ワークハウス（workhouse）という美徳を示すような名前の施設にたたきこまれ、刑務所的な強制労働を強いられた。また、社会に害を与える、または公序良俗に反しそうな病的症状を持つとみなされた者は、見つかり次第、施療院や回復期病院というやさしい名前のついた精神病院に送りこまれた。　── そういうことで社会の健全性が担保されるのだ、というのが、当時の支配階級の考え方だった。

　　　　　　　　（新潮文庫　ドイル傑作集Ⅳ：延原 謙　訳「ガスタ山の医師」）

第3部　コナン ドイル 作品紹介

作品〈9〉

長編

白衣団
The White Company

初出：「コーンヒル誌」1891年1月号〜 12月号

ドイル若き日の渾身の一作、中世騎士道物語。

原稿に最後のピリオドを打った時、彼は「やった！」と叫び、持っていたペンを壁に投げつけて喜びを表現したといわれる。彼の終生にわたる自信作であり、彼の持つ筆の力と瑞々しい精神とがみなぎる好作品となっている。

登場人物の仔細な描写により、夫々の性格、風貌が浮き出され、生き生きとした人物像をイメージさせることに成功している。また、自然描写にも優れている。特に前半部分に出る、当時の国王直轄の狩猟場であったニュー・フォレスト（New Forest）の中を主人公の一人がさまよい歩くその周りの描写は、大地を覆い尽くすほどの巨木の群と、下なす苦むした湿った地面と、枯葉を底に映して流れる清流、その間に動き回る鳥と動物たち。 ── それらが混然一体となって、「森のシンフォニー」を読者に聞かせる。

実際ドイルは、この地をこよなく愛していた。彼の魂は、この森の一隅にある、古い小さなミンステッド教会の片隅にある墓石の下で、息をひそめてこの森の四季の移り変わりを見つめているに違いない。

この物語の舞台はロンドンの南、サウスハンプトンの西側に広がるニュー・フォレストの一角にある修道院から始まり、フランスへと展開していく。時は1366年、ノルマン征服後（1066年）、ちょうど300年が経過していた。時の国王はエドワードⅢ世（在位1327 – 1377）。征服者のノルマン人は、相変わらずフランス語を、征服されたサクソン人はサクソン語をそれぞれ使用していたが、時の経過と共に両語は次第に融合し、「英語」という混血語が次第に形成されていった。英語で書かれた最初の文学作品といわれるチョーサー（1343 – 1400）の『カンタベリー物語』（1387 – 1400）が登場した。

343

ジャンヌ・ダルク（Jeanne d' Arc / Joan of Arc）（1412 – 1431）が後に登場する英仏間の百年戦争（1337 – 1453）は、既に始まっていた。この戦争はフランスからイングランドに渡っていたプランタジネット家と、本国の貴族たちとの間の王位継承戦争であったが、本来無関係のはずの一般人も動員されるにつれ、仏に対する英という形で、国家意識、国民意識がブリテン島に住む人々の間で定着していった。ブリテン島という地域感覚がイングランドという国家感覚へと変身していったのだ。

中世騎士道的な尚武の精神にみなぎり、大英帝国の栄光を固く信じていたドイルにとって、自分の青春を賭けた長編歴史小説の舞台としてこの時期ほどふさわしいものはなかった。彼は1年あまり中世騎士道の研究を行い、騎士的行動の信条、規則、規範の見事な結合／統合を「騎士道的礼法」（chivalry）の中に見出した。騎士たる身分の者は礼法を重んじ、高貴な志を持ち、勇敢で、戦えば必ず相手に勝つ。同時に、尊敬する女性、とくに高い身分の人を選んで忠節を誓い、彼女を守護するという責務を自ら課する。こういった騎士道の徳目は、ドイルの場合は母親メアリにマインドセットされたものだった。「白衣団」の構想ができあがったのは1889年、彼が30歳の時だった。イースターの休暇時期に彼はこの作品の舞台となるニュー・フォレストにこもり、中世に関する書物を次々に読破するなかで、登場人物たちのイメージを浮かび上らせた。

ドイルは一旦執筆に着手すると、筆は早かった。文庫本サイズで400頁にもなるこの歴史小説は、1890年の春から夏にかけての僅か数ヶ月間で一気に書き上げた（しかも医院開業中）。「コーンヒル誌」編集長のジェームズ・ペインは「この作品はウォルター・スコットの『アイヴァンホー』以来の最高の作品」と高く評価し、即座に同誌への連載を約束した。

この作品は人物・自然・戦争場面の描写には優れているが、ストーリーそのものにはあまり独創性がない。生まれた時から修道院で育てられ20歳になった若者が、親の遺言に従って世間（外の世界）を見る旅に出かけ、さまざまな体験をしていく中で、二人の男と知り合い三人組となり、数奇な運命を共にする —— というストーリーは、デュマの「三銃士」を想起させる。しか

第3部　コナンドイル　作品紹介

し特徴的なことは、この、年齢も、性格も、人生経験も大きく異なる三人に、ドイル自身の思想を代わる代わる述べさせていることで、この点で彼の当時の考え方を理解する上でも大きな価値を持っている。

物語のあらすじ ——
　由あって生まれた時から修道院で育てられたアレイン・エドリクソンは、20歳になると、父の遺言に従い修道院を出て1年間の遍歴の旅に出、途中で名うての射手アイルワードと、怪力の巨人ジョンに出会った。その後、途上で無頼の住人（これが実はエドリクソンの実の兄であった）にしつこく求愛されて迷惑を受けていた美女を救出したが、彼女はサー・ナイジェルの一人娘であった。

　三人は、卓抜した中世騎士の鑑といわれていたサー・ナイジェル・ローリングの住むトウィナム城へと向かった。アイルワードが大陸から持参した書状は、この老騎士に再び大陸に渡り、フランスの各地で暴れ回っているイギリス人の野武士集団、「白衣団」の長となり、彼らを統率して、ボルドーの宮廷からスペイン侵攻を計るエドワード王子に加勢することを懇請したものだった。

　この書状を読んだサー・ナイジェルの胸の中に熱い血が沸き上がり、この老騎士は騎士道の名誉と、彼の最愛の女性、ローリング夫人に対する忠誠の証として、再び戦場に赴くことになった。エドリクソンも、計らずも従者としてサー・ナイジェルに付き従うことになる。彼とサー・ナイジェルの娘、モード姫との間には、既に消し難い恋の炎が燃え上がっていた。

　ハンプシャー州内のよりすぐりの射手を中心とした100人の軍勢は、大陸を目指し出帆。途中、海賊と遭遇して打ち破り、無事ボルドーの港に着いた。エドワード王子への拝謁、馬上槍試合の華麗さ、華やかな騎士道が随所で彼らの前に繰り広げられる。

　白衣団に合流するためボルドーを発った一行は、途中で領主に対する貧民たちの反乱に巻きこまれ、危うく命を落としそうになるが、偶然、現場に現

345

れた白衣団に救出された。そして一行はエドワード王子軍の先鋒として名誉ある指名を受け、ピレネーを越えてスペイン領内に踏みこんだ。途中で今度は弓の腕が競われ、イギリス人の長弓の優れていることが実証された。そして遂に、彼らは山峡でスペインの大軍と遭遇し壮絶な戦いを挑む ——

　時にドイル30歳。彼の青春のエネルギーのすべてをぶつけた作品になった。彼の綿密な描写力は、特に戦争場面で優れており、あたかも彼自身がその場に居合わせたかのような臨場感を与える。彼は幼い頃から、母親にドイル家、パーシー家の先祖の武勲譚を吹き込まれ、何のためらいもなく吸いこんだ。先祖に対する熱き想い。家系に対する強い誇り。尚武の精神に対する憧憬。強い男であることの喜び ——「勇敢であれ、そして純真であれ。強きを恐れず、弱きにやさしくあれ」—— サー・ナイジェルがアレンに与えた中世騎士道精神の精髄を示すこの言葉は、そのまま母親が息子に言いきかせていた言葉でもあった。

　なお、この物語にはティフェインという名の貴婦人が登場する。彼女は透視力を持っていて、遠く離れた土地で現在起っていることや、やがて他人の身に降りかかってくるだろう災難を予告する、などの能力を持っていた。

　　　　（コナン・ドイル小説全集 第12/13/14巻「白衣隊」：笹野 史隆　訳）

第3部　コナン ドイル 作品紹介

作品〈10〉

短編

ラッフルズ・ホーの奇蹟
The Doings of Raffles Haw

初出：(米)「ピッツバーグ・コマーシャル・ガゼット」1891年7月11日号〜8月15日号

(英)「アンサーズ」1891年12月12日号〜1892年2月27日号

　この作品は、ドイルの書いたホームズ物語、また彼が精魂を傾けた歴史小説、彼が深い関心を寄せていた「超常現象」のいずれにも入らない、異色の物語である。晩年の1929年にドイル自身がまとめた76編の『コナン ドイル物語集』の中にも所収されていない。

　ドイルがそれまでの田舎町での開業医からロンドンでの眼科専門医への転身を志し、そのために必要な専門講義を受けるべく、妻のルイーズを伴って、ウィーンに到着したのが1891年1月5日だった。そして早速に翌日から本作品を書き始め、1月23日には脱稿、ただちに著作権代理人に送り、2月3日には150ポンド（150万円）を受領するという離れ技をやってのけた。いくら集中力が強く早書きが得意のドイルでも、もし下敷きになる資料や文章がなかったら、一気呵成にこれだけの文章量をこなしきれなかっただろう。執筆の目的は、ウィーンでの滞在費用を賄うためだった。ただ不運なことに、ちょうど同時期に「ストランド誌」で連載が始まったホームズ物語の成功に圧倒されて、この作品が広く注目されることはなかった。したがって「下敷き」を詮索されることもなかったし、内容が錬金術師（中世とちがって、19世紀風な言い方をすれば「科学的錬金術師」というべきか）にまつわるものだけに、ドイルの思想傾向とは関係の薄い、一般大衆の好奇心をくすぐる作品の域を出ていないと評価されるだろう。ただ、錬金術も「超常現象」の一つであると理解すれば、ドイルが関心を寄せていたテーマであったかもしれない。

　イングランド中部の大都市バーミンガムから約14マイル離れた、ゆるやかな起伏のある田舎村タムフォードで、マッキンタイヤー家は粗末な家で細々と暮らしていた。父親は、一時は会社経営をして羽振りが良かったが、商取

347

引上の不運が累々と続き、ついに破産宣告を受けるまでに没落してしまった。同時に妻にも先立たれたことから精神状態が不安定になり、酒に溺れる日々を過ごしていたのだが、しかし、また一旗あげたい、そのための資金が欲しいという欲望だけは持ち続けていた。長男のロバートは貧乏画家であったが、芸術家的気質をしっかり持ち「芸術はそれ自体が報酬」であると確信しており、この物質万能時代の中でも貧乏生活を意に介していなかった。そして、長女のローラはこの環境のなかでつつましく生きていたが、数年前からの婚約者、海軍軍人のヘクター・スパーリングがいて、結婚の日を待ち望みながら心豊かな日々を送っていた。この三人家族も含めて、タムフォード村の人たちは物質的には恵まれていなかったが、精神的には落ち着いた日々を送っていた。

　この静かな村に巨大な衝撃が走ったのは、1年ほど前だった。謎につつまれた百万長者が村の中で広大な土地を買い入れて、巨大な邸宅（カントリーハウス）の建設を始めたのである。それは途方もなく大きな建造物になるらしく、しかも、昼夜突貫工事で作業が続けられた。毎朝、バーミンガム発の二本の長い特別列車が到着し、大勢の労働者が建設作業場に向かっていった。そして、夕方には交代要員がやってきた。荷馬車が長い列をなして、駅の貯蔵所から白いポートランド石を運搬した。また別棟も建てられ、その中央には巨大な煙突が立ち、下部にはロンドンから運び込まれた変てこな機械やシリンダや回転盤などが据え付けられた。豪奢な家具類や貴重品を積んだ荷馬車が村の中を通り抜け、邸宅の中に消えていった。そしてついに、村人たちの度肝を抜いた大工事が完成し、準備がすべて整ったところで、40人の使用人集団がやってきて、所有者ラッフルズ・ホー氏到来の先触れとなった。

　この途方もない金額を惜しみなく使ったラッフルズ・ホーなる人物について知っている人は、この村にも、近在の中心都市バーミンガムでも、誰一人としていなかった。そしてある日、丘の上を曲がりくねるお気に入りの散歩道をゆったりと歩いていた長男のロバート・マッキンタイヤーは、前方に一人の背の高い、細身の男がパイプにマッチで火をつけようと苦心している姿を認めた。彼は近づいて、耐風マッチのケースを差し出した。「火をどうぞ」「ありがとうございます」。その男は粗末なピージャケットをまとい、顔と両

手には煙と煤の痕があった。蒼白い細面、短かくほつれた顎髭、鋭利な曲線を描く鼻。ほとんどくっつきそうになっている真っ直ぐで太い眉毛は、決断力と気骨を示していた。彼はどうみても専門職人だと、ロバートは決めてかかった。

　二人は並んで歩き出した。話題は自然に、前面に見える巨大な建築物に移った。

　ロバートは言った、「まあ、さだめし豪華絢爛極まれりなのでしょうが、正直言って僕としては、村の向こう側にあるちっぽけな我が家に住みたいですね」

　「では、貴方は富というものをあまり高く評価しないのですね」

　「ええ、今よりも１ペニーたりと金持ちになりたいとは思いませんよ。勿論、自分の絵は売りたいですよ。生計を立てていかねばなりませんから。でも、それ以上のことは望みません。きっと貧乏画家の僕や、日々の糧を得るために働いているあなたの方が、あの御殿の持ち主よりも、人生に幸福を見出していることでしょう」「なるほど、きっとその通りだと思いますよ」と男はそれまでより友好的な声で答えた。そして、彼はこの邸宅をよく知っているから案内したいとロバートに申し出た。ロバートは喜んで応じた。驚いたことにこの男は、堂々と正面玄関のほうに歩みを進めた。「まさか正面玄関から入るわけじゃないですよね」。ロバートは声をひそめて、連れの袖を引いた。「ラッフルズ・ホーさんの気に障るんじゃないですか」「何も問題はないと思いますよ」男は穏やかな笑みを浮かべた。「私がラッフルズ・ホーです」。

　二人は信頼を固めた。ラッフルズ・ホーは、ロバートに対してだけは、ありのままの自分を見せるようになった。彼は底抜けの慈善家であり、この貧しい村の人たちに惜しみなく支援を与えた。それを可能にしていたのは、彼の底なしの財力だった。でも、どうしてそれが可能だったのか。彼はこの村に着いた頃、偶然出会ったロバートの妹ローラに一目惚れし、そのうちに求婚した。驚いたことに、長い間ヘクターの婚約者であったはずのローラは、一方的にヘクターに婚約解消の手紙を書き、ラッフルズ・ホーに自分の手を与えてしまったのだった。彼女はいつの間にか、「富」の虜になっていたのだった。ローラだけではなかった。兄のロバートまでもが、次第に画業に対する関

心を失っていった。村人の多くも、勤勉さを忘れていた。すべて、ラッフル
ズ・ホーの「底抜けの慈善」の結果だった。それを可能にしていたのは、実
は彼の錬金術だった。それも19世紀にふさわしい「科学的錬金術」――しか
し悲劇は起こった。ラッフルズ・ホーは錬金術の塔を破壊し、自らの命もそ
の下で断ったのだった。

　彼は現代には珍しい、心の底からの「善意」の青年だった。彼は自分が手
に入れた「科学的錬金術」により無限の富を造り出す状態になったが、それ
を一人占めにすることなく多くの人たちを幸福にするために、全くの善意か
ら惜しげもなく使っていった。しかし、彼は人間の性を見抜くには、まだ人
生の経験が足りなかったようだ。それまで実直に生きていた人たちが富の虜
になり、善良な美徳を失っていった。

　そして、彼の婚約者のローラまで。

　ラッフルズ・ホーは自分自身も含めて、すべてのことに失望したのだった。

　　　　　　　　　　　　　　　　　　　（創元推理文庫：北原 尚彦　訳）

350

第3部　コナン ドイル　作品紹介

作品〈11〉

短編

都市郊外で
Beyond the City

初出：「グッド・ワーズ」
1891年クリスマス特別号

　この作品が出版された1891年は、ドイルにとって新しい大飛躍の年となった。彼が前年に渾身の力を振り絞って書き上げた長編歴史小説「白衣団」が、高級月刊誌「コーンヒル誌」の1891年1月号から連載が始まり、読者の間で大好評を博していた。ドイルがこれを知ったのは、3ヶ月間にわたるウィーンでの眼科専門講義を受けてロンドンに帰ってきた1891年3月末だった。ドイルは小躍りした。長く待ち望んでいた本格作家（serious writer）への道がはっきり見えてきたと、確信したのだった。

　そして1891年4月、ドイルはかねての予定通り、ロンドンの中心街で眼科専門医院を開業したが、こちらの方は当てはずれだった。「朝から患者を待てど、呼び鈴一つ鳴らない」状態が続いた。しかし、ドイルは挫けなかった。ちょうど10年前、徒手空拳で田舎町で開業した時代の苦労を思い返しながら、彼は暇な時間を利用して再び執筆に集中し、当時としては新しい発想だった「読み切り短編」の連載を考え出して、その第1作「ボヘミアの醜聞」を家庭向け月刊「ストランド誌」に送った。これを読んだ編集者は計6回の連載条件で受諾し、同誌7月号に記念すべき第1作「ボヘミアの醜聞」を掲載したところ、熱狂的な読者の反応を得た。

　しかし、その少し前、ドイルは運悪くインフルエンザに感染し病床にあった。そこに、グッド・ワーズ・マガジン社から原稿依頼が舞いこんだのだった。それまでは自分の書いた作品を勝手に出版社に送りつけて採用を求める立場だったのが、字数42,000語、原稿料150ポンド（150万円）、原稿提出期限1891年9月1日という、初めての「注文」が届いたのである。病床の中であれやこれや考えた揚句、遂にドイルは、ロンドンの医院をたたんで筆一本で生

351

きていくことを決意した。そうなれば、ロンドンにいる必要はない。郊外の静かな場所で、新しい作家生活を始めたい。こうして彼が選んだのが、この作品の舞台ともなったロンドン南部の郊外の当時の新興住宅地サウス・ノーウッドだった。転居したのは1891年6月だから、ドイルは新居で早速に筆をとり、一気呵成にこの作品を書き上げたことになる。

　この「都市郊外で」は、ドイルがプロ作家として自立した最初の記念すべき作品であると共に、彼の全作品の中でもきわめて異色の「家庭劇」である。登場人物も３家族10人に限られ、彼らがテニスコートを共有する隣り合わせの３邸宅を舞台としてドタバタ劇が演じられる。ドイルの巧みな人物描写とテンポの速い事件展開で、読者もつりこまれるように最後まで読み通してしまうし、読後感も楽しくさわやかなのだが、ただそれだけなのか、と満たされない気持ちをもつ読者も少なくないだろう。しかし、ドイルとしてはこのドタバタ劇の主役を務めるウエストマコット夫人に託して、彼自身の男女同権思想を率直に読者に提示していることにも注目したい。

　建築業者が売り出した三軒の邸宅の最後の一軒を購入して、甥の26歳の青年と共に入居してきた43歳の未亡人ウエストマコット夫人は、ヴィクトリア時代の未亡人という範ちゅうにはおよそはまらない言動で、隣人たちの度肝を抜いた。まず何をおいても、彼女はその時代の圧倒的男性優位の伝統的社会構造に果敢に挑戦する、男女同権主義の闘士だった。彼女は誰に対しても相手かまわず正面から論戦を挑み、彼らに染みこんでいる「旧思想」を打ちこわし、いささかの妥協も許さず男女同権を説得しようとするのだった。

　「わたしは、女性は男性の利己主義の巨大な記念碑だと言います。あの自慢げな騎士道精神 —— 着飾った言葉とあいまいな語句は何ですか？……観念上の男性は、女性を助けるために何でもやろうとするでしょう。勿論です。男性の財布がねだられた時、騎士道精神はどう働くのです？ その時男性の騎士道精神はどこにあるのです？ 医者たちは、女性が医師資格をとるのに手を貸しますか？ 弁護士は女性が弁護士資格を取るのに手を貸しますか？ 牧師は教会で女性を寛大に扱いますか？ ああ、それは女性の身分を閉ざし、哀れな女性の注意を女性の使命に向けさせるのです！」

彼女は、一軒おいた隣家の誇り高き元海軍提督にも挑戦する。

「貧しい女性は何をすればいいのでしょう？ そういう女性はとても大勢おりながら、就ける職業はとても少ないのです。家庭教師？ でも就職先はほとんどありません。音楽と美術？ この方面で特別の才能を持っているのは、50人に1人もおりません……看護？ 激しい仕事に安給料、それにきわめて強い者しか耐えられません。提督、女性に何をさせるおつもりです？ 座り込みをして、餓死しますか？」「こういう悪戦苦闘している大勢の女性には、希望も前途もないのです。人生は退屈で、きたない苦闘であり、行き着く先は楽しみのない老齢です」「でも、投票権を持っている女性は一人もおりません。女性はこの国で過半数を占めていることをお考えください」「専門職の自由にして完全な公開……女王に対する税金を一定額以上納めている女性全員への選挙権付与です」。

ウエストマコット夫人は、すべてにおいて型破りだった。テニスコートでは短いスカートをはいて活発に動き回る、筋肉の発達した魅力的な女性として登場し、ビールを飲み、タバコを吸い、酔っ払った召使いをむちで打ち、蛇をペットとして飼い、日常的にダンベルを使って筋力をきたえる —— そんな奔放な彼女に、こともあろうに寡夫の元海軍提督が恋心を抱いたことから、ドタバタ劇は急転回する。

—— ドイルは1906年から10年間、「離婚法改正同盟」の会長を務めた。

（コナン・ドイル小説全集 第22巻：笹野 史隆　訳）

作品〈12〉　　　　　　　短編

深き淵より
De Profundis

初出：「インデペンデント」1892年2月18日付
「アイドラー」1892年3月号

　この短編は、若き日（33歳）のドイルが既に確信的な大英帝国主義者であったことと、まだこの時期では、テレパシー（精神感応）といった超常現象も科学的に説明できる、とするドイルの態度を示している、という二点において、注目すべき作品である。

　「海が、かくのごとく世界にあまねく広がった大英帝国をひとつに繋ぐ絆であるかぎり、我々の心には常にロマンスがひっそりと宿りつづけるだろう。何となれば、人間の魂というものは海というものに強い影響を受けるからである。……いまブリテンは、遥か遠くまで広がっている。すべての陸地から三マイル離れた場所は既にブリテンの国境である。国境は戦争の技術を介してではなく、ハンマーとバケツと鶴嘴によって獲得されてきた。……そして国境が広がっていくにつれて、ブリテンの精神もまた広がり、散らばってきた。既に誰もがブリテン島のやり方が大陸のものになっていることを、大陸のやり方がブリテン島のそれと同じになっていることを知っているのだ」。

　冒頭のこの書き出し部分は、当時の大英帝国主義者の自信と自負と、そして自己中心的な価値観とか認識を端的に示している。そして、この作品が一人称形式で書かれていることを合わせ考えると、この主張がドイル自身のものであることに疑いはない。しかし、彼もこのために多くの犠牲が必要であったことを認めている。

　「しかし、それについては代価が支払われなければならない。そして、その代価は苛酷なものである。老いたる獅子は若い人間の命を毎年生贄にとる。帝国には毎日、我々の花であり収穫物である若者たちを投げ与えねばならない。発動機は、世界を駆けるに足りるほど強力である。しかし、その燃料は

第3部　コナンドイル 作品紹介

一種類のみ、イギリスの男たちの命である」。

　産業革命がイギリスにもたらした卓越した工業力、それが生み出す近代的
な軍事力、そしてそれらを背景にした老練な外交力、を三種の神器として、相
手が友好的であれば平和裡に、しかし挑戦してくれば多くの血を流してでも、
相手を最後には屈服させて自分の支配下におく。その繰り返しで、イギリス
はアフリカ、インド、そして中国にまで版図を拡大させていった。犠牲をい
とわぬ植民地主義的思想を、ドイルは何の疑いを持たず書いている。そして
彼は続ける ——

　「そして海が我々を世界へ結びつける一方で、こうした事情は我々の人生に
ロマンスの色あいを付加する。ひじょうに多くの者が、自分の愛する者を海の
向こうにやらねばならなかった。……そこでは死は不意にやってくる。彼我
を隔てる距離は長い。そして心と心が語り合う。奇妙な夢。不吉な予感。あ
るいは幻。母親たちは死にかけている息子の姿を見る。そして報せが来る前
に悲憤の辛苦を味わなければならない。ニュースとなって伝わってくる以前
に。……しかし、我々はその種のことについて、何を知っているだろう。憐れ
て不幸な魂が駆りたてられ、追いつめられた際に地上の一万マイルを越えて、
受苦のさまを、もっとも近い者の心に投射するといった事例があるということ
以外に。……少なくとも僕は経験しているのだ。自然の法を遙かに逸脱するよ
うに見えたものが、結局はそうした法の下にあったということを」。

　時は、セイロン島におけるコーヒー栽培の黄金時代だった1872年。一組の新
婚夫婦と彼らの友人の「僕」は、ロンドンから1,000トン級のバーク式帆船で
同地に旅立つ手筈になっていたが、急な止むを得ない事情が発生した。夫の
ジョン・ヴァンシタートは体の不調を訴えていたがとにかくロンドンから乗
船し、妻のヴァンシタート夫人と「僕」は途中のイギリス南西部の港町ファ
ルマスから乗船し、落ち合うことになった。しかし、このバーク式帆船「東
方の星号」は、ロンドン出港後に暴風にあい、マディラ島のあたりまで漂流
してしまっているということ、そして夫のヴァンシタート氏が天然痘で船で
倒れている、との連絡が入った。二人は急遽、別の帆船でマディラ島に向っ
たのだったが、この船は逆に凪にあい、島の近くで動けなくなってしまった。
そしてある夜、二人は船尾楼の右舷の手摺にもたれてあれこれと話していた。

355

「そしてその時、水音がした。大きな魚でも跳ねたような、そんな音だった。見ると明るい波間にジョン・ヴァンシタートがいた。ジョン・ヴァンシタートは水面から不意に上体を現し、僕たちを見上げた。……豊かな月の光がヴァンシタートの姿を鮮明に照らしだした。彼はオールを3本ほど継げば届くほどの距離にいた。……僕は彼が波間から空中に躍りあがるのを見た。絶対的な静寂のなかで、ヴァンシタートの動きが起こした波が船の側板にぶつかって砕けた。それから彼の体はふたたび水のなかに沈んでいった。……気を取り直して海面に注意を戻した時にはもう何も見えなかった。ただ、静かな波間に渦ができていて、ヴァンシタートがいた場所がそこと知れるだけだった」。

その後わかったことだが、彼はその8日前にその水域で亡くなり、水葬に付されていたのだった。この事件は霊的な存在が登場する話として有名になり、精神感応(テレパシー)の好例を提供したものとされた。

「しかし、僕自身の意見を云わせてもらえば、精神感応(テレパシー)は証明されうるものと思ってはいるが、ヴァンシタートの件をその証拠に含める気はない。そして云うつもりである。あれはジョン・ヴァンシタートの霊ではない。あの夜、大西洋の深みから月光のなかに飛びだしてくるのを僕たちが眼にしたあれは、ジョン・ヴァンシタート本人であると。……船医の言葉によれば、彼に付けられた錘(おもり)は充分なものではなかった。そして、7日間という時間が死体に変化をもたらして、死体を水面まで浮きあがらせた。さらに船医は自説を敷衍(ふえん)した。錘によって死体はかなりの深みまで沈み、その深みから浮かんでくるまでに、水面から飛びだすほどの勢いがついたのだと。それがそのまま僕の持論である」。

1892年といえば、ホームズ物語の大成功でドイル自身もたいへん忙しい時期だったはずだが、その合間を縫ってドイルが超常現象なるものをテーマにした作品を書いたことは、彼の幅広い関心を示すものとして興味深い。

（創元推理文庫：西崎 憲　訳）

第3部 コナンドイル 作品紹介

作品〈13〉

短編

寄生体
The Parasite

初出：「ハーパーズ・ウィクリー」
1894年11月10日号～12月1日号

この短編が発表された1894年は、ドイルにとっては「再出発」の１年だった。妻ルイーズが結核に冒されており、余命も数ヶ月と宣告されていたこと。父親チャールズが、精神病院で最後の時を迎えたこと。そして、ホームズをスイスのライヘンバッハの滝で抹殺したと読者に告げたこと。―― すべてが前年に発生していた。

ドイルは1894年の正月を、スイスのダボスで迎えた。この地は現在では「ダボス会議」などで有名な保養地・観光地になっているが、19世紀の初め頃は、アルプスに囲まれた標高5,000フィートのところにある小村であった。しかし、一部のイギリス人たちには温泉保養地として知られていたこともあり、ドイルがルイーズを伴って結核療養のためここに転地した1893年11月には、既に住民の半分はイギリス人であり、彼らのための教会もあり、新聞も発行されていた。また結核療養患者も多く、賑やかな町の姿になっていた。

ダボスでのドイルは、執筆に忙しかった。ホームズの短編シリーズの成功で長く続いた貧乏生活からは脱却できたものの、貴族階級のように莫大な相続財産があって、そこからの収入で悠々と暮らしていける状態では勿論ないどころか、ダボスでのコストの高い生活を維持するためには、唯一の収入源である「執筆」にますます打ち込む必要があった。ドイルは病める妻のかたわらにいながら書きまくったが、その中の一つの作品が「寄生体」である。

この作品は、主人公のギルロイ教授の日記の形式をとっている。彼は優秀な生理学者で、弱冠34歳で大学の主席教授の椅子を与えられている。独身で、素晴らしい女性ミス・アガサ・アーデンと婚約中の間柄にある。確信的な唯物論者で、正確な知識を基礎とし事実や証拠しか研究対象とせず、一切の憶

357

測や空想は排除する。それが科学者的態度であり、生理学は科学として確立
していると、彼は信じている。

　それに対し、彼の同僚であるウィルソンは心理学者で、人間の生そのものや
人間の心理という、より根源的な分野を対象として没頭している。彼は心理学
を科学の領域に引き上げるという唯一の目的のために、自分の全精力を集中
していた。ギルロイ教授は、この同僚の献身的な努力を評価しながらも、心理
学はまだ科学として成立していない、よく言って現状は半科学であり、ウィ
ルソンは未来の科学を築こうとしていると理解していた。

　そしてある日、ウィルソンが開催した仲間内のパーティで、その日の主役
である、40歳を越していそうな西インド諸島のトリニダード出身のミス・ペ
ネロサに彼は紹介され、彼女の催眠術の実験に立ち会うことになった。被験
者になったのは、婚約者のアガサ。ギルロイが驚いたことに、あの理知的で
聡明な彼女が、ペネロサのかけた催眠と暗示にすっかりかかってしまったの
だった。それだけではない、翌朝にはそのアガサが彼を訪ねて来て、無表情
に「婚約解消」を宣言したのだ。その後にわかったことだが、その時間、彼女
は読書の途中でついうとうとしてしまい、目覚めるまでの記憶が抜けてし
まっていたのだ。勿論、ペネロサが仕掛けた催眠と暗示の結果であることは、
ギルロイにはすぐに理解できた。そして、ギルロイにとって最も重要だった
のは、この現実は彼自身が自分の目で見た「客観的な事実」であるというこ
とだった。

　「現実的で客観的な事実を見せられれば、生理学的見地からこの問題に取り
組むことができる」と、科学者としての興味を強めたギルロイは、自分自身が
被験者となることでこのテーマに何らかの科学的説明ができるかどうかを確
かめようとした。しかし、ここから悲劇は始まった。ペネロサは言った。「施
術者は被験者を完全に支配することができます ―― 被験者がそれにふさわ
しければね。事前に暗示をかけなくても、意のままに操れるのです。」……
「すると（被験者は）自分自身の意思を失ってしまうということですか？」「別
の、もっと強い意思に乗っ取られるのです」「大事なのは、他人に自己の意思
を投影し、相手の意思に取って代わる才能です」……「まさしく、ご自身の

魂を別の人の肉体に吹き込むということですね」「ええ、そうおっしゃっても結構ですわ」。

　強い理性の力と、事実に没頭することで道を切り開いてきたギルロイは、この催眠術者に打ち勝つ自信が充分あったからこそ、自ら被験者になると進み出たのだが……。繰り返し催眠術を受けるうちに、ペネロサの暗示が彼を支配するようになっていったのだった。ペネロサはギルロイを好きになっており、彼も彼女を好きになるように暗示をかけ続けていたのだった。そして、ある日「催眠状態から覚める時、わたしは無意識のうちに手を伸ばし、彼女の手を握っていた。完全に意識を取り戻した時には、二人は手をしっかりと握り合い、彼女が期待に満ちた微笑みを浮かべてこっちを見ていたのだ」。

　この精神的呪縛から逃れようと、彼は催眠術を受けることを中止し、ペネロサの暗示から逃れようとさまざまな努力をするのだが、彼女は彼を離そうとしなかった。そして、彼の気持ちが離れていると知ると、彼女は、今度は彼を破滅の道に追いこもうとしはじめた。それまでのギルロイの名講義は、暗示の力により支離滅裂な迷講義に変わった。彼の講義は大学当局に取り上げられ、彼が大学に居残ることは困難になっていった。ついには無意識のうちに（暗示にかかった状態で）、銀行の金庫破りまでしていたのだった。彼の中の恐ろしい「寄生体」は、ますます彼を支配していたのだ。ギルロイは遂に一つの重大な決心をして、ペネロサとの関係に終止符を打つべく彼女の部屋を訪ねた。　──「青い顔をしたメイドがドアを開け、わたしの顔を見てますます青ざめた。『すぐにミス・ペネロサに取り次いでくれ』わたしはそう告げた。『申し訳ありません』彼女はあえぎながらいった。『ミス・ペネロサは、今日の午後3時半に亡くなりました』」。

　いわゆる超常現象と言われるものの中で、催眠術は私たちの日常生活の中でも決して珍しい現象とは言えないだろうし、その科学的解明も相当進んでいると理解されるが、「催眠術を使った暗示による被験者の精神の支配」となると、問題は全く別である。原題のparasiteは居候や寄食者という意味だが、生物関係の専門用語としては、寄生生物、寄生虫、寄生植物の意味に使われる。本作品では、人間の精神領域において他者の精神に寄生して、本体

に取り憑き、それを支配してしまう恐ろしい「術」と理解することができる。読み進めていくと、「寄生体」による他者の精神の支配が進むにつれ、一種の「恐怖」を感じる読者も少なくないだろう。愛を失ったペネロサが死ぬことですべての呪縛が解けるという結末に救いを感じるのは、私だけだろうか。

（創元推理文庫：白須 清美　訳）

第3部　コナン・ドイル　作品紹介

作品〈14〉　　　　　　　　短編

火あそび
Playing with Fire

初出：「ストランド誌」1900年3月号

　イギリス人が昔からオカルト的現象に興味を持ち続けていることは、よく知られている。そして、大昔はいざ知らず、それらを畏怖したり、こわがって遠ざけようとする拒否的な態度ではなく、むしろ、ある程度の心のゆとりを持って、好奇心をむき出しにして正体をつきとめたい、という大衆心理が存在している。特に知的態度を維持している人たちは、かれらの標榜する「科学的精神」で実験を行い、不可解な現象を解明しようとする。それが昂じると、同好の士が集まって、交霊会などを繰り返して開催するという、その雰囲気そのものを楽しむようなところまで進んでしまう。

　そんな後期ヴィクトリア時代的な環境の中で、この事件は発生した。たぶんドイル自身であろう「わたし」は、「熱烈な信奉者でもなければ、科学的な批評眼を持っているわけでもない。おそらく、最もふさわしい呼び方は、遊び人の好事家だろう。目新しい動向には何にでも通じていなくては気が済まず、自分を解放し、人生の新しい可能性を見せてくれるような刺激は大歓迎という手合いである。自分自身は熱狂するたちではないが、そういう人々の仲間に入るのは好きだった。われわれが死後の世界に通じる扉の鍵を持っているかのような気分にさせてくれるモイアの話を聞けば、漠然とした満足感でいっぱいになった。明かりを暗くした交霊会の心安らぐような雰囲気が好きだった。ひとことでいえば、わたしは楽しみを求めて、そこにいたのだ」。

　ジョン・モイアは有名な会社の社長であり、仕事の場では現実的で実務家肌の人間だが、性格的には神秘主義的傾向が強く、「そのため、世間一般には多くの馬鹿げたことや詐欺行為とひとくくりにされている、心霊術というとらえどころのないものを研究し、やがて受け容れるに至ったのである。偏見

361

を持たずに始まった研究は、不幸にも独断に陥り、彼はどんな偏狭頑迷な人間よりも自信過剰な狂信家になってしまった。われわれの小さなグループの中では、彼はこうした怪現象を新たな宗教に仕立てあげた代表格だった」。

　モイアには一人の妹がいる。新進彫刻家の夫人となっているミセス・デラミアである。彼は、この妹が霊媒体質であることを見抜いた。彼女は動物磁気という、物質面だけでなく霊的な面からの作用を受けられる柔軟さを持つ唯一のエネルギーを具えているのである。彼女は強い霊感を発揮するようなことはなかったが、通常の人間には不可思議と思える「お告げ」という現象ぐらいは示すことができた。こういう交霊会では霊媒が必要不可欠であるが、「金を払って霊媒を雇うのは、誰もが反発を持つところであった。その霊媒が、金をもらう以上は何らかの結果を出さねばならぬと考え、細工をしたくなる誘惑に抗えなくなるのはわかりきったことではないか？　１時間につき１ギニーで生まれるような心霊現象など、当てになりっこない」。

　ということで、「わたし」を含めた３人は毎週日曜日の夜、もう一人のメンバーであるハーヴィ・ディーコン（ドイルの父親のチャールズに擬せられている）のアトリエで会合を持っていた。彼は想像力豊かな作品を描き続ける画家で、心霊現象が実はきわめて恐るべき事実なのだという結論に達していた。この小さな集まりでは、彼は批評家の役目を担っていた。「偏見を持たず、とことんまで事実を追求することができ、データの揃わないうちに理論を立てるのをよしとしない」。

　当日、彼のアトリエでは、一枚の描きかけの絵がイーゼルに立てかけてあった。その絵は非常に巧みで想像力にあふれたものであり、妖精や動物や、その他ありとあらゆる寓意的なものが描かれていたが、特に目を引いたのが一角獣_{ユニコーン}だった。実はこの想像上の動物が、この夜の主人公になるのだった。さて、この夜、遅れてやってきたモイアは一人のフランス人を連れていた。ムッシュー・ポール・ラ・デュークはオカルティズムの有名な研究者で、予言者にして霊媒、かつ神秘主義者で、薔薇十字会のパリ支部長からモイアに宛てた紹介状を携えてイギリスにやってきた、と説明された。

第3部　コナンドイル　作品紹介

　いつもとちがって、紹介されたデュークの主宰で、交霊会はスタートした。彼は突然、「一角獣とこの会と何か関係があるのでしようか？」と問いかけた。描いた本人のディーコンはどきっとした。「実に面白い！」とデュークは言った。「絶えず一角獣が現れる。こんな奇妙なことを、これほど熱心に考えていたのはどなたです？」ディーコンは、それは自分だと答えた。

　デュークは言った。「思考というのは物体なのです。想像することは、物を作り出すことなんです。ご存じありませんでしたか、え？　しかし、わたしに一角獣が見えたのは、わたしの目にしか見えないということではないんですよ。」── 明かりが消され、交霊会は始まった。「わたし」は「これまでの交霊会で慣れっこになっている、肉体的な兆しを感じていた ── 足が冷たくなり、手がむずむずし、手のひらが火照り、背中を冷たい風が吹き抜けるような感覚だ」。── そしてしばらくたった後、突然、ディーコンが叫んだ。「大変だ、モイア、部屋に大きな獣がいるぞ。ほらそこに、ぼくの椅子のすぐそばに！」「何か巨大なものが、暗闇の中でわれわれを襲ったのだ。後足で立ち、足を踏み鳴らし、打ち壊し、飛び跳ね、鼻息を荒くしながら。テーブルは木端微塵になった。われわれは蜘蛛の子を散らすように逃げ出した」。

　1900年は、ドイルにとって「ボーア戦争」の1年だった。彼は2月28日にラングマン民間野戦病院のスタッフの一員として南アフリカに向かい、3月21日にケープタウン着。現地で献身的に負傷兵の手当てを行い、同年の7月11日に現地を発って帰国の途についた。したがって、本作品は彼の出発前に書かれたものと推定される。当時のドイルの心霊主義に対する態度がはっきりと示されている、注目すべき短編である。

（創元推理文庫：白須 清美　訳）

作品 〈15〉

短編

ヴェールの向こう
Through the Veil

初出：「ストランド誌」1910年11月号

　西暦43年、ローマ軍は、当時ブリタニアと呼ばれていた現在のブリテン島に侵入、北に向かって版図を広げ、現在のスコットランドとイングランドの国境近くまで進出した。そして、北方の蛮族の南下を防ぐために、西暦120年から140年にかけて、中国の万里の長城には遠く及ばないが、よく似た発想の長壁を建設し、当時のローマ皇帝の名を冠して「ハドリアヌスの長壁」と呼んだ。現在でもその一部が保存されており、観光地となっている。

　この短いが奇妙な作品は、そこを舞台にしている。この地域で生まれ、スコットランド南東部の町メルローズで成功したジョン・ブラウン氏とその妻マギーはある日、結婚一周年記念でこのハドリアヌスの壁の一部として残っている砦の見物に、車で訪れた。マギーもその近辺で農業を営んでいた家系の出で、どうやらこの二人は、家系の点ではどこまでさかのぼっても農民のようだった。

　二人は知り合いの案内人にくっついていくつかの遺跡を見てまわったのだが、途中でマギーに異変が起こった。顔色が悪くなり、瞳に奇妙に熱っぽい感じがあった。気遣う主人のジョンに対し、しかし、マギーは言った。「もう少し見ましょう。とっても面白いわ、何だか夢のなかの場所みたい。妙に懐かしい感じがするの」。そして、長年この地にいたローマ人がなぜいなくなったんですか、というマギーの質問に対し、案内人は「この辺の住人はローマ人に我慢するのに厭気が差したんでしょう。だから蜂起して邪魔な砦を焼き払ったということになっとります」と答えた。

　するとマギーは、かすかに身震いした。「荒々しい夜 —— 酷い夜」と彼女

は言った。「その夜は空が真っ赤になったはずだわ」。すると「そう、僕もそれが真っ赤だったと思う」と夫のジョンも応じた。「妙だな、マギー、そう思ったのはきみの言葉のせいらしい。けど、何だか前に見たことがあるように、はっきりと思い出せる気がする。水のうえに火が映っていた」「そう、水のうえに火が映っていた。それから煙で喉が痛かった。蛮人たちはみんな叫んでいたわ」。二人はそれでも見物を続けていたが、だんだん妙な気分になってきた。マギーは言った。「ここにいると何だか妙な感じがするわ。何だか自分じゃなくなったような、誰かほかの人になったような」。ジョンも同感だった。二人はこの見物を打ち切って、自宅のあるメルローズに戻った。

その晩、ジョンは一連の奇妙な夢をみた。彼は、ハドリアヌスの砦を破壊にやってきた蛮族と、迎え打つローマ軍の激突の真只中にいた。この夢の一部始終を翌朝、彼は妻のマギーに語って聞かせた。「いつのまにか、建物のあいだにいた。建物のひとつは火に包まれてた。……僕は走りつづけた。建物のあいだでひとりだった。誰かが眼の前を横切った。女だった。僕は女の腕を摑んだ。そして顎に手を掛け、火明かりで確かめるために、無理矢理顔を捻った。マギー、それが誰だったか判るかい？」「わたしね」「僕は怯えた眼のなかに確かにきみの魂を感じとった。火明かりのなかで君は蒼白になっていた、信じられないくらい綺麗だった。その時の僕の心のなかには、ひとつの感情しかなかった ── きみを攫（さら）うことだ」。

一人の男が現れ、ジョンに襲いかかってきた……。

「奇妙で胸苦しいそのやりとりをふたりはその後話題に上せることはなかった。過去を覆ったカーテンが一瞬だけ開き、忘れられたひとつの生が瞥見（べっけん）されることを許したのだ。しかし、カーテンはふたたび閉じられた。もう二度と開くことはない ── 」

過去の生の記憶が、現在の意識の中に入り込む ── ドイルが主張したかったのは、こういうことなのだろうか。確かに心霊学では、死後生存／生まれ変わり／再生というのは中心概念の一つのようだが、それは他人／他物に生まれ変わるのではなく、時系列的に自分が新たな自分自身に生まれ変わることのはずである。しかも千数百年前の自分たちの「生」が再現され、運

命的に結合されている、というストーリー展開には、いくら大衆文学のジャンルに入る短編と割り切っても容易にはついていけない。ただ記しておきたいのは、この分野の心霊学的研究は、ちょうどドイルが「次の世界」に移った頃（1930年）から「超心理学」として新たな発展を遂げるようになり、「超感覚的知覚」という概念に基づき、新たな実証研究が行われているという事実である。

　この小作品が刊行された1910年は、ドイルにとってまさに順風満帆の時期だった。ジーンとの結婚も実現し、二人の間には、1909年3月に長男のデニス（Denis）、翌1910年11月には二男のエイドリアン（Adrian）とたて続けに二人の男の子が誕生した。作家としての名声も確立し、原稿料はうなぎのぼりに上っていった。出版社は争って彼の原稿を求めていた。文化人としての評価も定まり、彼の身辺は多忙だった。その中にあって、確かに「ストランド誌」からの依頼だったとはいえ、彼があえてこのテーマを取り上げて文章にしたのは、決して「売文」ではなく、それ以上の深い意図があったはずである。──ドイルは多事多忙な中にあっても、「超常現象の科学的解明」というライフワーク的なテーマを忘れていなかった、というより、秘かに研究を積み重ねていたのだ、ということを、我々もカーテンが一瞬開いた時に垣間見たということになるのだろう。

（創元推理文庫：西崎 憲　訳）

第3部　コナンドイル　作品紹介

作品〈16〉

長編

霧の国
THE LAND OF MIST

初出：「ストランド誌」
1925年7月号〜1926年3月号

　名探偵ホームズの生みの親（クリエーター）として有名なドイルだが、実はホームズが1903年にサセックス州の田舎に引退した後に、もう一人の傑物を創り出した。それが1912年発表の長編「失われた世界」に登場したチャレンジャー教授である。豪放にして磊落、大きな頭と肩、樽のような胸、長くて黒い毛で覆われた巨大な両手、アッシリアの雄牛を連想させる顔と顎鬚、赤ら顔で、髪も変わっていて正面に張りつきながら長い曲線を描く房となって広い顔の上に垂れている。黒い眉の下の目は、澄み切った青灰色で非常に厳しく、且つ非情そうだ。有名な動物学者だが奇矯な言動も多く、また学術的な論争などの場では自分の所見に異を唱える相手には大声を張り上げて圧倒し、それでも不足なら実力行使も辞さない ── まさにチャレンジャー ──（挑戦者）なのである。彼が探検家たちのリーダーとして南米ギアナ高地のロライマ山頂で発見した「失われた世界」の記録が、ドイルの筆で「ストランド誌」に発表されるや、世界は昂奮し、チャレンジャー教授はジョン・ブル魂（イギリス人気質）の具現者として喝采を受け、ドイルは物語作家（ストーリーテラー）としての地位を不動のものとした。

　ドイルは自分が創り上げたこのチャレンジャー教授が非常に気に入っていたらしく、その後の作品にも登場させているが、1916年に心霊主義者であることを表明した後に書かれた本作品では、チャレンジャーは確信的物質主義者、合理主義に徹した権威ある科学者として登場し、心霊主義や心霊術などは無視するか、挑まれると持ち前のパワーで痛烈に攻撃をする。 ── しかし最後には、物質主義だけではどうしても説明できない心霊現象の存在を認めざるを得なくなる。── という筋書きだから、本書は明らかに心霊主義の啓蒙書である。となると、何か説教めいた堅苦しい内容を想像しがちだが、

367

そこは流石に物語作家であるドイルの筆の運びは晩年の66歳になっても衰えていないので、読者はこの未知の心霊主義者の世界にいつの間にか誘い込まれてしまっているのだ。そして当然といえばそれまでだが、心霊主義の用語がストーリーの展開の中で随所に示されるが、難解な用語を辞書で調べるのではなく、自然な形で頭に入っていく —— スピリチュアリスト（心霊主義者）、コントロール（支配霊）、テレパシー（一種の精神感応）、セアンス（交霊会）、ポルターガイスト（騒々しい精）、エクトプラズム（心霊体）、メディアム（霊媒）、ガイド（指導霊）、アニマル・マグネティズム（動物磁気作用）、ソウル（魂）、スピリッツ（霊）、ヴァイブレーション（震動）、マテリアライゼーション（心霊具現）、サイコメトリー（精神測定）、ヴィジョン（透視力）、サイキック・カレッジ（心霊学院）など。

　それだけではない。当時、大流行していた交霊会の様子にはさまざまな形があり、中には社交的雰囲気の強いものもあるようだ。霊媒はほとんどが職業霊媒であり、一回登場する報酬は１ポンド（１万円）程度で、意外に安い感がする。相当に体力・集中力を必要とするので、週２回が精々だとか。いろいろなトリックや、小道具を使うインチキ霊媒も多かったようだ。真面目な霊媒にとっては、迷惑な存在である。ジョージⅡ世時代（1720-1760）に制定された魔法禁止令（Witchcraft Act）や、1824年に制定された浮浪者取締令を根拠に、婦人警官を使った囮捜査で霊媒を犯罪者に仕立て上げる警察。幽霊屋敷の探検、貧民窟で起こった奇蹟など、当時の世相の一端をうかがい知ることができる。勿論、ドイルの意図は、こういうエピソードをまじえながら心霊主義の啓蒙普及をすることにあったのだから、さまざまな登場人物の口を借りて彼自身の心霊主義思想を語っている。その部分だけをつなぎ合わせていくと、ドイルの主張が明確になるのだが、心霊主義に深い関心がなくても面白く読める一冊になっている。

（創元推理文庫：龍口 直太郎　訳）

第3部　コナン ドイル 作品紹介

作品〈17〉

長編

マラコット深海
THE MARACOT DEEP

初出：「ストランド誌」
1927年10月号～1928年1月号

　コナン ドイルは彼の信じた「次の世界」に旅立つ直前まで、心霊主義の啓発に自分のすべてを打ち込んでいたが、既に世間の心霊主義に対する関心は薄れつつあり、ごく一部のエクセントリックな人たちの「小宇宙」とみなされていた。ドイルは心霊主義を「実証」するために、相変わらず「交霊会」を続けていたが、不誠実な霊媒や支配霊たちの仕組んだインチキが暴露され、その度毎にドイルは自分が欺かれていたことを認めざるを得なかっただけでなく、世間の嘲笑を招くことが少なくなかった。

　しかし、ドイルはくじけなかった。彼の人生を振り返ると、逆境になればなるほど彼は燃え上がり、信念を新たにして挑発に立ち向かうのだった。それが彼の本質だった。しかし、心霊主義の退潮は明らかだった。第一次大戦という特異な環境の中で大きく注目されたものの、やがて平和の時代が再来すると、世間の興味は急速に失われていったのだ。このような逆境の中でも、彼の信念はゆるがなかった。アフリカ（南ア、ケニア、ローデシア）に、スカンジナヴィア（ノルウエー、スエーデン、デンマーク）とオランダにと講演旅行を続けたが、帰国後ついに、心臓発作を起こした。それでも、ロンドンでの講演会は予定通り行った。

　そういう制約された環境の中で、ドイルがこの長編を何時書き上げたのか、ということも興味の対象となるが、より重要なのは、彼がどのような意図や目的を持って本書を世に問うたかである。ストーリーはわかりやすい──8,000年もの昔に高度な文明を誇っていたアトランティスが、突然に大西洋の海底に陥没したが、一人の大指導者がこの大災厄を神々の霊と交わることで予見し、この都市全体がすっぽり収まる巨大な防水性の「箱舟」を建造して

369

おいたので、選ばれた人たちは箱舟が海底に沈んでも生き永らえ、深海で生息できる新しい人類を誕生させたので「海底都市アトランティス」は現在でも存在している、という、途方もないスケールの物語なのである。

　この作品は「ＳＦ小説」というカテゴリー以前のものであり、「深海底ファンタジー」とでも名付けるのがふさわしいだろう。確かにテレパシーとテレヴィジョン（原文通り）を組合せた装置 —— それに向き合うと自分の記憶や思考が画面に再現される —— や、石炭を使った発電が行われているが、その一方でアトランティス人たちは原子を分裂させてエネルギーを放出させ、大きな動力源を確保している、などの未来予見的な記述もあるが、全体として言えば、今日の技術水準どころか、20世紀初頭の技術力からみれば、荒唐無稽としか思えない描写の連続なのである。

　その意味では、「失われた世界」もＳＦ小説というより「地上のファンタジー」と呼ぶ方がふさわしいのだが、両作品の間には決定的な違いがある。それは、思想性の有無である。「失われた世界」が「半分大人で半分子供」な読者たちを喜ばせ元気づける決定的な大衆向け冒険小説であるのに対し、「マラコット深海」は、その意図は読者が最後の部分に到着するまで伏せられているのだが、明らかに心霊主義の主張なのである。文中からいくつかの記述を拾うと ——

　「一番大きな危険というものは、知性が霊性を追い越した場合に、初めて実地に姿を現わす、ということに尽きる。この古代文明を滅ぼしたのもそれだし、また将来ぼくらの文明を滅ぼすものがあるとすれば、やはりそれがもとであろう」。

　「同じ水準ならば善のほうが悪よりも強いはずであるということ、つまりはこれだ。悪魔はどうしても天使には勝てない」。

　「頑固な唯物論者たるこのわしが —— 救いたまえと祈ったものだ。人間の知恵ももうこれまでとなった時には、わしらをとりまく見えざる力にお願いの手をさしのべる以外に何ができよう？　わしは祈った —— そしてわしの

第3部　コナン ドイル 作品紹介

祈りは、じつに驚くべき反応を得たのだ」。

　テレパシーとテレヴィジョンを組合せた装置（思想反射スクリーン？）に
映し出された末期のアトランティスの状態は、こんなものだった。「ぼくら
は戦争を見た……勝利者には財宝が山のように積まれたが、富が次第に増す
につれ、スクリーンに映るその顔はますます動物的に、いよいよ残忍になっ
ていった。その人々は時代が進むごとに、ますます堕落していった。好色
的な放蕩や道徳的な堕落の徴候、物質の増大と精神の衰微の徴候を見せられ
た。人を犠牲にする残酷なスポーツが、男らしい昔の運動にとって代わっ
た。平和で素朴な家庭生活も精神的教養も鳴りをひそめ、次から次へと仕事
を変えて、たえず快楽を追い求め、ためにたえずそれを見失いながら、何か
もっと手のこんだ不自然な方式によればまだそれが見つかるかもしれぬ、と
いつも思いこんでいる、落ちつきのない浅薄な人々の姿を僕らはちらりと見
た。一方には、ただ感覚的な満足を求める過度の富裕階級があり、またもう
一方には、主人の欲望がたとえどんなに悪かろうと、その欲望を満足させる
ことに仕えるのだけがその務めであるという、過度の貧困階級があるに過ぎ
なかった」。

（創元推理文庫：大西 尹明　訳）

コナン ドイル 解説付年譜

1849

当時17歳のチャールズ・アルタモント・ドイルがエジンバラに到着。同地の王立土木局の測量助手に任命された。年俸180ポンド（180万円）。2、3回、下宿を変えた後、将来の妻となるメアリ・フォーレイの母親の運営する素人下宿に居を定めた。

チャールズの3人の兄たちはそれぞれロンドンで才能を開花し順調に収入も確保できる方向にあったが、まだ年少であった末子のチャールズには、父親のジョンの目には、特に期待すべき才能の萌芽が認められなかった。ジョンは世間的には有名な風刺政治漫画家だったが、仕事の性質上、収入は不安定であったし、また彼自身も引退すべき時が近づいていることを自覚していた（実際、彼の最後の仕事は1851年で終わっていた）。こういう事情が、チャールズの職探しに父親ジョンが熱心であったという理由になったのだろう。それでもなぜ、ロンドンから遠く離れたエジンバラまで行かねばならなかったのか、という疑問は残る。

1855

7月31日、チャールズ（23歳）、メアリ（18歳）と結婚。

女性が18歳の若さで結婚するというのは、当時としては特に珍しいことではなかった。女性の側には職業を持つ機会はほとんどなく、男性も安定的な収入が継続的に期待できる職業に就くのは、特に若い世代の場合は決して容易なことではなかった。したがって女性側からみれば、生活できるだけの安定収入を持つ男と結婚できるのは幸運とされた。結婚当時のチャールズの年俸は200ポンド（200万円）になっていた。しかし、娘を嫁がせる母親キャサリンには一抹の不安があった。彼を毎日見ている下宿の女主人の目には、チャールズは時間、精力、金銭を浪費している、一口で言えば、だらしのない若者と映っていたようだ。苦労して人生を渡っている堅実一路の彼女から見れば、都会型のチャールズの性格に不安を感じていたのだろう。彼女の予感は残念ながら、後に正しいことが証明されてしまった。

1859

5月22日、エジンバラ市ピカーディプレイス11番地でドイル誕生。2日後に自宅近くのセント・メアリ教会で洗礼を受けた。アー

サー・イグナティウス・コナン ドイル。

当時のエジンバラは「ポテト飢饉」に端を発したアイルランド人の大量流入に加え、市当局の腐敗と浪費が重なったため、財政は破綻し、貧民への救済策は放棄されていた。狭い部屋に大家族が住み、水道施設は部分的にしか存在せず、下水施設もないので汚物もたれ流しになるなど、衛生状態は最悪であった。灯りは少なく治安も悪いので死亡率は高かったが、その主原因は犯罪と不衛生な環境にあった。ロンドン育ちのチャールズは当時のスコットランド人を、精神的には粗野（rough）で、大酒飲み（hard drinking）で、しかし、親切な（kindly）人たちだと評していた。彼はこれらの人たちとは肌が合わなかった。一方、妻のメアリは疲れを知らず働き通し、いつも緊張感にあふれ、勝ち気で物事を押し通す性格の持ち主で、一口で言えば「しっかり者」として家庭内を取りしきっていた。

1866（7歳）　既に酒乱状態が進行していた父親から隔離することと、不衛生な環境から発生する伝染病（特にコレラ）の予防の意味合いもあり、ドイルは、エジンバラ郊外にあるメアリの知人宅に借りた部屋から近くのニューイントン・アカデミーという名の塾のような教育施設に通った。

1868（9歳）　親元を離れ、イングランド北部のランカシャー近郊にある、イエズス会の運営するストーニーハースト学院の予備門であるホッダー校の寄宿生となった（9月）。ここで2年間を過ごし、次の5年間をストーニーハースト学院で学ぶことになる。

ストーニーハースト学院は1794年に創立され、ローマカトリック教会系の男子用の学校の中では最優秀の2校のうちの1つとされていた。そこでは厳しい規律に基づく生活と勉学が強制され、ドイルもそれに堪えてはいたが、精神的には満たされないものを持ち続けていた。大学生になったドイルがカトリック信仰を破棄した素地は、既にこの時期に形成されていた。
この進学コースの決定はドイルの教父であるマイケル・コナンの強い勧めに基づくものだった。この教育システムでは、もし伝道者となる道を進むと誓約した場合には年間50ポンドの授業料は免除される仕組みがあったが、母親のメアリはそれを断わり息子を僧籍に入れなかった。ドイルは一家の再興を託すべき唯一の存在

だった。

1870（11歳） ストーニーハースト学院に入学、正式名称はストーニーハースト・ジェスイット・パブリック・スクール。パブリックの意味は、当時の教育熱心なカトリック教徒の子弟たちに門戸を開いている、ということだった。当時の生徒数は300人程度だった。

1875（16歳） ストーニーハースト学院での最終年、ドイルは級友たちと共にロンドン大学主催の大学入学資格検定試験を受け、期待されていた以上の好成績を得た。これでこの学校での学びは終わった。ただ振り返ってみて、彼は自分の学校に対し感謝の気持ちも感動も持っていなかった。彼は後になって友人の母親にこう語った。「僕は振り返ってみて、あそこの教育が立派だったとは思いません。もし僕に息子がいたとしても、あの学校には送りません。あまりにも恐怖で支配しようとし、あまりにも愛情や理性が欠けていたからです」。

ドイルは故郷のエジンバラ大学への入学を希望していたが、まだ入学定年に達していなかったので、ストーニーハースト学院の校長の勧めで１年間オーストリアのフェルトキルヒにあるイエズス会運営の姉妹校に留学することになった。その出発直前に母からの手紙で父親がリタイヤ（引退という表現を使っているが、実質は失職ということ）する、と知らされた。現地に着いて彼はこう返信した。「パパがリタイヤすると聞いて本当に驚きましたし、また残念に思います。健康を害していたのでしょうか、それとも他に何か特別な理由があったのでしょうか」。ドイルは母親のメアリが苦しい家計をやりくりしながら自分の学費を捻出してくれていたのを充分承知していたので、その上に父親の失職が重なればどんなことになるか、居ても立ってもおられない気持ちだったに違いない。その後の手紙ではこうも書いている。「パパの健康が優れないと聞いて本当に心配です。深刻なことではないだろう、と期待しますが」。

1876（17歳） フェルトキルヒからの帰国途上でパリに立ち寄り、教父でもある大伯父のマイケル・コナンを訪問した。既にマイケルを中心とする一族は、ドイルの血の中には芸術家的素質は認められないと判断しており、僧侶・法律家・医師のいずれかの職業を選択するよう本人に申し渡していた。彼はその中から医師を選択した。彼は

コナン ドイル 解説付年譜

パリで数週間過ごした後、6月に帰郷、10月にエジンバラ大学医学部に入学した。新興ブルジョアジー層が台頭する時代環境の中で、特に医師は有望な職業とみなされていた。

エジンバラ大学在学中、ドイルは、家長としての責任を放棄し自分の家にも寄りつかなくなっていた父親のチャールズに代わって、実質的に一家の面倒をみる立場におかれた。勉学とアルバイトと弟妹たちの世話に忙殺されていたドイルには友人づくりをする余裕はなかったが（例外はジミー・ライアンとジョージ・バッドだけだった）講義出席率は良かったらしく、幾人かの名物教授たちに接し、影響を受けた。その中には後に彼の作品の中に登場する人物もいた。特に外科医のジョゼフ・ベル博士は患者の診立てが上手で、独特の推理力と観察力を駆使して、診察前に症状を言い当てるのがうまかった。彼はホームズの原型になった。また、入学当初に奨学金のことで接触したウォーカーズ教授は数学が非常に得意だったようで、ホームズの宿敵モリアティ教授の、また、アッシリア髯をはやしずんぐりした体形のラザフォード教授は「失われた世界」の中に登場するチャレンジャー教授の、それぞれ原型になった。
当時のエジンバラ大学では、講義をききたい学生はその都度、聴講料を支払う仕組みになっていたので、勢い、教授たちもそれぞれのやり方で魅力あふれた名物講義をして学生たちをひきつけていた。

1880（21歳）　2月から8月までの半年間、ドイルは友人の代わりに、200トンの捕鯨船ホープ号の船医として北極海で生活する機会を得た。そこで得た報酬50ポンド（50万円）は、一家の生活にとっても貴重なものだった。

ドイルが生まれた1859年に、米国ペンシルバニアで石油が発見された。それまで照明用の油の主源は鯨油であり捕鯨は重要な産業であったが、徐々に石油に置きかえられ、衰退していった。ドイルはホープ号乗船中にこの状況を実感したらしく、乱獲のために鯨の頭数が激減していることと、鯨油が石油にとって代わられていることを自伝の中に記している。

1881（22歳）　6月に卒業試験を受けた。これにパスすれば医学博士になるわけではないが、とにかく医師として開業する資格は得られるのでド

375

イルは真剣だった。無事に合格。卒業旅行で母方の故郷であるアイルランドのリズモア訪問の後、再び船医として西アフリカ航路を往復するマユンバ号に乗船し、同年10月から翌年1月まで船上生活を送ったが、後年ドイルは自分の人生の中で最も惨めな数ヶ月間だと述懐した。

1882（23歳） マユンバ号から下船後、大学時代の友人バッドの招きでプリマスに赴き彼のパートナーとなったが、不仲となりドイルは彼と別れてポーツマスの郊外のサウスシーで独力で開業することを決心した。家族もバラバラになっており、父親のチャールズは既に1879年から治療施設に送り込まれていたし、母親のメアリはウァーラーを頼って彼の故郷のヨークシャー州メイソンギルに下の二人の娘とともに移り住むことになる（1883年）。上の3人の娘は既にポルトガルでガバネスの仕事をしていた。弟のイネスはドイルがサウスシーに呼び寄せ、そこから学校に出していた。家庭は完全に崩壊していた。ドイル自身は収入不足と、リズモアで知り合ったエルモとの恋愛と、自分自身の将来をどう決めるかについて悩んでいた。

1885（26歳） 7月、「脊髄癆における血管運動の変化についての考察」と題した学位請求論文が審査を通過し、ドイルは医学博士（M.D.）の資格を得た。8月には婚約中だったルイーズ・ホーキンズと結婚。ルイーズはドイルの2歳年上でイングランド西部のモンマス生まれ、父親は既に亡くなっていたが独立自営農民だった。挙式はドイルの母親メアリの住むメイソンギル近くの教会で執り行われ、二人はダブリンを含むアイルランドでの新婚旅行に出発した。

1886（27歳） 結婚により気力充実してきたドイルは、3月から4月にかけて6週間で「緋色の研究」を書き上げた。各出版社の間でたらい回しにされた揚句、10月末になってウォード・アンド・ロック社から翌1887年末まで待つなら版権25ポンドで買取るとの申し出があり、やむなく受諾した。

この前後の心境をドイルはこのように書き記している。
「今や私は、何かもっと新鮮で、きびきびとした、もっと専門性のある作品が書けるはずだ、と思うようになっていた。確かにガボリオーは彼の緻密なプロットのつなぎ合わせが私には魅力的だったし、ポーの創った探偵デュパンは私にとっては子供の頃からの憧れの的の一人だった。しかし、私自身の創り上げる人物も

コナン ドイル 解説付年譜

これらに匹敵するだろうか？　私はあのベル教授のことを思い出してみた。あの鷲鼻の目立つ顔立ち、独特なやり方、そして細部に焦点を当てる恐るべき技。もし彼が探偵になったら必ずや、まだ現在では、魅力はあるがきちんとした形になっていない探偵業を、精密科学の水準に近づけることができるのではないだろうか。もしそのような結果が得られるのであれば、私は試してみたい」

「私はこの『緋色の研究』が自分としては上出来の作品だと確信していたので、大きな期待をかけていた。それだけにまるで伝書鳩のように出版社に送っては戻されてくることの繰り返しはきわめて残念だったし、心は傷つけられた」

1887（28歳）　次作「マイカ・クラーク」の執筆開始。英国王チャールズⅡ世の庶子モンマス公（本名ジェームズ・スコット、1649-85）が、王位要求をジェームズⅡ世に対して起こした「モンマスの反乱」をテーマにした歴史小説。19世紀を代表する文学者たちはみな歴史小説を書いていたので、純文学者たらんとすれば歴史小説を書くのは絶対的な条件だとドイルは思い込んでいた。
11月に、「ビートンのクリスマス年報」に「緋色の研究」が掲載され、ホームズとワトソンはデヴューを果たした。

1889（30歳）　長女メアリ・ルイーズ誕生。オスカー・ワイルドと出会い、それぞれ一篇ずつ「リッピンコッツ誌」に書くことになった。

1890（31歳）　1月、ポルトガルでガバネスをして、稼いだ全額を家族に送金していた姉のアネットが現地でインフルエンザをこじらせ死去。苦労に報いられなかった彼女の死をドイルは深く歎いた。
2年がかりで書き上げていた歴史長編小説「白衣団」が完成。破格ともいえる200ポンド（200万円）で月刊「コーンヒル誌」に掲載が決まった。
「リッピンコッツ誌」に「四つの署名」が掲載された。
ドイツの細菌学者、コッホ博士が画期的な結核治療法を開発したと発表。ドイルも強い衝撃を受け、早速ある新聞社から便宜供与を受けベルリンに向け出発した。その時の車中で皮膚専門医として成功していたマルコム・モリスから田舎医者に安住せず専門医になることを強く勧められた。ドイルは帰国後の12月にサウスシーの医院をたたみ、眼科の講義を受けるべく妻と共に年末に出発し、翌91年1月5日にウィーンに着いた。しかし、ドイツ語での

377

専門講義に歯が立たず、3月に帰国した。

1891（32歳）　ロンドンに帰ったドイルは連載していた「白衣団」が大成功だったことを知り、自分の文学的才能に強い確信を持つようになった。しかし、他方で安定的な収入を確保して作家生活を続けられるように計らうため、無謀にもロンドンの中心部の医師街の近くで眼科医を開業した。しかし無名の医師の前に患者は現れなかった。生活の糧のために書き上げた、ホームズを主人公とする短編シリーズが月刊「ストランド誌」に連載され、爆発的な成功を収めた。この少し前、ドイルは開業して間もない医院をたたみ、作家として筆一本で身を立てることを決意していた。

1892（33歳）　11月、長男誕生、アーサー・アレイン・キングズレイと命名された。アレインは「白衣団」に登場する騎士の名前、また、キングズレイは父チャールズが好きだった作家、チャールズ・キングズレイからとった。

1893（34歳）　10月、父チャールズ、精神病院で死去。彼は最後までさまざまな妖精の絵を描き続けていた。後にその一部は第三者によって画集として出版された。
同年、ドイルとルイーズは旅行中にライヘンバッハの滝を訪れた。その後ルイーズが結核に冒されていることが判明。転地療養のためスイスのダボスに移った。
「ストランド誌」12月号で、ホームズはライヘンバッハの滝壺に落ちたと報じられた。主人公が消滅したので「ホームズ物語」も終刊となった。
11月、ドイルは心霊研究協会への入会手続を行った。
金銭的に余裕ができたので、ポルトガルでガバネスを続け一家に仕送りをしていた妹のロティとコニーをロンドンに呼び戻していた。

二人が転地療養に行ったスイスのダボスは、現在は「ダボス会議」で有名だが、既に18世紀中頃から主としてイギリス人向けの温泉保養地として知られていた。当時は住民の約半数はイギリス人で、彼らのための教会もあり、新聞も発行されていた。結核療養者も多く、賑やかな町になっていた。

1894（35歳）　1894（35歳）ドイルは弟のイネスを同道し念願のアメリカ講演旅行に出発した。10月にニューヨーク着。ホームズ物語の著者とし

て人気高く、各地で大歓迎を受けた。12月中旬帰国、クリスマスを家族と過ごすことができた。

この頃、ドイルは売れっ子作家になっていた。書いたものは何でも高値で売れるので、彼は分野を問わず書きまくった。また、そうしなければならない事情もあった。ルイーズの療養費、妹たちの生活支援、有名になったドイルの出費の増加。それらを賄う唯一の収入源は、原稿を売ることだった。

1895 (36歳) ロンドン出張時、南部のサリー州の最高地点にあるハインドヘッドの乾いた空気が結核療養に向いていると聞いたドイルは、もしそうなら外国に転地しなくてもイギリス国内の自宅で療養させることができると思い、早速その足で現地に行き即断即決で土地を買い、かねて知っていたサウスシーの建築屋に設計を依頼した。
スイスの気候が悪かったので、その年の冬をエジプトで過ごすことにし、年末にカイロ到着。妻ルイーズと妹のロティを連れて、クック旅行会社の小汽船でナイル河の上流に向け出発した。

その前年、イギリスの支配するスーダンで現地人反乱軍の蜂起があり、カルツームのイギリス駐屯軍は5万人の大軍に包囲された。イギリス軍指揮官ゴードン将軍は防戦したが、遂に1895年1月に陥落しゴードンは戦死した。イギリスはその後カルツームの奪還を計り、エジプト／スーダン国境まで進出して反乱軍とにらみ合いをしていた。ドイル一行はしたがってカルツーム陥落のちょうど1年後に現地近くまで足を伸ばしたことになる。彼はその時の体験を基に「コロスコの悲劇」と題した作品を書いた。
ちょうど同じ頃、イギリス人のジャミソンが南アフリカのイギリス領ケープ植民地から、ボーア人(オランダ人系の入植者の子孫)が支配する北方のトランスバール共和国に襲撃を仕掛けた(ジャミソン・レイド)。彼の目的は同地で発見された金鉱山で働いているイギリス人たちの蜂起をけしかけることだった。数日後に彼はボーア人によって捕らえられたが、ボーア人たちはイギリスがやがて南アフリカ全体を支配しようと目論んでいる、と確信するようになった。このジャミソン・レイドは、後のボーア戦争の引き金となった。

1896 (37歳) ドイルとルイーズは4月末に帰国したが、新しい屋敷が予定より遅れ未完成だったので、近在の田舎村で借り住まいをすることに

379

なった。子供たちと一緒に住むことができるので、ルイーズの状態も良くなっていった。

1897（38歳） 3月、後に妻となるジーン・レッキーと出会った。10月に新居がハインドヘッドに完成。「アンダーショウ」と命名した。この地域は既にロンドン在住の名士たちの保養地として発展しており、「小スイス」と呼ばれていた。

1899（40歳） ボーア戦争勃発

トランスバールで1887年、世界最大の金鉱床が発見され、その価値は南アフリカのダイヤモンド鉱床の価値を凌ぐといわれた。その当時、大統領だったクルーガーは、しかし、「この発見はこの国にとって災いの種になるだろう」と予言した。世界中、特にイギリスから多くの「外人」たちが金の採掘に参加すべく集まったが、彼らに権利を与えるべきでないという考え方が現地では支配的だった。イギリスはこの利権を獲得すべく、軍隊の増派も含めあらゆる策略を講じたが不調に終わり、ついに武力行使に踏み込んだ。クルーガーの名前は「クルーガー金貨」として今日も私たちの目に触れている。

1900（41歳） 2月に南アフリカに向け出発。現地で傷病兵たちの治療にあたり、8月に帰国した。その後、このボーア戦争を主要な論点とした選挙に立候補したが、落選した。

最近の2、3年間、ドイルはフラストレーションの塊のようだった。その原因は、当初の予想以上に長く続いたルイーズの看病だった。ドイルは、自分は騎士道的精神で、自分が選んだ薄幸の婦人の脇に侍していると自分を納得させていたのだろうが、現実にはドイルの精神的・肉体的フラストレーションは累積していった。1月に母親に宛てた手紙の中で、彼はついこうこぼしてしまった。「私はこの6年間というもの病室住いでした。今の私はそのことに本当にうんざりしています。愛するトゥーイ（ルイーズ）！ 彼女よりも私のほうが苦しい目にあってきたのです。彼女は私のそういう気持を察知していません。勿論、私はそのことを喜んでいます。妹のコニーが、私の落着きのなさを指摘していますが、その原因はここにあるのです」。
母親のメアリは既にジーンとの不倫の恋のことは知っていたし、

コナン ドイル 解説付年譜

暗黙のうちに二人の関係を認めていたので、息子のドイルが今更、母親の同情を求めたわけではないだろうが、彼の一人よがりではあるが率直な気持ちを吐露したのだろう。しかし、ルイーズが生きている限り、ジーンとの不倫の出口はみえなかった。自分の内にたまったフラストレーションをぶつけるような気持ちで、ドイルはボーア戦争に参加したのだろう。しかし、彼には密かな野心もあった。それは「戦時特派員」となって現地で取材し、誰よりも早くそれを読者に伝えたい、というジャーナリスト的願望だった。戦争や争いの場面を生き生きと描写することにかけては、彼は誰にも負けない自信があった。そういう場面に遭遇すると、彼の血は騒ぎ肉は踊るのだった。だから彼は、野戦病院に送り込まれてくる傷病兵たちから現地の戦況を聞き出してはメモをとった。そして戦争の帰すうがはっきりしてくると、できるだけ早く帰国して戦争体験を語りたい、という気持ちにかられるのだった。

1901（42歳） ヴィクトリア女王没。ドイルは南アフリカからの帰途、船上で知り合ったフレッチャー・ロビンソンと再会し、彼の故郷ダートムアに昔から伝わる「黒い魔犬」の話を聞き強い興味をそそられた。早速、2人で現地に行き「バスカヴィル家の犬」の構想を得た。

1902（43歳） 彼はこの戦争に対する各国の批判に反発して、年初早々から自宅にこもり、9日間という短い時間の中で5万字の「ボーア戦争——その原因と行為」を書き上げ、現地における自分の見聞を基にしてイギリス軍の行動の正当性を擁護し、各国語に翻訳し安い価格で配布して、諸外国からの批判に対応した。
イギリス王室は、ドイルのこの行動を目立たぬように支援した。10月にドイルは叙勲され、ナイト爵の称号を受けた。王室または国家に対する功労によるものだった。

叙勲の噂は前年からあった。本人を除くすべての家族、そしてジーンも受勲は名誉なことと喜んでいたが、ドイル自身は辞退する気持ちを示していた。当時の厳格な階級意識の支配する環境の中で、低い階級から成り上がってきたドイルの気持ちは複雑だった。まず、彼は自分より上の階級の支配者的優越感とか、それに起因する横暴な行為について嫌悪感を持っていた。それはホームズ物語の中にも表れている。また、叙勲が彼の文学的業績（と彼が秘かに自認していたもの）に対してではなく、ボーア戦争の擁護という愛国的活動によるものだ、という点も彼の心の中で引っ

381

掛っていた。彼は爵位という報酬を得ようとして売文をしたのだという、特に文学仲間からの批判が起こるのを恐れていた。なぜならその人たちの大多数は、ボーア戦争の大義を認めていなかったからである。ナイトという称号は貴族の最下位にある男爵（baron）より下の、一代限りの栄爵であり、サーの称号は許されるが貴族ではない。

ヴィクトリア女王は1901年に逝去されたが、まだボーア戦争が継続中だったのでエドワードⅦ世の戴冠式は戦争が終結した1902年8月まで執り行われなかった。ボーア戦争には大反対だった母親メアリが、受勲を渋っていたドイルに対し「辞退することは王に対して礼を失することになる。高貴な血の流れている一族の伝統に背いてはいけない」という趣旨の説得をしたことが、ドイルを翻意させたと伝えられている。

1903（44歳）	破格の好条件でホームズ物語の復活を開始。
1906（47歳）	妻ルイーズ没。享年49歳。「離婚法改正同盟」の会長を受諾。
1907（48歳）	ジーン・レッキーと再婚。近在のクロウバラに転居。
1912（53歳）	『失われた世界』単行本刊行。
1914（55歳）	第一次大戦勃発。
1916（57歳）	心霊主義雑誌「ライト（光）」で、心霊主義を確信する声明を出した。啓発活動に入る。
1917（58歳）	二人の少女が妖精の写真をとったと話題になった。ドイルは後年（1920年）、これらの写真は真実であると、主張した。
1918（59歳）	第一次大戦終結。この大戦中にドイルは数多くの親族、友人を失った。

心霊主義者ドイルは、「魂はあらゆる細部に至るまで肉体の完全な複製であり、肉体よりも持続性のある物質で構成されている。したがって心霊は存在し続け、生者との交信も可能である」との確信に基づき、それを証明するために何度も交霊会を行った。しかし残念なことにはほとんどの場合、霊媒（ミディアム）たちの

仕組んだインチキが暴露され、ドイルは自分がだまされていたことを認めざるを得なかった。彼はジャーナリストやマジシャンたちのかっこうの嘲笑の対象となり、ひどく心を傷つけられたが、しかし、彼は心霊主義の本質についての自分の信念だけは曲げようとしなかった。

1924（65歳）　自伝『回想と冒険』刊行。その序文で、ドイルは自分の人生をこのように総括した。

「私は、自分の思うところでは、誰にも負けないほどの多様で波乱に満ちた人生を送ってきた。私は、貧乏であるということがいかなるものか知っているし、また満足できるほど裕福であることが、どういうものであるかも知っている。私は、人間が経験するあらゆる種類のことをかじってきた。私は、多くの同時代の最も著名な人たちのほとんどを知っている。私は医師としての修業を積み、エジンバラ大学から医学博士号を取得した後に、長年にわたり文学的業績も積み上げてきた。

私はボクシング、クリケット、ビリヤード、自動車運転、フットボール、飛行機操縦、スキーを含む、きわめて数多くのスポーツに手を染めてきたが、特に長距離用のスキーに関しては、私がスイスに持ち込んだものだった。

私は医師として北極海で7ヶ月間捕鯨船に乗りこんだし、その後にアフリカ西海岸にも行った。私はスーダン戦争、ボーア戦争、対独戦争の三戦争を垣間見た。

私は近年においては、オカルト的現象について36年間にわたる私の研究の最終結論を世間に呈示し、この問題の圧倒的重要さについて世界が認識するように努力し、自分自身を打ち込んでいる。この使命を果たすべく、私は既に7冊の書籍を刊行し、5万マイル以上を旅し、30万人以上の人々に語りかけてきた。これが我が『回想と冒険』の中でより詳しく語っている私の人生である。

アーサー・コナン ドイル
クロウバラにて
1924年6月」

1930（71歳）　7月7日、コナン ドイルは「次の世界」に移った。

おわりに ――

　『コナン ドイルの真実』を最後まで読み通していただいて、感謝の気持ちで一杯である。3年間にわたる執筆期間中に私を支えてくれたのは、大学時代の恩師に教えていただいた「冷静な頭脳と温かい心」（cool head and warm heart）という20世紀初頭の英国の偉大なる経済学者アルフレッド・マーシャルの言葉だった。コナン ドイルという一人の人間に温かい気持ちを持ちながら、彼の思想や行動は冷静に評価する、という姿勢を一貫して持ち続けることができたのはこの座右の銘のおかげだった。

　コナン ドイルは与えられた厳しい個人的・社会的制約の中で、常に自分の正面を見据えて精一杯、愚直に生きた男だった。彼の関心の幅は広く、それ故に多様な相貌を持っていたので、彼の足跡を正確に辿るのは決して容易ではなかった。特に諸事実の確認については中西裕氏（元昭和女子大学教授）と、コナン ドイル全小説の翻訳という大事業を不退転の志で推進されている笹野史隆氏のお二人には、格別の御支援をいただいた。ここに記して、厚く御礼申し上げる。

　また、本書のような通常の商業出版にはなじみにくい作品を、私の気持ちを諒として取り上げていただいた、株式会社かまくら春秋社の伊藤玄二郎社長をはじめ、編集担当の頼本順子さん、舘清志さん、および私の粗稿をすべてワープロ化し何度も推敲していただいた天野美美子さん（私の主宰する統合リスクマネジメント研究所事務局）。それらの方々の御協力がなければ、本書は生まれなかった。

おわりに

　あらためて本書を通読してコナン　ドイルの生き様を一言で表現するならば、あのアップル社の創業者の一人であったスティーブ・ジョブズが、功なり名とげた後に、母校のスタムフォード大学（もっとも彼は中退生だったが）の演壇に立って後輩たちに呼びかけた "Stay hungry, Stay foolish"（常にハングリーであれ、そして常に愚直であれ）がもっともふさわしいと感じている。コナン　ドイルの人生は百数十年後の私たちにも多くの感動といくつかの重要な示唆、そして生きることへの希望を与えてくれるはずである。

　最後に、本書を、半世紀をこえる長い年月、私を支え続けてくれた私の妻である慶子に捧げます。深い、深い感謝の気持ちをこめて。

2018年4月

河村　幹夫

385

河村幹夫　著作目録

Ⅰ．イギリス・ドイル・ホームズ関連

（発行年／作品名／出版社）

1988年 8月　　『われらロンドン・ホームズ協会員』　筑摩書房
　　　　　　　　（1994年1月『われらロンドン・シャーロッキアン』　ちくま文庫）
1989年 4月　　『シャーロック・ホームズの履歴書』　講談社現代新書
　　　　　　　　（1989年度日本エッセイストクラブ賞受賞）
　　　　　　　　（1989年度シャーロック・ホームズ大賞受賞）
1990年12月　　『倫敦洒脱探偵』　日本経済新聞社
　　　　　　　　（2000年8月『倫敦ユーモア探偵』　日経ビジネス人文庫）
1991年 7月　　『コナン・ドイル』　講談社現代新書
2009年 1月　　『ドイルとホームズを「探偵」する』　日本経済新聞出版社
　　　　　　　　（日経プレミアシリーズ　032）
2014年 8月　　『名探偵　ホームズとドイル』　海竜社

Ⅱ．エッセイ、一般書

1990年 1月　　『サラリーマンの勝負は週末にあり』　ごま書房
1992年 9月　　『イギリスびいき』（シャーロッキアンの守備範囲）（共著）講談社
1994年 2月　　『シャーロッキアンの冒険と回想 — 私の複眼人生術』東洋経済新報社
1995年 6月　　『スーパー時間術』　ごま書房
1995年10月　　『スーパー整理術』　ごま書房
1996年 9月　　『シャーロッキアンの新たなる冒険 ——
　　　　　　　　サラリーマンにノーサイドの笛が鳴る』　東洋経済新報社
1997年 5月　　『日本の名随筆』（林望編）「紳士」
　　　　　　　　（ダンディズムは一夕にして成らず）作品社
1997年 6月　　『わたしの時間』上野秀恒編（ももの時間）クロック文化研究所
1998年 6月　　えっせいず50冊のQuarterlyから（ノブレス・オブリージュ）
　　　　　　　　日本銀行情報サービス局

河村幹夫 著作目録

2000年 6月	『仕事と人生の調理法』 日本経済新聞社	
2003年 8月	『ビジネスパーソンの人生術 ――	
	ホームズ教授のとっておきレッスン』 東洋経済新報社	
2003年 8月	『50歳からの人生設計図の描き方』 角川書店（角川Oneテーマ21）	
2005年 6月	『50歳からの定年準備』 角川書店（角川Oneテーマ21）	
2006年 5月	『50歳からの危機管理』 角川書店（角川Oneテーマ21）	
2007年 7月	『60歳で夢を叶えよう』 角川書店（角川Oneテーマ21）	
2009年11月	『不安な時代の人生設計図の描き方』 時事通信出版局	
2013年 9月	『人生は65歳からがおもしろい』 海竜社	
2015年11月	『男の死に支度』 海竜社	

Ⅲ. 専門書

1983年10月	『商品先物取引の世界 ―― フューチャーズ・ビジネス＝ロンドン編』
	（R.G. Jarveyとの共著） 東洋経済新報社
1984年 9月	『ザ・シカゴ マーケット ―― 先物取引＝ゼロ・サムゲームの
	技と知恵』（ミルトン・フリードマン教授推薦） 東京布井出版社
1991年 4月	『商業総編』（共著） 晃洋書房
1992年 7月	『ザ・マーケテイング「顧客の時代の成功戦略」』（訳書）
	著者：レジス・マッケンナ ダイヤモンド社
1993年 7月	『物語で読む先物取引』 日本経済新聞社
1997年 3月	『先物探偵術』 同朋舎出版
1999年 4月	『総合商社ビッグバン』（林川眞善氏と共著） 東洋経済新報社
2000年 8月	『米国商品先物市場の研究』 東洋経済新報社
2003年 4月	『新経営学』（共著） 晃洋書房
2004年 1月	『他人に勝つビジネス文章の書き方』 実業之日本社
2011年 6月	『統合リスクマネジメントの実践』
	多摩大学統合リスクマネジメント研究所

Ⅳ．その他（ドイル／ホームズ関連）

1988年 9月　一橋大学・三木会　「シャーロック・ホームズと彼のクリエーター、コナン ドイル」

1992年 1月　日本テレビ「知ってるつもり」（コナン ドイル）加山雄三氏と出演

1992年 6月　一橋大学解放講座「コナン ドイルにみるヴィクトリア朝の思想」

1993年 5月／1994年 5月　NHKラジオ特集「シャーロック・ホームズの世界」
　　　　　　　　　　3夜連続で橋爪功さんの朗読／河村幹夫の解説で放送
　　　　　　1993年：「ボヘミアの艶聞」「最後の事件」「消えた競走馬」
　　　　　　1994年：「空屋の冒険」「マザリンの宝石」「まだらのひも」

1993年 5月　NHKラジオ「ラジオ公園通り」──若きシャーロッキアン達、ホームズ百年の謎に挑戦──ロンドン・シャーロック・ホームズ協会幹部と河村が国際電話でエールを交換

1995年 6月　野村胡堂・あらえびす記念館（開館記念）
　　　　　　「シャーロック・ホームズと野村胡堂」

1995年 8月　第47回 軽井沢夏期大学
　　　　　　「名探偵の生みの親　コナン ドイルと野村胡堂」

1999年11月 − 2005年6月　多摩大学コミュニティ・カレッジ
　　　　　　　　　　　　「ホームズとヴィクトリア時代」
　　1999年11月 − 12月（Ⅰ）　6回
　　2000年 5月 − 7月（Ⅱ）　6回
　　2001年 5月 − 7月（Ⅲ）　6回
　　2002年 5月 − 6月（Ⅳ）　6回

2003年 5月－7月（Ⅴ）　6回
　　　2004年 5月－6月（Ⅵ）　5回
　　　2005年 5月－6月（Ⅶ）　5回　（完結）

2001年 3月　如水会多摩支部　「名探偵ホームズの世相観察」

2005年 6月　日英協会カルチャーフォーラム
　　　　　　　「名探偵シャーロック・ホームズの生みの親コナン ドイルの生涯」

2007年 7月－10月　大人の休日倶楽部ジパング・JR東日本ジパング倶楽部
　　　　　　　「絵と英語で楽しむシャーロック・ホームズ」
　　　　　　　計6回（×2部制）＋修学ツアー（目的地：ブリテッシュ・ヒルズ）

2009年 5月　昭和女子大学「女性教養講座」
　　　　　　　「シャーロック・ホームズとヴィクトリア朝後期のイギリス社会」

2012年 3月－6月　NHK文化センター／JALシニアーズアカデミー
　　　　　　　「シャーロック・ホームズのイギリス」　計7回

2014年 7月　一橋大学・新三木会
　　　　　　　「英国社会史の中のホームズとドイル」

2015年 1月　NHK BS プレミアム「ザ・プロファイラー 夢と野望の人生～コナン
　　　　　　　ドイル：名探偵ホームズを生んだ挑戦人生」―― 番組監修・出演

2015年 7月～ 財界人文芸誌「ほほづゑ」季刊
　　　　　　　連載エッセイ「コナン ドイルの書棚から」

主要参考文献

Ⅰ．和書
※著者の著作物は別掲

（発行年／著者名／書名／出版社）

1937　ディ・クィンシー（訳者：田部重治）『阿片常用者の告白』　岩波文庫

1949　池田潔　『自由と規律』　岩波新書

1964　サー・ウォルター・スコット（訳者：菊池武一）『アイヴァンホー（上・下）』
　　　岩波文庫

1971　ミッチェル／リース（訳者：松村赳）『ロンドン庶民生活史』　みすず書房

1976　アンドレ.J. ブールド（訳者：高山一彦、別技達夫）『英国史』白水社文庫クセジュ

1981　リットン・ストレイチイ（訳者：小川和夫）『ヴィクトリア女王』　冨山房百科文庫

1981　實吉達郎　『シャーロック・ホームズの決め手』　青年書館

1986　ジョン・K・ガルブレイス（訳者：斎藤精一郎）『不確実性の時代（上・下）』
　　　講談社文庫

1987　小林司・東山あかね『シャーロック・ホームズ解読百科』　河出書房新社

1988　サミュエル・スマイルズ（訳者：竹内均）『自助論』三笠書房・知的生きかた文庫

1989　長島伸一『大英帝国 最盛期イギリスの社会史』　講談社現代新書

1989　三浦清宏『イギリスの霧の中へ ― 心霊体験紀行』　中公文庫

1991　水谷三公『王室・貴族・大衆』　中公新書

1992　近藤千雄（訳）『コナン・ドイルの心霊学』　新潮選書

1994　松村昌家編『パンチ素描集 ―19世紀のロンドン』　岩波文庫

1994　川本静子　『ガヴァネス（女家庭教師）』　中公新書

1999　久田俊夫　『妖怪たちの劇場』　巌松堂出版

2007　スティーブンスン（訳者：南條竹則　坂本あおい）『新アラビア夜話』
　　　光文社古典新訳文庫

2008　金森誠也　『「霊界」の研究』　PHP文庫

2013　仁賀克雄　『決定版　切り裂きジャック』　ちくま文庫

2013　近藤和彦　『イギリス史 10講』　岩波新書

2014　木村靖二　『第一次世界大戦』　ちくま新書

2016　小川勝　『東京オリンピック 「問題」の核心は何か』　集英社新書

主要参考文献

Ⅱ．洋書

（発行年／著者名／書名／出版社）

The Sherlock Holmes Society of London, *The Sherlock Holmes Journal Vol.1 No.1* 〜

1897　*The Queen's London ; A Pictorial and Descriptive Record*, Cossell & Company

1898　*Sunlight Year Book 1898*, Lever Brothers

1913　Hamilton,A, *Marriage & Divorce*, The Daily Chronicle

1926　(Reported by Arthur Conan Doyle), *Pheneas Speaks*, The Psychic Press and Bookshop, Abbey House, Victoria Street S.W.

1927　Haworth, Peter, *Before Scotland Yard*, Basil Blacxwell, Oxford

1932　Blakeney, T.S., *Sherlock Holmes : Fact or Fiction?*, John Murray, London

1943　Pearson, H., *Conan Doyle — His Life and Art*, Methuen

1949　Carr, John Dickson, *The Life of Sir Arthur Conan Doyle*, John Murray, London

1949　Starrett, Vincent,*221B — Studies in Sherlock Holmes*, The MacMillan Company

1950　Thornson, David, *England in the Nineteenth Century*, The Pelican History of England

1954　Briggs, Asa, *Victorian People*, Penguin Books

1962　Baring-Gould, William S., *Sherlock Holmes of Baker street* , Bramhall house, New York

1963　Cooke, Ivan,*The Return of Arthur Conan Doyle* ,The White Eagle Publishing Trust

1966　Pound, R., *The Strand Magazine 1891-1950*, Heinemann

1967　Trevelyan, G.M., *English Social History*, Penguin Books

1968　Briggs, Asa, *Victorian Cities*, Pelican Books

1969　Milbourne, Christpher, *Houdini — The Untold Story*, Thomas Y. Crowell Company, New York

1972　Harrison, Michael, *The London of Sherlock Holmes*, Drake Publishers

1974　*The Royal Hospital of Saint Barthoromews 1123 - 1973*, Medvel, V.C. &Thosnton, J.H.

1976　Higham, Charles, *The Adventure of Conan Doyle*, Hamish Hamilton Ltd.

1976　Joll, Jams, *Europe since 1870*, Penguin Books

1976　Suger, B.R., *Houdini : His Life and Art*, Grosset & Dunlap

1977　Pearsall, Ronald, Conan Doyle – *A Biographical Solution*, Weidenfeld and Nicolson, London

1977　Tracy, J., *The Encyclopedia Sherlockiana*, Times Mirror

1978　Baker, Michael, *The Doyle Diary*, Paddington Press Ltd.

1978　Hall, Trevor H., *Sherlock Holmes and his Creator*, Gerald Duckworth & Co.Ltd.

391

1979	Baring-Gould, William S, The Annotated Sherlock Holmes VolumeI,II, John Murray, London
1979	Symonds, Julian, *Portrait of an Artist, Conan Doyle*, Wbizzard Press, London
1981	*History Factfinder*,Ward Lock
1982	Honeycomb, G., *The Murders of the Black Musium 1870 - 1970*, Hatchinson
1983	Edwards, Owen Dudley, *The Quest for Sherlock Holmes*, Mainstream Publishing Company (Edinburgh)Ltd.
1983	Weinreb, B & Hibbert, C., *The London Encyclopedia*, Papermac
1983	Fairfield, S., *The Streets of London*, Macmillan
1984	Green, Richard Lancelyn and Gibson, John Michael, A Bibliography of A. Conan Doyle, Oxford University Press
1986	Gibson, J.M.& Green, R.L., *Letters to the Press The Unknown Conan Doyle*, Secker & Warburg
1987	McCrum, R. / Macxlell, R. / Gran, W., *The Story of English*, Penguin Books
1987	Lellenberg, J.H., *The Quest for Sir Arthur Conan Doyle*, Southern Illinois University Press
1990	Jones, Mark, *Fake? The Art of Deception*, British Musium Publications
1995	*Sotherby's English Literature and History*, Sotherby's
2004	Doyle, Georgina, *Out of the Shadows ; The Untold Story of Arthur Conan Doyle's First Family*, Calabash Press, Ashcroft British Columbia, Canada
2007	(Edited by) Lellenberg, John /Stashower, Daniel /Forey, Charles, A Life in Letters, Arthur Conan Doyle, Harper Perennial
2008	Miller, Russel, The Adventures of Arthur Conan Doyle, Harvill Seeker London

※本書内にて他の書籍から文章を引用させていただいた箇所については、
出典を明記しできる限り原著に忠実に記しておりますが、読みやすさ
を勘案し、漢数字を英数字に直して記載している場合等があります。

著者紹介

河村 幹夫（かわむら みきお）

1935（昭和10）年　長崎市生まれ。名古屋育ち。

1958（昭和33）年　一橋大学経済学部卒業。三菱商事に入社。
　　　　　　　　　ニューヨーク、モントリオール、ロンドンでの海外駐在を含
　　　　　　　　　め36年間勤務。（この間、ロンドン在のLME〈ロンドン金属
　　　　　　　　　取引所〉会員会社であるトライランド・メタルズ社の会長兼
　　　　　　　　　社長を5年間務める）

1990（平成 2）年　同社取締役に就任。情報産業グループを担当。

1994（平成 6）年　退任。多摩大学・同大学院教授に就任。

2001（平成13）年　名古屋学院大学より博士号（経営学）取得。

2006（平成18）年　多摩大学名誉教授。

その他、過去の主な活動（順不同）

京浜急行電鉄㈱　社外取締役／東京商品取引所　社外取締役／
ホテルニューグランド　顧問／日本財団　評議員／田村学園　理事／
昭和女子大学　監事／日本国際フォーラム　参与／
経済審議会　特別委員／起業家支援財団　理事

※河村がロンドン在住中に開始したドイル／ホームズ研究に関連して収集した書籍（稀
　覯本を含む）・文献・参考資料・各種記録等は、神田外語グループを運営する佐野学
　園に一括寄贈され、「河村コレクション」として、他のヴィクトリア時代の家具・道
　具類と共に保管・陳列されています。

〈照会先〉株式会社ブリティッシュ・ヒルズ（神田外語グループの施設）
　　　　　〒962-0622　福島県岩瀬郡天栄村大字田良尾字芝草1-8
　　　　　TEL：0248-85-1313／FAX：0248-85-1300／http://www.british-hills.co.jp/

評伝　コナン ドイルの真実

2018年5月22日初版発行

著　者　河村 幹夫

発行者　伊藤玄二郎

発　行　かまくら春秋社
　　　　鎌倉市小町2-14-7　℡ 0467-25-2864

印刷　　ケイアール

©Mikio Kawamura 2018 Printed in Japan
ISBN978-4-7740-0752-6　C0095